RÄUBER UND SCHANDARM

Walter Christian Kärger, aufgewachsen im Allgäu, absolvierte die Hochschule für Fernsehen und Film und arbeitete dreißig Jahre als Drehbuchautor in München. Über hundert seiner Drehbücher wurden für Kino oder TV verfilmt. Er lebt als Romanautor in Memmingen.

Dieses Buch ist ein Roman. Handlungen und Personen sind frei erfunden. Ähnlichkeiten mit lebenden oder toten Personen sind nicht gewollt und rein zufällig. Es ist natürlich eine nicht zu leugnende Tatsache, dass auf dem Land im tiefsten Niederbayern Dialekt gesprochen wird. Besonders unter Einheimischen, die sich seit frühester Kindheit kennen, so wie unsere Protagonisten. Um aber die folgende Geschichte leichter nacherlebbar und allgemeinverständlicher zu gestalten, sind die Dialoge auf Hochdeutsch gehalten.

WALTER CHRISTIAN KÄRGER

RÄUBER UND SCHANDARM

Niederbayern Krimi

emons:

Bibliografische Information der Deutschen Nationalbibliothek
Die Deutsche Nationalbibliothek verzeichnet diese Publikation in der Deutschen Nationalbibliografie; detaillierte bibliografische Daten sind im Internet über http://dnb.d-nb.de abrufbar.

FSC www.fsc.org
MIX
Papier | Fördert gute Waldnutzung
FSC® C083411

Umschlagmotiv: lookphotos/Jan Greune
Umschlaggestaltung: Nina Schäfer, nach einem Konzept von Leonardo Magrelli und Nina Schäfer
Umsetzung: Tobias Doetsch
Gestaltung Innenteil: DÜDE Satz und Grafik, Odenthal
Lektorat: Carlos Westerkamp
Druck und Bindung: CPI – Clausen & Bosse, Leck
Printed in Germany 2023
ISBN 978-3-7408-1705-3
Niederbayern Krimi
Originalausgabe

Wie immer für Gabriele, Tilman und Lilly-Marie.
Und diesmal auch noch für Edith. Sie weiß, warum.

I work all night, I work all day
To pay the bills I have to pay
Ain't it sad?
And still there never seems to be
A single penny left for me
That's too bad
In my dreams I have a plan
If I got me a wealthy man
I wouldn't have to work at all
I'd fool around and have a ball

Money, money, money
Must be funny
In the rich man's world

Money, money, money
Always sunny
In the rich man's world

ABBA, »Money, Money, Money«

1

Eine schier endlose Landstraße am Rand der bayerischen Welt. Sie führte vom Nirgendwo ins Irgendwo, zwischen hügeligen Feldern und Brachwiesen hindurch. Dort, wo im Osten hinter dem fernen Waldrand am dunstigen Horizont die tschechische Grenze zu ahnen war und die Orte seltsame Namen haben wie Katzwalchen, Guglöd, Gschieß oder Himmelreich.

Polizeihauptmeister Mathias »Mats« Behringer langweilte sich auf der Holzbank in einem einsamen Bushaltestellenhäuschen, das mit zahlreichen obszönen Schnitzereien und Graffitis von diversen Liebesnöten und -phantasien der testosterongeschwängerten Jugendbevölkerung Zeugnis ablegte, und spielte mit seinem mobilen Radarmessgerät, im Polizeijargon »Laserkanone« genannt, herum.

Der Himmel war, wie es sich für Bayern gehörte, weiß-blau, es war heiß, mitten im Sommer, und PHM Mats hatte sich die Dienstmütze abgenommen und sich mit seinem Taschentuch den Schweiß von der Stirn gewischt. In Ermangelung einer anderen sinnvollen Beschäftigung memorierte er seinen verschossenen Elfmeter beim Kreisligaspiel der B-Klasse des FC Thalbach gegen die Spielvereinigung Niederkaltenkirchen am letzten Samstag, bei dem seine Mannschaft erneut eine veritable Klatsche eingesteckt hatte, die er mit einem möglichen Treffer seinerseits auch nicht viel erträglicher hätte gestalten können.

11:0.

Er schüttelte den Kopf, als er auf seinem Handy zum wiederholten Mal den Tabellenstand des FC Thalbach abfragte.

Im Grunde genommen hielt er sich für einen Stoiker und rechnete immer mit dem Schlimmsten, das er aufrecht und mannhaft durchstehen wollte, denn es konnte theoretisch ja eventuell auch mal besser werden.

Selbst wenn es in der Praxis meistens anders aussah.

Die Situation seines Vereins war ähnlich hoffnungslos wie der Stand seines Kontos bei seiner Hausbank, der Kreissparkasse Thalbach.

Tabellenplatz: letzter, und das in der untersten Liga, knietief im Dispo.

Nein, verbesserte er sich, eher schon kinntief.

Schlimmer ging's nimmer.

Oder doch, dachte Mats. Der Himmel konnte einem auf den Kopf fallen. Bei diesem Gedanken musste er jedenfalls wieder grinsen. Er war ein Comicfan, seit ihn sein verstorbener Onkel mit seiner Riesensammlung damit angesteckt hatte. Neben den »Superman«- und Carl-Barks-Comics insbesondere von Asterix und Obelix und deren Sprüchen. Waren die unbesiegbaren Gallier in ihrem Dorf auch Stoiker?

Wahrscheinlich, das mussten sie wohl sein, umzingelt von so vielen Römern und ihren Garnisonen: Kleinbonum, Laudanum, Aquarium, Babaorum.

Kauzige Namen wie hier in seiner niederbayerischen Heimat.

Er konnte sich nicht vorstellen, woanders zu leben.

Mats war in seiner Freizeit als Spielertrainer ein engagierter Streiter für seinen Verein und für die Taktik und Aufstellung der Mannschaft verantwortlich. Und als Stürmer für das Toreschießen. Aber er hatte wohl am Abend vor dem Spiel im Vereinsheim zu viel Zielwasser getrunken. Noch beim Anpfiff hatte er seinen pochenden Brummschädel gespürt.

Außerdem war er bei der freiwilligen Feuerwehr und sonntäglicher Kirchgänger in der St.-Josefs-Kirche von Thalbach, wo er an hohen Feiertagen sogar im Chor mitsang, obwohl er nicht gerade mit Musikalität, sondern eher mit Inbrunst und Lautstärke gesegnet war. So wie es sich auf dem Land gehörte, wenn man kein Außenseiter sein wollte. Ganz und gar ein vollwertiges und stolzes Mitglied der kleinstädtischen Gemeinschaft seines Geburtsorts.

Aber manchmal, wenn er nachts wach lag und über sein Leben nachdachte, über Vergangenheit und Zukunft, kam es ihm vor, als wäre er ein Hamster in einem Laufrad, das sich sinnlos drehte. Er lief und lief und kam eigentlich nicht von der Stelle.

Was würde ein Stoiker sagen: Der Weg ist das Ziel?

Bei diesen hochphilosophischen Gedankenspielen konnte er meistens endlich wegdämmern.

Wenn ihn seine Frau nicht weckte und er seinen ehelichen Pflichten nachkam.

Er liebte seine Frau. Und sie liebte ihn.

In guten wie in schlechten Zeiten.

Kurz bevor sie in Löffelstellung einschliefen, wünschte er sich, dass die schlechten Zeiten nie kämen.

Doch von irgendwoher hörte er die vier apokalyptischen Reiter sich schon nähern. Sie sahen aus wie sein Bankdirektor Fröhlich von der Kreissparkasse, sein Schwager Wildbieler, Inhaber des größten Autohauses weit und breit, sein Vorgesetzter Kriminaldirektor Hamann aus dem (Gott sei Dank) fernen Passau, und – last, but not least – sein ehemaliger Mathelehrer Oberstudienrat Dr. Häring, der ihn vor versammelter Klasse so richtig zur Schnecke gemacht hatte, indem er ihn gnadenlos an der Tafel mit einer relativ leichten Aufgabe aus dem Bereich der Trigonometrie auflaufen ließ und dann, nach Mats' verzweifelten und unzulänglichen Lösungsversuchen, den verächtlichen Kommentar abgab, dass Mats zu Hause aufpassen sollte, von seiner Mutter nicht mit dem Staubsauger aufgesaugt zu werden. Setzen, sechs. Unvergessliche Momente aus einem traumatischen Schülerleben. Aber Dr. Häring war (Gott sei Dank) schon seit ein paar Jahren tot.

Das konnte wohl nur ein Alptraum gewesen sein.

Da immer noch weit und breit kein Auto zu sehen war, lehnte Mats sich auf der Bank im Bushaltestellenhäuschen zurück, schloss die Augen und ließ seinen Erinnerungen an die letzte Nacht im Bett mit seiner leidenschaftlichen Frau freien Lauf. Aber es war einfach zu heiß für erfreuliche Nachbetrachtungen.

Sein Gedankenkarussell landete wieder beim Fußball.

11:0.

Oder besser: 0:11.

Es war ein Heimspiel.

Dabei hatte er während der Dienstzeit eine großartige Strategie ausgetüftelt. Zeit dafür war reichlich vorhanden. Es war wie immer nicht viel los in ihrem Zuständigkeitsbereich, und der lästige Papierkrieg ließ sich auf die lange Bank schieben.

Mats hatte die Aufstellung seiner Mannschaft für das Spiel gegen die Spielvereinigung Niederkaltenkirchen ausgearbeitet, die Namen notiert, korrigiert, umgestellt.

Mit dem Zettel war er an die große Magnettafel gegangen, die für die optische Aufbereitung von Kriminalfällen vorgesehen war, aber derzeit gab es keine – außer einem verschwundenen Hund, der von seinem Frauchen erneut als vermisst oder gar entführt gemeldet worden war. Zum dritten oder vierten Mal. Die Breitwieserin war eine resolute, man könnte auch sagen: penetrante Frau jenseits der achtzig, die alle vierzehn Tage damit ankam, weil sie vietnamesische Hundefänger aus Tschechien in Verdacht hatte. Aber ihr entlaufener Hund tauchte regelmäßig wieder auf. Stets vor der Metzgerei Nerlinger, weil er wusste, dass er dort seine Lieblingswurst zu fressen bekam, wenn er nur lang genug vor der Eingangstür saß und bettelte.

Mats entfernte das »Vermisst!«-Bild des Dackels, das Frau Breitwieser zur Verfügung gestellt hatte, und verschaffte sich mit den Magneten, die Spieler darstellten, einen besseren Überblick über die mögliche Aufstellung.

Er überlegte.

4-4-2, 5-3-2 oder doch besser 4-3-2-1?

Allzu viele Optionen hatte er leider nicht. Zwei wichtige Spieler waren verletzt, und der Stammtorwart musste ausgerechnet am Spieltag zur Hochzeit seiner Schwester nach Cham.

Mats hatte sich an der Magnettafel schließlich für frühes Pressing und überfallartige Konter entschieden. Jürgen Klopp, der Erfolgstrainer des FC Liverpool, hätte ihm bestimmt dazu gratuliert.

Aber das war dummerweise genau die Vorgehensweise, wie sie von der gegnerischen Mannschaft erfolgreich praktiziert worden war.

Mit der Durchführung seines raffinierten Plans und der dazu nötigen individuellen Klasse seiner Mitspieler, um ihn auch umsetzen zu können, war das nämlich so eine Sache – nach spätestens sechzig Minuten und fünf Gegentoren ging seinen Mitspielern und ihm endgültig die Puste flöten und dazu jegliche Resthoffnung auf eine gnadenlose Aufholjagd, im Gegenteil, sie wurden regelrecht an die Wand gespielt und nach allen Regeln der Fußballkunst filetiert. Auch ein Jürgen Klopp hätte aus dem Kader des FC Thalbach nicht mehr herauskitzeln können, stellte Mats laut seufzend fest.

Sein Funkgerät knisterte.

»Kannst du mich hören?«

»Klar und deutlich«, meldete er sich. Und fügte ein »Over!« hinzu, weil er das professioneller fand.

»Was machst du?«, fragte Florian Schedlbauer, sein Freund, defensiver Mittelfeldspieler beim FC Thalbach und Kollege, überflüssigerweise. Er hatte sich an einem Waldweg ein paar hundert Meter weiter mit seinem Polizeiwagen hinter einem Holzstapel versteckt und döste auf dem Fahrersitz vor sich hin, aber das Auto stand wenigstens im Schatten.

Mats hörte, wie Florian sich eine eiskalte Dose Cola Zero aus der Kühltasche im Fußraum des Beifahrersitzes fischte, sie aufmachte und gierig trank, während das Bushaltehäuschen in der prallen Sonne stand und Mats innerlich fluchte, weil er vergessen hatte, sich ebenfalls mit etwas Trinkbarem einzudecken. Und die Tupperdose mit der Brotzeit von seiner Frau hatte er auch im Dienstwagen liegen gelassen. Die hatte Florian inzwischen bestimmt entdeckt und aufgemacht – Connys Salami- und Käsesandwiches aus bestem Pfisterbrot rochen verführerisch. Mats sah förmlich vor sich, wie Florian eines aufklappte und zu seiner Freude auch noch Gurken- und Tomatenscheiben sah. Da würde er der Versuchung endgültig nicht mehr widerstehen können und es sich schnappen.

Mats kannte seinen Partner gut genug. Florian hatte immer Hunger. Immer. Er wusste das, weil sie schließlich seit Kindergartenzeiten beste Freunde waren, das ging über Schule, Polizeifachschule und erste Praxisjahre in größeren Städten wie Regensburg, Cham und Passau. Stets hatten sie wie Pech und Schwefel zusammengehalten. Wie Brüder. Und jetzt waren sie durch glückliche Umstände zusammen mit Leo Hochreiter die Gesetzeshüter in Thalbach, ihrer alten Heimat. Gegen Leo waren sie schon Seifenkistenrennen gefahren, und seither konnte sie nichts mehr trennen. Immer noch teilten sie sich alles – Sorgen, Geständnisse, Niederlagen und Glücksgefühle. In guten wie in schlechten Zeiten. Wenn er nachdachte, war er mit Flo und Leo länger und öfter zusammen als mit seiner Ehefrau.

Wieder überkam Mats das mulmige Gefühl in der Bauchgegend, dass jetzt die schlechten Zeiten angebrochen waren. Er hätte nicht genau sagen können, warum, aber seine alte Knieverletzung aus dem Spiel vor drei Jahren gegen den FC Schöngeisling – die Rabauken der Kreisliga – meldete sich wieder, und das war kein gutes Omen. Er hatte die OP-Narbe mit einem Tattoo überstechen lassen, einem Lorbeerkranz. Zweckoptimismus pur.

»Was denkst du, was ich mache?«, sprach er in sein Funkgerät, kratzte sich am Knie und konnte seinen Ärger über sich selbst und seine pessimistischen Abschweifungen nur mühsam verbergen. »Ich versuche, die Telefonnummer vom Vatikan herauszubekommen. Vielleicht kann ich den Papst um göttlichen Beistand für unser nächstes Auswärtsspiel bitten.«

»Das wäre bitter nötig«, antwortete Florian ernsthaft. »Leider ist Ratzinger nicht mehr unser kirchliches Oberhaupt. Er als Bayer hätte vielleicht noch was arrangieren können. Für ein paar Ave Maria. Was meinst du – elf vielleicht?«

Florian konnte es nicht lassen. Mats knirschte mit den Zähnen, nahm sich aber zusammen. Ein Stoiker ließ sich nicht provozieren.

Florian steckte sich den letzten Rest vom Sandwich zwischen die Zähne und fragte ungeniert mit vollem Mund: »Also – was ist los bei dir? Nichts zu sehen?«

»Nein. Aber warte – Moment mal …«

Er horchte. Das näher kommende Geräusch hörte sich wie eine Hornisse im Angriffsmodus an. Das unverkennbare akustische Anzeichen für ein hochgetuntes Motorrad im roten Drehzahlbereich.

Dabei war die Landstraße mit Achtzig-Stundenkilometer-Geschwindigkeitsbegrenzungsschildern geradezu gespickt.

Mats fuhr wie vom Blitz getroffen hoch, setzte sich die Dienstmütze korrekt auf den Kopf und eilte hinter die hölzerne Rückwand der Bushaltestelle, um nicht gesehen zu werden. Er richtete die Laserpistole auf die Hügelkuppe, auf der das Bike gleich auftauchen würde.

Der Grund, warum er in Tateinheit mit seinem Kollegen gerade hier auf der Lauer lag, war ganz einfach der, dass diese Landstraße eine beliebte Rennstrecke für Zweiradartisten war, die mal so richtig aufdrehen wollten – falls ihnen nicht aufrechte Männer in Polizeiuniform in aller Entschlossenheit entgegentraten, um dem Gesetz, sprich: der Straßenverkehrsordnung, Geltung zu verschaffen.

Die Polizeihauptmeister Mats und Florian zum Beispiel.

Und siehe da: Auf der Kuppe erschien eine Fusion aus Mensch und Maschine, Schwarz auf Schwarz, und kam mit Formel-1-Geschwindigkeit im flimmernden Hochsommerlicht auf ihn zugebrettert.

Aber es war keine Fata Morgana, es war auch kein apokalyptischer Reiter, obwohl es fast so unwirklich aussah, als käme er geradewegs aus dem Schlund der Hölle. Es war nur ein schlichter Motorradfahrer, den es einen Dreck scherte, die Geschwindigkeitsbegrenzung auch nur annähernd einzuhalten.

Der Laser war punktgenau auf das Zielobjekt gerichtet, und satte hundertsechsundsechzig Stundenkilometer tauchten auf dem Display auf.

Ein glatter Punktsieg für Flensburg.

Alkoholkontrolle, Führerscheinentzug, hohe Geldstrafe, psychologische Tests, Verkehrsschulung – kurz: Mats und Florian hatten die Chance, endlich wieder einmal ihre aufopferungsvolle Dienstauffassung mit Nachdruck unter Beweis zu stellen.

Das war bitter nötig und von eminenter Wichtigkeit, denn schon seit Monaten ging das vage, aber bisher unbestätigte Gerücht um, dass die Polizeidienststelle Thalbach wegen krimineller Ereignislosigkeit im Rahmen der allgemeinen Sparmaßnahmen geschlossen werden sollte. Was für alle Beteiligten – die Polizisten Mats, Florian und Leo sowie die Halbtagssekretärin Monika – in etwa dem gleichkäme, was die Gallier als Einziges fürchteten: dass ihnen der Himmel auf den Kopf fiele. Aber bisher war das eben nur ein Gerücht. Alle hofften, dass es auch dabei blieb.

Aufgeregt wie ein Pubertierender vor der ersten Tanzstunde meldete Mats über Funk, als das Geschoss an ihm vorbeiflog: »Hundertsechsundsechzig! Schnapp ihn dir!«

Als Florian endlich schnallte, dass es pressierte, stellte er die halb leere Coladose leichtsinnigerweise auf der Kante des Beifahrersitzes ab, und als er gleichzeitig seine Schirmmütze aufsetzte und nach der bereitgelegten Stoppkelle griff, stieß er, schusselig wie er war, die Dose herunter, deren Restinhalt sich schäumend auf seine Hose ergoss.

»Himmelherrgottsakramentkruzifix!«, fluchte er, für einen noch längeren Fluch war nicht mehr die Zeit, er hörte schon das aufheulende Motorrad näher kommen.

Er schwang sich aus seinem Wagen, jagte im Spurt um den Holzstapel herum und stolperte mit seiner Stoppkelle mitten auf die Landstraße, um heldenhaft dem heranrasenden Bike die Stirn zu bieten und den Fahrer zum Anhalten zu zwingen.

Er sah Bike und Biker raketengleich auf sich zuschießen, und obwohl er breitbeinig und mit durchnässter Hose mit seiner Kelle winkte, als müsste er einen vollbesetzten Schnellzug vor einer möglichen Entgleisung warnen, registrierte er zu seinem blanken Entsetzen, dass der Motorradfahrer sein Höllentempo nicht im Geringsten verminderte, sondern eher noch beschleunigte.

Das schwarze Monster wurde rasend schnell größer, und Florian blieb nichts anderes übrig, als im wirklich allerletzten Moment zur Seite zu springen, wenn er nicht über den Haufen gefahren werden wollte.

Jetzt lag er im Straßengraben im Dreck und blinzelte dem erbarmungslosen Biker hinterher, der so schnell Fersengeld gab, dass Florian das Kennzeichen nicht einmal mehr annäherungsweise entziffern konnte.

Mühsam rappelte er sich auf und sah Mats auf der Landstraße heranhecheln, der seine letzten Energiereserven mobilisierte und wild mit den Armen rudernd schon aus der Ferne brüllte: »Los, hol den Wagen! Wir müssen ihm nach!«

Schnellstmöglich krabbelte Florian auf allen vieren aus dem Graben, verlor dabei seine Mütze, aber das war jetzt auch schon egal, und hechtete auf den Fahrersitz des Dienstwagens, machte Sirene und Blaulicht an und startete.

In seinem durch übergroße Hektik verursachten Energieüberschuss riss er das Steuer zu stark herum. Prompt landete der Wagen in einer tiefen schlammigen Mulde, die irgendwelche Traktoren bei der Waldarbeit hinterlassen hatten, und in der er sich jetzt mit dem Vorderrad festfraß, weil Florian zu viel Gas gab.

Die Antriebsräder schleuderten Steine und Morast, aber der BMW grub sich nur noch tiefer ein und kam nicht von der Stelle, obwohl es Florian schon mit der berüchtigten Schaukeltechnik probierte, die aber auch nicht funktionierte.

Mats, dem längst jeglicher Stoizismus abhandengekommen war, versuchte verzweifelt, den BMW herauszuschieben, indem er sich keuchend und aus allen Poren schwitzend gegen das Heck stemmte.

Aber es gelang ihm nicht, den Wagen freizukriegen, egal wie sehr er sich auch abmühte. Auch er hatte die Mütze inzwischen verloren und gab schließlich auf, weil er zusätzlich noch ausrutschte und sich im Schlamm flachlegte. Er war schmutzig und schweißgebadet, während Florian immer weiter verzweifelt Gas gab und dadurch nur noch mehr Dreck nach hinten und auf Mats schaufelte.

Der Motor jaulte hoch, die durchdrehenden Reifen wimmerten, das Blaulicht zuckte, und die Sirene heulte.

»Stopp! Hör auf!«, schrie Mats im Liegen, doch Florian hörte ihn nicht.

Das Chaos war perfekt.

Endlich gab Florian seine fruchtlosen Bemühungen auf und ließ den Kopf in tiefster Resignation auf das Lenkrad fallen. Was zu guter Letzt auch noch die Hupe auslöste.

Mühsam rappelte sich Mats auf, klopfte sich die Uniform ab, obwohl es vollkommen zwecklos war, verspritzt und verschwitzt wie er aussah, steckte seinen hochroten und schlammverdreckten Kopf durch das heruntergelassene Seitenfenster ins Auto und sagte mit einer gekünstelten Bierruhe, die anzeigte, dass er kurz vor der emotionalen Kernschmelze war: »Herrgott, Flo, mach um Gottes willen endlich die Scheißsirene aus!«

Florian reagierte, nahm den Kopf vom Lenkrad und schaltete alles aus, was noch an war.

Motor, Blaulicht, Sirene.

Schlagartig trat himmlische Ruhe ein.

Jetzt war nur das Schnaufen der beiden Polizisten zu hören.

Und, als wäre es ein spöttischer Kommentar, der Ruf eines Kuckucks, der sich anscheinend über die unfreiwillige Slapstickszene, deren Zeuge er soeben geworden war, köstlich zu amüsieren schien.

Kuckuck. Kuckuck.

Wenn er den Mistvogel entdeckt hätte, wäre Mats in diesem Moment glatt in der Lage gewesen, ihn mit seiner Dienstwaffe vom Baum zu schießen.

Obwohl er ein miserabler Schütze war.

Aber Kuckucke hörte man nur, man sah sie fast nie.

2

Zwei Tage später. Mats betrachtete sich kritisch im Badezimmerspiegel und stutzte seinen Oberlippenbart. Er fragte sich schon eine ganze Weile, ob er ihn nicht ganz abnehmen sollte. Er hätte Conny damit überraschen können, sie nörgelte schon seit Wochen daran herum, weil sie es einfach nicht mochte, wenn er beim Küssen kitzelte.

Als sie sich kennenlernten, hatte er noch keinen Schnäuzer gehabt. Wie auch – er war erst fünfzehn, und außer Flaum war da nichts.

Später hatte er sich den Bart zugelegt, damit er älter aussah, was reine Einbildung war.

Er zupfte daran herum, war unschlüssig.

Von draußen, durchs offene Fenster, kamen lautes Lachen und Musik herein, »My Sharona« von The Knack. Kollege Leo Hochreiter war der DJ bei der allmählich anlaufenden Grillparty und Hardcorefan der Musik aus den 1980er und 1990er Jahren. Diese Macke akzeptierten alle achselzuckend. Es war nicht seine einzige.

Plötzlich wurde die Tür aufgerissen, und Conny kam ins Bad.

»Wo bleibst du denn? Alle warten schon auf dich«, sagte sie vorwurfsvoll.

Sie hatte sich aufgebrezelt, war extra beim Friseur gewesen und hatte ihr bestes Kleid angezogen. Leider trug sie dazu ihre Birkenstocksandalen, weil sie bequemer waren. Bei einer Gartenparty mit High-Heel-Absätzen ständig im Boden stecken zu bleiben – das ging gar nicht. Mats mochte die Dinger nicht, aber das behielt er diesmal lieber für sich, weil Conny sowieso schon geladen war, wie er wusste. Erstens durch den Stress mit der tagelangen Vorbereitung der Housewarmingparty, und zweitens hatte sie erst gestern erfahren, dass sie ihren Job als Kassiererin in der einzigen Tankstelle vor Ort aufgeben musste. Einsparmaßnahme. Es wurde gemunkelt – Gerüchte verbreiteten sich in Thalbach mit Lichtgeschwindigkeit –, dass die Tanke schon seit Langem unrentabel war, der Pächter Sepp Eichinger hatte außerdem inzwischen das Rentenalter erreicht und verlauten lassen, dass er keinen Bock mehr hatte, ausschließlich betagte Autos zu reparieren und unter ihnen herumzukriechen, denn Kunden mit Neuwagen kamen nicht mehr. Zumal sein Sohn schon lange weggezogen war, und einen anderen Nachfolger gab es nicht.

Die Kündigung war für Conny ein schwerer Schlag ins Kontor. Ihr Verdienst war ein wesentlicher Bestandteil, um die Hypothekenraten für das neue Haus bezahlen zu können. Diese Hiobsbotschaft hatten sie vorerst noch für sich behalten. Aber das konnte nicht allzu lange gut gehen. Trotzdem wollte sich Conny dadurch nicht die Laune verderben lassen. Sie hatte sich so auf dieses Fest gefreut und im Vorfeld alles dafür getan, um es zu einem glanzvollen Ereignis werden zu lassen: Einladungen entworfen, geschrieben und verschickt, Deko gekauft und gebastelt, Biertische und Sitzbänke vom Getränkemarkt ausgeliehen und ein großes Partyzelt von der freiwilligen Feuerwehr besorgt, falls es regnen sollte.

»Was ist? Kommst du jetzt?«, insistierte Conny.

»Ist mein Schwager auch schon da?«, fragte Mats.

»Seit einer Viertelstunde. Er kümmert sich bereits um den Grill, was eigentlich dein Job wäre.«

Mats seufzte. »Ist er mit oder ohne?«

»Wenn du seine neue Freundin meinst: Natürlich hat er Maja mitgebracht.«

Mats verzog das Gesicht, ohne dass er es eigentlich wollte. »Biene Maja. Mir bleibt auch nichts erspart.«

Conny, der immer daran gelegen war, eine gute Gastgeberin zu sein, selbst wenn ihr angesichts ihrer prekären ökonomischen Lage eigentlich nicht danach war, sorgte sich auch diesmal darüber, dass der Schein gewahrt wurde. Sie versuchte es auf die sanfte Tour.

»Jetzt komm schon. Du kannst nicht bei deiner eigenen Housewarmingparty der Partycrasher sein.«

Sie schlang die Arme um seinen Hals und hatte ihren waidwunden Rehblick aufgesetzt, das war ihre Geheimwaffe, wenn sie Mats zu etwas überreden musste. Es funktionierte fast immer, so auch dieses Mal.

Er sah ihr in die graublauen Augen, die im Zusammenspiel mit ihrem Lächeln unwiderstehlich waren, wie er fand, und nickte schließlich.

»Aber ich muss dich vorwarnen«, sagte sie und ließ ihn noch nicht los. »Bitte nicht gleich ausrasten: Mein Bruder hat einen neuen Grill mitgebracht. Als Einstandsgeschenk. Weil deiner auf den Schrott gehört, meint er.«

Mats schloss die Augen, atmete tief durch und zählte langsam bis drei. Schließlich war er ein Stoiker. Es war nicht das erste Mal, dass sein Schwager ihm auf die eine oder andere Art zeigte, was er vom Mann seiner Schwester und dessen Fähigkeiten hielt: nämlich gar nichts.

Das beruhte auf Gegenseitigkeit, nur hatte Mats nichts, womit er seinem impertinenten Schwager zeigen konnte, wo der Bartel den Most holt.

Wenn sie beide ein Wettrennen gemacht hätten und Mats wäre als Erster durchs Ziel gekommen, hätte Gustav Wildbieler hinterher garantiert noch verkündet: »Ich bin hervorragender Zweiter geworden, mein bedauernswerter Schwager Mats Behringer ist leider nur Vorletzter.«

Conny spielte an seinen Ohren. »Kein böses Wort«, sagte sie. »Versprichst du mir das?«

Als er schicksalsergeben nickte, deutete sie einen Kuss nur an, weil sie sich um ihren Lippenstift sorgte.

Was blieb Mats anderes übrig, als wie üblich gute Miene zum abgekarteten Spiel zu machen? Ohne das Privatdarlehen, das Conny ihrem Bruder mit Engelszungen abgerungen hatte, hätten sie es nie geschafft, sich so ein Haus hinzustellen, wie sie es sich gewünscht hatte. Es war zwar von außen noch nicht verputzt, aber es war ihr Haus. Obwohl es eigentlich der Bank und Wildbieler gehörte, wie Mats immer dachte.

Eigentlich wollte er sich nie so verschulden, aber Conny konnte sehr durchsetzungsfähig sein, wenn sie sich einmal etwas vorgenommen hatte. Ein eigenes Haus in der Neubausiedlung am Rand von Thalbach, hinter der St.-Josefs-Kirche und dem Friedhof, Kinder, eine Familie eben. In dieser Reihenfolge, die auf dem Land immer noch in Stein gemeißelt war. Sein Freund Florian war wie Mats Anfang dreißig, er hatte mit seiner Frau Annalena aber schon drei Kinder wie die Orgelpfeifen. Toni, Leni und Benny, sechs, vier und zwei Jahre alt.

Nummer eins auf der Agenda der Behringers war nun fast ganz verwirklicht – wenn auch mit zwei dicken Hypotheken und einem Privatdarlehen, wofür Mats seinem Schwager für alle Zeiten dankbar sein musste, aber er hatte die bittere Pille geschluckt. Wie weit konnte man gehen, bis man seine Selbstachtung auf dem Altar der Abhängigkeit geopfert hatte?

Nachts, wenn Conny schlief und er nicht, weil ihm alle Knochen wehtaten, wenn er, was selbstverständlich war, anderen Freunden und Nachbarn beim Hausbau mitgeholfen hatte, fragte er sich das. Mats wusste nicht mehr, wie viele Wochenenden und Stunden nach Feierabend er auf irgendwelchen Baustellen verbracht hatte, nicht nur auf der eigenen, im Turnus selbstverständlich auch bei Florian und anderen Mithelfern. Nur Leo wohnte noch zu Hause bei seinen Eltern, die einen Bauernhof hatten. Aber auch er war immer tatkräftig dabei.

Das gegenseitige Aushelfen war die Kehrseite der Medaille, das zählte zu den unausgesprochenen Regeln, an die man sich halten musste. Und wer sollte das in Frage stellen?

Ausgerechnet er, Mathias Behringer?

Nein, wenn er in Frieden hier leben wollte, und das wenigstens wusste er genau, dann war dieser ungeschriebene Gesellschaftsvertrag unbedingt einzuhalten. Koste es, was es wolle. Und wenn es die Selbstachtung war.

Seine Frau führte ihn aus dem Bad und zog ihn nach unten die Treppe hinunter und vom Wohnzimmer auf die Terrasse ins Freie hinaus, wo bei Kaiserwetter schon alle versammelt waren, die irgendwie mit den Behringers freundschaftlich, nachbarschaftlich oder verwandtschaftlich verbandelt waren – und das waren eine Menge Leute, halb Thalbach, um genau zu sein, dachte Mats.

Grundstücke wie das, auf dem sie gebaut hatten, stellten Bürgermeister und Gemeinderat Einheimischen zu Sonderkonditionen günstig zur Verfügung. Und wer war der Bürgermeister?

Sein Schwager Wildbieler natürlich.

Den Mats mit aufgesetzter Freundlichkeit begrüßte, weil ihm seine Gattin noch einen letzten Schubs gegeben hatte, nachdem er die Glückwünsche der Gäste für den gelungenen Hausbau entgegengenommen und alle Honneurs absolviert hatte, vom Chef der Kreissparkasse Dominik Fröhlich bis zu den Kameraden der freiwilligen Feuerwehr, seinen Mitspielern des FC und allen dazugehörigen Ehefrauen und Freundinnen und sämtlichen Kindern. Sogar der Pfarrer schaute auf ein Bier und einen Grillteller vorbei.

Seine besten Freunde Florian und Leo hatten sich erst einmal sicherheitshalber im Hintergrund gehalten. Sie wussten um seine Abhängigkeit von Wildbieler und taten alles, um der Party den festlichen und ungezwungenen Rahmen zu geben, der erwartet und erwünscht war.

Leo drehte seine Musik- und Lichtanlage, die er mit Florians Hilfe mitgebracht und aufgebaut hatte, voll auf und gab den DJ, Musik und Technik waren seine großen Leidenschaften. Er, der normalerweise eher schüchtern und verdruckst war, konnte dabei hinter dem Schutzwall seines DJ-Pults völlig aus sich herausgehen und die Stimmung im Publikum manipulieren und steuern, was ihm instinktiv auch meistens gelang. Für den Abend hatte er einen geheimen Pakt mit Wildbieler geschlossen, aber das wusste noch niemand außer den beiden. Sie hatten eigentlich gar nichts gemeinsam, außer dass sie sich äußerlich ungemein ähnlich sahen, wie zwei Brüder unterschiedlichen Alters. Es gab nur einen prägnanten Unterschied: Leo hatte dichte brünette Locken, Gustav Wildbieler hingegen eine Vollglatze, die in der Sonne glänzte wie eine polierte Billardkugel.

Der Höhepunkt der Party sollte von Leo mit einer ganz bestimmten Nummer eingeläutet werden, wenn er von Wildbieler das Zeichen bekam, und das würde erst kurz vor Mitternacht passieren.

Er hatte inzwischen Van Halen aufgelegt, »Jump«.

Die bestens aufgelegten Gäste sangen und sprangen mit, den Kindern gefiel es. Bei jedem »Jump!« hüpften sie wie Frösche, wenn man an einem Tümpel vorbeikam und auf den Boden stampfte.

Wildbieler stand breitbeinig hinter seinem Gastgeschenk, dem protzigen Grill. Die Schweißperlen glänzten auf seiner Glatze wie funkelnde Diamantsplitter. Er war ganz in seinem Element und wartete schon darauf, dass Mats nicht nur seine Dankbarkeit zum Ausdruck brachte, sondern auch mindestens einen angemessenen Anflug von Begeisterung zeigte, das konnte Mats von seinem Gesicht ablesen.

Er fügte sich also schicksalsergeben und zu Connys Zufriedenheit, bewunderte den neuen, überdimensionalen Grill; lachte pflichtgemäß über die Grillschürze seines Schwagers mit der Aufschrift »Frauen stehen auf Männer mit Kohle«, obwohl das Monstrum von Grill, den Wildbieler bereits auf Hochtouren laufen ließ, ein Gas- und kein Kohlengrill war; lobte die angekokelten Steaks und die angebrannten Würstchen; überdeckte den schlechten Geschmack mit viel Senf; staunte über die speziellen abertausend Möglichkeiten des Grills, die sein Schwager ausführlich erläuterte, Ober-, Mittel- und Unterhitze, Temperaturanzeige, Zündsystem, Fleischruhezone und so weiter, obwohl Wildbieler insgeheim davon ausging, dass Mats die Feinheiten und Raffinessen sowieso nicht verstand; probierte von allem; lobte die Salate und Nachspeisen, die mitgebracht worden waren, das kalte Bier, die bunten, eisgekühlten Cocktails, die Musik, und überhaupt kam er aus dem Loben nicht mehr heraus.

Leicht schwankend stellte er nach einer Weile mit einem Rundblick fest: Es musste alles in allem eine gelungene Housewarmingparty sein, die da über die Bühne ging. Irgendwie kam er sich allmählich so vor, als würde er sich selbst zusehen. Oder seinem Avatar. Ein seltsames Gefühl, das er mit Müh und Not wieder wegblinzelte.

Er war nun mal der Gastgeber, konnte sich keine Blöße geben und steigerte sich in seine Rolle hinein, bis er sich nach mehreren Cocktails fühlte wie Hugh Hefner, der eine Häschenparty im Playboy-Mansion gab. In Hollywood, Los Angeles. Irgendwo hatte er mal davon gelesen. Nur dass sie hier in Thalbach, Niederbayern, waren. Und ohne Häschen.

Mats drehte sich um sich selbst und fand: Gott und die Welt und sogar der Pfarrer waren da, und alles war nahezu perfekt.

Sein Schwager war der Oberzeremonienmeister. Eben der fleischgewordene Entertainer, Politiker und Autoverkäufer. Die Dreieinigkeit in Person. War das jetzt blasphemisch? Sollte er den Pfarrer fragen?

Aber es war doch *ihre* Party, Mats' und Connys Party! Oder etwa nicht?

Da konnte etwas nicht stimmen.

Er studierte sein Cocktailglas in der Hand. Es war schon wieder leer.

Er hätte beim Weißbier bleiben sollen. Wie die meisten anderen auch.

Ob seine zunehmende geistige Orientierungslosigkeit an den Drinks lag, denen er fleißig zugesprochen hatte?

Die Drinks, die »Biene« Maja, die neue Flamme seines Schwagers, mixte wie am Fließband? Dafür hatte sie ein Händchen, sie hatte ein paar Jahre in einer Bar gejobbt.

Wie viele hatte er intus? Er hatte nicht mitgezählt.

Aber sie waren ihm inzwischen ganz schön zu Kopf gestiegen.

Maja hielt ihm schon wieder einen »Screwdriver« oder »Sex on the Beach« oder was auch immer es war vor die Nase. Automatisch griff er zu und nahm einen großen Schluck.

Maja war ganz die Sorte Frau, auf die sein Schwager, der zweimal geschieden war, stand.

Halb so alt wie Wildbieler, attraktiv auf eine schräge Art,

wasserstoffblonde Haare und, bildlich gesprochen, Haare auf den Zähnen, sie mischte sich in jedes Gespräch ein, war durchaus schlagfertig, um nicht zu sagen vorlaut, das hatte sie wohl in ihrer Zeit als Bardame gelernt, flirtete unverhohlen, lachte zu kreischend, tanzte zu eng mit jedem, der ihr in den Weg kam, aber seinem Schwager schien genau das alles zu gefallen.

Eifersucht war offenbar etwas, das seine Libido für Maja am Köcheln hielt.

Auch ein interessanter sexueller Aspekt in LSBTIQ-Zeiten, eine wahre Fundgrube für Sigmund Freud, dachte Mats, der zunehmend die Kontrolle über sich selbst verlor.

Er nahm noch einen großen Schluck von was auch immer Maja da Azurblaues zusammengemixt hatte, als Florian kam und ihn beiseitezog.

»Meinst du nicht, du solltest ein bisschen kürzertreten?«, meinte er fürsorglich und zeigte auf den Drink.

Mats wollte sich verteidigen, aber ihm fielen nicht mehr die richtigen Worte ein. Er sah nur noch wie durch einen Nebel, aber im Grunde genommen war ihm eines klar: Er hatte sich übernommen, sich mit dem Haus und mit allem zu etwas überreden lassen, das ihn über kurz oder lang Kopf und Kragen kosten würde.

Dann erinnerte er sich in einem Winkel seines Gehirns wieder daran, dass er als Stoiker durch die Welt gehen wollte.

»Na und?«, sagte der Stoiker in ihm.

Als DJ Leo auch noch »The Winner Takes It All« von ABBA auflegte und so aufdrehte, dass die ganze angeheiterte Gesellschaft mitzugrölen begann, wurde ihm schlagartig klar, dass er nicht Hugh Hefner war. Er hatte keinen Morgenmantel an und war nicht im Pyjama. Und vor allem: Er war kein Millionär. Ganz im Gegenteil.

Die Erkenntnis war wie ein Schock und hätte ihn beinah umgenietet, wenn ihn nicht Florian gerade noch gehalten hätte.

Florian war einigermaßen nüchtern geblieben und hatte ein Einsehen, dass er sich um seinen Freund kümmern musste, weil

Conny zu sehr mit den anderen Gästen beschäftigt war. Er führte den sichtlich angeknockten Mats weg vom Trubel auf der Terrasse und im Garten, und nach einer nötigen Zwischenrunde auf der Toilette ging es in den Keller, in dem Mats seinen Hobbyraum einrichten wollte, weil er sich im Grunde genommen für einen verkannten Ingenieur und begnadeten Bastler hielt, so wie es das Selbstverständnis von allen hier in Thalbach war. Diese Meinung hatte er allerdings exklusiv.

Ausgestattet war der Raum bisher nur mit einem verschlissenen Sofa und einer großen, alten Werkbank, was das Einzige war, das er von seinen Eltern geerbt hatte. Sein Vater war Schreiner gewesen und hatte nichts als Schulden hinterlassen.

»Hey, Alter – leg dich erst mal hin!«, sagte Florian und bugsierte ihn auf das Sofa.

Mats machte es sich bequem, und Florian ging, um Kaffee aufzutreiben, wie er versprach, damit er seinen Freund wieder einigermaßen einsatzfähig machen konnte.

Mats drehte sich um und war sofort eingeschlafen.

3

Wumm – wumm – wumm.

Es dröhnte in Mats' Schädel. Als er davon aufwachte, war weder Florian noch Kaffee da. So war das meistens mit dessen Versprechen – er vergaß sie schlicht und einfach. So auch in diesem Fall, wahrscheinlich weil ihm in der Küche irgendein Bekannter über den Weg gelaufen war, den er schon seit ewigen Zeiten nicht mehr getroffen hatte und mit dem er sich rege austauschen musste.

Mats fand sich also allein auf dem Sofa in seinem zukünftigen Hobbykeller wieder, setzte sich mühsam auf und blinzelte. Es war dunkel, und etwas wummerte in seinem Schädel. Draußen musste es wohl inzwischen Nacht geworden sein.

Er stellte fest, dass der Lärm nicht in seinem Kopf war, er stammte aus dem Garten. Mats musste sich konzentrieren, um dahinterzukommen, wo er war und was zum Teufel da vor sich ging.

Jetzt fiel es ihm wieder ein: seine eigene Housewarmingparty!

Anscheinend hatte ihn bei dem ganzen Trubel niemand vermisst. Nicht mal seine Frau.

Er bekam einen Schwindelanfall und war eigentlich ganz froh, in seinem immer noch nicht ganz zurechnungsfähigen Zustand Conny nicht gegenüberstehen zu müssen.

Er als Gastgeber war als Erster betrunken!

Ein Ehestreik von mindestens vierzehn Tagen wäre die Folge. Er durfte gar nicht daran denken, wobei ihm das Denken mit seinem Brummschädel sowieso schwerfiel. Und dann auch noch dieses rhythmische Getöse! Was war das nur?

Schließlich erkannte er, was da so einen Höllenlärm verursachte: die Technoversion von »YMCA«, einem Song der Village People, den er hasste wie keinen anderen auf der Welt.

Was war denn da draußen bloß los?

Er beschloss, trotz seines derangierten Zustands der Sache auf den Grund zu gehen, und tastete sich an der Wand entlang vor bis zur Treppe nach oben – ein Licht war noch nicht angeschlossen, der gesamte Kellertrakt war im Rohbauzustand.

Je höher er kam, desto lauter wurde es.

DJ Leo an seinem Mischpult gab offenbar Vollgas, er musste mit seiner Musikanlage ganz Thalbach beschallen, aber deswegen durfte es wohl kaum Beschwerden geben, weil die meisten Thalbacher vorgewarnt oder sowieso auf der Party waren. Die Polizeiwache war unbesetzt – ausnahmsweise und mit stillschweigender Kenntnisnahme des Bürgermeisters. Eingehende Anrufe wurden an das nächstgelegene Revier umgeleitet.

Als Mats den Flur betrat und das Wohnzimmer durchquerte, erkannte er mit einem Blick durch die Panoramafenster das ganze Ausmaß dessen, was da auf der Terrasse und im Garten unter einem Stroboskopgewitter vor sich ging, das synchron zum pulsierenden Sound von Leos Lichtanlage produziert wurde. Leo war ein Technikfreak und hatte in der elterlichen Scheune nicht nur einen ganzen Fuhrpark von halb und ganz renovierten Oldtimern untergebracht – darunter auch ein alter Porsche-Traktor –, sondern gab sein sauer verdientes Gehalt für allerlei technischen Kram aus, von dem nur er wusste, was man damit anstellen konnte. Eine Freundin hatte er nämlich keine, jedenfalls soviel Mats und Florian wussten, trotzdem war er immer schon am 20. jedes Monats pleite.

Mats traute seinen Augen nicht, als er schließlich fassungslos auf die Terrasse trat – war es die Lightshow, oder waren das die Nachwirkungen seines übertriebenen Alkoholkonsums, waren es die frenetisch klatschenden und johlenden Gäste oder alles zusammen? Jedenfalls sah es ganz danach aus, als wäre im Zentrum des ausgelassenen Geschehens eine Männertanzgruppe dabei, eine Stripteaseshow abzuziehen.

Wer um Gottes willen hatte das denn ohne Rücksprache mit ihm hinter seinem Rücken arrangiert? Etwa seine Frau?

Er griff sich an den Kopf – so ähnlich perplex musste sich Moses gefühlt haben, als er mit seinen Gesetzestafeln vom Treffen mit Gott auf dem Berg Sinai zurückkam, sich nichts Böses dachte, im Gegenteil, er war noch ganz von seiner heiligen Mission erfüllt, und sein Volk beim Tanz um das Goldene Kalb erwischte. Mats war nicht unbedingt religiös, aber so viel war bei ihm doch vom Religionsunterricht hängen geblieben, dass er sich an das entsprechende Bild aus seiner Kinderbibel erinnerte.

Eine dunkle Stimme sprach ihn unvermutet von der Seite an, und jemand klopfte ihm auf die Schulter. Mats zuckte bis ins Mark erschreckt zusammen, aber es war nicht Gott, sondern sein Schwager Gustav Wildbieler, der eine dicke Zigarre zwischen den Zähnen hatte und vor lauter Stolz darüber, was er anscheinend zur Überraschung aller zu verantworten hatte, schier platzte.

»Na, wie findest du das? Mein Extrageschenk für die Ladys! Scheint bombig anzukommen, was?«

Tatsächlich stellte Mats zu seinem Erstaunen fest, dass die männlichen Gäste etwas abseits und mit verklemmten Mienen einen großen Kreis gebildet hatten, während ihre besseren Hälften im Zentrum des Geschehens in die Hände klatschten, »Ausziehen! Ausziehen!« skandierten und ihre helle Freude daran hatten, was da vier halb nackte, mehr oder weniger muskulöse Männer im grellen Scheinwerferlicht und mit synchronen Tanzbewegungen aufführten.

»Was ist das?«, traute Mats sich schließlich zu fragen, obwohl er im selben Augenblick wusste, dass es eine selten dämliche Frage war.

Wildbieler überging das großzügig. »Na ja, es sind nicht gerade die Chippendales«, erläuterte er. »Sie nennen sich ›YMCA-Gang‹. Ich habe sie aus Tschechien herkommen lassen. Bringen ein bisschen Leben in die Bude.«

»Aus Tschechien …«, wiederholte Mats überflüssigerweise.

»Die Jungs sind einfach froh, wenn sie mal aus ihrem Rotlichtbezirk rauskommen, und machen das für 'nen Appel und 'n Ei.«

Mats erkannte in der vordersten Reihe seine Frau Conny, natürlich Maja und sogar Monika, die sonst so zurückhaltende Sekretärin seines Reviers, die alle auf Einladung der YMCA-Boys die Hüften kreisen ließen. Einige Frauen schienen völlig enthemmt zu sein, aufgepeitscht von Musik, Stimmung und Alkohol, und Mats fragte sich, wie weit sie noch gehen würden. Die Jungs von der tschechischen Tanzgruppe in ihren schwarzen Lederhosen hatten jedenfalls schweißnasse nackte Oberkörper und wedelten mit ihren Unterhemden über ihren Köpfen herum.

Gott sei Dank ist der Pfarrer schon heimgegangen, dachte Mats.

Aber da wurde er von Wildbieler bereits weg- und zurück ins Haus gezogen.

4

Sein Schwager schloss die Tür zur Terrasse und schlug einen vertraulichen Ton an.

»Mats – ich muss ein ernstes Wort mit dir reden«, sagte er, legte ihm die Hand auf die Schulter und schob ihn weiter in die Küche, wo er ebenfalls die Tür hinter sich zumachte, was den infernalischen Lärm draußen im Garten einigermaßen aussperrte.

»Setz dich.« Er deutete auf einen Stuhl, als wäre er der Gastgeber, während er sich lässig an die Küchenzeile lehnte und weiterhin genüsslich seine Zigarre paffte, deren Asche er in die Spüle abstreifte.

Es war, vermutete Mats, wie immer eine teure Cohiba aus Kuba.

»Was ist los?«, fragte er schließlich, weil es sein Schwager gar so spannend machte. Eine böse Vorahnung hatte von ihm Besitz ergriffen. Vielleicht war es doch angebracht, besser Platz zu nehmen. Er fühlte sich auf einen Schlag wieder stocknüchtern und zog sich einen Stuhl heran.

»Wie du vielleicht weißt«, sagte sein Schwager von seiner hohen Warte herab, »habe ich als nebenberuflicher Bürgermeister dieses schönen Städtchens Zugang zu Vorgängen, die nicht unbedingt für jedermanns Ohren bestimmt sind. Man könnte auch sagen, sie sind vertraulicher Natur.«

»Topsecret, meinst du?«, plapperte Mats los und ärgerte sich im selben Augenblick, dass er dem Wichtigtuer auch noch nach dem Mund redete.

»Sozusagen. In diesem besonderen Fall trifft es die Sachlage ganz gut.« Er griff in die Innentasche seines Sakkos und zog einen Zettel heraus, den er in die Höhe hielt wie ein Priester die Hostie bei der Konsekration.

»Was ist das?«, fragte Mats verunsichert.

»Das ist ein Rundschreiben an alle Bürgermeister und Gemeindeämter im Umkreis. Ist mir gestern auf den Schreibtisch geflattert. Es betrifft insbesondere die Zuständigkeiten für die Polizeireviere hier im Grenzgebiet zu Tschechien.«

»Die Polizeireviere …?« Mats schluckte.

»Allerdings. Und damit auch dich und deine Kollegen.«

Eine beschwingte Maja riss die Tür auf – draußen hatte DJ Leo inzwischen »Who Let The Dogs Out« aufgelegt, und die Gäste bellten dazu, das Gejaule der menschlichen Hundemeute war bis in die Küche zu hören. Wildbieler wartete ab, bis sie alkoholischen Nachschub aus dem Kühlschrank geholt und ihm eine Kusshand zugeworfen hatte, die er erwiderte.

»Amüsiert ihr euch?«, fragte er sie.

»Und wie! Diese Jungs aus Tschechien sind der absolute Hammer«, antwortete sie und verschwand wieder.

Wildbieler schloss die Tür hinter ihr, entledigte sich endlich seiner albernen Grillschürze, warf sie sich über die Schulter und fuhr dabei mit seiner Predigt fort. »Im Zuge einer anstehenden grundsätzlichen Gebietsreform und der damit einhergehenden dringend erforderlichen Sparmaßnahmen, über die wir und das Innenministerium schon seit Längerem debattieren, wird es notwendigerweise zu gewissen Änderungen kommen, die eventuell auch Thalbach betreffen.«

Er machte eine Kunstpause, brachte seine Zigarre wieder zum Glühen und fasste seine Gedanken zusammen: »Kurz und gut: Ich wollte dich nur vorwarnen. Früher oder später wird es eine Überprüfung der Rentabilität aller Reviere geben. Eher früher.«

»Rentabilität? Seit wann ist ein Polizeirevier rentabel?«

Wildbieler verdrehte die Augen. »Ich habe mich deinetwegen etwas volkstümlich ausgedrückt, Mats, damit du auch verstehst, um was es geht bei den Bürokraten im Ministerium da oben, verstehst du?«

»Ja, ich denke schon.«

»Nein, du kapierst den Ernst der Lage nicht«, widersprach er. »Lass es mich dir erklären. Es gibt Statistiken, was die Zahl der Straftaten im Land angeht, okay? Die fallen in jeder Region nun mal verschieden aus, je nachdem, ob es sich um eine Großstadt, eine Kleinstadt oder um ein Kaff im Hinterland handelt.«

»Du meinst Thalbach«, konstatierte Mats mit bedrückter Miene.

»Das würde ich nie über eine Stadt sagen, deren Bürgermeister ich bin«, entgegnete Wildbieler eingeschnappt.

»Also – was ist jetzt mit diesen Statistiken?«, insistierte Mats.

Wildbieler hob die Arme. »Statistische Erhebungen sind nun mal eine objektive Grundlage für jede kommunalpolitische Entscheidungsfindung, habe ich recht, oder habe ich recht?«

»Ja, sicher.«

»Na also. Und nun gibt es sogar Statistiken, in denen Delikte und Straftaten pro Revier ausgerechnet werden. Wie viele Anzeigen, Verbrechen, Diebstähle, Einbrüche, wie viele Verkehrsverstöße, Notrufe, Einsätze et cetera, et cetera. Kannst du mir noch folgen?«

»Worauf willst du hinaus?«

»Worauf ich hinauswill? Herrgott, Mats – bist du wirklich so schwer von Begriff? Du leitest nun mal ein sogenanntes Zwergenrevier.«

»Zwergenrevier?«

»So heißt das beim Innenministerium. Tatsache ist: Jedes Revier, ob groß oder klein, von Schwaben über Franken, Ober- und Niederbayern bis hin zur Oberpfalz, wird unter die Lupe genommen, ob es noch rentabel ist oder ob man es schließt. Synergieeffizienz, schon mal davon gehört?«

»Nein. Was soll das sein? Eine ansteckende Krankheit?«

Wildbieler seufzte ostentativ über so viel Ignoranz und fuhr sich mit der Hand über das Gesicht.

»Zusammenlegung, Zentralisierung und Verdichtung nennt sich das. Habe ich mich jetzt klar und deutlich ausgedrückt?«

Mats kam sich vor, als wäre ihm in diesem Moment tatsächlich der Himmel auf den Kopf gefallen. »Glasklar. Die wollen Thalbach plattmachen …«

Wildbieler steckte seinen Zettel wieder weg. »Das ist noch nicht spruchreif, aber es wird wohl überprüft und in Erwägung gezogen, ja.«

»Danke«, sagte Mats erschöpft.

»Wofür?«

»Dass du mich vorgewarnt hast.«

»Keine Ursache. Bin ich meiner Schwester schuldig. Willst du einen Rat?«

»Wenn du einen hast und er nichts kostet ...«

»Der ist ausnahmsweise gratis. Ihr müsst aufpassen in eurem Zwergenrevier. Euch im besten Licht zeigen. Das ist wie mit dem ›Guide Michelin‹.«

»Dem was?«

»Na ja, dem ›Guide Michelin‹. Dem Restaurantführer. Drei Sterne. Zwei Sterne. Ein Stern. Wenn eine Inspektion kommt, um euch zu überprüfen. Wie ein Tester bei einem Sternekoch. Die kommen entweder offiziell oder inkognito. Beides ist möglich. Dann schauen sie sich um, wie es bei euch zugeht. Wie professionell ihr eure Arbeit macht. Ob ihr genügend zu tun habt.«

»Und wenn nicht?«, fragte Mats.

»Ganz einfach. Dann machen sie den Laden dicht. So läuft das.«

»Bist du sicher?«

»Das ist so sicher wie das Amen in der Kirche. Also, Mats – Augen auf! Ich möchte nicht, dass unser Thalbach auf einmal ohne Zwergenrevier dasteht. Ein Polizeirevier in der Stadt ist ein Zeichen von Sicherheit und Stabilität für unsere Bürgerinnen und Bürger. Und die sind nun mal meine Wähler. Eine Hand wäscht die andere. Du weißt, was du zu tun hast.«

Er drehte den Wasserhahn an der Spüle auf und löschte mit dem Wasserstrahl die Glut seiner Zigarre, den nassen Stummel warf er in den Abfall.

»Bis zum nächsten Mal, Schwager. War 'ne gelungene Party. Ich schicke die Jungs von der YMCA-Gang jetzt wieder nach Tschechien zurück, bevor sie noch auf dumme Gedanken kommen. Unsere Frauen, meine ich!« Er lachte. »Das war's dann für heute. Hasta la vista!«

Damit drückte er Mats die Grillschürze in die Hand und verschwand.

Mats blieb rat- und reglos auf seinem Stuhl zurück, dann feuerte er die Schürze wütend in den Abfall.

Es dauerte nicht lange, und die Musik draußen brach ab. Ebenso die Lightshow.

Als Rausschmeißer legte DJ Leo noch »Such A Shame« von Talk Talk auf.

Sehr passend, dachte Mats. Er blieb immer noch sitzen und starrte ins Nichts. Weil er daran zu kauen hatte, was sein Schwager alles von sich gegeben hatte. Wenn das Zwergenrevier Thalbach dichtgemacht wurde, hatten sie alle – er, Florian und Leo – ein Problem.

Ein riesengroßes Problem.

Sie würden versetzt werden. Nach Deggendorf. Nach Passau. Oder vielleicht sogar nach München. Niemand aus seinem ganzen Kollegenkreis wollte freiwillig in die Landeshauptstadt. Die Mieten waren unbezahlbar, der Job war superstressig, die Scheidungsrate bei Kollegen, die über die Woche Dienst in München schoben und nur am Wochenende nach Hause kamen, war unverhältnismäßig hoch.

Statistikmäßig.

Es war nicht so, dass er keine Statistiken kannte. Die jedenfalls hatte er gelesen.

Ein einziger Alptraum.

Er stand auf, öffnete den Kühlschrank – im selben Moment blitzte es vor dem Fenster – und suchte nach dem Wodka. Aber den hatte Maja mitgenommen. Ihm blieb nichts anderes übrig als ein Schluck aus der Wasserflasche.

Da folgte der Donnerschlag. Er war heftig.

Mats zuckte zusammen.

Er warf einen Blick auf die Küchenuhr. Halb zwei. Dann sah er zum Fenster hinaus.

Ein dramatisches Wetterleuchten erhellte den wolkenverhangenen Himmel.

Hätte nach Bayreuth gepasst, dachte Mats. Wagner, »Götterdämmerung«.

Regen setzte schlagartig ein und klatschte gegen das Fenster. Dazu prasselte es. Hagelkörner waren also auch dabei.

Murphys Gesetz.

Wenn du denkst, schlimmer kann es nicht mehr kommen, kommt es noch schlimmer.

Wenigstens etwas Gutes hatte es: Das Gewitter inklusive Starkregen machte dem Fest ein abruptes Ende.

Genau zum richtigen Zeitpunkt.

Trotz Partyzelt flüchteten die Gäste. Bei den Regenmengen, die da herunterkamen, hätte es auch nichts mehr genutzt, sich dort unterzustellen.

Es ging schneller, als Mats es sich gedacht hatte. Die Verabschiedungen waren kurz und die Versprechungen, am nächsten Tag beim Aufräumen zu helfen, zahlreich.

Als auch der letzte Gast gegangen war, setzte Mats sich auf eine Bierbank und sah niedergeschlagen unter der noch halb herausgelassenen Markise zu, wie der Regen, vermischt mit erbsengroßen Hagelkörnern, auf die Markise, das Partyzelt, auf die Sitzbänke, die Tische, die Gläser, die Teller, den Grill prasselte.

In diesem Moment wünschte er sich, das Unwetter würde alles wegwaschen. Den Dreck, die Zukunft, die Gegenwart, die Existenzangst, die gottverdammten Statistiken – überhaupt alles.

Aber Wünsche dieser Art, das wusste er mit Bestimmtheit, gingen nie in Erfüllung.

Zum ersten Mal in seinem Leben hatte er das bestürzende Gefühl, richtig erwachsen geworden zu sein, alleinverantwortlich für alles, was er tat, ohne einen Fehler auf irgendjemanden abwälzen zu können, ohne Absolution für seine Sünden. Egal ob er welche begangen hatte oder nicht. Da konnte nicht mal der Pfarrer helfen. Nur er selbst musste eine Lösung dafür finden, dass ihm sozusagen der Boden unter den Füßen weggezogen worden war. Oder der Himmel auf den Kopf gefallen.

Jetzt wusste er, warum Wildbieler »Hasta la vista!« gesagt hatte, bevor er gegangen war. Wie Arnold Schwarzenegger im Film. Weil er sich anscheinend für die Inkarnation des ehemaligen Gouverneurs von Kalifornien hielt. Eines entschlossenen

Mannes, der die Chose kraft seines Amtes und seiner Autorität zusammenhielt. Oder sich zumindest einbildete, er wäre ebenso cool, weltmännisch und einflussreich wie Arnie in seinen besten Zeiten.

War das Hybris oder Realität?

Früher oder später würde er es herausfinden.

Mats hasste ihn jedenfalls jetzt schon dafür.

Dabei konnte Wildbieler gar nichts für das, was er da kassandramäßig angedroht hatte. Man hasste einfach den Überbringer der schlechten Botschaft. In der Antike hätte man ihn dafür umgebracht. Bei dem Gedanken daran musste Mats unwillkürlich grinsen.

Was hatte sein Schwager gesagt?

»Hasta la vista.« Wir sehen uns.

Es war also noch nicht zu Ende.

Es war erst der Anfang.

Conny kam patschnass und barfuß auf ihn zu, die Haare klebten ihr am Kopf. Im ersten Moment dachte er, dass sie weinte. Aber es war der Regen, der ihr übers Gesicht lief und die Schminke verschmierte.

Er sah seiner Frau an, dass sie ein schlechtes Gewissen hatte. Wahrscheinlich, weil sie im Kollektiv mit ihren Geschlechtsgenossinnen bei der Show der YMCA-Gang vollkommen ausgeflippt und ihr das im Nachhinein klar geworden war. Aber sie war nicht die Einzige gewesen.

Doch das war jetzt Schnee von gestern. Deshalb war er nicht mehr sauer auf sie. Er hatte andere Probleme.

In einer Hand hielt sie ihre Birkenstocksandalen, in der anderen zwei leere Weißbiergläser. Sie blickte ihn an wie der sprichwörtlich begossene Pudel. Er wartete darauf, dass sie etwas sagte.

»Räumen wir morgen auf?«, fragte sie schließlich.

»Ja«, antwortete er resigniert. »Ja, wir räumen morgen auf.«

Er stand schwerfällig auf, gab ihr einen Kuss, drückte den Schalter und ließ die Markise zurückfahren, machte sämtliche

Außenlichter aus und ging ins Haus. Conny stellte die Gläser auf der Bierbank ab, schloss die Terrassentür und folgte ihm.

Es blitzte, und der Donner krachte nahezu gleichzeitig so laut, dass man meinen könnte, es sei der Auftakt zum Weltuntergang.

Mats hätte in diesem Moment nichts dagegen gehabt.

Das Zentrum des Gewitters war direkt über Thalbach.

Oder, wenn man es ganz genau nehmen wollte, über dem unverputzten Neubau des Ehepaars Behringer.

Der Nachthimmel öffnete endgültig alle Schleusen.

5

Mats und Florian fuhren Streife auf einem Feldweg entlang der Grenze. Reine Routine. Mats saß am Steuer.

Vor ihrer Tour hatten sie einen kurzen Halt an der Tankstelle von Sepp Eichinger eingelegt, weil Florian sich noch einen Snack genehmigen wollte und bei Conny, die diese Woche noch hinter der Verkaufstheke stand, einen »Bavarian-Leberkäs-Burger« bestellte, der kurz in der Mikrowelle aufgewärmt wurde und den er wie immer anschreiben ließ. Eine Dose Cola Zero nahm er für unterwegs mit.

Während der Fahrt schwiegen sie sich an, Florian verspeiste seinen Burger. Mats mochte den durchdringenden Geruch nach billigem Fett nicht, der sich im Wagen ausbreitete. Demonstrativ ließ er das Seitenfenster herunter und hielt seine Nase in den frischen Fahrtwind.

Eine gewisse Spannung lag in der Luft.

Die Housewarmingparty war einen Tag alt. Das von den Gästen und dem Unwetter angerichtete Chaos war mit nachbarschaftlicher Hilfe aufgeräumt, die Sitzbänke und Tische waren zurückgebracht worden, das vom Hagel ramponierte Partyzelt wurde abgeholt, die ehelichen Unstimmigkeiten wegen des übermäßig großen Zuspruchs auf die Stripteaseshow waren einigermaßen ausgeräumt. So weit konnte also an sich alles wieder einigermaßen paletti sein.

Rein äußerlich.

Als Florian mit seiner Zwischenmahlzeit endlich fertig war und seine fettigen Hände mit einer Papierserviette abgewischt hatte, hielt er es schließlich nicht länger aus. »Bist du noch sauer?«

Mats ließ sich viel Zeit mit seiner Antwort, bis er fragte: »Weswegen genau?«

»Na ja – ich hab dich im Keller zurückgelassen.«

»Allerdings. Auf den versprochenen Kaffee warte ich jetzt noch.«

»Tut mir echt leid.«

»Muss es nicht.«

»Doch. Es war nur so … Also ich hab auf der Suche nach einer Tasse für deinen Kaffee in der Küche einen alten Freund von außerhalb getroffen. Olli. Du kennst ihn noch. Olli Schmadke. Er war mal bei uns in der Klasse und damals so ein kleiner dicker Angeber. Jetzt ist er groß und dick … und immer noch ein Angeber.« Er lachte. »Wie auch immer, dieser Olli Schmadke –«

»Kann ich dir mal was sagen?«, unterbrach ihn Mats. »Wenn du mich vielleicht auch mal zu Wort kommen lässt?«

»Bitte …«

»Ich konnte Olli noch nie ausstehen. Er war ein Schläger. Und dumm wie Bohnenstroh.«

»Schon möglich. Aber weißt du was? Er hat's echt zu was gebracht.«

»Kann ich mir nicht vorstellen.«

»Tatsache. Im Ausland. In China. Ist dort Vertreter für landwirtschaftliches Gerät. Und jetzt mit einer Chinesin verheiratet.«

»Der kann Chinesisch?«

Florian zuckte mit den Schultern. »Anzunehmen. Wie unterhält er sich sonst mit seiner Frau?«

»Also – mir fallen da auf Anhieb ein paar Leute ein, die sich schon seit Ewigkeiten nicht mehr mit ihrer Frau unterhalten.«

»Vielleicht hat sie ja Deutsch gelernt. Oder kann Englisch.«

»Olli jedenfalls nicht. Englisch konnte er so gut wie gar nicht. Ist deswegen durchgefallen.«

»Immerhin hat er jetzt eine Villa im Tudorstil in Grünwald. Dieser Promivorort von München. Wo die ganzen Fußballstars vom FC Bayern wohnen. Neben Boateng.«

»Der ist nicht mehr bei Bayern.«

»Stimmt. Seine Villa steht zum Verkauf. Hab ich im Internet gelesen. Für elf oder zwölf Millionen.«

»Ein Schnäppchen.«

»Du sagst es. Vielleicht hätte ich damals doch zum Probetraining von Bayern gehen sollen …«

»Fällt dir reichlich spät ein.«

»Na ja – hätte wahrscheinlich sowieso nicht gereicht.«

»Wahrscheinlich.«

Florian seufzte und nahm einen Schluck aus der Coladose. »Olli hat mir die Bilder von der Villa auf seinem Smartphone gezeigt. Übrigens auch von seinem Haus auf Sylt. Schicke Hütte. Direkt in den Sanddünen. Mit so einem Strohdach.«

»Du meinst Reet.«

»Sag ich doch.«

»Ich kann ihn trotzdem nicht ausstehen.«

»Ich auch nicht«, gab Florian zu. »Hat nur noch gefehlt, dass er mir seine Jacht zeigt. Und ein Bild von seiner Freundin.«

Jetzt war Mats wirklich interessiert. »Hat er? Eine Freundin? Neben seiner Frau? Der dicke Olli?«

Florian zuckte mit den Achseln. »Erfolg ist das beste Parfüm, sagte mein Opa immer. Angeblich eine Französin.«

»Ich glaube es nicht!«

»Ja, der dicke Olli. Er wollte sie mir gerade zeigen. Aber in dem Moment hat dein Schwager das Mikro gepackt und seine große Ansprache gehalten. Reden kann er, das muss man ihm lassen.«

»Hat er mich erwähnt?«

»Warum sollte er? Du warst außer Gefecht. Das hab ich ihm noch geflüstert.«

»Ja, warum sollte er …?«, murmelte Mats.
»Nein, er hat gesagt, dass er noch etwas Besonderes in der Pipeline hat.«
»Hat er wirklich ›Pipeline‹ gesagt?«
»Ja.«
»Pipeline! So was kann auch nur von ihm kommen. Mein Schwager hat eine billige Showtanzgruppe in der Pipeline …« Er schüttelte fassungslos den Kopf.
»Was hast du? Alle waren begeistert. Sogar meine Frau. Und deine auch.«
»Jaja, schon gut. Hab's gesehen.«

Sie fuhren eine Weile in Gedanken versunken vor sich hin, bis Mats urplötzlich so abrupt abbremste, dass Florian heftig nach vorne in seinen Sicherheitsgurt gedrückt wurde.
»He, was soll das?«, regte er sich auf.
Mats fuchtelte mit erhobenem Zeigefinger vor Florians Gesicht herum. »Hör zu, Flo, ich will kein Wort mehr von dieser Housewarmingparty hören. Haben wir uns da verstanden?«
»Okay, okay. Was ist dir denn für eine Laus über die Leber gelaufen?«
»Die Laus ist so groß wie ein Elefant. Mindestens.«
»Wovon sprichst du?«
Mats machte den Motor aus. Sie standen mitten auf dem freien Feld. Die Sonne schien von einem strahlend blauen Himmel, rechter Hand zog sich der tschechische Wald bis zum Horizont entlang Richtung Nordosten, und nur noch der abkühlende Motor tickte leise.
Florian merkte, dass es Mats ernst war.
Todernst.
Er war vollkommen verunsichert. So hatte er seinen Freund noch nie erlebt.
Nur einmal, als sie sich darum gestritten hatten, auf wen Veronika stand, die eine begehrte Schönheit in der Schule war und ihre Gunst und ihre Aufmerksamkeit Florian und Mats gleichermaßen geschenkt hatte. Aber letzten Endes hatte sie

sich nur einen Spaß daraus gemacht, die beiden gegeneinander auszuspielen. Doch das war Lichtjahre her. Außerdem hatte sie sich längst für den Biologielehrer entschieden, der ein BMW-Motorrad mit Beiwagen fuhr und nikotingelbe Finger hatte, weil er filterlose Senior Service rauchte. Als dann das Verhältnis herauskam, sollte er von der Schule fliegen. Er heiratete Veronika ein Jahr vor ihrem Abitur, weil sie von ihm schwanger war. Gerüchte besagten, er sei nicht der Vater gewesen.

Gerüchte – das war genau der Punkt, auf den Mats hinauswollte.

»Ich muss dir jetzt etwas sagen, was du nicht gerne hören willst«, meinte er düster.

Florian stöhnte. Dann gab er es zu: »Ich schwöre dir, ich klaue dir nie wieder deine Brotzeit, ehrlich!«

Mats klopfte wütend auf das Lenkrad. »Herrgott, Flo – es geht mir nicht um Kinderkram. Es geht um unsere Existenz!«

Dann erzählte er seinem Partner haarklein, was er von seinem Schwager erfahren hatte. Dass es Spitz auf Knopf stand, ob ihr Revier zugemacht wurde. Zu seinem Erstaunen hörte Florian vom Anfang bis zum bitteren Ende zu und sagte keinen Ton. Nicht einmal Fragen stellte er.

Auch nicht, als Mats mit seiner Ansprache fertig war, den Motor wieder startete und weiterfuhr.

Während der ganzen restlichen Patrouille schwiegen sie wie Trappistenmönche. Und machten auch entsprechende Gesichter.

6

Mats parkte den Dienstwagen vor dem Polizeirevier am Marktplatz von Thalbach. Neben dem Rathaus und dem Brunnen mit dem Denkmal von Bürgermeister Wiegand, der im Dreißigjährigen Krieg 1638 den anrückenden Schweden todesmutig mit einer weißen Fahne entgegengegangen war, um Thalbach so vor der Zerstörung zu bewahren. Er war der einzige Held, den Thalbach jemals hervorgebracht hatte.

Das Polizeirevier war ein schmales Haus aus der Gründerzeit, die Zahl »1912« stand auf einem verblassten Gipsrelief über dem Eingang. Ein Immobilienhai hätte es euphemistisch als »bezaubernd pittoresken Altbau mit erheblichem Sanierungsrückstau« klassifiziert. Die Beschreibung passte auch für die Innenräume.

Im Büro setzte sich Florian wortlos an seinen Computer, tippte nur »Keine besonderen Vorkommnisse« sowie Fahrstrecke, Zeitaufwand und Datum ins erforderliche Protokoll und verschwand dann schnurstracks, den Blick auf den Boden gerichtet, in Richtung Toilette.

Leo und Monika, die ebenfalls Dienst schoben, sahen Mats irritiert an.

»Was hat er denn?«, wollte Monika wissen.

Mats zuckte nur mit den Schultern, folgte Florian aber nach einer Weile, weil er sich Sorgen machte.

Als er die Tür zum Toilettenraum öffnete, hörte er, wie sich Florian mehrfach lautstark übergab und dann spülte.

»Alles in Ordnung mit dir?«, fragte er und klopfte an die verschlossene Tür.

»Ja, schon gut. Muss der ›Bavarian-Leberkäs-Burger‹ gewesen sein, hab ich irgendwie nicht vertragen.«

Schließlich kam er heraus, leichenblass, spülte sich den Mund aus und wusch sich sein Gesicht am Waschbecken. Er riss mehrere Streifen vom Papierspender, trocknete sich damit ab und sah Mats an.

»Ist es wirklich so ernst?«

»Ja«, antwortete Mats ehrlich. »Ist es.«

»Was können wir dagegen tun?«

»Ich arbeite daran«, sagte Mats und klopfte sich mit dem Finger an die Schläfe.

»Was meinst du damit?«

»Ich hab da so eine Idee.«
»Was für eine?«
»Eine nicht ganz ungefährliche. Aber es ist unsere einzige Chance.«
Florian warf die zusammengeknüllten Papiertücher in Richtung Abfallkorb und traf knapp daneben.
Heute war einfach nicht sein Tag.
Er ging in die Knie, hob das Knäuel auf und stopfte es in den Müll.
»Willst du mir nicht sagen, was du ausgebrütet hast?«
»Schon. Aber nicht hier.« Er machte eine Geste in Richtung Büro.
»Verstehe. Wo dann? Im ›Dodici Apostoli‹?«
Das war ihre Stammkneipe. Ein Italiener am Marktplatz, schräg gegenüber vom Rathaus. Der Besitzer hieß Enzo. Die Pizza Mafioso für zwölf Euro fünfzig. Vor einem halben Jahr hatte sie noch glatte zehn Euro gekostet.
»Nein. Da haben die Wände auch Ohren. Sankt Josef. Heute Abend. Bei mir zu Hause geht's nicht, Conny hat dort ihren Frauentreff. Deine dürfte auch dabei sein.«
»Wenn wir einen Babysitter finden.«
»Dann kümmere dich darum. Sagen wir, zwanzig Uhr?«
»Okay. Was ist mit Leo?«
»Wir weihen ihn später ein.«
»Warum?«
»Weil ich zuerst nur mit dir darüber sprechen will.«
»Ich frage noch mal: Warum?«
»Weil es kriminell ist.«
»Kriminell …?«
»Ja. Kriminell. Aber notwendig«, sagte Mats so entschlossen wie schon lange nicht mehr.

Die Tür zum Toilettenraum ging auf, und Leo schaute herein. Ahnungslos und naiv wie immer – aber neugierig.
»Ich sehe schon, ein konspiratives Treffen auf dem Herrenklo. Hab ich was Wichtiges verpasst?«, fragte er.

»Ja«, sagte Mats und legte ihm die Hand auf die Schulter. »Wenn du noch mal in meiner Gegenwart die Village People auflegst, bringe ich dich um.«

Leo war leicht verunsichert und sah Mats in die Augen, um zu überprüfen, wie ernst der es meinte. Dann fing er an zu grinsen. »Wieso? Euren Frauen hat's gefallen.«

Nach einer kurzen, aber bewusst angsteinflößenden Pause, in der weder Leo noch Florian wusste, wie Mats reagieren würde, sagte der: »Das kannst du laut sagen, und wie!«

Er lachte, Florian schloss sich erleichtert an.

Die Spannung löste sich auf.

Sie boxten sich wie alte Freunde, die sie waren, und Mats und Florian verließen den Toilettenraum.

7

Beim letzten Acht-Uhr-Schlag der Glocke von St. Josef trat Mats durch das schwere Eingangsportal. St. Josef war eine spätbarocke Kirche, nicht besonders imposant, aber reichlich mit weißem Stuck und goldverzierten Heiligenstatuen ausgestattet und einer großen neuen Orgel auf einer Empore über dem Eingang, deren Einbau zum größten Teil von Spendengeldern finanziert worden war. Hauptsponsor war das ortsansässige Autohaus Wildbieler. Das stand auch auf der Plakette, die am Eingang angebracht war.

Aus alter Gewohnheit tupfte Mats einen Finger ins Weihwasserbecken, bekreuzigte sich und deutete im Mittelgang vor dem Altar kurz den üblichen Knicks an, das war ihm schon seit seiner Ministrantenzeit in Fleisch und Blut übergegangen.

Draußen war es schwülwarm, aber im Kirchenraum herrschte eine angenehme Kühle, es war noch hell, ein paar Kerzen flackerten, und es roch leicht nach Weihrauch.

Genau der richtige Ort für ein konspiratives Treffen, dachte Mats. Oder war das, weil er zu viele Mafiafilme gesehen hatte?

Egal, er musste seinen Freund und Kollegen Florian davon überzeugen, dass das, was er vorschlagen wollte, das einzig Richtige war, was sie angesichts der Situation tun konnten. Und wenn die weihevolle Umgebung dazu beitragen konnte, dass Florian nicht so viel fluchte wie sonst – umso besser. Es gab keine Alternative.

Ganz vorne in der ersten Bankreihe konnte er einen Rücken erkennen. Florian war also ausnahmsweise einmal pünktlich.

Er setzte sich wortlos neben ihn hin. Florian blätterte im Gesangbuch, das er nun zuklappte. Er drehte sich zu Mats und sah ihm in die Augen.

»Also – was hast du dir Kriminelles ausgedacht?«, flüsterte er. »Lass mal hören.«

»Mein Plan ist folgender«, begann Mats. »Es dreht sich hauptsächlich um unsere Verbrechensstatistik.«

»Wieso? Da stehen wir doch glänzend da. Bei uns geht's friedlich zu. Wir haben das voll im Griff. Bis auf zwei geklaute Fahrräder, die Schlägerei im ›Schwarzen Adler‹ und den aufgebrochenen Zigarettenautomaten vor dem Vereinsheim. Und das waren vermutlich ein paar besoffene Jugendliche. Halt – eine Entführung habe ich noch vergessen. Der Hund von der Breitwieserin. Aber der taucht sowieso wieder von selbst auf.«

»Eben. Und was sind das?«

»Kleinigkeiten. Banale Delikte, die überall vorkommen.«

»Banale Delikte. Genau. Aber jetzt sage ich dir was: Was wir brauchen, ist was Größeres. Was Spektakuläreres. Verstehst du mich?«

»Ja, schon. Aber was sollen wir machen? Auf Instagram gehen und irgendwelche Ganoven einladen? Kommt alle nach Thalbach, da lohnt sich das Verbrechen noch?«

»Keine schlechte Idee. Aber da hätten sie uns gleich am Wickel. Nein, wir müssen selber die Initiative ergreifen.«

»Wie meinst du jetzt das?«

»Wenn das Verbrechen nicht zu uns kommt, müssen wir eben selber ein wenig … nachhelfen.«

»Was soll das heißen?«

»Wir brauchen ein paar richtige Vergehen, juristisch ausgedrückt. Einbrüche, Diebstähle. Nix Schlimmes, versteh mich nicht falsch. Keinem wird was weggenommen, keinem wird wehgetan. Aber wir müssen die Statistik entsprechend ein wenig ... na ja: zu unseren Gunsten zurechtbiegen. Du weißt, was unser ehemaliger Ministerpräsident gesagt hat?«

»Franz Josef Strauß?«

»Genau der. ›Ich traue keiner Statistik, die ich nicht selbst gefälscht habe.‹«

Florian kratzte sich skeptisch am Kopf. »Ich weiß, was du meinst. Aber ganz wohl ist mir nicht bei dem Gedanken. Schließlich sind wir Gesetzeshüter und keine Gesetzesbrecher. Und wenn da was herauskommt ... Ich darf gar nicht daran denken!«

»Wie soll da was herauskommen? Wir machen das unter uns aus. Und wir sind die Polizei. Wir untersuchen das selbst.«

»Mats – ich habe Frau und Kinder. Wie stehen die da, wenn der Ehemann und Papa in den Knast geht?«

»Jetzt mach dir nicht gleich von vornherein ins Hemd. So weit kommt es nicht. Gegenfrage: Was soll aus deiner Familie werden, wenn der Ehemann und Vater von Montag bis Freitag und manchmal auch Samstag und Sonntag in München ist und dort in einer Besenkammer schläft, weil die Mieten so hoch sind und er zu Hause ein Haus abbezahlen soll? Und er dabei zum Alki wird, weil er den beruflichen und privaten Stress nicht mehr aushält?«

»Weißt du was«, seufzte Florian, »das ist eine wahrhaft besch...« Ihm wurde bewusst, dass sie sich in einer Kirche befanden, und er verbesserte sich: »... bescheidene Situation. Herrgott im Himmel! Wir sind Bullen und sprechen über ... über kriminelle Aktivitäten!«

»Nein. Das siehst du ganz falsch. Wir sprechen über unsere Zukunft. Die Zukunft unserer Familien. Das kommt immer an erster Stelle. Willst du, dass deine Kinder ohne Vater aufwachsen? Willst du, dass deine Frau aus lauter Frust fremdgeht?«

Florian sah ihn entsetzt an. »Natürlich nicht! Du etwa?«

»Also. Wir müssen handeln, bevor es zu spät ist. *Now or never.* Bist du dabei?«

Er streckte ihm die Hand hin.

Florian schlug ein. »Bin dabei.«

»Dann sind wir schon zu zweit. Aber das reicht noch nicht. Es gibt einen Unsicherheitsfaktor bei der ganzen Geschichte.«

Florian nickte. »Leo.«

»Ganz genau. Leo. Er hat nicht so einen Druck wie wir. Leo ist Junggeselle. Ungebunden. Eventuell könnte es ihm gefallen, mal rauszukommen und ein bisschen Großstadtluft zu schnuppern. Was meinst du – vielleicht hätte er nichts dagegen, nach München versetzt zu werden?«

»Leo? Hast du sie nicht mehr alle? Leo wird niemals von hier weggehen. Eher fällt Ostern auf Weihachten.«

»Na, dann ist das wohl ein Argument für unsere gute Sache. Du bist sein bester Kumpel.«

»Weil ich ihn überzeugen soll, willst du wohl sagen.«

»Das auch.«

»Wird nicht einfach. Leo ist so …«

»Ehrpusselig?«

»Ja. Er ist der letzte Mohikaner. Ein Bulle aus Überzeugung. Recht und Gesetz stehen bei ihm über allem.«

»Guter Mann … Aber ohne ihn können wir das Ganze vergessen. Er muss mit dabei sein, sonst klappt das nicht.«

»Das alte Musketiermotto? Alle für einen, einer für alle?«

»Ich würde es modifizieren. Alle für eines. Unser Polizeirevier. Unsere Familien.«

»Leo hat keine.«

»Seine Eltern immerhin. Und er hat seine Scheune. Seine Oldtimer. Seine Werkstatt. Du musst ihn auf unsere Seite ziehen.«

»Ich bin mit ihm zum Angeln verabredet. In aller Früh. Am Stausee.«

»Auf was wartest du dann noch?«

Mats hob die Hand zum Abklatschen. So, wie sie das machten, wenn ihnen ein Tor für den FC Thalbach gelungen war. Was zugegebenermaßen recht selten vorkam. Außer im Training vielleicht.

Florian klatschte ab.

In dem Augenblick hörten sie eine Stimme in ihrem Rücken, die sie herumfahren ließ.

»Guten Abend, meine Herren. Was führt Sie so spät noch ins Haus Gottes?«

Sie waren so vertieft in ihr Gespräch gewesen, dass sie nicht gemerkt hatten, wie der Pfarrer herangekommen war. Jetzt fühlten sie sich ertappt und standen beide ruckartig auf.

»Wollt ihr noch eine Beichte ablegen?«, fragte Pfarrer Schick mit leiser Ironie.

»Nein, Herr Pfarrer«, stotterte Florian. »Wir … wir …«

Mats reagierte geistesgegenwärtig. »Nein. Uns war nur nach … Ruhe. Zurückgezogenheit. Oder wenn Sie so wollen: Kontemplation. Wir hatten heute eine Menge zu tun. Im Revier ging's drunter und drüber.«

»Ja, drunter und drüber«, wiederholte Florian eifrig. »Das reinste Chaos. Da sind wir froh, wenn wir ein paar Minuten der Ruhe haben. Deshalb sind wir hier.«

Der Pfarrer glaubte ihnen offensichtlich nicht so ganz. Er kannte seine Pappenheimer. »Und? Habt ihr sie gefunden? Die Kontemplation? Bevor ihr ins Wirtshaus geht? Ihr könnt Enzo ausrichten, dass er sich auch mal wieder in der Messe sehen lassen kann.«

»Wir gehen heute Abend nicht ins ›Dodici Apostoli‹. Wir gehen nach Hause, zu unseren Familien«, sagte Florian mit dem bodenständigen Ausdruck eines treusorgenden Familienvaters, den nur er so glaubhaft hinbekommen konnte.

Mats fand, dass er ein wenig zu dick auftrug, aber dem Pfarrer schien es zu gefallen, er nickte. »Das ist sehr löblich, da gehört ihr auch hin. Übrigens: Wisst ihr, wer das ist?«

Er wies auf die Heiligenfigur, die in einer Nische seitlich über ihnen schwebte.

Mats und Florian schüttelten beide den Kopf. Darüber hatten sie sich noch nie Gedanken gemacht.

»Der heilige Nikolaus von Myra«, erklärte der Pfarrer. »Der Schutzheilige der Diebe und Verbrecher. Und somit im Umkehrschluss auch irgendwie für euch zuständig.«

»Meinen Sie, er würde ein Wort für uns einlegen?«, fragte Florian.

»Habt ihr das nötig?«

»Ein Fürsprecher kann in unserem Beruf nicht schaden. Man weiß nie, wann man einem gegenübersteht, der vielleicht ein Messer hinter seinem Rücken versteckt«, meinte Mats nachdenklich.

»Wohl wahr! Euer Beruf hat seine gefährlichen Seiten. Obwohl wir hier in Thalbach im Prinzip eine friedliche Gemeinde sind. Gott sei's gedankt.«

Er sah ihre betretenen Gesichter und fragte: »Euch liegt doch nicht eine Last auf der Seele, die ihr loswerden wollt? Oder warum seid ihr wirklich hier? Wenn es so ist, könnt ihr euch jederzeit an mich wenden. Ich habe immer ein offenes Ohr für euch.«

»Das wissen wir, Herr Pfarrer. Und wir werden das tun, wenn es nötig ist. Wir wollten hier einfach für einen Augenblick zur Ruhe kommen.«

»Und? Hat es funktioniert?«

»Ich denke schon«, sagte Florian. »Wir sehen Sie am Sonntag in der Messe.« Er gab dem Pfarrer die Hand.

Mats tat es ihm nach. »Schönen Abend noch, Herr Pfarrer«, sagte er.

»Gleichfalls. In Gottes Namen.«

Gemessenen Schrittes gingen Mats und Florian zum Ausgang, während der Pfarrer ihnen nachsah, bevor er ein Gebet vor dem Altar sprach. Mats und Florian schloss er mit ein, weil er nicht weltfremd war und vermutete, dass sie ein wenig geflunkert hatten. Aber das war eine lässliche Sünde. Er war nur gespannt, ob sie das beim nächsten Mal beichten würden.

8

Die Sonne war gerade aufgegangen. Das Gras auf dem Staudamm war noch taufeucht.

Florian und Leo saßen mit ihrer Angelausrüstung auf Campingstühlen am Ufer des bis zum Horizont reichenden Stausees und beobachteten ihre bunten Feststellposen – so hießen in der Anglersprache die kleinen Schwimmer, die an der Angelschnur befestigt waren und anzeigten, wenn ein Fisch am Köder angebissen hatte.

An diesem frühen Morgen waren sie die Einzigen, und Florian hatte Mühe, seine Augen offen zu halten, so müde war er. Aber erstens hatte er es Leo schon seit Langem versprochen und zweitens den Auftrag, ihn von ihrem Plan zu überzeugen. Das war alles andere als einfach, weil er nicht wusste, wie er es diplomatisch genug angehen sollte, da sie beim Angeln eigentlich nie viel sprachen, es war mehr eine Gelegenheit, unter Freunden zusammen zu sein, ohne zu quatschen. Leo war sowieso von Haus aus ziemlich maulfaul.

Das Anglerritual war etwas, das diametral entgegengesetzt war zu ihren Stammtischrunden beim Italiener, wo man, angefeuert von den üblichen Weißbierrunden und dem Gratisgrappa, vom Hölzchen aufs Stöckchen kam, angefangen mit dem Hauptthema FC Thalbach bis zum Tratsch über Hausbau, Nachbarn, Familie und Autos.

Angeln hatte tatsächlich etwas Spirituelles, dachte Florian, ein gemeinsames Schweigen, das nur unter guten Freunden möglich war, die alles übereinander wussten und es nicht ansprechen mussten.

Florian trank Kaffee aus seiner Thermoskanne, Leo hatte Tee in der seinen. Darjeeling wahrscheinlich, erste Pflückung, darauf legte sein Freund großen Wert. Beide hatten ihre Anglerkleidung an, Westen mit einem Dutzend Taschen, in denen aller möglicher Anglerkrimskrams war, und starrten in Gedanken versunken auf das spiegelglatte Wasser, in dem sich nichts tat. Ab und zu holten sie ihre Schnur ein und warfen sie wieder aus.

Im Licht der Morgensonne tänzelten Mückenschwärme über dem Wasser, am Himmel zogen erste Flugzeuge ihre Kondensstreifen, und Leo und Florian genossen die Ruhe und den Frieden am Thalbacher Stausee.

Das heißt: Florian nicht. Er suchte immer noch nach dem geeigneten Moment, um das Thema geschickt anzusprechen, das ihm und Mats unter den Nägeln brannte.

»Heute beißen sie nicht«, sagte er, weil ihm nichts anderes einfiel.

»Nein. Es sollte regnen. Das wäre besser.«

Florian rückte seinen Topfhut zurecht, der mit Haken und künstlichen Fliegen dekoriert war.

An Leos Angel zuckte es.

»Obacht«, sagte Florian.

Leos Anzeiger, die Feststellpose, tauchte auf einmal heftig unter.

»Ich hab einen!«, meldete Leo und holte seine Angelschnur ein. Florian stand schon mit dem Kescher bereit, und Leo ließ den am Haken zappelnden Fisch, es war ein ordentliches Kaliber von einem Karpfen, in den Kescher sinken. Florian löste den Haken.

»Petri Heil!«, sagte er. »Gratuliere. Ein Prachtstück.«

»Petri Dank«, antwortete Leo nicht ohne Stolz, holte einen Hammerstiel aus seinem Anglerkasten und machte dem Zappeln fachmännisch ein rasches Ende. Er gab den Karpfen in seinen Korb und grinste Florian an.

»Eins zu null«, sagte er.

Florian, der noch immer überlegte, wie er das Gespräch in die richtige Richtung lenken sollte, entschloss sich zu einem Frontalangriff und sagte: »Wir brauchen dich, Leo.«

Leo, der einen neuen Köder auf seinen Angelhaken pfriemelte, sah ihn misstrauisch an und fragte nebenbei: »Wofür?«

»Für unsere Zukunft.«

»Fängst du jetzt schon in aller Früh zu philosophieren an? Und wieso ›wir‹? Was ist los mit euch? Da stimmt doch was nicht.«

»Du hast recht. Es kommt was auf uns zu. Da sind ganz

dunkle Wolken am Horizont, wenn du so willst. An unserem beruflichen Horizont, meine ich. Das betrifft auch dich.«

»Wieso?«

»Weil wir so gut wie im Arsch sind, Herrgott noch mal!«

»Du machst mir Angst. Ist was mit deiner Frau? Deinen Kindern?«

»Nein.«

»Mit Mats und Conny?«

»Nein. Es betrifft in erster Linie nur uns drei. Mich. Mats. Und dich.«

»Inwiefern?«

»Leo – wir müssen was unternehmen. Damit alles so bleibt, wie es ist. Im Revier.«

»Was ist mit dem Revier?«

»Es wird aufgelöst.«

»Was?«

Leo starrte Florian fassungslos mit offenem Mund an. Für einen Moment sah er aus wie der tote Karpfen, dachte Florian, wischte den Gedanken aber gleich wieder beiseite. Er musste Leo auf Teufel komm raus überzeugen.

»Wir wissen das aus einer sicheren Quelle. Und es wird unweigerlich passieren, wenn wir nicht das machen, was Mats vorschlägt.«

»Und was soll das sein?«

»Wir müssen ein paar … Dinger drehen, wenn wir nicht wollen, dass sie uns wer weiß wohin versetzen, weg von Thalbach. Oder willst du in Zukunft nach München pendeln?«

»Wer sagt das?«

»Die Statistik. Und das Innenministerium.«

Leo blickte Florian immer noch entgeistert an. Der Groschen war noch nicht wirklich gefallen.

»Was meinst du damit?«

»Du verstehst mich schon.«

»Nein, das verstehe ich nicht. Sprich mal Klartext.«

»Okay. Die schließen unser Revier, weil bei uns nichts passiert. Unsere Verbrechensstatistik ist unter aller Kanone. Wir sind überflüssig, werden wegrationalisiert. Also müssen wir rechtzeitig dafür sorgen, *dass* etwas passiert! Kapierst du das?«

Jetzt war es endlich auch bei Leo angekommen. Er schloss für einen Moment die Augen.

»Ja. Allerdings. Ihr wollt krumme Dinger drehen und die Verbrechensstatistik künstlich aufmöbeln.« Fassungslos breitete er die Arme aus. »Ja, seid ihr denn noch zu retten?«

Florian packte ihn an den Schultern. »Leo – es geht um alles. Um unsere Existenz. Wir machen das nur, damit wir nachweisen können, dass wir gebraucht werden! Verstehst du?«

Leo schüttelte ihn ab und trat ein paar Schritte zurück. »Oh ja, und ob ich verstehe. Ihr wollt mich da in etwas hineinziehen, das uns alle Kopf und Kragen kosten wird. Ihr wollt, dass ich da mitmache …«

»Und? Machst du mit? Leo – wir brauchen dich!«

Leo fing an, seine Sachen zusammenzuräumen. »Seid ihr bekloppt? Ich bin es jedenfalls nicht. Ich bin Polizeibeamter und begehe keine Verbrechen. Auch keine vorgetäuschten, die nur ein Fake sind. Wenn ihr dieses Wahnsinnsspiel machen wollt – bitte. Aber ohne mich. Das kannst du auch Mats ausrichten. Ich grabe mir doch nicht mein eigenes Grab.«

Er packte Rucksack und Campingstuhl und stiefelte damit zu seinem Auto.

Florians Angelschnur zuckte. Er zog daran, aber als er die Schnur einholte, war nur der Köder weggefressen.

Er drehte sich um.

Leo fuhr in seinem frisch aufgepimpten Ford Mustang mit Karacho weg.

Florian wusste, dass er seine Mission versaut hatte.

9

Nach dem Angelausflug mit Florians völlig surrealem Vorschlag wusste Leo genau, dass er für eine ganz Weile aus dem Grübeln nicht mehr herauskommen würde. Fassungslosigkeit, Wut über Mats und Florian und eine gewisse Hilflosigkeit gepaart mit einem Anflug von Verzweiflung wirbelten in seinem Kopf durcheinander.

Er war nicht unbedingt phantasiebegabt, aber trotzdem hatte er sich während der Fahrt nach Hause sämtliche Variationen ausgemalt, die passieren konnten, ja: unweigerlich passieren mussten, wenn diese zwei Wahnsinnigen, von denen er immer gedacht hatte, sie wären seine besten Freunde und er würde sie so genau kennen wie sich selbst, ihren Plan in die Tat umsetzten. In seinem Kopfkino sah er, wie Mats und Florian mit Handschellen von einer schwer bewaffneten SEK-Einheit abgeführt wurden wie Schwerverbrecher. Er sah sie vor Gericht und im Knast. Und obwohl er alles tat, um den Gedanken zu verdrängen, sah er sich selbst mittendrin.

Wenn das so weiterging, würde er noch durchdrehen.

Aber mit wem konnte er darüber reden?

Mit seinen betagten Eltern garantiert nicht. Sie kümmerten sich um den Hof, einen großen Garten und ein paar Obstwiesen. Tiere hielten sie schon lange nicht mehr, das lohnte sich nicht, ihre Felder waren verpachtet.

Leo wollte von Anfang an kein Landwirt werden und hatte schon früh die Polizeilaufbahn eingeschlagen. Er war der einzige Sohn, seine Eltern hatten seine Entscheidung wohl oder übel akzeptiert, und inzwischen hatten sie ein für beide Seiten erträgliches Maß im Zusammenleben gefunden. Glücklicherweise waren sie recht fit für ihr Alter und kamen gut zurecht.

Seine Welt waren der Polizeidienst und die Werkstatt in der geräumigen Scheune, die er für seine Zwecke hergerichtet hatte und in der er jede Minute seiner freien Zeit verbrachte und an seinen zahlreichen Autos herumbastelte.

Die nächsten drei Wochen hatte er sogar sturmfreie Bude. Seine Eltern hatten nach einigem Hin und Her und viel Zuspruch und Überredungskunst seinerseits endlich ihre seit Langem geplante Hurtigruten-Kreuzfahrt gebucht, und er wollte sie am nächsten Morgen zum Zug nach Hamburg bringen.

Eigentlich hatte er sich darauf gefreut, einmal nicht unter dem Radarschirm seiner Erzeuger zu sein, auch wenn sie ihn normalerweise in Ruhe ließen. Aber er hatte eben seine kleinen Geheimnisse, denen er in diesem Fall ungestört nachgehen konnte. Doch die Vorfreude darauf hatte ihm Florian mit seinen kriminellen Avancen gründlich verdorben.

Als er nun vom Stausee zurück auf den Hof gefahren kam, hoffte er inständig, seinen Eltern nicht über den Weg zu laufen. Er konnte sich schlecht verstellen, seine Mutter würde es ihm sofort ansehen, dass etwas nicht stimmte, und ihm ein Loch in den Bauch fragen. Aber heute hatten sie einen Verwandtenbesuch in Deggendorf geplant, und als Leo sah, dass ihr Auto nicht mehr da war, atmete er erleichtert auf.

Er stieg aus und ging mit seinem Fang in die Küche, um den Karpfen für den Gefrierschrank zu präparieren: Er machte ihn sauber, nahm ihn aus, verpackte ihn und legte ihn in die Tiefkühltruhe im Keller.

Er merkte, dass er ruhiger wurde, wenn er etwas zu tun hatte. Also beschloss er, sich um den alten Porsche-Traktor zu kümmern, ein museumsreifes Stück, das er günstig erworben hatte und wieder auf Vordermann bringen wollte. Das dürfte eine Weile in Anspruch nehmen, er schätzte, mindestens ein Jahr, aber es war eine lohnende Aufgabe, die er wie immer mit großer Hingabe und Ausdauer zu Ende bringen wollte.

Leo betrat die Scheune, ging um den Traktor herum und überlegte, womit er anfangen konnte. Vielleicht versetzte ihn die Arbeit in die Lage, einen klaren Gedanken zu fassen, wie er mit Mats und Florian weiter verfahren sollte. Wenn sie ihr Vorhaben auch ohne ihn durchzogen, saß er in einer richtiggehenden Zwickmühle. Sollte er wegschauen und tun, als wisse er von nichts?

Wie weit würden sie gehen? Musste er sie nicht eigentlich anzeigen?

Eine schreckliche Vorstellung.

Er, ihr bester Freund seit Kindertagen, sollte sie verraten?

Wenn das herauskam, war er für alle Zeiten Persona non grata in Thalbach, ein Judas, egal was die beiden angestellt hätten. Ein Kameradenschwein.

Sollte er sie aufhalten? Ihnen damit drohen, dass er sie auffliegen lassen würde? Oder konnte er sie noch überreden, dass sie gar nicht erst anfangen durften, ihren Plan in die Tat umzusetzen?

Ja, das war wohl der beste Weg. Er musste noch einmal mit ihnen sprechen, sie davon abhalten, sich ins Unglück zu stürzen. Das war er ihnen schuldig.

Endlich schaffte er es, ein angerostetes Teil vom Porsche-Traktor abzunehmen, als das Scheunentor aufging und Monika hereinkam. Die Halbtagssekretärin im Revier, die nebenbei einen kleinen Friseursalon betrieb – heutzutage brauchte man zwei Jobs, um sich über Wasser zu halten. Seit vier Monaten hatten sie eine Beziehung, von der niemand etwas wusste. Seine Eltern nicht und erst recht nicht Mats und Florian. Irgendwie hatten sie es geschafft, ihr Verhältnis geheim zu halten. Dass das nicht mehr lange gut gehen konnte, war abzusehen.

Leo säuberte seine schmutzigen Hände mit einem Putzlappen und sah Monika erwartungsvoll entgegen. Sie waren immer noch im heimlichen Honeymoon, und vielleicht war dieser Zustand genau das richtige Aphrodisiakum, weil sie nach wie vor verrückt aufeinander waren.

War das die große Liebe?

Vor einer Woche hatte er diese Worte allen Ernstes zum ersten Mal ausgesprochen.

Und Monika ging es genauso, das hatte sie ihm gestanden.

Er breitete die Arme aus, und sie schmiegte sich an ihn.

»Pass auf«, sagte er, »ich bin ziemlich schmutzig.«

»Das ist mir egal«, erwiderte sie und küsste ihn leidenschaftlich. Er erwiderte den Kuss und sah sie an.

»Wieso bist du hier?«, fragte er. »Ich dachte, du hast Dienst.«

»Heute nicht. Ich habe mir freigenommen. Weil ich einen wichtigen Termin hatte.«

»Einen Termin? Bei wem?«

»In Passau.«

»Was machst du in Passau?«

»Ich war bei Dr. Görlitz.«

»Wer ist das?«

»Ein Gynäkologe.« Sie fing an zu strahlen.

Mit einem Schlag wurde Leo bewusst, was das bedeutete. Er war zwar normalerweise ein wenig schwer von Begriff, aber kein Dummkopf.

»Sag bloß, du bist ...« Er schaffte es nicht, das Wort auszusprechen.

Monika nickte und tat es für ihn. »Schwanger, ja.«

»Und du willst ...«

»Ja. Ja, ich will.« Sie fiel ihm um den Hals.

»Dann ... dann ...«, stotterte er, »dann werde ich jetzt Vater?«

»Ja, Leo.« Sie sah ihm in die Augen. »Freust du dich?«

Er schluckte und wusste gleichzeitig, dass er sehr aufpassen musste, was er sagte.

»Ja. Ja, ich freue mich! Aber was machen wir jetzt? Wir werden das nicht mehr lange geheim halten können«, meinte er.

»Nein. Warum sollten wir?«

»Ja, du hast recht. Warum sollten wir?«, antwortete er. »Natürlich nicht. Dann heiraten wir eben.«

»Was ist das? Ein Antrag?«

»Ja. Willst du?«

Sie legte beide Hände auf ihren Bauch. »Habe ich eine Alternative?«

»Ich weiß nicht. Bin ich dir nicht gut genug?«

Sie sah ihn an und lächelte. »Aber das ist noch nicht alles.« Sie druckste ein wenig herum. »Ich muss dir noch was sagen.«

»Was?«

»Es sind Zwillinge.«

Jetzt musste Leo sich doch hinsetzen.

Innerhalb von ein paar Stunden war sein bisheriges Leben total auf links gedreht worden.

In jeder Beziehung.
Das musste man auch erst einmal verkraften.
Selbst so ein Mordsmannsbild wie Leo.

10

Am frühen Morgen des nächsten Tages waren Mats und Florian eifrig damit beschäftigt, Telefonate zu führen und liegen gebliebene Schreibarbeiten zu erledigen, obwohl das Monikas Aufgabe gewesen wäre. Aber sie kam erst am Nachmittag, und außerdem schützten sie Arbeit vor, weil jeden Moment Leo aufkreuzen konnte und sie nicht wussten, wie sie sich ihm gegenüber verhalten sollten.

Natürlich war Mats von Florian längst über Leos Reaktion informiert worden und hatte entsprechend miese Laune. Unentwegt brütete er darüber, was sie jetzt tun sollten, nachdem Leo sich strikt geweigert hatte, an seinem geheimen Arbeitsbeschaffungsprogramm für versetzungsunwillige Zwergenrevierpolizisten mitzumachen.

Zunächst war Mats außer sich gewesen, als Florian ihm von seiner erfolglosen Überzeugungsmission berichtet hatte, und sie waren sich lautstark in die Haare geraten. Sie waren noch allein im Revier, und beinahe wären sie handgreiflich geworden, weil Mats einfach nicht begreifen konnte, dass es Florian nicht gelungen war, Leo auf ihre Seite zu ziehen. Erst ein Anruf aus Passau von ihrem Vorgesetzten Kriminaldirektor Hamann brachte sie wieder zur Vernunft.

Seitdem hatten sie kein Wort mehr miteinander gesprochen und warteten nur auf den Moment, in dem Leo zur Tür hereinkam.

Die Luft war zum Schneiden dick, beide, Mats und Florian, befürchteten schon, dass sie sich in Zukunft aus dem Weg gehen und nur noch aus beruflichen Gründen miteinander kommunizieren würden. Alle drei Mann spinnefeind. Und die bedauernswerte Monika, die nicht wusste, um was es ging, mittendrin. Das konnte auf Dauer nicht funktionieren. Vielleicht war es dann doch besser, sie fingen, jeder an einem anderen Einsatzort, wieder von vorne an.

Im Polizeirevier Thalbach war eine neue Eiszeit angebrochen.

Als die Tür geöffnet wurde, taten beide so, als hätten sie nichts Wichtigeres zu tun, als ihre Computer zu bearbeiten.

Aber es war Frau Breitwieser, die eintrat. In der üblichen aufgeregten Verfassung, aber das war ihr Normalzustand.

Mats war trotzdem froh, dass er was zu tun bekam, begab sich an die Theke und fragte: »Frau Breitwieser – was verschafft mir die Ehre?«

»Stellen Sie sich vor, er ist wieder da!«, sagte sie euphorisch.

»Wer, Frau Breitwieser?«, fragte er, obwohl er es wusste.

»Mein Hund, der Willi!«

Er beugte sich über die Theke und sah den Dackel an der Leine seines Frauchens, der treuherzig zu ihm hochblickte. Dass sie ihn nach ihrem vor über zehn Jahren verstorbenen Gatten benannt hatte, wusste jeder in Thalbach.

»Na denn, herzlichen Glückwunsch. Dann können wir ja die Vermisstenanzeige wieder abnehmen.« Er trat an seinen Schreibtisch, wo er das Foto mit dem »Vermisst!«-Aufkleber abgelegt hatte, und gab es ihr zurück. »Wo war er denn? In Tschechien?«

»Nein. Vor der Metzgerei Nerlinger – stellen Sie sich vor! Sie haben mich angerufen. Mein Willi ist ein ganz Schlauer. Er muss den Tierfängern entkommen sein.«

»Na, dann ist ja alles Gott sei Dank wieder in Ordnung.«

»Von wegen! Ich bin hier, um Ihnen zu sagen, dass es so nicht weitergehen kann.«

»Was meinen Sie damit, Frau Breitwieser?«

»Thalbach ist ein unsicheres Pflaster geworden. Wenn am helllichten Tag Tierfänger durch die Stadt fahren und die Polizei nichts dagegen tut! Das hat es früher nicht gegeben. Bevor sie die Grenze aufgemacht haben.«

»Frau Breitwieser, ich versichere Ihnen, wir werden verstärkt ein Auge auf solche Aktivitäten werfen.«

»Gut. Sehr gut. Willi und ich, wir beide verlassen uns darauf.«

»Das können Sie. Hundertprozentig.«

»Na dann – auf Wiedersehn.«

»Bis zum nächsten Mal, Frau Breitwieser.«

Die Breitwieserin zog ihren Dackel endlich hinaus, und im selben Augenblick kam Leo hereingeschneit. Er hielt ihr noch die Tür auf und wartete, bis sie draußen war.

Dann drehte er sich zu Mats und Florian um, stand aber erst einmal nur da, mit der Dienstmütze in der Hand.

Mats und Florian hoben den Blick.

Irgendwie sieht der Kollege bußfertig aus, dachte Mats und wusste nicht, warum ihm ausgerechnet dieser Begriff für Leos Zustand eingefallen war. Aber er passte einfach.

»Können wir reden?«, sagte Leo schließlich.

»Ja«, antwortete Mats. »Wir sind unter uns.«

Bleierne Stille folgte. Bis Leo sich gründlich räusperte und sagte: »Ich bin dabei.«

Mats und Florian warfen sich einen Blick zu. Es dauerte eine Weile, ehe Mats antwortete. »Okay. Woher der plötzliche Sinneswandel, wenn man fragen darf?«

»Ich will nicht weg von Thalbach. Nein, ich muss das richtigstellen: Ich *kann* nicht weg. Aus persönlichen Gründen. Und dann … Ich hätte da einen Vorschlag zu machen …«

Mats nickte. »Darf ich die Gentlemen in unseren abhörsicheren Konferenzraum bitten? Nur zur Sicherheit?«

Sie sahen sich an, nickten sich zu und folgten Mats in den Vorraum der Herrentoilette.

11

Mats und Florian lehnten sich mit verschränkten Armen an die Waschbecken.

»Also«, sagte Mats. »Was hat dich jetzt auf einmal so schnell zum Umdenken gebracht? Über Nacht?«

»Ich habe eben diese Nacht darüber nachgedacht, was die Auflösung unseres Reviers für Folgen hätte.«

»Gravierende«, schob Florian ein.

»Allerdings, da gebe ich dir recht. Zwei – nein: Drei Gründe sind es, die für mich ausschlaggebend sind. Nummer eins: Ich will nicht weg von hier. Schon erst recht nicht in die Landeshauptstadt. Hier in Thalbach bin ich daheim, und hier will ich bleiben.«

»Das ist nachzuvollziehen. Wir denken genauso. Aber wenn du dich uns anschließen willst, muss dir klar sein, dass du ein gewisses Risiko eingehst.«

»Ich bin nicht auf der Brennsuppe dahergeschwommen, Mats. Was denkst du, warum ich euren … nun ja: Vorschlag zunächst in Bausch und Bogen abgelehnt habe?«

»Meinst du, uns ist es leichtgefallen, so was auch nur zu denken?«, warf Florian ein. »Dass wir selbst krumme Dinger drehen müssen, nur um irgendeine verfluchte Statistik nach oben zu treiben?«

»Nein, sicher nicht. Aber ich habe noch zwei andere Gründe für meine Entscheidung. Die waren eigentlich letzten Endes ausschlaggebend.«

Er holte tief Luft, und dann brachte er es heraus. »Ich werde Vater.«

Mats und Florian waren zunächst einmal sprachlos und warfen sich einen überraschten Blick zu.

»Du?«, brach es aus Florian heraus. »Du wirst Vater?«

Leo reagierte beleidigt. »Ja, traust du mir das vielleicht nicht zu?«

»Schon. Aber … Ich dachte, du hast gar keine Zeit für so was.«

»›So was‹? Was meinst du mit ›so was‹?«

Florian merkte, dass er sich auf dünnes Eis begeben hatte, und versuchte, sich wieder herunterzumanövrieren.

»Versteh mich nicht falsch. Ich meine, wenn du nicht hier bist, liegst du doch immer unter einem von deinen Autos.«

»Anscheinend nicht immer«, kommentierte Mats sarkastisch.

Leo holte schon spielerisch mit seiner Faust aus, aber Mats klopfte ihm anerkennend auf die Schulter.

»Gratuliere«, sagte er. »Wer ist denn die Glückliche? Kennen wir sie?«

»Warte …«, mischte sich Florian ein. »Ich weiß … die aus dem Anglerladen in Passau. Der hast du doch beim letzten Mal schöne Augen gemacht.«

Leo schüttelte den Kopf, nun musste er sogar ein wenig lächeln, obwohl die Situation nach wie vor eine ernste war. »Kalt«, sagte er. »Eiskalt.«

»Jetzt sag schon«, forderte Mats ihn auf. »Lass dir doch nicht alles aus der Nase ziehen. Oder willst du's uns nicht verraten? Früher oder später kommt es doch heraus.«

»Es ist nur so«, druckste Leo herum. »Es ist nicht nur ein Kind. Es werden Zwillinge …«

»Ach du heilige … Ich meine: ach du grüne Neune!« Im allerletzten Moment hatte Florian noch die Kurve bekommen.

»Ja«, sagte Leo ziemlich kleinlaut. »Jetzt wisst ihr, warum ich nicht wegkann und -will. Um keinen Preis der Welt.«

»Wer?«, fragte Mats. »Leo – wer ist es?«

Leo wies mit den Augen in Richtung Büro.

»Nein!«, entfuhr es Florian.

»Doch.«

Auch Mats hatte verstanden. »Monika? Unsere Monika bekommt Zwillinge?«

»So ist es. Aber bitte hängt das jetzt nicht gleich an die große Glocke. Es sollte vorerst noch unter uns bleiben.«

»Ehrenwort«, sagte Florian, »das bleibt unter uns.«

Spontan machten Mats und er dieselbe Geste: Daumen und Zeigefinger zogen über den Lippen einen imaginären Reißverschluss zu. Aber darunter grinsen mussten die beiden doch. Leo wusste, dass ihr Versprechen keinen Schuss Pulver wert war. Sie würden es unweigerlich ihren Frauen erzählen, und somit war das Geheimnis in der Welt. Aber damit konnte er leben.

»Da musst du das nächste Mal bei Enzo aber einen ausgeben, mein Freund«, sagte Mats und klopfte Leo auf die Schulter.

»Zwei Runden«, meinte Florian und klopfte ihm auf die andere Schulter. »Mindestens.«

»Okay, jetzt habe ich die Hosen runtergelassen. Aber ich bin noch nicht fertig.«

»Wir sind ganz Ohr«, sagte Mats.

»Ich hätte da einen Vorschlag zu machen, damit wir in der anderen Sache einen Schritt vorankommen.«

»Mit der ›anderen Sache‹ meinst du die Statistik, verstehe ich das richtig?«

»Genau. Besagte Statistik. Ich bin der Meinung, dass wir dazu jemanden brauchen, der von solchen Dingen wie Einbruch, Diebstahl und so weiter etwas versteht. Ein Profi, sozusagen, einer, der sich mit der Materie auskennt. Und so jemand ist uns bestens bekannt.«

Wieder warfen sich Mats und Florian einen Blick zu.

»Ihr wisst, auf wen ich hinauswill«, sagte Leo.

»Ja«, antwortete Mats. »Benno.«

»Benno Ehrmann«, vervollständigte Florian.

»Ich finde, wir sollten ihn sozusagen als externen Berater in unser Team aufnehmen.«

Mats blickte Florian an. »Was meinst du?«

Florian zuckte mit den Achseln. »Er war immer einer von uns. Bis wir ihn aus den Augen verloren haben. Wann war das?«

»Als er nach München gegangen ist. Weil es ihm hier zu eng geworden ist, wie er mir einmal gesagt hat. Das war vor sechs oder sieben Jahren. Und da ist er dann wohl unter die Räder gekommen. Seither habe ich nichts mehr von ihm gehört.«

»Soviel ich weiß, sitzt er noch. In Stadelheim.«

»Das kriegen wir in einer Minute raus«, sagte Leo. »Aber zuerst wollte ich euer Einverständnis.«

»Er war unser bester Freund«, meinte Mats nachdenklich. »Er hat mich mehr als einmal aus einer brenzligen Lage herausgehauen. Zum Beispiel, als die halbe Spielvereinigung Niederkaltenkirchen nach einem harmlosen Foul auf mich losgegangen ist. Außerdem hatte er immer schon einen Hang, Dinger zu drehen, die nicht ganz koscher waren. Denkt nur mal daran, wie er dem Discobesitzer von der ›Lover's Lane‹ in Binswang den Wagen abgefackelt hat, nur weil sie ihn da rausgeworfen haben.«

»Er war das?«, fragte Florian überrascht.

»Hast du das nicht gewusst?«

»Nein.«

»Na, seht ihr, das ist doch genau das, auf was wir hinauswollen«, sagte Leo.

»Schön und gut. Aber das ist verdammt lange her«, wandte Florian ein.

»Richtig«, stimmte Leo zu. »Aber ich finde, er hat eine zweite Chance verdient, oder?«

»Wir wissen nicht, was aus ihm geworden ist. Ob er noch so ist wie früher.«

»Er war schon immer der Cleverste von uns«, sagte Florian.

»Ja«, fügte Mats sarkastisch hinzu. »Deshalb ist er auch hinter Gittern gelandet.«

»Spricht nicht unbedingt für ihn, das gebe ich zu. Aber wir wissen nicht, was passiert ist. Vielleicht wurde er ja auch einfach verpfiffen und reingelegt.«

»Einen Sprung in der Schüssel hatte er immer schon. Er war … unkontrollierbar. Wenn wir uns auf ihn einlassen, müssen wir ihn im Auge behalten.«

»Käme auf einen Versuch an …«

»Also – was ist?«, fragte Leo.

»Probieren wir's«, entschied Mats.

Leo stellte sich vor den Ausgang und versperrte ihn sicherheitshalber. »Vorerst kein Wort zu Monika – haben wir uns da verstanden?«

»Bist du bescheuert?«

»Ich meine nicht unseren Plan. Das bleibt eh unter uns. Ich meine die andere Sache.«

»Geht klar. Das bekannt zu geben ist eure Angelegenheit. Habt ihr schon Namen für die Zwillinge?«

»Wie denn? Wir wissen noch nicht, welches Geschlecht sie haben.«

»Apropos – wie nennen wir unser … Vorhaben? Auch das Kind braucht einen Namen«, bemerkte Mats.

»›Unternehmen Kamikaze‹«, schlug Florian vor, der schon immer einen gewissen Hang zu Melodramatik hatte.

»Zu offensichtlich. Und zu negativ«, widersprach ihm Mats. »Wie wär's mit ›Stille Wasser‹?«

»Klingt gut«, meinte Leo.

»Also abgemacht.«

Mats legte seine Hand auf den Rand des Waschbeckens.

Florian legte seine Hand darauf. Und dann folgte Leo.

Einer für alle. Alle für eines: ihr Revier.

12

Die Gelegenheit war günstig. Monika hatte erst am Nachmittag Dienst, und so konnten sie sich, weil auch ansonsten nichts los war, zu dritt über den Computer hermachen, der ihnen über das Polizeinetzwerk in Sekundenschnelle alles über Benno Ehrmann lieferte, was sie wissen wollten.

Seine Bilder nach der Festnahme und bei der erkennungsdienstlichen Behandlung sahen nicht sehr vorteilhaft aus, aber es war unverkennbar ihr alter Freund aus Kinder- und Jugendjahren, der dem Polizeifotografen unwillig von vorne und von der Seite Porträt gesessen und eine Nummer bekommen hatte.

»Wir haben Glück«, sagte Mats, der den PC bearbeitete. Florian und Leo beugten sich über seine Schulter. »Er wird in zwei Tagen auf Bewährung entlassen.«

»Zeig uns mal, was er alles ausgefressen hat«, meinte Leo.

Mats ging ins entsprechende Menü, holte das Vorstrafenregister auf den Bildschirm und las vor: »Fahren ohne Führerschein, Fahren mit gefälschtem Führerschein, Autodiebstahl, Einbruch, Versicherungsbetrug in Tateinheit mit Fälschung, schwerer Diebstahl, Drogenhandel. Und das sind nur die Delikte, die sie ihm nachweisen konnten ...«

»Alle Achtung – unser Benno hat ganz schön was auf dem Kerbholz«, bemerkte Florian. »Jetzt weiß ich, warum wir so lange nichts mehr von ihm gehört haben.«

»Was wollt ihr? Er ist genau der Richtige«, fand Leo. »Der Mann, den wir brauchen.«

Sie sahen sich an und waren sich einig.

13

Es war ein regnerischer Tag, als sie in Zivil in München-Stadelheim ankamen, um Benno Ehrmann für das Unternehmen »Stille Wasser« zu rekrutieren. Er wusste nichts von seinem Glück, nie hatte ihn einer seiner ehemaligen Freunde besucht, sie hatten aber als Polizisten keine Schwierigkeiten, den genauen Zeitpunkt seiner Entlassung herauszubekommen.

Nach München gefahren waren sie mit dem Ford Mustang von Leo, der am Steuer saß. Mats war vor dem Gefängnis auf den Rücksitz zu Florian gewechselt, den Beifahrersitz hatten sie für Benno reserviert.

Als am Hintereingang die Tür der Justizvollzugsanstalt pünktlich aufging und der Entlassene zum ersten Mal wieder die ungesiebte Luft der Freiheit schnuppern konnte, die nach Abgasen roch, weil viel befahrene Straßen das Gefängnis umgaben, hätten sie Benno fast nicht erkannt. Er hatte lange Haare, die zu einem modischen Samurai-Knoten am Hinterkopf zusammengebunden waren, und trug einen voluminösen Vollbart, als wollte er sich mit ein paar Taliban zu einem Gedankenaustausch über religiöse Fragen treffen. In der rechten Hand hielt er einen altmodischen Samsonite-Koffer und in der linken eine Plastiktüte.

Vorsichtig blinzelte er in den Regen und wartete, bis die

schwere Tür hinter ihm ins Schloss gefallen war, bevor er sich in Bewegung setzte und auf die nächstgelegene Bushaltestelle zusteuerte.

Leo lenkte den Ford Mustang neben ihn und drückte kurz auf die Hupe.

Benno zuckte zusammen, blieb stehen und drehte sich um. Er erkannte sie auf Anhieb.

Zu viel hatten sie früher miteinander erlebt. Einiges davon war nicht unbedingt gesetzeskonform gewesen, doch das fiel unter die Rubrik Jugendsünden.

Das war sie, die Dreierbande. Anscheinend hielten sie noch immer zusammen wie Pech und Schwefel.

Damals, mit ihm, waren sie eine Viererbande. Aber das musste im Pleistozän gewesen sein. Jedenfalls für Benno, der bei ihrem Anblick blitzartig wieder abdrehte und weiterging.

Der Regen nahm zu.

Leo fuhr weiter neben Benno her. Mats ließ sein Fenster nach unten und streckte seinen Kopf heraus.

»He, Benno – komm schon, steig ein. Wir haben was zu bereden.«

Benno blieb stehen und wandte sich an Mats. »Mit Bullen rede ich nicht mehr. Nie mehr. Und ihr seid doch Bullen, oder? Also verpisst euch!«

Damit ging er weiter.

Der Regen wurde immer stärker.

»Herrgott, Benno, mach schon! Steig ein!«, rief Mats ihm erneut zu.

Benno blieb stur und stiefelte weiter, obwohl ihm das Regenwasser bereits in den Kragen lief.

Jetzt versuchte es Florian. »Benno, wir sind doch alte Freunde. Wir haben dir ein Geschäft vorzuschlagen. Ein lohnendes Geschäft.«

Benno, der immerhin ein humanistisches Gymnasium absolviert hatte, erinnerten die verführerischen Worte aus dem Ford Mustang an den Gesang der Sirenen, die Odysseus, der sich deswegen an den Mast seines Schiffes hatte binden lassen, zu sich und damit in den Untergang locken wollten.

Oder an Mephisto. Auch nicht viel besser.

Auf dieselbe linke Tour kamen ihm jetzt seine ehemaligen Freunde. Was wollten sie auf einmal nach so langer Zeit von ihm, einem frisch entlassenen Sträfling? Sie waren Bullen, also stimmte etwas nicht. Das sagte ihm sein Instinkt, den er im Laufe seiner Haft entsprechend geschärft hatte. Er hatte gelernt, nie anderen zu vertrauen, immer über die Schulter zu schauen, ständig auf der Hut zu sein. Das war ihm in Fleisch und Blut übergegangen.

Entsprechend abweisend reagierte er und marschierte weiter, während Leo mit dem Ford Mustang auf gleicher Höhe blieb.

»Ihr habt mich kein einziges Mal besucht. Keiner von euch. Denkt wohl, ihr seid was Besseres, nur weil ihr diese beschissene Uniform tragt.«

Inzwischen schüttete es geradezu. Ein Wolkenbruch.

Leo beugte sich zur Beifahrertür hinüber und machte sie einladend auf. »Fünf Minuten, Benno. Schenk uns fünf Minuten. Wir fahren dich auch dahin, wo du willst. Fünf Minuten – um der alten Zeiten willen.«

Benno schloss für einen kurzen Moment die Augen und ließ die Regentropfen auf sein Gesicht prasseln.

Dann gab er sich einen Ruck und zog die Beifahrertür ganz auf, feuerte seine Plastiktüte und seinen Koffer nach hinten zu Florian und Mats, wuchtete sich auf den Beifahrersitz, schloss die Tür und sagte: »Also – was ist jetzt?«

»Wo willst du hin?«

»Keine Ahnung. Sehe ich aus, als könnte ich im ›Vier Jahreszeiten‹ einchecken?«

»Du kommst erst mal mit uns«, entgegnete Leo.

»Ich soll nach Thalbach zurück?«

»Wir leben alle noch da.«

»Hätte ich mir fast denken können.«

»Du kannst vorläufig bei mir wohnen. Auf dem Hof ist Platz genug.«

»Ist das ernst gemeint?«
»Natürlich.«
»Auf was wartest du dann? Fahr schon los!«

14

Sie bogen auf den Mittleren Ring ab, und schon standen sie im Stau. Das Übliche: Münchner Verkehr.

Keiner sagte ein Wort.

Der Regen trommelte aufs Autodach. Der Motor röhrte. Die Scheibenwischer quietschten hin und her.

Es ging stoßweise vorwärts.

Bis Benno schließlich sagte: »Was soll das für ein Geschäft sein? Ich war im Knast. Außer ein paar Versen von Homer auf Altgriechisch kann ich nichts. Habt ihr mein Vorstrafenregister gelesen?« Er winkte ab. »Was sage ich – natürlich habt ihr das.«

»Darf ich dich mal was fragen?«, wollte Mats von hinten wissen.

Benno zuckte nur mit den Schultern.

»Wie bist du in den Schlamassel reingeraten?«

»Es hat sich so ergeben. Dachte, ich schlage mich auf elegante Art und Weise durch. Macht doch jeder heutzutage. Dummerweise bin ich aufgeflogen.«

»Hat dich jemand verpfiffen?«

»Das kannst du laut sagen. Aber, um das gleich mal klarzustellen: Ich habe keine Rachegefühle, gegen niemanden. Ich will nur in Ruhe gelassen werden und ein neues Leben anfangen. Ich brauche einen Job. Etwas Anständiges, nicht das, was mein Bewährungshelfer auf Lager hat. Habt ihr mir so was anzubieten?«

»Genau das ist es, was wir dir vorschlagen wollten«, sagte Leo. »Etwas Besonderes, wo du deine ganz speziellen Fähigkeiten gezielt einbringen kannst.«

»Hört sich verdammt noch mal nicht nach einer legalen Geschichte an.«

»Davon kannst du ausgehen.«

»Also, was wollt ihr von einem Ex-Knacki?«

»Na ja – du entsprichst genau unserem Anforderungsprofil, wenn du so willst.«

»Warum habt ihr dann nicht einen Headhunter geschickt? Der mir ein Angebot macht, das ich nicht ablehnen kann?«

»Hör dir erst mal unser Angebot an. Das wirst du auch nicht ablehnen können.«

»Weil dann *was* passiert?«

»Weil es dir die Chance verschafft, wieder auf die Beine zu kommen.«

»Und wo ist der Haken?«

»Es gibt praktisch keinen.«

Sie standen immer noch vor einer ewig langen Baustelle im Stau, die Münchner Straßen schienen überhaupt zum größten Teil aus Baustellen zu bestehen. Es ging nur etappenweise und im Schritttempo weiter.

Die nächste Ampel zeigte erneut Rot. Sie war, wie offenbar die meisten Ampeln auf dem Mittleren Ring, eine dieser Ewigkeitsampeln.

Benno hatte schon die Hand am Türöffner. »Jetzt hört mal her«, sagte er. »Alle drei. Entweder ihr rückt jetzt damit heraus, was ihr mir anzubieten habt, oder ich steige aus. Kapiert?«

»Die Sache ist die«, übernahm Mats. »Wir brauchen dich für einen Bruch. In eine Bank. Oder etwas anderes in der Größenordnung.«

Schweigen.

»Aha. Das sagen mir ausgerechnet drei Bullen.«

»Ja. Lass es dir erklären.«

Endlich sprang die Ampel um. Die Grünphase reichte gerade für drei Autos und einen Lastwagen vor ihnen, der nur sehr schwerfällig vom Fleck kam, dann war es wieder Rot. Sie hatten alle Zeit der Welt.

Mats legte die Karten offen auf den Tisch. Wie es so weit gekommen war, was sie dagegen unternehmen wollten und warum, und welche Schlussfolgerungen damit verbunden waren. Er ließ nichts aus und betonte dann am Ende noch einmal ihre Notsituation und wie überlebenswichtig es für sie war, in Thalbach bleiben zu können. Das Zwergenrevier war nicht nur ihre Existenz, es war schließlich auch ihre Heimat!

Zugegeben, Mats spielte ein wenig auf der emotionalen Klaviatur, aber er hoffte darauf, dass es bei Benno doch noch irgendeine versteckte Saite gab, die er mit seinem Sermon zum Klingen bringen konnte. Jedenfalls zog er alle Register. Bei jeder Überzeugungsarbeit war Übertreibung ein probates Mittel der psychologischen Kriegsführung.

Benno hörte zu und überlegte. Das Einzige, was ihn in seiner Situation interessierte, war, was für ihn bei der ganzen Sache heraussprang.

»Also, so wie ich das verstehe«, sagte er, »soll ich mir die Hände schmutzig machen, während ihr die euren in Unschuld wascht?«

»Das kommt ziemlich genau hin«, antwortete Mats von hinten humorlos, während Leo Gas gab, um wenigstens diesmal bei Dunkelgelb über die Kreuzung zu kommen.

Der Stau löste sich allmählich auf, sie konnten Fahrt aufnehmen und erreichten nach einer geschlagenen Stunde im zähflüssigen Verkehr in nördlicher Richtung endlich den Flughafen, wo es auf der Autobahn nach Passau weiterging.

Jetzt war die Heimat schon zu ahnen.

Der Regen hatte auch aufgehört, die Wolkendecke riss auf, die Sonne kam zum Vorschein.

Irgendwie schien das Bennos Einstellung ein wenig positiver zu gestalten.

»Und das Geld?«, fragte er. »Angenommen, ich ziehe das durch und habe Erfolg damit. Was ist mit dem Geld?«

»Es gehört dir. Uns geht es um übergeordnete Dinge«, erklärte Mats.

Florian fand, dass Mats sich allmählich schon wie ein Pfarrer anhörte. Aber der Zweck heiligte die Mittel.

»Alles?«

»Alles. Wir brauchen den Einbruch oder was auch immer wir durchziehen nur für die Statistik.«

»Wisst ihr was?«, stellte Benno lapidar fest. »Ihr drei seid doch völlig bekloppt! Vollkommen! Wenn ich beim Einbruch in eine Bank erwischt werde – habt ihr eine Ahnung, was mir dann blüht? Acht Jahre Bau, mindestens. Ich bin auf Bewährung draußen und gelte damit als Wiederholungstäter. Wenn ich Pech habe oder einen beschissenen Anwalt, brummen die mir noch Sicherheitsverwahrung auf! Außerdem will ich euch Hinterlandbullen mal was fragen: In welchem Jahrhundert seid ihr denn stecken geblieben? Eine Bank ausrauben … Die Zeiten, wo sich das gelohnt hat, sind längst vorbei! Heutzutage macht man Phishing oder andere Internetgaunereien, haut Anleger übers Ohr, bescheißt die Steuerbehörden um Millionen, fälscht Bilanzen in großem Stil, begeht Insolvenzbetrug, macht Cum-ex-Geschäfte, man kauft Masken für ein Taschengeld ein und verscherbelt sie für das Tausendfache! Die Art von Kriminalität, von der ihr sprecht, ist längst tot! Mausetot. Wo lebt ihr denn? Hinter dem Mond?«

»Nein, in Thalbach.«

»Das ist praktisch dasselbe!«

»Da muss ich dir in aller Form widersprechen«, entgegnete Leo beleidigt. »Bei uns ticken die Uhren eben noch anders. Da passieren Verbrechen analog und nicht digital.«

»Hört sich nach der guten alten Zeit an«, lachte Benno sarkastisch.

»Genauso ist es«, bestätigte Mats trocken. »Und wir wollen, dass es so bleibt. Dafür werden wir sorgen. Mit deiner Hilfe.«

»Das könnt ihr vergessen. Komplett vergessen. Ich habe gerade zwei Jahre abgesessen und weiß, wovon ich rede. Glaubt ihr tatsächlich, ich will wegen eurer Geschichte wieder einfahren? Da müsst ihr euch einen anderen suchen, der dumm genug ist, so was zu versuchen.«

»Du hast eines außer Acht gelassen, Benno«, sagte Mats. »Den zentralen Punkt: Du wirst auf gar keinen Fall erwischt.«

»Und warum?«

»Warum? Weil wir die Bullen sind am Ort des Verbrechens. Wir kommen zu spät. Und wir ermitteln. Bis dahin bist du schon längst über alle Berge.«

»Wer garantiert mir das?«

»Wir«, sagte Leo mit Nachdruck. »Deine Freunde. Wir haben genau wie du nicht das geringste Interesse daran, erwischt zu werden. Kapierst du das? Wir sind die Polizei!«

»Okay«, sagte Benno. »Okay. Nachricht angekommen.«

Er schwieg eine ganze Weile.

Keiner sagte ein Wort.

Bis Benno schniefte und offensichtlich einen Entschluss gefasst hatte. »Also wenn ich mitmachen sollte, dann habe ich ein paar Bedingungen.«

»Wir hören«, erwiderte Leo.

»Ihr sorgt für Folgendes: Erstens schafft ihr mir diesen Bewährungshelfer vom Hals. Der geht mir entsetzlich auf den Sack. Außerdem muss ich mich regelmäßig bei der Polizei melden. Dreht das so, dass ich das bei euch in Thalbach mache. Wie ihr das deichselt, ist euer Bier. Leo kann ja behaupten, dass er mich auf seinem Hof anstellt.«

Leo zuckte mit den Achseln. »Ich denke, das lässt sich arrangieren.«

»Okay«, fuhr Benno fort. »Zweitens spendiert ihr mir ein Smartphone mit allen Schikanen und ein Zweithandy, prepaid. Für den Fall, dass es heikel wird und wir uns austauschen müssen, ohne dass wir abgehört oder geortet werden können.«

»Geht klar«, bestätigte Mats. »War das alles?«

»Nein. Jetzt kommen wir zur Hauptsache. Ich will für die Zeit unserer Spezialoperationen in einem Hotel in der Gegend wohnen. Ich habe da von einem netten kleinen Resort gehört, das ideal gelegen ist und mir zusagen würde.«

»Resort?«, fragte Mats misstrauisch. »Hört sich kostspielig an. Was meinst du konkret?«

»Konkret meine ich das Golfhotel ›Arberblick‹ in Bad Kleindorfen. Vier Sterne superior. Ich brauche erst mal ein oder zwei

Tage Erholung, bevor ich in medias res gehe. Und das ist eine Conditio sine qua non. Falls ihr nicht versteht: Entweder ihr geht darauf ein, oder wir lassen das alles.«

»Golfhotel ›Arberblick‹?«, wiederholte Leo und verzog das Gesicht, als hätte er in eine saure Zitrone gebissen. »Weißt du, wie teuer das ist? Du kannst bei mir wohnen. Das ist umsonst.«

Benno schüttelte über so viel Ignoranz entschieden den Kopf, er begann, sehr laut und sehr deutlich zu werden.

»Jetzt sperrt mal eure Ohren auf. Ich habe zwei Jahre zu zweit auf zwölf Quadratmetern verbracht. Mit Zellengenossen, die ihre Umgangsformen und ihre Körperpflege sowie ihre geistigen Fähigkeiten nicht gerade in einem Lyzeum beigebracht bekommen haben. Könnt ihr euch das vorstellen? Nein, könnt ihr nicht. Und was hatte ich da als Ausblick? Ein vergittertes DIN-A3-großes Fenster auf einen geteerten Innenhof, auf dem die Jungs Basketball spielten, wenn sie nicht gerade Pläne geschmiedet haben, wen sie sich beim Duschen mal so richtig vorknöpfen wollten, wenn ihr wisst, was ich meine.«

Jeder wusste es. Das allgemeine Schweigen und die Betroffenheit konnte man von ihren Gesichtern ablesen und waren auch eine Antwort.

Benno räusperte sich und sprach weiter. »Was ich jetzt brauche, ist ein Zimmer einzig und allein für mich, mit freier Sicht auf unsere geliebte bayerische Landschaft, auf fette Wiesen, auf denen ein paar Kühe grasen, auf grüne Wälder mit dem Großen Arber im Hintergrund ...«

»Du hättest Dichter werden sollen«, unterbrach Leo spöttisch. »Benno Ehrmann, die Rosamunde Pilcher aus Thalbach.«

»Tja – Augen auf bei der Berufswahl«, entgegnete Benno nicht ohne eine gewisse Selbstironie, bevor er mit seiner Wunschliste gnadenlos weitermachte. »Ich will des Weiteren einen Swimmingpool, eine anständige Küche, ein Wellnesscenter mit allen Schikanen und hübsche Kellnerinnen. Ich muss wieder auf Touren und zum Nachdenken kommen.«

»Du hast doch lange genug Zeit zum Nachdenken gehabt«, maulte Leo.

»Sehr witzig, wirklich. Ich lache später. Das, was ihr von mir wollt, ist etwas ganz anderes. Etwas Neues. Das will gut überlegt und geplant sein. Ich muss nachdenken, damit ich euch ein paar Vorschläge machen kann, wie wir eure Statistik aufpimpen können. Ihr Amateure kriegt das sowieso nicht auf die Reihe. Ihr wollt doch, dass ich erstklassige Arbeit liefere. Oder etwa nicht?«

Leo sah in den Rückspiegel.

Florian und Mats erwiderten seinen Blick.

Mats sagte: »Okay, einverstanden. Aber keine Suite! Ein Einzelzimmer muss reichen.«

»Solange ich die Schlüsselkarte dafür bekomme …«

15

Bad Kleindorfen war, wie der Name schon sagte, ein winziger Kurort mit Sicht auf den Großen Arber, den höchsten Berg im Bayerischen Wald, weniger als vierzig Kilometer von Thalbach entfernt. Die Hauptstraße war fünfhundert Meter lang, alles Neubauten. Irgendeine heiße Quelle und das Engagement eines schwerreichen Investors waren der Ursprung für den aus dem Boden gestampften Ort, wahrscheinlich war alles eine gigantische Geldwaschanlage, anders war es nicht zu erklären. Thermalbad, Rehazentrum, ein paar Modeboutiquen, Restaurants, Juwelier.

Und das Golfhotel »Arberblick«, in dem Leo, Florian und Mats ihren externen Berater auf dessen Wunsch unterbrachten – mit Leos Kreditkarte, die damit natürlich schon am Limit war. Das Hotel hatte alles, was Benno sich vorgestellt hatte.

Sie verabredeten sich für den nächsten Tag, um die Planungen für das Unternehmen »Stille Wasser« anzugehen. Benno wollte sich erst einmal an sein neues Leben gewöhnen und endlich allein sein.

Als Mats, Florian und Leo schließlich weggefahren waren und Benno im Bad auf seinem frisch bezogenen Zimmer in den Spiegel sah, beschloss er, als Erstes seinen Salafistenbart abzunehmen. Er hatte sich an der Rezeption eine Schere und Rasierzeug besorgt, und nach einer halben Stunde und einer Menge abgeschnittener Barthaare im Waschbecken fühlte er sich wieder wie ein neuer Mensch. Er sammelte die Haarbüschel ein und stopfte sie in den Abfalleimer, dann machte er das Waschbecken gründlich sauber. Das war er noch von seinem zweijährigen Zwangsaufenthalt in »St. Adelheim« gewohnt, wie die JVA in München im Häftlingsjargon hieß. Eine gewisse Selbstdisziplin war unabdingbar, wenn man den Knast bei halbwegs normalem Verstand überstehen wollte.

Erst dann legte er sich in seiner Juniorsuite, die er sich nach hartnäckigem Feilschen mit der Dreierbande doch noch ergattert hatte, auf sein Kingsize-Bett und dachte über alles nach, was ihm heute widerfahren war und was er daraus für Schlüsse zu ziehen hatte.

Als er genug nachgedacht hatte und konstatierte, dass er, wenn er es richtig anpackte, einen lukrativen und ausbaufähigen Deal eingegangen war, plünderte er die gut bestückte Minibar mit den astronomischen Preisen, um seinen Einstand in der alten Heimat und den neuen, vielversprechenden Lebensabschnitt zu feiern.

Danach begab er sich, hinreichend angesäuselt, im flauschigen Hotelbademantel und mit weichen Frotteepantoffeln ausgestattet ins Wellnesscenter.

Das feudale »Arberblick« schien bei Weitem nicht ausgebucht zu sein, die wenigen Gäste verloren sich in den zahlreichen Gängen, Fitness-, Massage-, Bade-, Ruhe- und Saunaräumen.

Geldwaschanlage, schoss es Benno erneut durch den Kopf.

Aber dann genoss er nur noch den Duft nach Sandelholz, Orangenblüten und Freiheit und die himmlische Ruhe. Keiner kommandierte ihn herum oder drohte ihm Schläge an, niemand schrie oder krakeelte, es roch nicht nach Angstschweiß, Desinfektionsmitteln und Schlimmerem, sanfte sphärische Musik kam von irgendwoher, leise plätscherte ein Brunnen.

So ähnlich musste es im Paradies gewesen sein.

Vor dem Sündenfall.

Nachdem er sich gründlich umgesehen und alles in sich aufgenommen hatte, nahm er eine ausgiebige Dusche, machte einen ersten Saunagang in der finnischen Sauna, schwamm ein paar Runden im Außenpool, der olympische Ausmaße hatte, gönnte sich eine Ganzkörpermassage, noch einen Saunagang in der Aromasauna und döste dann in einem der Ruheräume auf einem Wasserbett ein, bevor es Zeit wurde, sich im Restaurant kulinarisch verwöhnen zu lassen.

Bei einer ausnehmend hübschen Kellnerin, mit der er angemessen flirtete, obwohl sie ihn höchstwahrscheinlich überhaupt nicht verstand, weil sie kaum Deutsch konnte, aber trotzdem zauberhaft lächelte, bestellte er, nachdem er die Speisekarte gründlich studiert hatte, ein sündteures Vier-Gänge-Menü, dazu eine halbe Flasche Brunello di Montalcino, Jahrgang 1998, die andere Hälfte ließ er sich für den nächsten Abend zurückstellen. Anschließend sah er in der Bar mit zwei anderen Gästen auf einem Pay-TV-Kanal noch ein Champions-League-Spiel an, das der FC Bayern knapp, aber verdient gewann, und fuhr danach im Aufzug hoch in seine Juniorsuite, wo er sich erschöpft in sein riesiges Bett fallen ließ.

Es war ein anstrengender Tag gewesen, alles in allem.

So viel Action war er gar nicht mehr gewohnt. Die über siebenhundert Knasttage waren im immer gleichen, monotonen Rhythmus abgelaufen. Aber jetzt auf einmal spürte er, wie seine Kreativität, seine Spontaneität, überhaupt seine Lebensgeister allmählich zurückkehrten. Er lebte förmlich auf, das Blut pulsierte in seinen Adern, er war wieder bereit, Herausforderungen anzunehmen und Risiken einzugehen. Und noch einmal würde er sich nicht erwischen lassen.

Niemals.

Er hatte sich da auf etwas eingelassen, das brandgefährlich war. Aber in seinem Kopf begann sich ein Plan zu formen. Ein

Plan, der ihm die Möglichkeit bot, noch einmal ganz von vorne anzufangen.

Er löschte das Licht.

Doch kurz bevor er einschlief, packte ihn die grauenvolle Vorstellung, dass, wenn er wieder aufwachte, alles nur ein schöner Traum gewesen war und er sich wieder in seiner Zelle befand. Sein Herz schlug Kapriolen, und Panik überkam ihn. Schweißgebadet knipste er die Nachttischlampe an und vergewisserte sich, dass alles um ihn herum auch Wirklichkeit und er tatsächlich in der Juniorsuite im »Arberblick« war.

Es dauerte eine ganze Weile, bis er sich endlich beruhigt hatte.

Erleichtert machte er das Licht wieder aus, drehte sich auf die Seite und war Augenblicke später endgültig eingeschlafen.

16

Das Thermometer zeigte fünfundneunzig Grad an.

Benno, der es in der finnischen Sauna aushielt, bis er krebsrote Haut hatte und alle anderen schon längst fluchtartig die Schwitzhütte verlassen hatten, genoss es geradezu, seine drei Polizistenfreunde damit zu quälen, sie für jetzige und zukünftige konspirative Zusammenkünfte in die Sauna des Golfhotels einzuladen. Vormittags, wenn kein Mensch im Wellnesscenter war und sie sich ungestört und abhörsicher unterhalten konnten.

Benno hatte eine sadistische Ader, er freute sich insgeheim diebisch, dass die Dreierbande spätestens nach zehn Minuten so durchgekocht war, dass sie hoffentlich bereit wäre, zu allem, was er auftischte, Ja und Amen zu sagen.

Trotzdem – sein erster Vorschlag für das Unternehmen »Stille Wasser« stieß auf erheblichen Widerstand.

»Also«, sagte er, »am besten, wir fangen mit einem Tankstellenüberfall an. Ihr habt doch eine in Thalbach, das dürfte keine großen Probleme bereiten. Ist ganz simpel. Ich geh rein, mit Maske natürlich, eine Waffe in der Hand –«

»Nein, nein, nein – das geht gar nicht!«, widersprach Mats kategorisch.

»Moment, ich bin noch nicht fertig. Keine echte Knarre natürlich, nur eine Spielzeugpistole, um mir den nötigen Respekt zu verschaffen, lasse mir die Kohle aus der Kasse geben und zack – weg bin ich wieder. Leo, du hast einen großen Fuhrpark in deiner Scheune, ich brauche noch ein Fluchtfahrzeug. Ein Motorrad wäre nicht schlecht. Und schon habt ihr euren sauberen Raubüberfall. Möglich wäre sogar der Beginn einer ganzen Serie, ich mache dasselbe einfach noch mal ein paar Ortschaften weiter. Und passiert ist im Grunde genommen nichts. Der perfekte Auftakt für eure Statistik. Was meint ihr dazu?«

In seiner Begeisterung hatte Benno gar nicht bemerkt, dass alle drei den Kopf schüttelten. Ihnen lief schon der Schweiß in Strömen herunter, weil Benno extra während seines Vortrags noch einen Aufguss gemacht, dazu mit einem Handtuch gewedelt und die heiße Luft so richtig verteilt hatte.

»Stopp!«, rief Leo beschwörend. »Das geht schon mal gar nicht.«

Benno hörte auf zu wedeln. »Und warum nicht?«

»Weil in dieser Tankstelle meine Frau an der Kasse steht«, sagte Mats. »Darum nicht.«

»Und wenn ihr sie einweiht und sie einfach mitspielt?«

»Das muss strikt unter uns bleiben, hörst du? Je mehr da drinstecken, umso gefährlicher ist es. Ganz abgesehen davon, dass meine Frau nie mitmachen würde. Ausgeschlossen.«

»Verstehe. Schade, wäre ideal gewesen. Ich denke nur aus eurer Perspektive. Dann eben an einer anderen Tanke.«

»Pass auf, Benno, was wir zum Auftakt brauchen … Verdammt, ich muss hier raus …«

Leo, der wie Florian und Mats an den Grenzen seiner thermischen Belastbarkeit war, obwohl er auf der untersten und damit am wenigsten heißen Stufe saß, schoss hoch und stürmte nach draußen, Florian und Mats folgten ihm postwendend.

Benno grinste – was für Weicheier seine alten Freunde doch waren! Dabei hatten sie mit dem Unternehmen »Stille Wasser« noch nicht einmal angefangen. Aber er konnte es ihnen nicht verdenken. Sie waren schließlich nicht durch die harte Schule gegangen, die er durchgemacht hatte. Er musste sie erst einmal auf ein Level bringen, das realistisch war. Er merkte schon, dass da noch eine Menge Überzeugungsarbeit vonnöten war.

Die nächste konspirative Sitzung sollte wohl eher in der Aromasauna stattfinden, da war die Temperatur auf milde fünfundsechzig Grad eingestellt.

Leo und Florian duschten sich kalt ab und machten sich vom Hof, schließlich musste irgendjemand im Revier Dienst schieben.

Nachdem sie sich genügend abgekühlt hatten, diskutierten Benno und Mats in einem der Ruheräume weiter. Auch dort waren sie unter sich.

»Hör zu, Benno«, fing Mats an, »was wir sozusagen zum Auftakt brauchen, ist was Großes. Ein Einbruch in eine Bank zum Beispiel.«

»Okay, dass dieser Vorschlag kommt, war mir klar. Da sage ich euch gleich: So was könnt ihr euch abschminken. Für eine Bank braucht ihr Spezialwerkzeug und Profis. Das Spezialwerkzeug könnten wir bei einem Baumaschinenverleih oder auf einer Baustelle organisieren – aber wer soll das bedienen? Abgesehen von dem zusätzlichen Risiko macht so was einen Höllenlärm. Angenommen, wir brechen durch eine Wand und stehen schließlich vor dem Tresor – wer soll den knacken? Und außerdem, habt ihr schon mal was davon gehört, dass es da Alarmanlagen gibt?«

»Und … Und was ist mit den Schließfächern?«

Benno seufzte und verdrehte die Augen. »Ich glaube immer mehr, dass ihr zu viele Krimis gesehen habt. Natürlich sind Schließfächer eine lohnende Angelegenheit, da haben die Leute alles untergebracht, was die Steuerbehörde und die Verwandtschaft nicht wissen darf – aber auch da müsst ihr erst mal rankommen. Das ist für unsereins – so, wie wir aufgestellt sind – ein Ding der Unmöglichkeit.«

Er atmete tief durch. »Ich gebe euch einen guten Rat, und der ist gratis: Verabschiedet euch von ›Rififi‹ und dem ganzen Scheiß. Seid realistisch!«

Mats verlor zum ersten Mal die Nerven und schlug auf das Wasserbett ein. »Verdammt, verdammt, verdammt! Das darf doch alles nicht wahr sein!«

Benno tröstete ihn: »Du, Leo und Flo – ihr habt euch das einfacher vorgestellt. Also lass es uns einfach machen.«

»Du hast recht«, gab Mats klein bei. »Was ist zum Beispiel mit einem stinknormalen Banküberfall? Ich weiß, du lehnst das aus nachvollziehbaren Gründen als überholt und altmodisch ab, aber wir drei haben uns nun mal darauf geeinigt, dass wir was brauchen, was die Öffentlichkeit und unseren Chef in Passau … ja, wie soll ich sagen: am meisten beeindruckt.«

»Wenn ihr meint …«, sagte Benno nicht gerade euphorisch. »An was hättet ihr da so gedacht? Ich hoffe, du hast etwas Machbares in der Hinterhand.«

»Es gibt da eine kleine Bankfiliale in Klattberg … Ich habe mich bereits kundig gemacht. Eine Zweigstelle der Landwirtschaftsbank Niederbayern, nach unseren Informationen schließt sie in einer Woche. Einsparmaßnahmen.«

»Kommt mir irgendwie bekannt vor.«

»Mir auch. Ich weiß nicht mal, ob das Videoüberwachungssystem überhaupt noch funktioniert, wahrscheinlich haben sie es schon abgeschaltet. Das Personal besteht aus zwei Personen: der Filialleiterin, sie ist über sechzig, und ein Azubi. Das wird ein Kinderspiel.«

»Okay …«

»Du gehst in der Früh rein, kurz nachdem sie aufmachen. Um neun Uhr dreißig, da ist so gut wie nichts los. Maske, energisches Auftreten, Geld einsammeln, raus, weg.«

»Hört sich einfach an.«

»Ist es auch.«

»Na gut, ich mach's. Wann soll die Sache steigen?«

»Wie wär's mit morgen?«

»Einer von euch muss im Fluchtwagen warten. Unauffälliges Auto mit gefälschtem Nummernschild.«

»Geht klar. Leo hat eine alte Kiste, die seit Jahren bei ihm in der Scheune herumsteht, entsprechend präpariert.«

»Wer fährt?«

»Flo macht das.«

»Flo?«

Mats zuckte mit den Achseln. »Ich als Revierleiter muss auf dem Posten und als Erster am Tatort sein. Leo und Flo haben es ausgelost. Schnick, Schnack, Schnuck. Flo hat verloren.«

17

Punkt acht Uhr dreißig wartete Florian mit einem Wagen aus Leos Fuhrpark, einem vorsintflutlichen grauen Volvo, auf dem Parkplatz des Golfhotels. Vor der Einfahrt wollte er nicht halten, um nicht unnötig aufzufallen. Die Nummernschilder waren von einem Schrottauto, das sie vor geraumer Zeit im Wald gefunden hatten. Leo, der ein leidenschaftlicher Sammler war, hatte sie in seiner Werkstatt aufbewahrt, er hatte eine ganze Wand mit exotischen und abgelaufenen Nummernschildern vollgepflastert.

Der Volvo war seit Jahren abgemeldet, Leo hatte ihn noch einer gründlichen Inspektion unterzogen, samt Öl- und Bremsflüssigkeitswechsel, er war voll funktionstüchtig – behauptete Leo zumindest. Auch wenn er bei starkem Bremsen schwer nach rechts zog, man durfte nicht vergessen gegenzulenken. Es war nun einmal ein Unfallwagen, der nur notdürftig repariert worden war und gute zweihunderttausend Kilometer auf dem Tacho hatte. Aber für einen Bankraub musste er ausreichen, sagte Leo und meinte das nicht einmal ironisch.

Florian umrundete den Volvo noch einmal und überprüfte das kaum noch vorhandene Reifenprofil. Er war viel zu aufgewühlt, um im Wagen sitzen zu bleiben. Außerdem war es schon jetzt drückend schwül, und der Volvo hatte natürlich keine Klimaanlage. Das hintere Nummernschild durfte man nicht zu genau inspizieren, die TÜV-Plakette war längst abgelaufen. In Gedanken setzte Florian ein Stoßgebet an den heiligen Nikolaus von Myra ab, dass sie mit dem Vehikel in keine Verkehrskontrolle gerieten. Ob es half, bezweifelte er, aber schaden konnte es auch nicht.

Um ganz auf Nummer sicher zu gehen, hatte Mats sich in allen angrenzenden Polizeidienststellen nach eventuellen Verkehrskontrollen erkundigt, außerdem hatte er ein Ohr am Polizeifunk, um gegebenenfalls Alarm zu schlagen. Er war heute mit dem Streifenwagen unterwegs und trieb sich dabei in der Nähe von Klattberg herum, um im Notfall eingreifen zu können.

Leo kümmerte sich im Revier um das Tagesgeschäft. Er war noch nervöser als sonst, aber das war kein Wunder. Florian und Benno begingen mit einem seiner Autos einen Banküberfall – er durfte gar nicht daran denken, was alles schieflaufen konnte. Ein Motorschaden auf der Flucht, ein stinknormaler Platten reichte auch schon, die Reifen waren eigentlich bereits durch; ein Bankkunde, der beim Überfall vor Schreck einen Herzinfarkt bekam; oder noch schlimmer: einer, der den Helden spielten wollte, auf Benno losging und ihn überwältigte …

Sämtliche Horrorszenarien geisterten ihm im Kopf herum, während er telefonierte und versuchte, des endlosen Papierkriegs Herr zu werden.

Monika durfte von seiner Verfassung nichts mitbekommen, aber natürlich bemerkte sie, dass Leo nicht bei der Sache war. Sie machte sich Sorgen, weil er wie ein Tiger im Käfig hin und her ging und keine Minute ruhig sitzen bleiben konnte. Sie ertappte ihn sogar dabei, dass er anfing, Selbstgespräche zu führen. Als sie ihn darauf ansprach, begann er zu stottern und sein seltsames Verhalten darauf zurückzuführen, dass er wohl zu viel Kaffee getrunken habe. Monika glaubte ihm kein Wort, beschloss aber, ihn vorerst in Ruhe zu lassen, vielleicht würde sich das von selbst wieder geben.

Auf dem Parkplatz beim Golfhotel sah Florian inzwischen zum wiederholten Mal auf seine Uhr. Wo blieb Benno bloß? War er schon beim ersten Einsatz unpünktlich?

Er fluchte leise und wollte gerade ins Hotel gehen, um an der Rezeption nach ihm zu fragen, als er ihn aus dem Eingang schlendern sah.

Er trug eine Sonnenbrille und machte auf ihn den Eindruck eines Touristen, der auf dem Weg zum Golfplatz war, um einen Schnupperkurs zu besuchen, es fehlte eigentlich nur noch ein Hawaiihemd. Aber Benno war Profi, selbstverständlich hatte er sich betont unauffällig angezogen: dunkle Jeans, schwarzes T-Shirt, mausgraue Windjacke im Rentnerstil, Sneakers.

Florian winkte, beinahe hätte er Benno nicht erkannt, weil der sich den Bart abrasiert hatte.

Mit den Händen in den Hosentaschen kam er auf ihn zu und blieb vor Florian stehen, der unruhig hin und her tänzelte und so heftig auf einem Kaugummi herumkaute, dass man Angst um seine Kiefermuskeln haben musste.

»Was hast du für ein Gefühl?«, fragte Benno und war die Ruhe selbst.

»Was meinst du?«, wollte Florian wissen.

»Na, wie du dich fühlst. Geht dir der Arsch auf Grundeis?«

»Warum? Sehe ich so aus?«

»Allerdings.« Er tätschelte ihm den Oberarm. »Das ist immer so bei der Premiere. Aber man gewöhnt sich daran.«

»Wenn du das sagst ...«

»Hast du alles dabei?«

»Was?«

»Na, die Knarre. Und die Strumpfhose. So wie wir das besprochen hatten.«

»Natürlich. Entschuldige, aber ... Ich bin wirklich ein wenig durch den Wind ...«

Florian war mehr als zerstreut. Immerhin war das sein erster

Banküberfall. Es ärgerte ihn, weil er merkte, dass er einfach nicht so cool war, wie er sich das vorgenommen hatte. Und noch mehr ärgerte er sich darüber, dass es Benno auffiel.

Sie setzten sich in den Volvo, Florian nahm eine Sporttasche vom Rücksitz und drückte sie Benno in die Hand. Der griff hinein und zog eine Spielzeugpistole heraus.

»Woher hast du die?«

»Ich hab sie meinem Sohn geklaut.«

Benno betrachtete sie genauer. »Geht so, auf den ersten Blick sieht sie einigermaßen echt aus. Das dürfte genügen, um mir den nötigen Respekt zu verschaffen.«

Dann holte er eine Strumpfhose in der Originalverpackung aus der Tasche.

»Auch geklaut?«, fragte er spöttisch und wedelte damit vor Florians Gesicht herum.

»Ja«, gab Florian kleinlaut zu. »Von meiner Frau.«

»Also eine gewisse kriminelle Veranlagung kann man euch nicht absprechen …«

Er riss die Verpackung auf und zog die Strumpfhose heraus. »Herrgott, Flo – das ist eine Netzstrumpfhose!«

Florian zuckte entschuldigend mit den Schultern. »Tut mir leid, etwas anderes habe ich auf die Schnelle nicht gefunden. Ich wusste gar nicht, dass meine Frau so was hat …«

Benno stöhnte demonstrativ, streckte seine linke Hand aus und sagte: »Taschenmesser. Du hast doch eins?«

Florian suchte in seiner Hosentasche und brachte ein Schweizer Messer zum Vorschein, in das neben einem Dutzend Kleinwerkzeugen auch eine Schere integriert war. Benno klappte sie heraus, um damit die zwei Beine der Strumpfhose abzuschneiden. Eines reichte er Florian.

»Generalprobe. Zieh das über den Kopf.«

Florian sah ihn an. »Hier?«

Benno blickte sich um. »Niemand weit und breit …«

Er ging mit gutem Beispiel voran und machte es ihm vor. Florian tat es ihm nach.

Sie blickten sich mit den Netzstrümpfen über dem Gesicht an. Florian zuckte zurück.

»Oh Gott«, sagte er. »Du siehst aus wie Lord Voldemort.«

»Zugegeben, sieht scheiße aus, aber wenigstens erkennt uns keiner. Auch nicht auf einer Überwachungskamera. Jetzt nimm das Ding wieder ab und fahr los.«

Er zog sich den Strumpf vom Kopf.

»Wir sollten pünktlich sein. Und eines muss dir klar sein: Wenn wir das jetzt durchziehen, gibt es kein Zurück mehr. Also – bist du bereit?«

Florian rollte den Strumpf hoch bis zum Haaransatz. »Ja, bin bereit.«

Er drehte den Zündschlüssel um. Der Anlasser wimmerte kläglich, aber der Motor sprang nicht an.

»Großartig«, kommentierte Benno sarkastisch. »Das perfekte Fluchtauto. Fängt ja schon gut an.«

Florian machte einen erneuten Startversuch und pumpte mit dem Gaspedal, so wie es Leo ihm bei den letzten Instruktionen über gewisse Eigenheiten des Volvos geraten hatte.

Der Anlasser jaulte wieder in den höchsten Tönen.

Endlich, nach etlichen Fehlzündungen, kam der Motor, zuerst stotternd, aber schließlich rau und kraftvoll. Florian gab noch ein paarmal im Leerlauf Gas, bis er endlich halbwegs rund lief. Es hörte sich an wie ein Traktor mit Schwindsucht. Im Rückspiegel sah er, wie schwarze Qualmwolken aus dem Auspuff kamen. Umweltfreundlich konnte man das Unternehmen »Stille Wasser« nicht unbedingt nennen.

»Na also, wer sagt's denn«, machte er sich selbst Mut und legte den ersten Gang ein, dass das Getriebe nur so krachte.

Benno verdrehte die Augen, sagte aber lieber nichts.

Florian fuhr den Volvo mit flauem Gefühl vom Parkplatz.

So, als wäre es das ultimative Himmelfahrtskommando.

Was es im Grunde genommen auch war.

18

Florian parkte eine Querstraße von der Filiale der Landwirtschaftsbank Niederbayern entfernt.

Es war neun Uhr fünfundzwanzig.

Viel war nicht los auf den Straßen von Klattberg, einem verschlafenen Marktflecken mit zweitausendfünfhundert Einwohnern, wie sie dem Internet entnommen hatten. Auf Google hatten sie sich die Straßen und mögliche Fluchtrouten eingeprägt.

Florian wollte schon zum Zündschlüssel greifen und den Motor abstellen, aber Benno hielt ihn davon ab.

»Um Gottes willen! Lass bloß den Motor laufen! Ich will nicht zurückkommen, und er springt nicht an.«

»Ja, du hast recht. Aber das fällt auf.«

»Lass ihn an, hörst du?«, befahl Benno in einem Ton, der keinen Widerspruch duldete. »Sind die pünktlich, in der Bank?«

»Was meinst du?«

»Mit dem Aufsperren?«

»Es sind Banker«, antwortete Florian. »Was denkst du?«

Sie warteten sicherheitshalber fünf Minuten, die sich ewig zogen, während der Volvomotor vor sich hin ratterte und Florian auf seinem Sitz immer weiter nach unten rutschte, um nicht gesehen zu werden.

Benno hatte die Augen geschlossen und konzentrierte sich.

Plötzlich klopfte jemand heftig ans Fahrerfenster.

Florian und Benno zuckten zusammen.

Ein älterer Mann mit Gamsbarthut und Lodenjoppe war es, der noch einmal energisch mit dem Knauf seines Gehstocks ans Fenster hämmerte und mit einer Geste anzeigte, dass Florian es herunterlassen sollte.

Florian setzte sich auf und kurbelte die Scheibe herunter.

»Sie!«, ereiferte sich der Mann, dass sein Gamsbart gleich ins Zittern geriet. »Haben Sie noch nichts von Umweltverschmutzung gehört? Ich beobachte Sie jetzt schon eine ganze Weile – warum lassen Sie den Motor an? Das ist verboten!«

Florian schaltete den Motor aus. »Zufrieden?«, fragte er.

»Wurde auch Zeit«, grantelte der alte Mann, »ich hätte sonst die Polizei gerufen.«

Er zog sein Handy aus der Tasche und fuchtelte mit einem Foto vom Volvo vor Florians Gesicht herum.

»Ich habe Ihr Kennzeichen, nur dass Sie's wissen!«

Er steckte das Handy wieder weg, brummelte vor sich hin und humpelte endlich davon.

Florian warf Benno einen Blick zu. Der schob die Pistole in den Hosenbund, nahm die Sporttasche an sich und machte Anstalten, aus dem Auto zu steigen. Aber vorher hielt er ihm noch den Zeigefinger vor die Nase.

»Wenn ich zurückkomme, und der Volvo springt nicht an, bringe ich euch alle um! Und mit dir und Leo fange ich an!«

»B… Benno …«, stotterte Florian. »Was sollte ich denn machen?«

»Du hast mich schon verstanden. Bringen wir's hinter uns.«

Er nahm die Sonnenbrille ab, legte sie auf die Konsole, stieg aus und eilte mit der Sporttasche davon. Im Gehen zog er sich den Strumpf auf den Kopf und verschwand um die Ecke.

Florian sah in den Rückspiegel.

Der alte Mann war Gott sei Dank verschwunden.

Er drehte den Zündschlüssel wieder um, und der Anlasser wimmerte impotent.

19

Als Benno die Filialniederlassung der Landwirtschaftsbank Niederbayern im Visier hatte, zog er den Strumpf ganz über das Gesicht und fiel in einen leichten Trab, nachdem er sich noch einmal umgesehen hatte.

Eine junge Frau mit Kinderwagen war unterwegs, sie kehrte ihm aber den Rücken zu, sonst war niemand auf der Straße. Zwei oder drei Autos fuhren hinter seinem Rücken vorbei.

Ein paar Meter weiter war sie, die Bank, die er gleich um ihren Bargeldbestand erleichtern wollte. Das Adrenalin schoss in seine Adern.

Seltsamerweise parkten zwei Transporter mit der Aufschrift »Schreinerei Dobler« vor den Schaufenstern der Bank.

Aber Benno hatte keinen Nerv, darüber nachzudenken. Jetzt war energisches Handeln angesagt. Er lief los mit einem Tunnelblick durch das alberne Netzstrumpfhosengeflecht, über das er sich noch in diesem Moment gründlich geärgert hätte, wenn seine Nerven nicht bis zum Äußersten angespannt gewesen wären, weil jetzt alles darauf ankam, wie entschlossen sein Auftritt im Inneren der Bank ausfiel.

Ein heftiger Stoß gegen die Eingangstür – Gott sei Dank war sie schon aufgesperrt worden –, und er betrat den Vorraum. Er riss die Pistole aus dem Hosenbund und stürmte in den Schalterraum.

Dort sah er drei Handwerker in Overalls mit der Aufschrift »Schreinerei Dobler« auf dem Rücken herumwerkeln, die bei seinem Hereinkommen herumfuhren, weil er aus Leibeskräften schrie: »Alle mal herhören! Dies ist ein Überfall! Alle auf den Boden legen, sofort!«

Die drei Männer starrten ihn fassungslos an, als käme er von einem anderen Stern, wenn nicht sogar aus einer anderen Galaxis. Kein Wunder, so furchterregend, wie er daherkam.

»Habt ihr nicht verstanden?«, brüllte Benno und fuchtelte mit seiner Spielzeugpistole herum. »Hinlegen, habe ich gesagt! Auf der Stelle! Kopf nach unten! Und die Klappe halten.«

Zögernd kamen sie der Aufforderung nach.

Schnell scannte Benno die Räumlichkeit ab.

Kein Bankmensch war zu sehen, im Gegenteil, der Laden machte ganz den Eindruck, als sei er schon in Auflösung begriffen. Die Männer, die mit dem Bauch nach unten auf dem abgewetzten Teppichboden lagen, waren anscheinend normale Handwerker, die mit dem Abbau der Filiale beschäftigt waren.

»Wo ist die Filialleiterin?«, fragte Benno.

Keiner antwortete.

»Habt ihr mich nicht verstanden? Wo ist die Filialleitung?«

Schließlich hob einer vorsichtig den Arm. »Darf ich was sagen?«, fragte er unsicher.

»Was denn? Na los doch!«

»Die Bank ist geschlossen. Schon seit zwei Tagen. Von den Bankleuten ist keiner mehr da. Wir sind nur das Abräumkommando.«

»Soviel ich weiß, macht hier ein Hörgeräteakustiker auf«, fügte ein zweiter Handwerker hinzu.

Benno wurde schlagartig klar, was die Männer damit zum Ausdruck bringen wollten.

Er war zu spät gekommen.

Einer der drei wollte aufstehen.

»Liegen bleiben! Hände über den Kopf!«, brüllte Benno und blieb lautstärkemäßig im Überfallmodus.

Die Männer gehorchten.

»Keiner bewegt sich, bis ich es sage!«

Benno ging, die Pistole weiterhin auf die Handwerker gerichtet, rückwärts zum Ausgang.

Dann drehte er sich um und nahm schleunigst Reißaus.

20

Florian orgelte verzweifelt am Volvo, aber der Motor wollte noch immer nicht anspringen, egal welche Tricks er auch im Schweiße seines Angesichts ausprobierte, als er Benno heranstürmen sah, der im Eifer des Gefechts vergessen hatte, seine Netzstrumpfmaske abzunehmen.

Benno riss die Beifahrertür auf und ließ sich auf den Sitz fallen.

»Mensch, mach schon – fahr!«, brüllte er und warf die leere Sporttasche auf den Rücksitz.

Florian pumpte mit dem Gaspedal wie ein Verrückter, wobei er in seiner Panik schon befürchtete, dass der Motor endgültig abgesoffen war. Ihr Fluchtwagen wollte einfach nicht.

Der heilige Nikolaus von Myra hatte wohl etwas dagegen.

»Wir müssen ihn anschieben«, sagte Florian verzweifelt.

»Was?«, schrie Benno.

»Du musst ihn anschieben!«, schrie Florian zurück. »Los, hilf mir!«

Für einen kurzen Moment sah Lord Voldemort alias Benno Ehrmann Florian mit seinem Netzstrumpfhosengesicht an, als wollte er ihn erwürgen oder zumindest mit einem Todesfluch belegen, bis er kapierte, dass jetzt keine Zeit für Diskussionen oder Zaubersprüche war, sondern dass auf der Stelle gehandelt werden musste.

Er riss die Tür wieder auf, schwang sich aus dem Wagen, hetzte nach hinten und stemmte sich mit allem, was er hatte, gegen das Heck.

Florian war ebenfalls ausgestiegen und schob auf der Fahrerseite mit einer Hand am Lenkrad.

Bei all ihrem Pech hatten sie wenigstens das Glück, dass die Straße in Fahrtrichtung ein wenig abschüssig war, sodass sie mit ihren gemeinsamen Anstrengungen den schweren Volvo tatsächlich ins Rollen brachten und mit der Kraft der Verzweiflung sogar ein gewisses Tempo erzielen konnten.

Als sie nach seinem Dafürhalten genügend Schwung aufgenommen hatten, sprang Florian ins Auto, legte den zweiten Gang ein und ließ die Kupplung kommen.

Der Wagen bockte, aber mit etlichen Fehlzündungen sprang der Motor schließlich stotternd an, und Florian gab Gas.

Der Volvo machte einen Satz nach vorne, Lord Voldemort geriet ins Stolpern und fiel beinahe auf die Straße, er konnte sich gerade noch abfangen. Florian bremste und gab im Leerlauf Gas, damit der Motor nicht wieder abstarb.

Benno spurtete im Stil eines Usain Bolt hinterher, bis er die Beifahrertür erreichte, und hechtete in den Wagen, während Florian gleichzeitig wieder beschleunigte.

Er gab Vollgas, wich gerade noch einem Fahrradfahrer aus, der dem Volvo in die Quere kam, und raste dermaßen los, dass Benno in den Sitz gedrückt wurde und sich festhalten musste, während seine Sonnenbrille von der Konsole in den Fußraum fiel.

Zeit und Gelegenheit, die Netzstrumpfhosenmaske abzunehmen, hatte er immer noch nicht gefunden.

Mit dem linken Kotflügel nahm Florian eine Mülltonne mit, die sich im Unterboden verkeilte, aber nach ein paar Metern wurde der Volvo sie scheppernd wieder los.

Florian bog so scharf ab, dass die Reifen qualmten, er konnte den schlingernden Wagen gerade noch abfangen, und sie ließen den Ort ihres ersten Überfalls im Rückspiegel zurück, während Florian alles aus dem Volvo herausholte, was der heulende Motor noch hergab.

Ein zwölfjähriger Junge, der den Abgang der beiden aus einem Hauseingang heraus mit offenem Mund und blinkender Zahnspange beobachtet und reaktionsschnell mit seinem Smartphone aufgenommen hatte, rief gleich seinen Kumpel an.

»Du glaubst nicht, was ich gerade gefilmt habe. Das war echt krass!«, meldete er aufgeregt, schickte ihm das Video und stellte es sofort auf Instagram.

21

»Dilettanten! Ihr seid alle eine Bande von verfluchten Dilettanten!«, schrie Benno in Leos Scheune, wo Florian den Volvo nach ihrem missglückten Raubzug hingefahren hatte, weil er wusste, dass Leos Eltern für eine ganze Weile weg waren.

Er schloss das Scheunentor, spähte durch einen Spalt nach eventuellen Verfolgern, die bisher ausgeblieben waren, und hoffte inständig, dass Benno von seinem Wutanfall, der nun schon eine geraume Weile andauerte und sich noch steigerte, bald so erschöpft war, dass er endlich aufhörte zu brüllen und den Volvo mit Fußtritten zu bearbeiten.

Florian ließ ihn toben, das war immerhin besser, als wenn

Benno seinen Furor an ihm ausgelassen hätte. Der Volvo musste als Ersatz für Leo herhalten, dem Benno sämtliche Plagen der Menschheit an den Hals wünschte.

»Uns so eine Dreckschleuder als Fluchtfahrzeug anzudrehen! Den Kerl bringe ich um!«

Schließlich setzte er sich auf einen ausrangierten Fahrersitz und schüttelte nur noch den Kopf. Er hatte in seinem Leben schon so manche Fehlschläge einstecken müssen, aber das war sogar für ihn zu viel.

»Dass ich mich überhaupt auf so einen Wahnsinn eingelassen habe!«, wiederholte er ein ums andere Mal und schlug sich in einer Art Selbstkasteiung immer wieder mit der flachen Hand gegen die Stirn.

»Wie kann man nur so blöd sein?«, murmelte er dann als neues Mantra vor sich hin, während Florian nach der gerade noch gelungenen Flucht aus Klattberg erst einmal einen unkontrollierbaren Zitteranfall überstehen musste, der urplötzlich einsetzte, und dabei heftig hyperventilierte.

Aber dann sickerte ihm so ganz allmählich die Erkenntnis ins Bewusstsein, dass ihr so grandios missglückter Raubüberfall trotzdem als Erfolg gewertet werden konnte. Das immerhin sorgte dafür, dass er sich endlich beruhigte.

»Jetzt hör mir mal zu«, sagte er und ging vor Benno in die Hocke, der immer noch unablässig vor sich hin schimpfte, es grenzte schon an Hospitalismus.

»Halt endlich die Klappe und hör mir zu!«, forderte er Benno lautstark auf und schüttelte ihn.

Benno hob den Kopf und sah durch ihn hindurch. Wahrscheinlich hatte er die nicht unrealistische Vision, dass er wieder in seiner Zwei-Mann-Zelle auf zwölf Quadratmetern saß.

Florian redete mit Engelszungen auf Benno ein.

»Okay, ich gebe zu: Dem ersten Anschein nach war es eine Totalpleite, was wir da eben durchgezogen haben. Jedenfalls beinahe. Aber immerhin sind wir doch gerade noch davongekommen, oder?«

»Sind wir, ja«, antwortete Benno.

Dem Vibrato in seiner Stimme war anzuhören, dass er immer noch in einem unberechenbaren Zustand war.

Er packte Florian an der Schulter. »Leo! Ich bring ihn um!«

»Jaja, das hab ich kapiert. Ich bin auch ziemlich sauer auf ihn. Aber jetzt sollten wir praktisch denken – wir müssen ihn so schnell wie möglich loswerden.«

»Leo?«

Florian verdrehte die Augen. »Nein. Den Volvo meine ich.«

Benno schlug wieder die Hände über dem Kopf zusammen, weil ihm noch etwas eingefallen war. »Der Alte mit dem Gamsbarthut – er hat ihn fotografiert!«

»Na und? Das Nummernschild. Und wenn schon, das ist falsch.« Florian stand auf und spazierte nachdenklich mit den Händen in den Hosentaschen hin und her. »Weißt du, wenn ich das alles mit ein wenig Abstand betrachte: Letzten Endes haben wir doch genau das erreicht, was wir wollten ...«

»Was?«, regte sich Benno auf. »Ich höre wohl nicht recht! Ich habe Kopf und Kragen riskiert und eine Bank überfallen, die gar nicht mehr existiert hat! Ja geht's noch blöder?«

»Was willst du? Für die Statistik ist das doch bestens! Ein Überfall ist ein Überfall. Mehr wollten wir doch gar nicht.«

Jetzt erhob sich auch Benno, er schien einigermaßen seine Fassung wiedergewonnen zu haben und tippte Florian mit dem Zeigefinger gegen die Brust. »Ihr vielleicht. Aber was ist mit mir? Ihr habt mir versprochen, dass ich das Geld behalten kann. Welches Geld bitte schön? Ich soll das ganze Risiko auf mich nehmen, und dann stehe ich mit leeren Händen da?«

»Jetzt komm mal wieder runter, ja? Das war erst der Anfang. Wir haben dazugelernt. Das nächste Mal machen wir's besser!«

»Für mich gibt's kein nächstes Mal! Ich muss mich erst mal in mein Hotel zurückziehen. Mich ein paar Tage erholen. Und das war's dann für mich. Ende. Aus. Amen.«

22

Fünf Streifenwagen waren inzwischen in Klattberg am Ort des Banküberfalls angekommen, und immer noch rasten welche mit Blaulicht und Sirene aus allen Richtungen heran.

Vor und in der Zweigstelle der Landwirtschaftsbank Niederbayern herrschte das reinste Tohuwabohu.

Halb Klattberg war auf den Beinen, schließlich war der Banküberfall das sensationellste Großereignis weit und breit, seit vor acht Jahren der Maibaum bei der feierlichen Einweihung umgefallen war und nur knapp die Blaskapelle verfehlt hatte, die gerade die Bayernhymne anstimmen wollte.

Polizisten schirmten die Bank ab, erste Leute von der Presse kamen und schossen Fotos.

Im Mittelpunkt des Geschehens – man hätte auch sagen können: im Auge des Sturms – stand Polizeihauptmeister Mathias Behringer, der natürlich als Erster am Tatort eingetroffen war, weil er »zufällig« in der Nähe patrouillierte, als der Funkspruch von Leo kam, dass der Überfall stattgefunden hatte und ein dementsprechender Notruf eingegangen war.

Mats hatte es verstanden, als selbst ernannter Einsatzleiter das Kommando über das Gewusel von Polizisten an sich zu reißen, indem er alles unternahm, was ein umsichtiger Polizist in so einem eminent wichtigen Fall zu tun hatte: Er leitete sofort eine Fahndung nach Auto und Tätern ein, ließ die Bank mit Absperrbändern abriegeln, vernahm die drei Handwerker, den alten Mann mit dem Gamsbarthut, den zwölfjährigen Jungen, der die Flucht der Täter mit seinem Smartphone aufgenommen hatte, und unterrichtete seinen Chef, Kriminaldirektor Hamann, der sogar mit dem Hubschrauber aus Passau einfliegen wollte, damit er sich vor Ort so schnell wie möglich ein Bild vom Ernst der Lage machen konnte.

Mats schwamm geradezu auf einer Woge, als wäre das öffentliche Interesse, dessen Fokus plötzlich auf ihn gerichtet war, wie der

Spot eines Scheinwerfers – etwas, mit dem er so souverän umzugehen wusste wie ein professionell geschulter Polizeipressesprecher des Polizeipräsidiums der bayerischen Landeshauptstadt.

Er wusste nicht, warum das so war, aber die Gelegenheit, endlich einmal ein Verbrechen, das die Bezeichnung auch verdiente, im Umfeld ihres Reviers untersuchen und kommentieren zu dürfen, verschaffte ihm ein lange nicht mehr erlebtes Hochgefühl. Irgendwo tief in seinem Inneren musste diese Fähigkeit schon immer geschlummert haben, und jetzt konnte er sie endlich zum Einsatz bringen.

Bereitwillig stellte er sich der Kamera und dem Mikrofon des Kabelsenders Passau TV und beantwortete mit ernster Miene die Fragen der Reporterin, die alles ganz genau wissen wollte. Er erklärte den Ablauf des Überfalls, den Grund dafür, dass die Bank bereits ausgezogen war, und betonte ausdrücklich, wie gefährlich und traumatisch es für die drei Handwerker gewesen sein musste, einem gewaltbereiten Mann gegenübergestanden zu haben, der sie mit einer Schusswaffe bedroht hatte.

Dann zeigte er die Videoaufzeichnung des zwölfjährigen Jungen von der Flucht der Täter. Leider konnte man keine Gesichter darauf erkennen, der eigentliche Täter hatte eine unheimlich aussehende Strumpfmaske über dem Kopf, und der Fahrer des Volvos kehrte der Kamera nur den Rücken zu.

Er erwähnte, dass es schon eine Ringfahndung nach den zwei Männern und dem Fahrzeug gab, und warnte die Bevölkerung eindringlich vor möglichem Schusswaffengebrauch durch die Flüchtigen. Ausdrücklich wies er auf deren Gefährlichkeit und Rücksichtslosigkeit hin. Er gab eine Beschreibung von Tätern und Fluchtwagen zum Besten – falls jemand den Volvo erkannte, sollte er umgehend die Polizei informieren und sich ihm auf keinen Fall nähern.

Als er gefragt wurde, warum ausgerechnet diese Bankfiliale im sonst so friedlichen Klattberg überfallen worden war, fing er in aller Vorsicht an zu spekulieren. Ja, es könnte sich um eine Bande handeln, die gedacht hatte, hier im ländlichen Raum hätte sie leichtes Spiel. Aber da würden sie sich gründlich täuschen, versprach er. Und ja, ähnliche Vorkommnisse seien nicht auszuschließen. Aber sein Revier und alle anderen in der Gegend würden verstärkt Streife fahren, die Bevölkerung müsse sich keine Sorgen machen, ihre Sicherheit sei Tag und Nacht gewährleistet. Er und seine Kollegen von der Polizeidienststelle Thalbach würden auch gerne Überstunden schieben, bis die gesuchten Bankräuber gefasst und hinter Schloss und Riegel gebracht worden waren. Dazu sei die Polizei schließlich da.

Gegen Ende übertrieb er ein wenig, aber im Großen und Ganzen war der inzwischen eingeflogene Kriminaldirektor Hamann mit Mats zufrieden und gratulierte ihm sogar zu seinem entschlossenen Eingreifen und der improvisierten Pressekonferenz, schüttelte ihm vor laufender Kamera die Hand und hielt dann auch noch eine kleine salbungsvolle und zugleich energische Ansprache, in der die Floskeln »Sicherheit first«, »Polizei sorgt zuverlässig dafür«, »Täter werden unnachgiebig verfolgt«, »Recht und Ordnung« und »Wir sind hier in Niederbayern und nicht im Wilden Westen« vorkamen.

Danach war der Kriminaldirektor mit sich und der Welt zufrieden. Seine Ankunft mit dem Hubschrauber hatte eindrucksvolle Bilder für die Nachrichten geliefert mit der unmissverständlichen Botschaft, dass die Polizei weder Geld noch Einsatzwillen scheute, wenn es um die Sicherheit der Bürgerinnen und Bürger ging, auch und insbesondere in der ländlichen Gegend, und wenn sie noch so abgelegen war. Seine Beamten aus Thalbach hatten ihre Sache gut gemacht und rasch und professionell gehandelt. Und er hatte eine eindrucksvolle Rede gehalten. Der Dank des Innenministers war ihm gewiss. Er konnte ruhigen Gewissens wieder nach Passau zurückfliegen und die übliche Routinearbeit seinen Leuten vor Ort überlassen. Dort war sie in guten Händen.

Das sagte er Mathias Behringer auch, als er sich von ihm verabschiedete.

Das Video des Jungen von der Flucht der Täter war ein Hit auf Instagram und hatte schon am ersten Tag über vierzigtausend

Likes. Es schaffte es sogar in die Abendnachrichten des Bayerischen Rundfunks.

Selbst der Mann mit dem Gamsbarthut konnte gar nicht mehr aufhören, sich wichtigzumachen und jedem, ob er's hören wollte oder nicht, eine Beschreibung der beiden Individuen zu geben, die von Mal zu Mal furchterregender ausfiel.

Als das Scheinwerferlicht und die Kamera von Passau TV auf ihn gerichtet wurden, weil die Reporterin in ihm endlich einen Tatzeugen vor dem Mikro hatte, lief er zur Höchstform auf. Angeblich hatte er von Anfang an gewusst, dass mit den beiden im Volvo etwas nicht stimmte. Wenn man am helllichten Tag den Motor laufen ließ, dann war man auch zu Schlimmerem fähig! Er war auch der Erste, der die Vermutung äußerte, dass es sich nur um Osteuropäer handeln konnte. Schließlich hatte er mit ihnen geredet, obwohl ihm sein Instinkt gesagt hatte, dass es gefährlich war, und im Nachhinein war er sich ziemlich sicher, dass sie einen dementsprechenden Akzent gehabt hatten. Er tippte auf Tschetschenen, obwohl er noch nie im Leben einen gesehen hatte, aber man wusste ja, dass denen alles zuzutrauen war.

Mats hörte mit ernster Miene zu, obwohl es ihm schwerfiel. Man könnte glatt meinen, das ganze westliche Abendland sei durch den missglückten Banküberfall in seinen Grundfesten erschüttert, dachte er, während er klammheimlich konstatieren musste, dass das Unternehmen »Stille Wasser« ein durchschlagender Erfolg war.

Beinahe hätte er sich selbst auf die Schulter geklopft.

23

Als Mats endlich ins Revier zurückkehrte, war er ehrlich erschöpft. Es war spät, Leo hielt noch die Stellung.

»Conny hat angerufen«, sagte er, »sie hat dich im Fernsehen

gesehen. Du hast ›*bella figura*‹ gemacht, meinte sie. Und dann hat sie gefragt, wann du wohl heimkommst.«

Mats hob die Arme zu einer Geste, die besagte, dass er für die Verspätung nun wirklich nichts konnte.

Leo winkte ab. »Schon in Ordnung. Ich habe sie vertröstet. Sie hat das eingesehen.«

Mats musste sich erst einmal hinsetzen und fuhr sich mit den Händen über das Gesicht. »Und? Was meinst du?«

»Hätte schlechter laufen können.«

»Wohl wahr!« Er deutete auf das Video des Jungen, das gerade zum x-ten Mal von Leo auf dem Bildschirm seines Computers überprüft wurde. »Ist dort irgendwas Relevantes zu erkennen?«

»Nein. Gott sei Dank hatte Benno diese alberne Strumpfmaske auf.«

»Die beiden werden nicht gerade glücklich sein, Flo und Benno, meine ich. Hätte leicht schiefgehen können. Hast du schon mit ihnen gesprochen?«

»Bis jetzt nicht. Die sollen sich erst mal beruhigen und runterkommen. Ich kann mir schon denken, was sie sagen. Benno wird mich umbringen wollen.«

»Das ist noch das Mindeste, fürchte ich«, meinte Mats und seufzte vernehmlich. »Wenn er jemals erfahren sollte, dass ich davon gewusst habe, dass die Bank schon vor ein paar Tagen geschlossen hat, bringt er mich auch um.«

»Wusste Flo davon?«

»Nein. Aber denk daran: Das muss strikt unter uns bleiben!«

»Schon klar.«

»Ich wollte Kollateralschäden vermeiden, verstehst du?«

»Ja, ich finde das nach wie vor okay. Wir wollen ja nicht, dass jemand zu Schaden kommt, das hast du mir schließlich versprochen.«

»Benno wird sich schon wieder einkriegen. Und dann treten wir in Phase zwei ein.«

»Phase zwei?«

»Ja. Aber ich habe noch nichts Passendes.«

»Und was ist, wenn Benno das Handtuch wirft? So wie ich ihn kenne, wird er vollkommen ausgeflippt sein.«

»Das ist noch untertrieben. Du hast mit deinem abgetakelten Fluchtfahrzeug nicht gerade dein Meisterstück geliefert.«

»Mea culpa«, gab Leo zu, »mea maxima culpa. Ich dachte wirklich, dass der Volvo einwandfrei funktioniert.«

»Hätte in die Hosen gehen können.«

»Ist es nicht.«

»Sag das mal Benno.«

Das Telefon klingelte. Leo nahm ab. »Polizeidienststelle Thalbach, Hochreiter am Apparat.«

Er hörte eine ganze Weile zu.

»Ja, ich werd's ihm sagen ... Nein, alles in bester Ordnung, ihr habt grünes Licht. Wenn was sein sollte, ruf ich dich an. Übrigens – schalt mal Passau TV ein, dann wisst ihr Bescheid, wie's steht. Bis dann.« Damit legte er auf und sah Mats an. »Es ist so, wie ich's mir gedacht habe. Benno will aussteigen.«

»Sagt wer?«

»Benno höchstselbst.«

»Hast du mit ihm gesprochen?«

»Nein. Das war Flo.«

»Wo sind sie jetzt?«

»Immer noch in meiner Scheune. Sie warten darauf, dass es richtig dunkel wird. Dann wollen sie den Volvo entsorgen.«

»Soll ich hinfahren und mit Benno reden?«

»Lass es besser. Er ist immer noch angefressen.«

»Was haben sie mit dem Volvo vor?«

»Na, was wohl ...?«

»Sie wollen ihn doch hoffentlich nicht abfackeln?«

»Nein. Sie lassen ihn auf Nimmerwiedersehen verschwinden. Wie David Copperfield.« Er grinste. »Du siehst ihn noch – und dann ist er plötzlich weg.«

Mats blickte Leo skeptisch an. »Leo, was ist los mit dir? Muss ich mir vielleicht Sorgen machen um dich? So kenne ich dich gar nicht ...«

Leo zuckte mit den Achseln. »Ich weiß auch nicht – kriminell zu sein beginnt mir irgendwie zu gefallen.«

»Wir machen das nicht zu unserem Vergnügen. Es ist eine existenzielle Sache.«

»Du hast recht«, sagte Leo zerknirscht. »Tut mir leid. Passiert nicht wieder.«

»Schon gut. Wenn das jemals herauskommt, sind wir am Arsch.«

»Wie sollte das jemals herauskommen?«

»Der Teufel ist ein Eichhörnchen. Was ist, wenn einer von uns kalte Füße kriegt?«

»Benno?«

»Zum Beispiel.«

»Warum sollte er? Er hat eine Menge zu verlieren. Weil er dann nämlich wieder in den Knast einfährt. Traust du ihm nicht?«

»Traust du ihm? Ich werde ihm auf den Zahn fühlen.«

»Falls er überhaupt bei der Stange bleibt.«

»Das wird er, verlass dich drauf.«

»Warum bist du dir da so sicher?«

»Hat er eine Alternative?«

24

Die Nacht war mondhell.

Benno und Florian waren mit zwei Fahrzeugen auf Schleichwegen unterwegs zum Thalbacher Stausee.

Seltsamerweise war der Volvo diesmal auf Anhieb angesprungen. Sie hatten sich verwundert angesehen und konnten es nicht glauben.

»Ich setze mich da nicht mehr rein«, sagte Benno. »Du fährst mit der Schrottkarre, und ich komme mit dem Quad hinterher.«

Florian konnte Bennos Abneigung gegen den Volvo verstehen, und inzwischen war es dunkel genug, um es zu riskieren, den Wagen auf seine letzte Fahrt zu schicken.

Als Leo ihm am Telefon versichert hatte, dass die Luft rein war, hatten sie sich auf den Weg gemacht. Aber zuerst hatten sie noch einen Blick auf Passau TV geworfen, wie es Leo ihnen geraten hatte. Was sie da sahen, hatte endgültig zu ihrer Beruhigung beigetragen. Niemand hatte sie erkannt, und die dort kursierenden Beschreibungen waren so unterschiedlich und an den Haaren herbeigezogen, dass es schon beinahe lächerlich war.

Vom Angeln mit Leo kannte Florian eine geeignete Stelle, wo die Landstraße ein paar hundert Meter knapp am steil abfallenden Ufer des Stausees entlangführte. Genau dort war der See auch am tiefsten und das Wasser am trübsten.

Florian fuhr voraus, der Volvo bockte nicht, wenn er den Gang wechselte, er brach auch nicht nach rechts aus, wenn er bremste – auf einmal war er das zuverlässigste Auto, das man sich nur vorstellen konnte.

Jetzt erst war Florian so richtig wütend auf den Wagen und gönnte ihm sein nasses Grab.

Er lenkte ihn auf die Kuppe am Stausee, machte den Motor aus, schaltete den Gang in den Leerlauf, kurbelte sämtliche Fenster nach unten, löste die Handbremse, stieg aus und wartete, bis Benno mit dem Quad nachgekommen war.

Sie nickten sich kurz zu, stemmten sich ein letztes Mal gegen das Heck und sahen zu, wie der Volvo mit der Schnauze nach unten kippte, senkrecht ins Wasser klatschte und gurgelnd versank.

Wenigstens bei seinem Ableben hatte er ihnen keine Schwierigkeiten mehr gemacht.

Es blubberte zwar noch ein- oder zweimal, und Blasen stiegen auf, aber das war es dann auch. Das Fluchtfahrzeug war Geschichte.

Benno und Florian stiegen auf das Quad und fuhren weg.

25

Als Mats nach einem langen und anstrengenden Tag schließlich kurz vor Mitternacht nach Hause kam, war Conny noch nicht im Bett, was er ihr hoch anrechnete.

Zwar war sie auf dem Sofa eingeschlafen, aber sie hatte auf ihn gewartet und schreckte sofort hoch, umarmte und küsste ihn.

»Mein Held«, sagte sie, und er musste grinsen.

Ob sie das wirklich ernst meinte?

Egal, halb ernst reichte ihm auch.

Dann zog sie ihn zum Esstisch, wo sie schon eine deftige bayerische Brotzeit vorbereitet hatte, er musste sich nur noch setzen und zugreifen.

Er hatte Heißhunger, verspeiste alles bis auf den letzten Krümel und spülte das Ganze mit einem kalten Weißbier hinunter, das ihm Conny frisch eingeschenkt hatte.

Nebenher sahen sie sich seine Pressekonferenz im Fernsehen an, die in Endlosschleife auf Passau TV lief, und Conny meinte, dass er sich endlich von seinem Schnäuzer trennen sollte, ohne würde er reifer und seriöser aussehen. Nicht wie so ein Jungspund.

Aber es gefiel ihr, dass er so ehrgeizig und gleichzeitig entschlossen wirkte.

»Was meinst du, wirst du jetzt befördert?«, fragte sie ihn.

»Dein Wort in Gottes Ohr …«, sagte er und kratzte sich am Kinn. »Aber so schnell mahlen die Mühlen im Ministerium nicht.«

»Du hast morgen einen wichtigen Termin. Um zehn Uhr.«

»Bei wem?«, wollte Mats wissen, obwohl ihn schon so eine böse Ahnung beschlich.

»In unserer Hausbank.«

»Fröhlich?«

»Genau. Er will dich sprechen. Es sei dringend. Was will er von dir?«

»Ich kann es mir schon denken. *Shit happens.*«

Mats räumte sein Geschirr in die Spülmaschine und schaltete sie an.

»Gehen wir ins Bett?«, sagte er.

»Ich dachte schon, du fragst nie«, antwortete Conny und lächelte. »Es wäre gerade günstig. Du weißt schon …«

Sie machte die Schnullergeste mit dem Daumen im Mund.

Er nickte und folgte ihr hinauf ins Schlafzimmer.

Das mit dem erholsamen Schlaf, nach dem er sich sehnte, würde wohl warten müssen. Sie hatten noch Wichtigeres vor.

Conny hatte ihren Eisprung. Und sie wollte endlich ein Kind.

Mats hatte schon seit längerer Zeit gemerkt, dass es ihr wehtat, wenn ihre Freundinnen sie immer fragten, ob sie jetzt endlich schwanger sei. Er selbst hatte es nicht so eilig mit dem Kinderkriegen, eigentlich wusste er nicht, ob er überhaupt Vater werden wollte.

Aber Conny wollte es.

Und weil er Conny liebte, tat er sein Bestes.

26

Mats hatte seinen früheren Schulkameraden Dominik Fröhlich noch nie leiden können. »Dommi«, wie er genannt wurde, war wehleidig, dabei hinterfotzig, ein Denunziant, der jeden Mitschüler erbarmungslos verpfiffen hatte, wenn er ihn bei irgendetwas Verbotenem erwischte. Und wenn es für seinen Verrat nach der Schule Klassenkeile setzte, rannte er schnurstracks zu seiner Mutter und die zum Direktor, anstatt mit Anstand und Würde ein blaues Auge einzustecken oder zurückzuschlagen. Außerdem war er der größte Streber, der Mats in seiner schulischen Laufbahn jemals begegnet war.

Im Klassenzimmer saß er selbstverständlich ganz vorne, und bei jeder Frage eines Lehrers schoss sein Finger vor allen anderen in die Höhe. Seine Hausaufgaben hatte er stets akribisch erledigt, er ließ niemanden abschreiben und teilte auch mit keinem das Pausenbrot, weil er schreckliche Angst vor Keimen hatte oder einfach nur zu geizig war.

Wenn seine Mitschüler ihm einen Streich spielten – mit seinem Verhalten bettelte er förmlich darum –, dann reagierte er beleidigt oder fing an zu heulen und wandte sich an den Vertrauenslehrer. Irgendwann wurde es ihnen zu langweilig, sich überhaupt mit ihm abzugeben, und sie ließen ihn links liegen.

Dominik Fröhlich hatte nicht nur eine, sondern zwei Achillesfersen: den Sport und die Mädchen.

Am Reck hing er wie ein nasser Mehlsack, beim Achthundert-Meter-Lauf watschelte er entenmäßig die Laufbahn entlang und gab nach zweihundert Metern auf. Und bei der weiblichen Schülerschaft machte er mit seiner dicken Brille, seiner blühenden Akne, seiner Vokuhila-Frisur und seiner Ahnungslosigkeit von angesagten Musiktiteln überhaupt keinen Stich, obwohl er jedes Mal Stielaugen bekam, wenn eine der zahlreichen Schönheiten von der Schule an ihm vorbeiging und ihn durch demonstrative Missachtung strafte.

Dass er seinen männlichen Mitschülern für all die Demütigungen irgendwann lebenslange Vergeltung geschworen hatte, nahmen sie nicht wahr und hätten es erst recht nicht ernst genommen.

Das zu ignorieren war möglicherweise ein Fehler.

Mats gingen diese Erinnerungen an früher regelmäßig durch den Kopf, wenn er Fröhlich begegnete. Aber das waren für ihn kindische Geschichten, vergangen und vorbei. Er hatte »Dommi« nie für voll genommen, und das gelang ihm auch heute noch nicht, obwohl er das besser getan hätte.

Denn jetzt war Fröhlich Leiter der Kreissparkasse Thalbach und mit einer attraktiven Frau verheiratet, die bei der Wahl zur bayerischen Hopfenkönigin immerhin den zweiten Platz belegt hatte. Wie er das gedeichselt hatte und bei ihr landen konnte, war allen ein Rätsel. Von seiner Akne waren ein paar Narben übrig geblieben, seine sonstigen früheren Unzulänglichkeiten kompensierte der erwachsene Fröhlich durch Überheblichkeit, herablassende Arroganz, konservative Anzüge und eine grauenhafte bunte Designerbrille, von der er fälschlicherweise annahm, dass sie ihm den nötigen Schuss Extravaganz und Esprit verlieh.

Als Chef der Kreissparkasse hatte er es allen gezeigt, halb Thalbach war von seiner Bank abhängig, und er wusste von so gut wie jedem seiner Mitbürger, wie es um dessen Vermögensverhältnisse bestellt war. Genau diese Tatsache war für »Dommi« das Höchstmaß an Genugtuung und später Rache, auch wenn er das nie zugegeben hätte.

Wie aus dem dicken Olli war also wider Erwarten auch aus Dominik Fröhlich etwas geworden, während Mathias Behringer nur ein einfacher und schlecht bezahlter Bulle war.

Fröhlich ließ Mats, der pünktlich um zehn Uhr auf der Matte stand, fast zwanzig Minuten im Vorzimmer schmoren, bis er endlich seiner Sekretärin grünes Licht gab, ihn in sein Büro zu bitten.

Dort thronte er hinter seinem Schreibtisch, zeigte auf einen Stuhl, sagte »Setz dich«, sah aber dabei nicht von einem Schreiben auf, das er noch zu studieren schien und endlich schwungvoll mit seinem goldenen Montblanc unterschrieb, bevor er den Kopf hob und sich Mats mit einem falschen Lächeln, das er sich anscheinend regelrecht abringen musste, zuwandte.

»Guten Morgen, Mathias«, begrüßte er ihn.

»Morgen, Dominik«, antwortete Mats. Beinahe wäre ihm ein »Dommi« herausgerutscht, aber in dieser Situation den von Fröhlich verhassten Spitznamen zu erwähnen hätte ihm eine Menge mehr Maluspunkte beschert, zusätzlich zu denen, die er beim Kreissparkassendirektor ohnehin schon auf dem Konto hatte.

»Viel zu tun, was?«, stellte Fröhlich fest. »Hab dich im Fernsehen gesehen.«

»Das Verbrechen schläft nie …«, entgegnete Mats einigermaßen vage. »Deswegen bin ich Polizist geworden.«

Fröhlich deutete auf seine Oberlippe. »Was sehe ich da? Hast du dir deinen Bart abrasiert?«

Instinktiv tastete Mats die seine ebenfalls ab. »Ja. Heute früh.«

»Warum das?«

»Einfach so. Wollte irgendwie einen Neuanfang.«

»Komisch, ist mir gleich aufgefallen ... Gestern im Fernsehen hattest du ihn noch.«

Mats zuckte mit den Achseln. »Gestern ist gestern ...«

»Ja, apropos gestern: Habt ihr schon irgendeine Spur? Von diesen Bankräubern?«

»Leider nein. Bis jetzt nicht. Aber wir bleiben dran. Ist nur eine Frage der Zeit, bis wir sie erwischen.«

»Alles ist eine Frage der Zeit«, wiederholte Fröhlich pseudophilosophisch, bleckte die Zähne und zeigte auf Mats und sich selbst. »Auch was dich und mich – respektive die Kreissparkasse Thalbach – betrifft.«

Ob das ein Lächeln war oder nicht, war für Mats nicht zu erkennen. Es sah für ihn aber eher nach Haifischgrinsen aus.

»So? Um was geht es denn?«, fragte er, weil er endlich zur Sache kommen wollte, um die unangenehme Angelegenheit, die ihm bevorstand, hinter sich zu bringen.

»Um *bad news*, fürchte ich«, sagte Fröhlich und verzog das Gesicht, als hätte er einen unangenehmen Geruch wahrgenommen.

Er sah Mats über den Rand seiner Designerbrille mit hochgezogenen Augenbrauen an.

»Letzter Warnschuss, sozusagen«, fügte er hinzu.

Dann klappte er eine Akte auf und tippte mit dem Finger auf die Papiere, die dort abgeheftet waren.

»Du bist zu meinem Bedauern zwei Raten mit deinen Hypothekenzahlungen im Rückstand. Ich nehme an, das ist dir bekannt.«

»Ja, natürlich.«

»Dann sag mir bitte, wie um Himmels willen du das ausgleichen willst. Jetzt, wo deine Frau auch noch ihren Job verliert ...«

»Spricht sich schnell herum, was?«

Fröhlich legte die Fingerspitzen aufeinander wie ein Priester bei der Predigt. »Thalbach ist klein, da sage ich dir nichts Neues.«

»Mir wird schon was einfallen«, sagte Mats und wusste gleichzeitig, wie ohnmächtig sich das anhören musste.

»Dazu bleibt dir aber leider Gottes nicht mehr allzu viel Zeit. Und Zeit ist genau dein Problem, Mats. Denn Zeit ist Geld, wie wir Banker nicht ganz zu Unrecht sagen.«

»Wie darf ich das verstehen?« Dabei verstand er es nur zu gut.

»Wortwörtlich, mein Lieber. Bis zum Ende des Monats solltest du die Konten ausgeglichen haben. Sonst sehe ich mich gezwungen zu handeln.«

»Was heißt das?«

»Kündigen der Hypotheken und letzten Endes …«, er bleckte wieder die Zähne, das schien seine neueste Marotte zu sein, »… wenn es gar nicht anders geht: Zwangsversteigerung deines Hauses. Übrigens – coole Party, die ihr da veranstaltet habt. War sicher eine kostspielige Angelegenheit. Vor allem, wenn ich an den Auftritt von dieser … na ja: Männertanzgruppe denke … Meine Frau schwärmt heute noch davon.«

Er lachte meckernd.

Mats hatte Mühe, wenigstens ein Lächeln zustande zu bringen. »Das hat alles mein Schwager bezahlt«, sagte er und ärgerte sich insgeheim, weil er sich rechtfertigen musste.

»Ja, der Herr Wildbieler. Unser Bürgermeister ist ein großzügiger Mann. Was der alles so sponsert …«

»Mit Verlaub – das weißt du doch genau.«

»Stimmt. Unter anderem dich und außerdem deinen Fußballverein, nicht wahr? Unseren leider nicht besonders erfolgreichen FC Thalbach. An dem sich die Kreissparkasse dank meiner Fürsprache ebenfalls mit Bandenwerbung beteiligt.«

»Unter anderem, ja.«

»Wie sagt man so schön: Wer kann, der kann. Ein Mann wie Wildbieler kann es sich leisten, großzügig zu sein. Andere wiederum nicht. Verstehst du, was ich meine?«

Mats eierte herum. Schließlich ging er so weit, sich zu erniedrigen, was ihn alle Überwindung kostete, die er noch aufbringen konnte.

»Allerdings. Ich weiß, was du meinst. Aber ... Dominik ... Kannst du nicht ... Ich meine, angesichts unserer gemeinsamen Vergangenheit ... Schließlich waren wir in einer Klasse ... Du kennst mich doch ... Ich werde schon nicht davonlaufen ... Kannst du nicht ein Auge zudrücken und mir noch zwei oder drei Monate Zeit geben ...?«

Fröhlich seufzte demonstrativ. »Ich habe schon sämtliche Augen zugedrückt, mein Lieber, sogar die Hühneraugen.« Er lachte wieder meckernd. »Aber ich habe auch eine gewisse Verantwortung gegenüber dem Vorstand der Kreissparkasse Thalbach, der ich gerecht werden muss. Es gibt sozusagen eine rote Linie, die auch ich nicht überschreiten darf, bei aller Kulanz. Die Kreissparkasse Thalbach ist leider kein Wohlfahrtsinstitut für alte Kameraden.«

Er stand auf.

Mats begriff, dass damit das Ende ihrer Unterredung gekommen war, und erhob sich ebenfalls.

»So leid es mir tut, Mats«, sagte Fröhlich, »es ist nichts Persönliches. Rein geschäftlich. Aber Business bleibt Business. Das verstehst du doch sicher. Also – lass mich nicht hängen. Du hast noch eine Galgenfrist bis zum nächsten Ersten. Mehr kann ich dir beim besten Willen nicht einräumen. Und viel Erfolg mit deinen Bankräubern!«

Er streckte ihm die Hand hin.

Mats schüttelte sie nolens volens.

Es ist wirklich nichts Persönliches, aber *asshole* bleibt *asshole*, dachte er sich dabei, dann machte er, dass er so schnell wie möglich aus dem Büro und der Bank kam, bevor noch der Drang in ihm übermächtig wurde, »Dommi« die Designerbrille wegzunehmen und sie vor seinen Augen auf dem Boden zu zertreten.

27

Es war später Nachmittag im Golfhotel »Arberblick«, als Benno, nachdem er ausgeschlafen und ausgiebig gefrühstückt hatte, sich zu seinem zweiten Saunagang im Wellnessbereich begab. Während er sich auf der höchsten Bank im heißesten Bereich einrichtete – er war allein in der Schwitzhütte –, kam er endlich dazu, seine Lage gründlich zu analysieren und die richtigen Schlüsse daraus zu ziehen. Damit, wie desaströs ihre Premiere abgelaufen war, hatte er lange genug gehadert.

Er beschloss, dieses Kapitel endgültig abzuhaken und noch mal neu und ganz von vorne anzufangen.

Ihm blieben zwei Optionen: Entweder er ging zurück zu seinem Bewährungshelfer, entschied sich für die Ochsentour der redlichen Resozialisierung, versuchte, mehr schlecht als recht mit so etwas wie Bürgergeld, früher Hartz IV genannt, klarzukommen, suchte sich einen mies bezahlten Schwarzgeldjob oder dealte nebenher ein bisschen und zog fürs Erste in ein Männerheim ohne Wellnessbereich und Juniorsuite, dafür mit einem ungewaschenen Zimmergenossen wie im Knast – wenn er da überhaupt einen Platz bekam.

Ihn schauderte bei diesem Gedanken trotz der finnisch heißen Sauna.

Tolle Perspektive!

Oder er versuchte es noch ein zweites Mal mit der Aufbesserung der Thalbach'schen Verbrechensstatistik, aber dann zu ganz anderen Bedingungen, *seinen* Bedingungen – es musste endlich etwas Bares für ihn dabei herausspringen! Und leicht wollte er es seinen alten Freunden auch nicht machen. Schließlich war er der Experte, der die Kastanien aus dem Feuer holen sollte. Sie wollten etwas von ihm. Jetzt durften sie auf den Knien betteln, dass er sie nicht im Stich ließ.

Doch was konnte das sein?

Noch einmal eine Bank zu überfallen, das kam für ihn auf gar keinen Fall mehr in Frage. Aber ihm fiel nichts Lohnendes und zugleich Machbares ein.

Er merkte, dass ihm der Schweiß in Strömen herunterlief, und sah auf die Sanduhr an der Wand – seine Zeit war abgelaufen.

Er erhob sich und öffnete die Tür.

Wer stand da und wartete auf ihn?

Seine drei Bullenfreunde. Das Empfangskomitee Mats, Florian und Leo.

Aber natürlich nicht in Polizeiuniform, sondern in weißen Bademänteln und Adiletten, der Uniform für den Wellnessbereich.

Sah nicht besonders eindrucksvoll aus, konstatierte Benno, ignorierte sie und ging an ihnen vorbei direkt unter die mit allen möglichen Sprühraffinessen ausgestattete Dusche.

Er brauste ausgiebig, erst kalt mit sämtlichen Düsen, die ihm zur Verfügung standen, dann warm von oben, dann noch einmal eiskalt mit der Schwalldusche.

Endlich hatte er genug, kam aus der Dusche und trocknete sich ab.

»Was wollt ihr von mir?«, fragte er nebenher. »Habt ihr nichts Besseres zu tun? Ich dachte, es wäre eure verdammte Pflicht und Schuldigkeit, zwei Bankräuber zu schnappen?«

»Wir müssen reden, Benno«, meinte Mats, der Benno im ersten Augenblick seltsam vorkam, bis er merkte, warum: Mats hatte sich den Schnäuzer abrasiert.

»Ihr müsst mit mir reden? Schon wieder? Das hab ich doch schon einmal gehört, und es ist mir gar nicht gut bekommen.«

»Benno …«, schmeichelte Florian, »hör uns einfach mal an.«

Benno schlüpfte in Bademantel und Hotelpantoffeln und tat das, was er immer nach einem Saunagang tat: Er suchte einen der Ruheräume auf, bevorzugt den mit den Wasserbetten, und machte es sich auf einem davon gemütlich.

Mats, Florian und Leo waren ihm gefolgt, sie schlossen die Tür und waren nun ganz unter sich.

Benno verschränkte die Arme hinter seinem Kopf und machte die Augen zu. Diesen Moment der inneren Kontemplation und Seelenruhe nach der Abkühlung unter der Dusche genoss er immer ganz besonders, und den wollte er sich jetzt auch nicht von seinen Freunden madig machen lassen.

Die setzten sich nebeneinander auf den Rand des benachbarten Wasserbetts wie weiß gefiederte Vögel auf dem Telegrafendraht, und Florian ergriff das Wort.

»Wir hätten da was ganz Besonderes, Benno.«

Benno zeigte nicht die geringste Reaktion.

»Diesmal fällt auch was für dich dabei ab, das können wir dir versprechen«, sagte Mats.

Das hörte sich schon besser an, dachte Benno, machte ein Auge auf und sah Mats damit an.

»Wovon sprichst du?«, wollte er wissen.

»Von einer todsicheren und zugleich lohnenden Sache.«

»Phase zwei«, machte sich Leo wichtig.

Jetzt blinzelte Benno mit beiden Augen und stemmte sich auf seine Ellbogen. »Phase zwei? Was soll das denn wieder heißen?«

»Nun, wir schalten jetzt eine Stufe höher«, erläuterte Florian. »Eine Eskalationsstufe, sozusagen.«

»Mit anderen Worten: Es wird noch riskanter«, fügte Benno hämisch hinzu. »Habe ich euch nicht schon einmal gesagt, dass es für mich nicht mehr weitergeht? Stimmt doch, oder? Hört ihr mir eigentlich gar nicht zu?«

Leo räusperte sich und fühlte sich bemüßigt, das auszusprechen, was sie alle dachten.

»Benno – wir haben eine Abmachung, schon vergessen? Du residierst hier wie der Kaiser von China, und im Gegenzug hilfst du uns bei unseren Problemen. Weißt du, was dein Aufenthalt in diesem feudalen Schuppen mich jeden Tag kostet?«

»Ja, das weiß ich ganz genau. Und wisst ihr was? Ich habe mir jeden Cent davon redlich verdient!«

Damit ließ er sich wieder auf sein Wasserbett zurücksinken und deckte seine Augen mit einem Handtuch zu.

Audienz beendet, sollte das heißen.

»Es geht um circa sechzig Riesen«, erwähnte Mats wie nebenbei. »Vorsichtig geschätzt. Vielleicht auch mehr. Ohne Risiko.

Also, sagen wir mal: mit minimalem Risiko. Ganz ohne geht es nicht, so ehrlich wollen wir schon sein.«

»Aber wir sind ja auch noch da«, fügte Florian hinzu. »Wenn es so weit ist.«

»Die Polizei, dein Freund und Helfer«, sagte Benno spöttisch unter seinem Handtuch, das er sich wieder vom Gesicht nahm. »Was ist es denn, das mit so minimalem Risiko zu drehen ist? Da bin ich jetzt aber mal wirklich gespannt!«

»Ein Bankautomat«, entgegnete Mats kurz und trocken und betrachtete seine Fingernägel.

»In einer Bank?«, fragte Benno empört. »In einem Vorraum? Mitten in der Stadt? Das ist viel zu riskant!«

»Nein. Dieser spezielle Bankautomat steht einsam und allein im Freien«, erklärte Mats. »Vor einem Supermarkt.«

»In einem Gewerbegebiet«, setzte Florian hinzu. »Bei Enzishausen. Abgelegen. Sehr abgelegen.«

»Da ist nachts keine Menschenseele unterwegs«, ergänzte Leo. »Wir sind das mehrfach abgefahren mit dem Streifenwagen.«

»Na schön. Aber wie wollt ihr das anstellen? Ihr wollt ihn doch nicht etwa … in die Luft sprengen?«, fragte Benno und kräuselte skeptisch die Stirn.

»Ja, wir wissen, dass es normalerweise so gemacht wird. Theoretisch. Mit Gas oder mit Festsprengstoff. Wir haben's gegoogelt. Aber wo sollen wir den nötigen Sprengstoff dazu herkriegen?«, meinte Leo, breitete die Arme aus und setzte tatsächlich ein sorgenvolles Gesicht dazu auf.

»Ich weiß nicht«, sagte Benno, »vielleicht vom Baumarkt?« Er machte sich immer noch lustig über diese blutigen Amateure in ihren weißen Bademänteln.

»Benno – wir meinen das ernst«, insistierte Mats.

»Ich nehme das auch ernst, deshalb frage ich ja. Also?«

»Nein, wir sprengen ihn nicht«, erklärte Leo. »Ganz davon abgesehen, dass wir davon nicht die geringste Ahnung haben und außerdem nicht wissen, wie wir an Sprengstoff kommen, und dass bei einer Sprengung meistens auch die Geldscheine draufgehen, dass es einen Höllenkrach macht und dass sofort sämtliche Streifen in der ganzen Umgegend alarmiert werden … Nein, wir haben uns da eine viel elegantere Lösung ausgedacht.«

»Und die wäre?«

Eine Tür ging auf, und zwei Frauen in Bademänteln und mit einem dicken Packen Handtücher in den Armen warfen einen Blick in den Ruheraum. Als sie die vier Männer sahen, kehrten sie prompt wieder um.

Mats wartete, bis sie die Tür hinter sich geschlossen hatten, und senkte die Stimme.

»Wir reißen mit entsprechendem Gerät das ganze Ding mit Stumpf und Stiel aus der Verankerung, laden es auf einen Anhänger und bringen es in Leos Scheune. Dort lassen wir uns Zeit und können es in aller Ruhe fachmännisch auseinandernehmen.«

»Weißt du, was man alles dazu braucht? An schwerem Gerät?«

»Das musst du mir nicht erzählen«, mischte sich Leo ein. »Wenn einer Ahnung von Spielsachen dieser Art hat, dann bin ich das. Und alles, was nötig ist, um das Ding zu knacken, habe ich in meiner Werkstatt. Außerdem habe ich eine Lehre als Mechatroniker abgeschlossen, bevor ich zur Polizei gegangen bin. Ich bin vom Fach, Benno.«

»Du? Ausgerechnet du? Der angeblich was von Autos versteht und Florian und mir einen Fluchtwagen zur Verfügung stellt, der unter Garantie nach ein paar Kilometern den Geist aufgibt? Damit hättest du uns beinahe den Gesetzeshütern zum Fraß vorgeworfen …«

»Wird nicht wieder vorkommen«, brummte Leo eingeschnappt.

Benno winkte ab und wandte sich erneut Mats zu. »Was soll das für ein Geldautomat sein?«

»Ein stinknormaler, mannshoher Allerweltsautomat, der die Scheinchen nur so ausspuckt, wenn man auf den richtigen Knopf drückt. Diesmal wird es sich lohnen, glaub mir!«

Benno rümpfte die Nase, aber er war bereits angefixt.

»Und von welcher Bank?«, fragte er.

»Von der Kreissparkasse Thalbach«, sagte Mats und konnte sich bei dem Gedanken daran ein Grinsen nicht verkneifen.

Er allein wusste, warum.

28

Conny war dieses Mal an der Reihe, den wöchentlichen Frauenabend bei sich zu Hause zu veranstalten, zu dem sie regelmäßig mit Monika und Annalena, der Frau von Florian, zusammenkam.

Annalena kümmerte sich dazu wie immer um einen Babysitter für ihre drei Kinder, ein zuverlässiges Mädchen aus der Nachbarschaft, das die Kleinen im Griff hatte, sodass die drei Männer ebenfalls einen Abend für sich hatten, den sie meistens bei Enzo im »Dodici Apostoli« verbrachten. Das konnte unter Umständen spät werden, weil Enzo den Laden pünktlich zur Polizeistunde zumachte und sie dann noch ein paar Runden Schafkopf spielten und den einen oder anderen Grappa spendiert bekamen.

Aber die Frauen hatten auch ihren Spaß.

Als Conny, Annalena und Monika bei Kerzenlicht, cooler Musik von Café del Mar, Prosecco und selbst gemachter vegetarischer Pizza gemütlich auf der Terrasse beisammensaßen – der Abend war sommerlich warm –, kamen sie schon sehr bald nach dem üblichen Klatsch darauf, dass ihre Männer – über das Verhältnis von Monika mit Leo und dessen Folgen wussten sie längst Bescheid – sich in letzter Zeit irgendwie seltsam benahmen.

Jeder war das aufgefallen.

Conny, weil Mats sich den Bart tatsächlich abrasiert hatte, womit sie nie gerechnet hätte, Monika, weil Leo keine Zeit für sie hatte, obwohl seine Eltern verreist waren, und Annalena, weil sie gemerkt hatte, dass ihr eine Strumpfhose fehlte, die sie extra neu gekauft hatte, um etwas mehr Drive in ihr Sexleben zu bringen.

Die spekulative Diskussion darüber, was Florian mit einer Netzstrumpfhose anfangen sollte, mündete schließlich in einer allgemeinen Lachorgie, die auch dem Zuspruch von zu viel Prosecco zu verdanken war, aber noch machten sie sich keine allzu großen Sorgen um ihre Männer und deren Geheimnisse.

Schließlich hatten sie seit dem Raubüberfall sicher eine Menge polizeilicher Arbeit in ihrem Revier zu erledigen.

29

Mats, Florian, Leo und Benno waren ausnahmsweise nicht im »Dodici Apostoli«, sondern in Leos Scheune, wo sich zwei von ihnen umzogen: Leo hatte von seinen Arbeitsklamotten Overalls geholt, die sich Florian und Benno überstreiften. Er selbst und Mats hatten ihre Uniformen an.

Die Aufgaben waren verteilt, Mats sollte im Revier Dienst schieben. Die kleinen Reviere im Hinterland Niederbayerns wechselten sich im Nachtdienst ab, diesmal war Thalbach an der Reihe. Das passte perfekt, Mats konnte auf die Art zwei Fliegen mit einer Klappe schlagen. Er war sozusagen der Mann, der dort in der Zentrale gleichzeitig Schmiere stand und alles überwachte. Er verabschiedete sich und ertappte sich dabei, dass er den heiligen Nikolaus von Myra in Gedanken um Beistand bat, worüber er sich selbst wunderte. Aber was tat man nicht alles, wenn man jede Hilfe brauchen konnte, weil die Hütte brannte?

Benno hatte ihnen klargemacht, dass sie eventuell alle mit zugreifen mussten, weil so ein Bankautomat schwer war und sie wohl kaum mit einem fünfzehn Kilometer pro Stunde langsamen Gabelstapler an den Ort ihres Vorhabens fahren konnten, um damit den Automaten auf den Anhänger zu hieven. Auf dem hatte er auch alles aufgeladen, was man für eine erfolgversprechende Bankautomatenwurzelbehandlung so brauchte: Stahlseile, Werkzeug, eine Flex.

Die Aufteilung und der geplante Ablauf ihres Vorhabens waren klar und deutlich vorher besprochen und in sämtlichen Einzelheiten generalstabsmäßig geklärt worden. Sie alle waren mit Funkgeräten ausgestattet, damit die Kommunikation untereinander gewährleistet war.

Kurz nach ein Uhr nachts wollten sie zuschlagen.

Die nötigen Gerätschaften und Fahrzeuge standen abfahrbereit und waren von Leo mehrfach auf ihre Tauglichkeit überprüft worden. Für ihre Funktionstüchtigkeit legte er diesmal seine Hand ins Feuer. Das hatte er bei dem Volvo zwar auch getan, aber Benno ritt nicht weiter darauf herum, neues Spiel, neues Glück. Jetzt musste der Jackpot her.

Dann war es endlich so weit, nacheinander fuhren sie los. Leo im Dienstwagen, offiziell war er auf Nachtpatrouille unterwegs. Seit dem Banküberfall in Klattberg wurde auf Anordnung von Kriminaldirektor Hamann verstärkt Streife gefahren. Er setzte sich an die Spitze des Konvois, danach folgte der schwere Traktor aus Leos Fuhrpark, den Benno lenkte. Leo hatte ihn am Frontlader mit einer Palettengabel ausgestattet, die stark genug sein sollte, um den Bankautomaten anzuheben und auf den Anhänger zu laden.

Sobald sie ihn aus der Verankerung gerissen hatten, was der entscheidende Knackpunkt des ganzen Unternehmens war.

Erst wenn sie das geschafft hatten, mussten sie zusehen, dass sie so schnell wie möglich von der Bildfläche verschwanden, weil dann unter Garantie die Kavallerie in Gestalt von Streifenwagen aus halb Niederbayern hinter ihnen her war, gerade jetzt, wo sowieso wegen des Raubüberfalls in Klattberg alles, was Uniform trug, in Alarmbereitschaft war.

Florian fuhr auf dem Quad hinterher.

Die Nummernschilder von Traktor, Anhänger und Quad waren falsch.

Die kleine Fahrzeugkolonne kam ohne Probleme im Gewerbegebiet von Enzishausen an, in dem um diese Zeit tote Hose herrschte.

Die einzigen Punkte, von denen eine gewisse Gefahr ausging, waren eine Tankstelle mit Nachtbetrieb auf der Zufahrt zur Autobahn und ein McDonald's, der um diese Zeit immer noch gut besucht war.

Aber dort stellte sich Leo mit seinem Streifenwagen auf einen leeren Parkplatz gegenüber, um nötigenfalls eine Warnung an die Akteure weiterzugeben, die mit der eigentlichen Aktion – um nicht zu sagen: Transaktion – befasst waren, und damit er, wenn nötig, eingreifen konnte, falls Benno und Florian es nicht allein schafften.

Er hatte sich so positioniert, dass die Leute, die noch aus dem Burgerladen kamen und in ihre Autos stiegen, seinen Streifenwagen sehen mussten und brav in die andere Richtung davonrauschten, weil sie keine Lust auf eine Kontrolle hatten. Um diese Zeit waren noch einige Poser mit ihren aufgemotzten Schlitten darunter, die froh sein konnten, wenn sie unbehelligt blieben, weil die eine oder andere Veränderung an ihren Wagen nicht unbedingt dem entsprach, was gesetzlich zulässig war. Aber ein gepimptes Auto sah in ihren Augen einfach megageil aus und unterstrich ihre männliche Individualität. Außerdem hörte es sich hammermäßig an, wenn man durch einen Tunnel fuhr und den Auspuff so richtig knallen lassen konnte.

Bis zu einem gewissen Grad hatte Leo Verständnis dafür, schließlich war er auch immer schon ein passionierter Autobastler gewesen.

Über die sozialen Medien sprach es sich sofort herum, dass ein Bulle auf der Lauer lag, und der Parkplatz vom McDonald's leerte sich schnell – man sammelte sich eben woanders wieder, bevorzugt an der Nachttankstelle.

Das war die beste Abschreckung – Mats nannte das psychologische Kriegsführung. Trotz seiner Anspannung musste Leo lächeln, wenn er an Mats dachte und dessen Faible für Psychospielchen. Er war derjenige, der Bennos kriminelle Energie von

Anfang an richtig eingeschätzt hatte und davon ausgegangen war, dass der am Ball blieb, wenn er erst Blut geleckt hatte. Mats war ein wahrer Meister im Personal Profiling, der Einschätzung des Verhaltens einer Person oder einer Gruppe.

Das einzige Mal, dass er kläglich danebengelegen hatte, war bei der Bewertung eines ganzen Kollektivs – nämlich das der gegnerischen Mannschaft bei der 0:11-Heimniederlage gegen die Spielvereinigung Niederkaltenkirchen.

Obwohl – das hatte höchstwahrscheinlich daran gelegen, dass er das Leistungsvermögen der eigenen Mannschaft hoffnungslos überschätzt hatte.

Leo merkte, wie müde er war, weil er beinahe eingenickt wäre. Er rieb sich die Augen, fuhr das Seitenfenster herunter, um frische Luft ins Wageninnere einzulassen, und konzentrierte sich wieder auf seine Aufgabe als Wachposten für das Unternehmen »Stille Wasser, Phase zwei«.

Bei McDonald's fuhren jetzt die letzten Autos weg, das waren die Angestellten, der Laden machte für diese Nacht dicht.

Leo gab einen Funkspruch an Mats im Revier durch, bekam ein knappes »Alles okay, *over and out*« und funkte Florian an. Das Kennwort war »Green Light«. Florian bestätigte den Empfang, und Leo sah auf die Uhr. Ein Uhr sechsundvierzig.

Der Countdown lief.

Der Point of no Return war erreicht.

Leo holte einmal tief Luft.

Jetzt durfte nichts mehr schiefgehen …

30

»Los!«, sagte Florian, schaltete das Funkgerät ab und half Benno, der schon am Geldautomaten bereitstand, das Stahlseil so herumzuwickeln, dass sie den Monolith mit den hundertachtzig PS des Traktors um- und herausreißen konnten. Sie hatten diesmal Balaklavas auf dem Kopf, Gesichtsmasken mit Schlitzen für Mund und Augen. Zwar hatten sie keine Überwachungskameras gesichtet, aber man konnte nie wissen, Benno bestand darauf, sicher war sicher.

Er klemmte sich hinter das Steuer und ließ die Kupplung kommen.

Das Stahlseil, das am Traktor befestigt war, ging in die Höhe und spannte sich.

Florian wahrte genügend Abstand für den Fall, dass es reißen oder abrutschen sollte, und hielt gleichzeitig Ausschau nach irgendwelchen Scheinwerfern, die sich eventuell näherten, aber es waren keine zu sehen.

Schließlich war das Stahlseil straff gespannt, Florian gab Benno ein Zeichen, der drückte auf das Gaspedal.

Die Räder des Traktors drehten durch, das Seil hielt, aber der Geldautomat bewegte sich kaum. Es knackte zwar ein wenig, aber er gab nicht nach, wie sie sich das eigentlich erhofft hatten.

»Setz zurück und nimm Anlauf!«, brüllte Florian gegen den lauten Motor an.

»Was?«, brüllte Benno zurück.

Florian kletterte zu ihm hoch und schrie ihm ins Ohr: »Du musst Anlauf nehmen und mit Karacho durchfahren!«

»Okay, verstanden!«

Florian sprang wieder vom Fahrerstand herunter, Benno setzte zurück und nahm einen erneuten Anlauf.

Florian warf einen Blick auf die Uhr. Ein Uhr zweiundfünfzig.

Sie hatten zehn Minuten für das Herausreißen selbst veranschlagt, weitere zehn für die Abnabelung von sämtlichen Befestigungen und Kabeln und maximal zehn Minuten dafür, den Automaten auf den Anhänger zu laden und sich damit vom Acker zu machen.

Das war knapp kalkuliert, entsprach aber ungefähr dem Zeitfenster, das herumziehende Banden hatten, wenn sie einen Automaten sprengten und dann mit ihrer Beute das Weite suchten. Mats hatte das gena in entsprechenden Polizeiprotokollen recherchiert. So lange dauerte es in etwa von der Auslösung des Alarms oder vom Anruf eines Anwohners, bis die erste Polizeistreife am Ort des Geschehens eintraf.

»Los, gib Gummi!«, rief Florian, und Benno startete.

Dieses Mal ohne vorsichtiges Anfahren und ohne Rücksicht auf Verluste.

Florian ließ den Geldautomaten nicht aus den Augen und hoffte im allerletzten Moment nur, dass das Stahlseil nicht einfach abrutschte und der Automat am Ende zwar pisamäßig schief stand, aber nicht abbrach, so wie sie es sich ausgerechnet hatten.

Als das Stahlseil sich schließlich spannte, knirschte und krachte es, der Geldautomat fiel um, und das Stahlseil glitt ab.

Der Automat war zwar umgeknickt, hing aber noch mit seinen Eingeweiden am Boden fest.

Benno hielt an und drehte sich um, setzte den Traktor zurück, sprang vom Fahrersitz und nahm schon die Flex entgegen, die Florian vom Anhänger geholt hatte. Er zog eine Schweißerbrille auf und machte sich daran, mit dem aufheulenden Winkelschleifer alle Kabel und Befestigungsverbindungen der Automatensäule zu kappen, was einen Funkenregen gen Himmel erzeugte.

Florian scannte nervös die Umgebung ab.

Noch war alles ruhig, noch waren keine herankommenden Autoscheinwerfer zu sehen oder gar Sirenen zu hören.

Wieder warf er einen Blick auf die Uhr.

31

Ein Uhr neunundfünfzig.

Mats versuchte, sich vorzustellen, was jetzt am Geldautomaten vor dem Supermarkt im Gewerbegebiet von Enzishausen vor sich gehen musste. Eigentlich waren seine Nerven bis zum

Zerreißen gespannt, aber er sagte sich zum wiederholten Mal, dass ein bekennender Stoiker wie er erst recht in so einer Situation die Ruhe und vor allem den Überblick behalten musste. Ihm blieb nichts anderes übrig, als sein Mantra zu memorieren – *»Keep calm and carry on«* – und auf einen Funkspruch von Leo zu warten, der hoffentlich bald meldete, dass die ganze Aktion geglückt war.

Oder komplett schiefgegangen.

Er schloss die Augen und atmete so ruhig und gleichmäßig wie möglich aus und ein. Dabei richtete er sein inneres Ich ganz auf sein Bauchfell, so wie ihm das seine Frau beigebracht hatte für den Einsatz in Stresssituationen. Conny, Annalena und Monika besuchten regelmäßig einen Yogakurs und waren Expertinnen in Entspannungsübungen.

Aus und ein. Aus und ein …

Das Telefon klingelte.

Mats schreckte von seiner Meditation hoch wie von der sprichwörtlichen Tarantel gestochen.

Er wartete ein zweites Klingeln ab, konzentrierte und räusperte sich und nahm schließlich den Hörer ab.

»Polizeirevier Thalbach, Behringer?«

»Mein Willi ist entführt worden«, sagte eine aufgeregte weibliche Stimme. »Sie müssen sofort herkommen.«

Die Breitwieserin! Ausgerechnet jetzt! Mats fasste sich an die Stirn – das konnte doch nicht wahr sein!

»Frau Breitwieser? Wissen Sie, wie spät es ist?«, sagte er mit aller möglichen Zurückhaltung, die er in diesem Moment aufbringen konnte.

»Natürlich weiß ich das. Wofür halten Sie mich denn? Ich bin zwar nicht mehr die Jüngste, aber deswegen noch lange nicht dement! Es ist kurz nach zwei Uhr.«

»Nachts, Frau Breitwieser. Zwei Uhr nachts. Was soll ich denn jetzt bei Ihnen? Den Hund suchen?«

»Nein, die Entführer!«

»Ich verspreche Ihnen, ich werde mich morgen direkt darum kümmern.«

»Aber da könnte es zu spät sein. Bis dahin ist mein Willi schon über die Grenze gebracht worden.«

»Haben Sie ihn rausgelassen?«

»Ja, wie immer. Aber diesmal ist er nicht zurückgekommen. Das ist jetzt drei Stunden her.«

Nun meldete sich auch noch das Funkgerät. »Leo hier. Mats, bist du da? Hallo …?«

Mats stöhnte innerlich.

Murphys Gesetz. Wenn du denkst, es kann nicht schlimmer kommen, dann kommt es erst recht schlimmer.

Er musste die Breitwieserin loswerden, und zwar auf der Stelle.

»Ich werde alle erforderlichen Maßnahmen einleiten«, sagte er ins Telefon. »Aber ich habe eben einen Notruf erhalten, Frau Breitwieser …«

»Aber das ist doch auch ein Notruf!«

»Habe ich verstanden. Ich kümmere mich darum. Morgen früh! Jetzt machen Sie sich keine Sorgen, das mit Ihrem Willi kommt wieder in Ordnung. Garantiert. Gute Nacht.«

Er legte auf und griff nach dem Funkgerät. »Ja, Leo, ich bin da. Was ist los? *Over.*«

»›Green Light‹ ist angelaufen.«

»Ja und?«

»Nix ›ja und‹.«

»Ja und – wie läuft's?«

»Es läuft. Irgendwelche Vorkommnisse bei dir?«

»Nein. Bis jetzt nicht. Ich melde mich schon, wenn hier jemand Alarm schlägt. *Over and out.*«

Er stand auf und sah aus dem Fenster auf die nächtliche Hauptstraße von Thalbach.

Alles war so ruhig, wie es sein sollte, wenn die braven Bürgerinnen und Bürger in der Gewissheit ruhig schliefen, dass die Polizei Wache hielt, während die Panzerknackerbande heimlich ihr Unwesen trieb. Er musste an die Comics seines Onkels denken, die er in der Pubertät geradezu verschlungen hatte. Seine

Lieblingsgeschichten waren die von Donald Duck, gezeichnet von Carl Barks, einem Genie in seinem Genre. Barks hatte das Universum von Entenhausen erst so richtig mit Leben erfüllt, indem er neue Charaktere hinzuerfand und seinen intelligenten Geschichten eine zusätzliche Dimension gab. Ganz besonders hatten es Mats immer schon die Panzerknacker angetan, die stets aufs Neue und natürlich letzten Endes vergeblich versucht hatten, den Geldspeicher von Onkel Dagobert auszurauben. Die »Beagle Boys« hießen sie im Original. War er jetzt auch ein Beagle Boy?

Er blickte sich in seinem Spiegelbild im Fenster an.

Es war seltsam.

Irgendwie hatte er das Gefühl, dass ihm nur noch die Waschbärenmaske fehlte, um ein Beagle Boy zu sein. Einer von vieren. Er schaffte es einfach nicht, so etwas wie ein schlechtes Gewissen zu verspüren für das, was sie taten und was er angezettelt hatte.

Was hatte sein geliebter Onkel gesagt – ein weiser Mann, wenn auch von der Verwandtschaft wegen gewisser anarchistischer Tendenzen mehr oder weniger geächtet –, als er noch gelebt hatte? Damals war Mats in den Ferien immer auf dessen Einödhof gewesen, half ein bisschen bei der Arbeit aus und konnte dort ansonsten tun und lassen, was er wollte. Er erinnerte sich mit Wehmut daran und an die Worte seines Onkels: »Wenn dir mal danach ist, ein krummes Ding zu machen, dann ist das schon okay. Falls niemand zu Schaden kommt, natürlich. Du darfst dich nur nicht dabei erwischen lassen …«

Dazu kam ein verschwörerisches Blinzeln, und sie grinsten sich zu. Der Onkel schenkte sich ein ganzes und Mats ein halbes Glas Weißbier ein, und sie stießen damit an.

Bei dieser familiären Zweierverschwörung war Mats ganze zwölf Jahre alt gewesen.

Aber er hatte sie nie vergessen.

32

Endlich hatte Benno mit der Flex sämtliche Kabel und Verbindungsstränge durchtrennt, und der Geldautomat fiel um. Es war kein dramatischer Moment, es machte einfach »plopp«.

Er und Florian sahen sich an und nickten sich zu. So weit, so gut.

Benno wuchtete sich wieder auf den Fahrersitz des Traktors, Florian nahm die Flex und warf sie auf den Anhänger zu den anderen Werkzeugen. Benno ließ den Frontlader mit den Palettengabeln herunter und steuerte diese unter den Geldautomaten, Florian wies ihn dabei ein und stemmte sich gegen den Automaten, die Gabeln griffen. Der Frontlader schaffte es, den schweren Automaten in die Höhe zu hieven, und Benno drehte den Traktor mitsamt seiner Last zum Anhänger.

Florian sah sich um. Immer noch war nichts zu hören oder zu sehen.

Er kletterte auf den Anhänger, über dessen Ladefläche Benno den Automaten langsam abließ.

Florian wunderte sich geradezu: Alles lief ausnahmsweise wie am Schnürchen ab, genau so, wie sie es sich vorgestellt hatten.

Sie koppelten den Anhänger wieder an, Florian überprüfte in Windeseile, ob sie auch nichts Verdächtiges zurückgelassen hatten, dann gab er den Start frei.

Benno fuhr mit Traktor und Anhänger voraus, Florian folgte mit dem Quad.

Während der Fahrt funkte er Leo kurz an und meldete Vollzug und Abgang.

Die Straßen, die sie sich vorher ausgesucht hatten, waren um diese Zeit nicht befahren, keine Sirene war zu hören, sie verschwanden mit ihrer Beute wie Diebe in die Nacht.

Was sie ja auch waren.

33

Mats war immer noch in seine Gedanken versunken und starrte aus dem Fenster des Reviers in Thalbach ins Nichts. Er dachte an seinen Onkel. Und wie sehr er ihn vermisste. Er war der Einzige gewesen, der ihn jemals verstanden hatte. Mit ihm hätte er über alles reden können. Auch über das, was er jetzt angeschoben hatte und was sie gerade abzogen.

Sie durften sich nur nicht dabei erwischen lassen …

Aus dem Funkgerät begann es zu knistern. »Mats, hörst du mich?«

Das war Leo.

Mats erwachte aus seiner geistigen Abwesenheit und antwortete postwendend. »›Mission Control‹ hier. Ja – wie sieht's aus?«

»Alles paletti. Sie sind auf dem Heimweg.«

»Mit oder ohne?«

»Mit natürlich.«

Mats fiel ein Stein vom Herzen, der mindestens so groß war wie der Arber, aber er gab sich ganz cool und gelassen. Stoisch eben.

»Okay. Ist angekommen. *Over and out.*«

Er setzte sich schon mal die Dienstmütze auf, korrigierte den Sitz im Spiegelbild des Fensters und wartete.

Es dauerte keine fünfzehn Sekunden, da ging der Alarm ein auf allen Dienststellen, die in dieser Nacht besetzt waren.

Zwei Uhr siebzehn.

Er lief hinaus zu seinem Streifenwagen, schaltete Blaulicht und Sirene ein und fuhr los.

Er wollte unter den Ersten am Tatort sein, das machte sich immer gut, schließlich repräsentierte er das Polizeirevier Thalbach, das stets professionell und entschlossen auftrat, wenn das Verbrechen wider Erwarten sein hässliches Haupt erhob, so wie man es vorher eigentlich nur aus den sogenannten Revolverblättern und von Großstädten kannte, aber nicht vom niederbayerischen Hinterland.

34

Als Mats im Gewerbegebiet von Enzishausen am Tatort eintraf, wartete Leo in seinem Streifenwagen schon auf ihn, und dann brach kurze Zeit später die übliche Hölle los.

Wie schon beim Raubüberfall in Klattberg kamen die Streifenwagen mit Blaulicht und Sirene von allen Seiten herangerauscht, sogar die Feuerwehr war alarmiert worden und tauchte mit zwei Löschwagen und viel Trara auf, obwohl es nichts zu löschen gab.

Wieder einmal übernahm Polizeihauptmeister Mathias Behringer das Kommando, als sei es die natürlichste Sache der Welt, ließ den Tatort weiträumig absperren, ordnete eine allgemeine Ringfahndung an, informierte seine Vorgesetzten und sorgte dafür, dass keine Beweise kontaminiert wurden, weil er auch noch die Spurensicherung angefordert hatte, die natürlich erst mit großer Verspätung kam, weil es ein weiter Weg aus Passau war. Aber er wollte bei so einem kapitalen Verbrechen nichts außer Acht und unversucht lassen und ließ deshalb gleich das »ganz große Besteck« auffahren, wie man es im Polizeijargon nannte.

Obwohl er natürlich wusste, dass die Experten den Tatort völlig umsonst unter die Lupe nehmen würden, aber je größer der Aufwand und die öffentliche Aufmerksamkeit waren, desto besser für das Unternehmen »Stille Wasser«.

Da machte es ihm ausnahmsweise nichts aus, stundenlang zu warten und endlose Telefonate zu führen – natürlich in erster Linie mit Kriminaldirektor Hamann, der sich bestürzt zeigte angesichts des neuen Verbrechens in einer sonst so verschlafenen und friedlichen Gegend. Er war sich mit Mats einig, dass es nur eine Bande größeren Ausmaßes sein konnte, die da ihr Unwesen trieb. Das war auch die Aussage, die Mats dem frisch eingetroffenen Reporterteam von Passau TV in einer improvisierten Pressekonferenz mit dem Segen des Kriminaldirektors übermittelte, wobei er wie aus Versehen die rein spekulative, aber umso publikumswirksamere These von einer Mafia- oder Ostblockbande erwähnte, mit allem Vorbehalt natürlich, weil der Modus Operandi – er benutzte tatsächlich diesen Ausdruck – seiner Erfahrung nach eindeutig darauf hindeutete.

Ob der freche Raub des Geldautomaten im Zusammenhang mit dem kürzlichen Raubüberfall in Klattberg stehe, wollte die Reporterin wissen.

Er dankte für die Frage – manchmal schoss er in seiner Rolle als Back-up-Pressesprecher wirklich übers Ziel hinaus. Aber die Reporterin von Passau TV hing an seinen Lippen, als wollte sie ihm demnächst einen Heiratsantrag machen.

Mats bemerkte, dass das Morgengrauen in seinem Rücken bereits eingesetzt hatte und hinter ihm den östlichen Horizont orangerot aufglühen ließ. Das kam gut im Bild, allmählich wusste er, wie er sich vorteilhaft in Szene setzen konnte. Er musste sich eingestehen, dass er es richtiggehend genoss, im Scheinwerferlicht zu stehen.

»Ob es da einen Zusammenhang gibt, können wir zum jetzigen Zeitpunkt noch nicht sagen«, erklärte er. »Wir befinden uns ja noch ganz am Anfang der Untersuchungen. Aber ausschließen können wir das natürlich nicht. Sie dürfen davon ausgehen, dass wir in alle Richtungen ermitteln. Bisher haben wir keine Zeugen, keine Videoaufzeichnungen von Überwachungskameras und bis jetzt auch keinerlei Indizien oder Spuren irgendwelcher Art. Aber was wir mit Sicherheit wissen«, betonte er zu guter Letzt im Brustton der Überzeugung ins Mikrofon, »wir haben es hier – und auch in Klattberg – mit absoluten Profis zu tun. Die sind skrupellos und zu allem fähig.«

Nachdem der Kameramann von Passau TV die Überreste der Wurzeln des Automaten aus sämtlichen Perspektiven und die gesamte Umgebung abgelichtet hatte, machte sich die Fernsehtruppe endlich wieder auf den Heimweg, nicht ohne vorher noch ein paar Neugierige zu interviewen, die inzwischen eingetroffen waren und nichts anderes zu tun hatten, als sinnfreie Aufnahmen mit ihren Handys zu machen und ihrer Empörung über die ruchlose Tat in ihrer ansonsten so friedlichen Gegend lautstark und übereifrig Ausdruck zu verleihen. Etwas wirklich Aussagekräftiges hatte keiner beizutragen – wie auch? Als es passierte, war niemand auch nur in der Nähe gewesen.

Mats und seine Kollegen warteten noch auf einen Bankmenschen, der sie darüber informieren sollte, wie viel Bargeld im Automaten war.

Mats hoffte inständig, dass es »Dommi« Fröhlich war, den der Anruf eines Polizisten in aller Herrgottsfrüh aus dem warmen Bett geholt hatte, in dem er gemütlich neben seiner Vizehopfenkönigin vor sich hin schnarchte.

Das wäre das Sahnehäubchen auf seiner Revanchetorte.

Als er so tat, als würde er die von Benno abgesägten Nabelschnüre des Bankautomaten genauer inspizieren, stellte er sich vor, dass die Geldscheine demnächst nur so aus dem Ausgabeschacht flatterten wie ein wild gewordener Schwarm Fledermäuse, die man aus ihrer Höhle aufgescheucht hatte.

Es war eine schöne Vision.

Die hoffentlich bald Wirklichkeit werden konnte.

In seinem Kopf war es wie ein zweites Weihnachten, und zwar die Bescherung. Bei der er zum ersten Mal in seinem Leben alles bekam, was er auf seinen Wunschzettel geschrieben hatte.

Aber äußerlich brachte er eine angemessene Trauermiene zustande, als wäre er bei einem Staatsbegräbnis zweiter Klasse zugegen, und gratulierte sich selbst – es war eine schauspielerische Glanzleistung.

Erst recht, als zu seiner klammheimlichen Schadenfreude tatsächlich »Dommi« Fröhlich eintraf, pünktlich zum vollen Sonnenaufgang. Er sah ganz zerknittert aus in seinem Trachtenjanker mit den dicken Hirschhornknöpfen und den Eichenblättern auf den Revers sowie mit seinem starken Bartschatten und Haaren wie eine explodierte Klobürste. Zeit zum Rasieren und Kämmen hatte er wohl nicht mehr gehabt, wie Mats nicht ohne eine gewisse Häme feststellte.

Selten hatte er es jemandem so gegönnt, zu dieser unchristlichen Zeit aus dem Bett geholt zu werden. Aber Business blieb Business, er hatte schließlich seiner Pflicht als Polizist nachzukommen.

Er begrüßte »Dommi« ganz abgeklärt und professionell mit Leichenbittermiene und erklärte ihm das, was die Polizei bisher wusste – nämlich außer dem Zeitpunkt des Geschehens so gut wie nichts.

Dann nahm er den angesichts der Umstände sichtlich konsternierten und immer noch verschlafenen Bankdirektor beiseite, um ihm diskret die Gretchenfrage zu stellen.

»Ganz im Vertrauen, Dominik – wie viel Geld war in dem Automaten drin?«

Fröhlich holte tief Luft und blies die Backen auf.

Mats beruhigte ihn: »Keine Sorge, Dominik, das bleibt unter uns Pfarrerstöchtern. Wir geben das nicht an die Öffentlichkeit weiter.«

Fröhlich zierte sich, als hätte sich Mats nach den geheimen Sexpraktiken mit seiner Beinahe-Hopfenkönigin erkundigt.

»Wer garantiert mir das?«, fragte er und verzog skeptisch das Gesicht.

»Ich gebe dir mein Wort als Polizist«, versicherte Mats mit einer Miene, mit der er auf altmeisterlichen Gemälden glatt als Apostel durchgegangen wäre.

Fröhlich seufzte zutiefst und gab schließlich nach. Er senkte die Stimme, obwohl niemand in Hörweite war. Man hätte meinen können, er würde das Versteck des heiligen Grals offenbaren, als er endlich auspackte. »So genau kann ich das jetzt noch nicht beziffern, ich weiß ja nicht, wie viel seit der letzten Bestückung abgehoben worden ist. Aber Daumen mal Pi waren es über siebzigtausend.«

Mats bemühte sich krampfhaft, ein Grinsen zu unterdrücken, einen anerkennenden Pfiff konnte er sich jedoch nicht verkneifen.

»Ein herber Verlust«, bemerkte er.

»Das kannst du wohl sagen. Vom Sachschaden will ich gar nicht erst reden.«

»Ihr seid doch entsprechend versichert, oder?«

»Das schon. Aber der Imageschaden ist groß …«

»Ja, der Imageschaden dürfte immens sein«, stimmte ihm Mats mit extra fabrizierten Sorgenfalten auf der Stirn zu.

Er streckte ihm die Hand hin und hätte beinahe »Mein herzliches Beileid« gesagt, aber nur beinahe.

»Wir tun alles, was in unserer Macht steht«, meinte er stattdessen. »Danke für dein Kommen.«

Fröhlich war anscheinend so verwirrt, dass er Mats' Hand gar nicht mehr losließ, sie endlos schüttelte und hinzufügte: »Danke, Mats, ich weiß das zu schätzen.«

Asshole bleibt *asshole*, dachte Mats zum wiederholten Mal, als er »Dommi« Fröhlich dabei zusah, wie der vor den kläglichen Kabel- und Befestigungsüberresten des Automaten in die Hocke ging, als würde er vor einem offenen Grab einen lieben Verwandten betrauern, der viel zu früh und überraschend dahingeschieden war.

35

»Money, it's a crime …«

Als Mats in den frühen Morgenstunden endlich nach Hause fuhr, es war letzten Endes eine lange und stressige Nacht gewesen, fühlte er sich trotz allem taufrisch und euphorisch wie lange nicht mehr – als wäre er eben nach einem erholsamen Nachtschlaf aufgestanden.

So einen Kick hatte er nicht mehr verspürt, seit er als Fünfzehnjähriger alle vier Weißwandreifen vom bestens gepflegten

Borgward seines Mathelehrers Oberstudienrat Dr. Häring mit einem extra dafür zurechtgefeilten Schraubenzieher durchstochen hatte, weil der ihn vor versammelter Klasse wie einen ausgemachten Idioten hatte dastehen lassen.

Das führte er allerdings erst vier Wochen nach dem Vorfall aus, denn er hatte auf den zweiten Rat seines mit allen Wassern gewaschenen Onkels gehört, der lautete: »Denk immer daran: Mit der Rache ist es wie mit dem Weißbier, beides muss man kalt genießen …«

Alles wird gut, dachte er und trällerte aus voller Kehle den Titel aus dem Radio mit, den er auf maximale Lautstärke gestellt hatte, »Money« von Pink Floyd.

Die Kassen im Song klingelten, und Mats sang dazu: *»Money, it's a crime. Share it fairly, but don't take a slice of my pie. Money, so they say, is the root of all evil today …«*

36

Mats hatte noch Monika informiert, die ihren Dienst als Schreibkraft und Mädchen für alles im Revier angetreten hatte, und begab sich dann, daheim angekommen, unter die Dusche, bevor er die Rollläden im Schlafzimmer herunterließ, sich ins Bett legte und noch einmal mit geschlossenen Augen den Tag Revue passieren lassen wollte, wobei er aber einschlief, eine Minute nachdem er seinen Kopf auf das Kissen gelegt hatte.

Monika telefonierte kurz mit Leo, der ebenfalls von einer langen und anstrengenden Nachtschicht berichtete mit dem Hinweis auf Passau TV, den Sender, der seit Neuestem immer brandaktuell über das Verbrecherunwesen informierte, das plötzlich und unerwartet ihre Heimat heimsuchte und das er und seine Kollegen so gut es ging zu bekämpfen hatten. Die Einschaltquote von Passau TV war inzwischen im ganzen Sendegebiet durch die Decke gegangen, und Monika unterrichtete ihre Freundinnen Annalena und Conny umgehend über WhatsApp.

Annalena brachte eben die zwei Kleinen in die Kita und den Großen in die Schule und sah sich die Sendung auf ihrem Handy an, während Conny und der Tankstellenbesitzer Sepp Eichinger sofort den TV-Bildschirm in der Tankstelle einschalteten.

Die an der nächtlichen Aktion Beteiligten holten erst einmal ihren dringend benötigten Schlaf nach, bis auf Benno, der immer wieder um den in Leos Scheune sicher untergebrachten Geldautomaten herumschlich und ihn von allen Seiten genauer unter die Lupe nahm, um zu eruieren, wo er Schwachstellen haben könnte und wie man ihm am besten zu Leibe rückte. Bis er auch aufgab und mit dem Quad zu seinem Hotel fuhr, um dort für ein paar Stunden an der Kingsize-Matratze zu horchen.

Das Gröbste hatten sie hinter sich, der Rest war Feinarbeit.

Schließlich war morgen auch noch ein Tag.

37

Als es so weit war, versammelte sich die gesamte Viererbande um den Geldautomaten in Leos Scheune.

Benno, Mats, Leo und Florian.

Den Moment, in dem es hieß: »Sesam, öffne dich!«, wollte keiner verpassen, sie hatten sich darauf verständigt, dass sie diesen großen Augenblick gemeinsam zelebrieren wollten, hatten sie doch alle eine Menge dafür riskiert, und es war auch noch gegen jede Wahrscheinlichkeit gut gegangen.

Benno hatte schon alles an Werkzeug, das er einsetzen wollte, säuberlich der Reihe nach hergerichtet, Bohrer, Flex, Schneidbrenner, Gasflaschen, Vorschlaghammer, Beißzangen und anderen Kleinkram.

Er umrundete zum wiederholten Mal das Corpus Delicti, das

noch aufrecht stand, und benahm sich dabei wie ein Professor im Operationssaal, der seine Assistenzärzte, namentlich Mats, Leo und Florian, die mit großen und erwartungsvollen Augen um ihn herumstanden, noch einmal auf die einzigartige, noch nie dagewesene Form der Operation hinwies, die er gleich vorzunehmen gedachte.

»Es ist so ähnlich«, dozierte er – ihm fehlte nur noch der weiße Kittel, dafür hatte er einen von Leo ausgeliehenen Overall an –, »als würde man versuchen, eine Auster aufzumachen. Wenn das Biest nicht will, dass man es öffnet. Es kommt in erster Linie darauf an, die Schwachstelle zu finden. Jedes Ding hat eine Schwachstelle. Und bei unserem Objekt hier vermute ich diese am Boden, weil der Hersteller normalerweise davon ausgehen kann, dass jemand, der an den Inhalt gelangen will, es zuerst von oben oder von der Seite versucht. Fehlanzeige! Da kommst du niemals durch. Aber von unten – das ist was anderes. Das ist wie bei einer Schildkröte. Der Panzer ist hart und widersteht jedem Versuch, ihn zu knacken. Aber wenn sie erst auf dem Rücken liegt, da sieht die Chose schon ganz anders aus …«

»Wie wär's, wenn wir das Geschwafel einstellen und endlich anfangen?«

Der Einwand, berechtigt, wie Mats und Florian fanden, stammte von Leo.

»Okay, dann gehen wir unseren Automaten, das unbekannte Wesen, mal an«, sagte Benno.

Er spuckte in die Hände, packte den Vorschlaghammer und begann, von allen Seiten und mit voller Wucht damit auf das Ding einzuschlagen.

Mats, Leo und Florian zuckten bei jedem Schlag zusammen.

Benno gab nicht auf und hämmerte so lange, bis er nicht mehr konnte, auf den Automaten ein, der schon ganz zerbeult war, aber immer noch keine Anstalten machte, seinen Inhalt preiszugeben.

»Jetzt du!«, sagte er und reichte den Vorschlaghammer an Leo weiter.

»Was soll das?«, fragte Leo verständnislos. »Weißt du überhaupt, was du da machst?«

Benno musste erst verschnaufen, bevor er antwortete. »Ich will ihn erst weichklopfen, verstehst du? Damit sich seine Innereien lösen. Oder, was noch besser wäre: Durch die Erschütterung gerät seine Programmierung durcheinander, und er spuckt die Scheinchen von selber aus …«

Leo griff sich an die Stirn. »Du glaubst auch noch an den Weihnachtsmann und den Osterhasen zusammen, Benno. Allmählich beschleicht mich der leise Verdacht, dass du nicht auch nur die geringste Ahnung hast, wie man das verdamme Ding hier knackt!«

Benno lief rot an. »Ja, was denkst du denn?«, schrie er Leo ins Gesicht. »Meinst du vielleicht, ich knacke jeden Tag zum Frühstück so einen Automaten auf? Aus reiner Routine? Das ist für mich verflucht noch mal genauso Neuland wie für euch! Dann mach's doch besser, wenn du kannst, du Klugscheißer!«

Florian und Mats gingen zwischen die Streithähne, die sich schon Nase an Nase gegenüberstanden und jederzeit handgreiflich zu werden drohten.

»Ruhig Blut, Leute, ganz cool bleiben«, versuchte Mats, die Gemüter zu besänftigen.

Leo schob Mats weg, holte den Schneidbrenner mit den Acetylen- und Sauerstoffgasflaschen, zog sich seinen Lederschurz um und schlüpfte in die Arbeitshandschuhe.

»Jetzt zeige ich euch mal, wie man das fachmännisch angeht.«

Florian hielt ihn zurück. »Sollten wir es zuerst nicht mal auf die sanfte Tour probieren? Mit Stethoskop oder so …«

»Mann, Flo«, schimpfte Leo. »Das hier ist nicht so eine Art von Tresor. Du hast wirklich zu viele schlechte Krimis gesehen … Helft mir mal, wir müssen ihn kippen und auf die Seite legen.«

Er zeigte auf zwei stabile Eisenböcke. Sie fassten alle mit an, und mit vereinten Kräften legten sie den Geldautomaten auf die Böcke.

Leo entzündete den Schneidbrenner, kniete sich an die Schnittstelle und fing an, den Unterboden damit zu bearbeiten.

»Ich weiß nicht …«, schaltete sich Mats lautstark ein, um das Fauchen des Schneidbrenners zu übertönen, »… meinst du nicht, das Geld könnte durch die Hitze verbrennen?«

»Ich gehe von unten vor, bis ich auf die Geldkassette stoße«, schrie Leo zurück.

Benno kratzte sich am Kopf, Mats und Florian tauschten einen skeptischen Blick aus. Aber was sollten sie machen? Leo schien jedenfalls halbwegs etwas zu verstehen von dem, was er jetzt tat. Sie alle waren auf dem Gebiet des Geldschrankknackens blutige Amateure und konnten nur zusehen, das Beste hoffen und die Daumen drücken, dass nichts schiefging.

Leo konzentrierte sich so auf seine Arbeit, dass keiner es wagte, ihn noch einmal anzusprechen, was auch kaum möglich gewesen wäre bei dem Gefauche, das der Schneidbrenner von sich gab. Aber so, wie sie die Gesichter verzogen, trauten sie der Methode Leo nicht so ganz. Außerdem stank es penetrant nach verglühtem Metall, verbranntem Plastik, Gummi und Lack.

Nach gut zehn Minuten stellte Leo seine Versuche ein, machte den Schneidbrenner aus und streckte wie ein Chirurg bei einer OP die Hand nach hinten aus.

»Hammer«, sagte er.

Florian fühlte sich angesprochen, spielte die OP-Schwester und reichte ihm einen schweren Hammer.

»Nein, den Schlackenhammer«, maulte Leo, und Florian wechselte ihn gegen einen kleineren aus.

Leo schlug damit auf die verkohlten Reste ein, die unten heraushingen, half mit seiner behandschuhten Hand nach und zog einige Stücke heraus, teilweise glühten sie noch.

Er schob die Schweißerbrille auf die Stirn und wühlte bis zum Ellbogen in dem Loch herum.

»Und?«, wollte Florian wissen.

»Nix ›und‹. Weiter geht's. Bohrer.«

Florian gab ihm eine Bohrmaschine in die ausgestreckte Hand.

Mit der werkelte Leo eine Weile herum, bis er aufgab.

»Ich komme damit noch nicht ans Eingemachte«, erklärte er. »Muss erst das Kroppzeug wegbrennen.«

Er zog die Brille wieder auf, entzündete den Schweißbrenner erneut und machte damit weiter.

Benno schüttelte den Kopf. »So funktioniert das nicht«, meinte er. »Das ist zu gefährlich.«

»Für Leo?«, fragte Florian entsetzt und machte sicherheitshalber einen Schritt zurück. »Kann da was explodieren?«

»Für Leo ist das nicht gefährlich«, konkretisierte Benno. »Aber für das Geld. Wenn es da drin zu brennen anfängt, dann war alles umsonst.«

Mats und Florian warfen sich einen besorgten Blick zu.

Sie befanden sich so nah vor dem Ziel, mehrere Fliegen mit einer Klappe zu schlagen: Die polizeiliche Statistik ging zu ihren Gunsten in die Höhe, und mit dem Inhalt des Geldautomaten konnte nicht nur Benno endlich besänftigt werden, nein, auch für Leo, Mats und Florian blieb noch genügend übrig, um, wirtschaftlich gesehen, erst einmal anständig über die Runden zu kommen, ohne ständig auf den Dispo schielen zu müssen.

Leo hatte jetzt schon fast den Kopf im unteren Ende des Automatenblocks, als er plötzlich aufschrie und zurückschnellte, mit der Flamme des Schneidbrenners beinahe Benno erwischte, gerade noch die zischende Flamme ausmachte und auf seinen vier Buchstaben auf dem Betonboden landete.

Seine Haare, die Schweißerbrille und sein restliches Gesicht waren rot besprenkelt, als hätte er eine mutierte Virusvariante der Masern, die grotesk große rote Flecken verursachte.

»Gottverdammt noch mal«, rief er. »Da war eine verfluchte Farbpatrone drin!«

Benno, Mats und Florian waren zu Salzsäulen erstarrt.

Bis Benno mit Grabesstimme sagte: »Ich weiß, in Holland machen die Farbpatronen rein. Bei uns sparen sich die Banken das eigentlich. Jedenfalls die meisten. Deshalb kommen die niederländischen Banden auch zu uns …«

In diesem Augenblick fing der Automat an zu rumoren, er erzitterte regelrecht, wie ein Vulkan kurz vor dem Ausbruch, und dann begann er, auf dem Rücken liegend, einen Schein nach dem anderen mit zunehmender Geschwindigkeit aus dem Ausgabeschacht auszuspucken.

Aber wie zum Hohn waren alle – wirklich durchgehend alle – mit roter Farbe besudelt und trudelten wie freigelassene bunte Schmetterlinge durch die Scheune.

Die Viererbande sah dem Geldscheintornado nach, der bis unters Dachgebälk wirbelte, und Mats, Benno und Florian standen wie die Siegermannschaft nach dem Gewinn der Champions League im Konfettiregen. Nur dass sie verdammt noch mal keinen Grund hatten zu jubeln.

Benno fing einen der Scheine auf und hielt ihn in die Höhe. »Unbrauchbar. Gratuliere, Leo – du hast soeben siebzig Riesen vernichtet.«

Der Schock steckte in ihren Gliedern, als sich alle Leo zuwandten, der mit Lederschurz, Schweißerbrille und seinen roten Flecken aussah wie ein Alien in einer »Star Wars«-Bar.

Und genauso belämmert schaute er auch drein.

38

Benno ließ die Banknote fallen, sie flatterte aufreizend langsam zu Boden.

»Du gottverdammter Vollidiot!«, fing er an zu brüllen und stürzte sich auf Leo, der immer noch am Boden saß.

Bis Mats und Florian eingreifen konnten, prügelte Benno mit seinen Fäusten auf Leo ein, der sich nur mit Müh und Not zur Wehr setzen konnte. Sie zogen den in seinem Furor wie ein Berserker um sich schlagenden Benno schließlich weg und landeten alle zusammen auf dem Hosenboden, wo sie zunächst heftig schnaufend sitzen blieben.

Der Geldscheinregen ließ allmählich nach, und die letzten Scheine schwebten wie in Zeitlupe herunter.

Es dauerte eine ganze Weile, bis Benno, der sich anscheinend wieder beruhigt hatte, wenigstens äußerlich, als Erster aufstand.

Er klopfte sich ab, wandte sich den anderen zu und sagte: »Das war's für mich. Und nur damit ihr's wisst: Ihr könnt mich alle kreuzweise. Servus, *sayonara* und *do svidaniya*.«

Er stapfte zum Scheunentor, schob es auf, setzte sich auf Leos Quad und rauschte vom Hof.

Leo, der aus der Nase blutete und sich mit einem Taschentuch abtupfte, stand mühsam auf, Mats und Florian ebenfalls. Sie starrten dem davonjagenden Quad hinterher.

Florian sprach aus, was alle dachten: »Meint ihr, er geht hin und verpfeift uns?«

»Wo denn?«, entgegnete Mats. »Nein, das tut er nicht. Dazu steckt er viel zu tief mit drin.«

Florian streckte hilflos beide Arme aus. »Und was machen wir jetzt?«

»Was wohl?«, antwortete Mats. »Beweismittel vernichten. Ihr könnt auch ›aufräumen‹ dazu sagen.«

39

In Monikas kleinem Friseursalon, der nur stundenweise geöffnet hatte und in dem es lediglich zwei Friseurstühle gab, ging es zu wie immer, wenn die drei Freundinnen unter sich waren. Das Radio lief, meistens Bayern 1, weil dort alte Hits aus den siebziger und achtziger Jahren rauf und runter gespielt wurden.

Monika machte Annalena die Haare, Conny saß auf dem zweiten Stuhl und feilte an ihren Fingernägeln. Sie tranken Cappuccino, den Monika aus ihrer Kaffeemaschine spendierte, die der einzige Luxus im Laden war – ein Geschenk von Leo zum Geburtstag.

Monika hatte schon abgesperrt und das »Geschlossen!«-Schild an die Tür gehängt. Sie wollten unter sich sein, denn es gab Dinge zu besprechen, die nicht für fremde Ohren bestimmt waren.

Der Salon hieß brav und bescheiden »Bei Monika«, aber die Inhaberin träumte von einem großen Friseurtempel mit Nagelstudio, chic eingerichtet und mit mehreren Angestellten. Der sollte natürlich einen anderen Namen bekommen, einen, der etwas hermachte. Sie schwankte zwischen »Monika mit den Scherenhänden«, weil sie seit »Fluch der Karibik« ein Fan von Johnny Depp war, wobei nach dem Prozess ihres Idols gegen seine Ex Amber Heard die Liebe etwas abgekühlt war, und »Bel Hair«, das war momentan ihr Favorit.

Aber solange sie sich ein gehöriges Upgrade nicht leisten konnte, musste sie sich auch noch nicht entscheiden.

Sie arbeitete nur auf Voranmeldung, und die meisten Kunden waren ältere Damen. Monika machte ihren Zweitjob gerne und war so, wie man sich eine gute Friseurin vorstellte: Wenn die Kundin auf Unterhaltung aus war, plapperte sie drauflos; wenn sie ihre Ruhe wollte, hielt sie den Schnabel. Sie war beliebt bei allen Altersklassen und immer auf dem Laufenden, was den neuesten Klatsch in Thalbach anging. Das gehörte zu ihrem Kundendienst elementar dazu. Aber seit Kurzem war sie nicht nur als Durchlauferhitzer, sondern auch als Quelle gefragt, weil jede und jeder wusste, dass sie halbtags im Polizeirevier Dienst schob und deshalb bestens informiert sein musste, was der Stand der Dinge in den beiden aufsehenerregenden Fällen war, die sich rund um Thalbach abgespielt hatten.

Die allgemeine Aufregung war groß, die Kundschaft äußerte die abstrusesten und gewagtesten Theorien, wer das gewesen sein konnte und vor allem: wie das weitergehen und wohin das führen sollte.

Was das Berufsgeheimnis anging, war Monika verschwiegen. Sie gab nichts preis, was die Öffentlichkeit aus Presse und Medien nicht schon wusste.

Aber wenn die Freundinnen unter sich waren, so wie jetzt, gab es – bis auf die Nachfragen nach Monikas Schwangerschaft –

nur ein Thema: Wie kamen ihre Männer mit der inflationär gestiegenen Kriminalität in ihrem Revier klar?

Dass sie so gut wie nur noch zum Duschen, Schlafen und zu einem hastig eingenommenen Frühstück zu Hause anzutreffen waren, dass sie nur noch wortkarg herumschlichen und ständig auf dem Sprung waren, weil die Bande oder die Banden – falls es zwei verschiedene waren – wieder zuschlagen konnten, auch das ging alle drei etwas an.

Für eine Weile konnten die Frauen damit leben, sie waren mit Polizisten verheiratet oder verbandelt, Dienst war schließlich Dienst, diese Tatsache war ihnen von vornherein klar gewesen, und das hatten sie akzeptiert. Aber der gegenwärtige Zustand war auf Dauer nur schwer auszuhalten.

Annalena hatte sich mit ihren drei Kindern herumzuschlagen, Monika war mit ihren Zwillingen schwanger, und Conny konnte sich von ihrem Bruder ständig anhören, wann Mats endlich seinen Job als Polizist ernst nehmen würde und bei der Fahndung nach den Schwerverbrechern, die die ganze Gegend in Angst und Schrecken versetzten, so etwas wie einen Erfolg verzeichnen konnte. Das sei seine Chance, Karriere zu machen, da sollte er sich gefälligst ranhalten, das rieb ihr Wildbieler ein ums andere Mal unter die Nase.

Alle machten Druck, der Bürgermeister, die Presse und die sozialen Medien, die Bevölkerung und, so vermuteten die drei Frauen zu Recht, wahrscheinlich auch noch die Vorgesetzten.

Von einer Ehe- beziehungsweise einer Beziehungskrise konnte bisher noch keine Rede sein, eher hatten die drei Freundinnen Mitleid mit ihren Männern. Obwohl sich hier und da durch die vielen Abwesenheitszeiten schon mal der Gedanke einschlich, ob es nicht zuweilen Ausflüchte waren und ob sie nicht etwas verheimlichten.

Aber was es sein konnte – darüber rätselten sie vergebens. Doch sie versprachen sich gegenseitig, weiterhin die Augen offen zu halten und die anderen zu informieren, sollte einer von ihnen im Verhalten ihres Partners etwas auffallen, das gar nicht zu ihm passte oder irgendwie seltsam war.

Insbesondere Monika war da gefragt, schließlich bekam sie aus erster Hand alles mit, was sich im Revier abspielte.

Sie war nicht dumm – mehrfach hatte sie registriert, dass Gespräche zwischen Leo, Florian und Mats abstarben, sobald sie hereinkam, und dann in vollkommen unverfänglichem Ton fortgesetzt wurden.

Irgendetwas in der Kommunikation der drei Kollegen untereinander war anders, aber sie konnte nicht genau orten, was es war. Doch sie versprach dahinterzukommen – der Erzeuger ihrer Zwillinge konnte im Grunde sowieso nichts vor ihr verheimlichen, weil sie glaubte, dass er Wachs in ihren Händen war.

Wenn sie sich da mal nicht täuschte …

40

Während Leo die kontaminierten Geldscheine – also alle – schweren Herzens in einer Tonne hinter der Scheune verbrannte, waren Mats und Florian im Schutz der Dunkelheit damit beschäftigt, den Geldautomaten an derselben Stelle im Stausee verschwinden zu lassen, an der sie schon das Fluchtfahrzeug entsorgt hatten.

Mit den Händen in den Hosentaschen und einem guten Schuss Wehmut sahen sie zu, wie der malträtierte Kasten im schwarzen Wasser gurgelnd auf Nimmerwiedersehen verschwand.

»Weißt du was?«, sagte Florian. »Ich glaube, es ist besser, wenn wir aufhören. Bevor uns unsere Nummer noch um die Ohren fliegt wie der Geldautomat.«

»Vielleicht hast du recht«, stimmte Mats nachdenklich zu.

»Und vielleicht sollten wir uns zur Abwechslung mal wieder mehr um unsere Familien kümmern«, fügte Florian hinzu. »Meine Frau wirft mir in letzter Zeit immer so komische Blicke zu, wenn sie denkt, dass ich nicht hinsehe. Falls ich zufällig mal zu Hause bin.«

»Ich kenne diesen Blick. Conny hat den auch drauf.«

»Irgendwas zwischen Mitleid und Misstrauen.«

»Ganz genau.«

»Ich weiß schon bald nicht mehr, was ich sagen soll, wenn sie Fragen stellt.«

»Was für Fragen?«

»Na ja – wie wir vorankommen und was wir unternehmen, um diese Banden zu schnappen.«

»Hast du was ausgeplaudert?«

»Ich? Spinnst du?«

»Ich meine ja nur. Was würde sie sagen, wenn du gewisse … Andeutungen machst?«

»Sie würde mich teeren und federn.«

Mats grinste. »Meine auch. Aber solange sie nicht alles der Polizei erzählt …«

Jetzt grinste Florian ebenfalls.

»Meinst du, wir haben unsere Probleme – statistikmäßig jedenfalls – einigermaßen gelöst, trotz allem?«

»Nein«, erwiderte Mats wieder ernst. »Sie sind nur aufgeschoben worden.«

Florian nickte und ging stumm hinter Mats her zum Traktor mit dem Anhänger, auf dem sie den Geldautomaten unter einer Plane versteckt hertransportiert hatten.

Auf der Rückfahrt sprachen sie kein Wort, weil jeder seinen Gedanken nachhing.

41

Aber als Mats am nächsten Tag einen Brandbrief von der Kreissparkasse Thalbach in der Hand hielt, der ultimativ eine Zwangsversteigerung seines Hauses androhte, natürlich mit der Unterschrift von Dominik Fröhlich, war ihm klar, dass sie wieder etwas unternehmen mussten. Die Crux war nur, dass er nicht wusste, wie sie noch zu Geld kommen und gleichzeitig ihr Statistikkonto aufbessern sollten. Er zerbrach sich schier den Kopf darüber, während er Dienst schob, telefonierte, Protokolle schrieb und heuchlerisch seiner Freude Ausdruck gab, als Frau Breitwieser sich meldete mit der Nachricht, dass Willi über Nacht wie von Zauberhand wieder aufgetaucht war. Wahrscheinlich war er abermals seinen Häschern entkommen, meinte sie, Willi sei schließlich ein kluger Hund.

Was blieb Mats übrig, als dem vollinhaltlich zuzustimmen?

Trotzdem nutzte Frau Breitwieser noch die Gelegenheit, auf die nachlässige Arbeit der Polizei in ihrem konkreten Fall sowie im Allgemeinen aus- und nachdrücklich hinzuweisen, bevor sie endlich auflegte.

Im ersten ruhigen Moment des Tages lud Mats zu einer Vollversammlung im Herrenklo ein, der Leo und Florian folgsam nachkamen. Bevor einer auch nur ein Wort sagte, warfen sie vorsichtigerweise noch einmal einen Blick hinter jede Tür, um ganz sicherzugehen, dass sie nicht belauscht wurden – obwohl das eigentlich überflüssig war, weil sie den Flur zur Toilette immer im Auge hatten und, das mussten sie ehrlicherweise zugeben, nicht gerade viel Publikumsverkehr herrschte.

So wie früher eigentlich.

»Was macht Benno?«, fragte Mats als Erstes.

»Belastet nach wie vor meine Kreditkarte«, antwortete Leo mit einem großen Seufzer. »Er meint wohl, ich bin Onassis und er Jackie Kennedy.«

»Er ist also noch im ›Arberblick‹?«

»Leider.«

»Hat er euch angerufen?«

»Nein.«

»Habt ihr ihn angerufen?«

»Auch nicht.«

Mats tigerte nachdenklich im Waschraum herum.

Schließlich blieb er stehen.

»Was machen wir, wenn Benno einfach die Kurve kratzt?«

Leo und Florian zuckten unschlüssig mit den Schultern.

Sie wussten es auch nicht.

Leo betrachtete sich im Spiegel. Die roten Flecken im Gesicht hielten sich hartnäckig und ließen sich einfach nicht entfernen, obwohl er es sogar mit Lackverdünner probiert hatte, was dermatologisch gesehen auch nicht unbedingt anzuraten war.

Dabei hatte er noch Glück im Unglück gehabt, weil bei der Explosion der Farbpatrone seine Baseballcap und die Schweißerbrille sowie der Viertagebart die meisten Farbspritzer abbekamen. Den Bart hatte er sich abrasiert. Auf den Wangen und auf der Nase war die Farbe jedoch deutlich zu sehen, was Monika natürlich gleich aufgefallen war. Er erklärte das mit einer allergischen Reaktion, die angeblich über Nacht aufgetreten war. Monika gab sich damit zufrieden, nicht ohne ihn allerdings besorgt darauf hinzuweisen, dass er unbedingt einen Hautarzt aufsuchen musste, wenn es nicht besser wurde.

»Lass mich mal ran«, sagte Florian und rieb mit einem Papiertuch aus dem Spender und einem Schuss aus der Waschlotion auf Leos Nase herum, bis Leo ihn abwehrte.

»Jetzt hör auf damit, das hab ich alles schon versucht.«

Sie rangeln herum wie kleine Jungs, dachte Mats unwillkürlich und schüttelte den Kopf. Der reinste Kindergarten. Ein ungutes Gefühl stieg in ihm hoch, wenn er ihnen so zusah – dass sich diese Kindsköpfe des Ernstes der Lage einfach nicht bewusst waren!

In diesem Moment klopfte es heftig gegen die Tür der Herrentoilette.

Alle drei zuckten zusammen und erstarrten. Sie blickten sich an, weil sie gleichzeitig merkten, wie schwach ihr Nervenkostüm inzwischen geworden war.

»Ja?«, sagte Mats laut.

Die Tür ging auf, und Monika schaute herein.

Sie wunderte sich, dass sie zu dritt im Waschraum waren und vor dem Spiegel herumhampelten, außerdem machten sie den Eindruck, bei etwas Verbotenem ertappt worden zu sein.

Ihre schuldbewussten Mienen sprachen Bände. Aber Monika enthielt sich diplomatisch eines Kommentars, die Szene wollte sie später mit ihren Freundinnen erörtern, jetzt besann sie sich reaktionsschnell auf ihre Pflichten und meldete: »Dringender Anruf von deinem Schwager, Mats. Er will dich sprechen.«

»Wo?«

»Wo wohl … auf seinem Thronsessel. In seiner Funktion als Bürgermeister.«

»Wann?«

»Jetzt gleich.«

Mats verdrehte die Augen, salutierte ironisch vor Monika und erwiderte in gespielt militärischem Ton: »Polizeihauptmeister Behringer meldet sich ab zum Rapport.«

Damit brachte er Monika wenigstens zum Lächeln, als er hinausging.

42

Mats ging die paar Schritte zum Rathaus hinüber, wo er sofort ins Amtszimmer des Bürgermeisters vorgelassen wurde, der in einem befehlsgewohnten Tonfall loslegte, dass man hätte meinen können, er wäre ein Drei-Sterne-General, der einen Rekruten zusammenfaltete.

Wie nicht anders zu erwarten, dachte Mats, der innerlich schon auf eine Gardinenpredigt vorbereitet war, die er gewohnt stoisch überstehen wollte.

»Was ist da los?«, fragte Wildbieler unverblümt und sah ungnädig von seiner Unterschriftenmappe hoch, die er gerade in Bearbeitung hatte. »Ist es endlich so weit? Sind wir jetzt schon ein Vorort von Chicago?«

»Wie meinst du das?«

»So, wie ich es sage. Gangsterunwesen, Verbrechen allenthalben, ein Überfall, ein geklauter Geldautomat – Chicago-Methoden eben. Bei uns in Thalbach!«

Er stand auf, um seinen Worten mehr Nachdruck zu verleihen.

»Die Bürgerinnen und Bürger, für die ich als Bürgermeister die Verantwortung – auch und insbesondere – in Sicherheitsfragen habe, fragen sich und mich: Wo ist die Polizei? Was wird von ihr unternommen, um der zunehmenden Kriminalität Einhalt zu gebieten? Also – was habt ihr bisher vorzuweisen?«

»Nicht viel. Leider. Wir ermitteln noch.«

»Was ist das für eine nichtssagende Antwort?«, regte sich Wildbieler auf.

Mats stand vor seinem Schreibtisch, die Dienstmütze, die er abgenommen hatte, in den Händen. Irgendwie kam er sich in der Gegenwart seines Schwagers immer wie ein Bittsteller vor.

»Wir tun, was in unserer Macht steht«, sagte er und breitete die Arme aus.

»›Macht‹! Wenn ich das schon höre. So ein Wort aus deinem Mund. Hilflos seid ihr in meinen Augen. Komplett hilflos.«

»Die haben keinerlei Spuren hinterlassen.«

»Schon klar. Profis eben. Was man von eurem traurigen Haufen nicht gerade behaupten kann. Ich will dir mal was sagen, nämlich was die große Mehrheit unserer Bevölkerung denkt. Und ich gebe eine Menge darauf, was die denkt. Ich muss die Finger am Puls der öffentlichen Meinung haben, das ist meine Pflicht als Bürgermeister. Schließlich vertrete ich die Mehrheit der Leute, und die machen sich Sorgen, was denn plötzlich los ist in unserer Gegend. Die von heute auf morgen zu einem Spielplatz für auswärtige Gangster geworden ist. Das schadet unserem Image als Urlaubsregion, dem Allgemeinwohl und den Geschäften. Insbesondere auch meinen Geschäften, um präzise zu sein.«

Wildbieler holte nach seiner Tirade erst mal Luft und erwartete eine Gegenrede von Mats. Aber von dem kam nichts. Was sollte er auch sagen? Wenn sein Schwager erst einmal mit seinen Monologen angefangen hatte, war es besser, die Klappe zu halten.

Wildbieler schaltete einen Gang herunter und redete in normalem Tonfall weiter.

»Was ich damit andeuten will: Ich möchte nicht, dass meine Geschäfte durch diese Dreistigkeiten von kriminellen Banden, denen ihr anscheinend nicht Einhalt gebieten könnt, torpediert werden. Weil in der Öffentlichkeit der Eindruck entsteht, dass ihr dessen nicht Herr werden könnt. Mit ›ihr‹ meine ich deine Kollegen und dich vom Polizeirevier Thalbach.«

»Schon klar. Aber … von welchen Geschäften sprichst du?«, kam Mats auf den Kernpunkt von Wildbielers Aussage zurück. Auf den Vorwurf der Taten- und Hilflosigkeit der Polizei ging er gar nicht erst ein, das war ja nichts Neues.

»Das ist noch topsecret«, entgegnete Wildbieler indigniert.

»Wie immer«, meinte Mats und schüttelte den Kopf. »Man könnte glatt vermuten, dass du für die CIA arbeitest.«

Das provozierte seinen Schwager, wie er wusste. Allmählich machte er sich Sorgen um dessen Blutdruck.

Wildbielers Kopf war nämlich rot angelaufen vor lauter Erregung. Er stieß ihn nach vorne und polterte los, indem er bei jedem Wort mit ausgestrecktem Zeigefinger in die Gegend stach. Zuerst gegen seine eigene Brust und dann in die Richtung von Mats.

»Ich? Für die CIA? Überleg dir gut, was du für einen Schmarren erzählst! Geschäfte – wenn sie was einbringen sollen – muss man im Stillen vorbereiten, damit sie keiner kommen sieht! Klandestin! Wenn du überhaupt weißt, was das bedeutet. Im Geheimen! Da darf nichts durchsickern. Die Konkurrenz ist groß und schläft nicht. Das ist es, was du dir mal überlegen solltest.« Doch dann schüttelte er den Kopf und winkte entnervt ab. »Aber wem sage ich das? Du bist ja Beamter. Für dich sind das böhmische Dörfer.«

Endlich setzte er sich wieder, räusperte sich und stemmte seine Arme auf den Schreibtisch. »Also gut, ich decke meine Karten auf. Nur dir gegenüber. Weil du zur Familie gehörst. Angeheiratet zwar, aber immerhin. Das, was ich dir jetzt erzähle, das muss strikt unter uns bleiben, haben wir uns da verstanden?«

»Vollkommen. Topsecret.« Mats legte als Zeichen seines guten Willens den Zeigefinger auf die Lippen und nahm sich vor, seinen Schwager nicht weiter zu reizen. Sonst musste er womöglich noch den Notarzt rufen.

Wildbieler nickte, anscheinend hatte er sich wieder einigermaßen beruhigt und den ironischen Unterton in Mats' Worten absichtlich überhört. »Also gut, das war nun der offizielle Anschiss. Musste ich machen als Bürgermeister. Kommen wir jetzt zur Sache. Punkt eins: Du weißt gar nicht, wie mir die ganzen kriminellen Vorkommnisse der letzten Zeit eigentlich in die Karten gespielt haben …«

»Wie meinst du das?«

»Der Banküberfall. Der geklaute Geldautomat. Kurz gesagt: Der Umgang mit Geld ist gefährlich geworden. Sogar hier, in unserer Region. Die ja bis vor Kurzem von größeren Aktionen krimineller Banden verschont geblieben ist. Bis vor Kurzem – und das ist genau der richtige Augenblick, um mit meinem Geschäftsmodell auf den Markt zu kommen. Ich bin ins Sicherheitsbusiness eingestiegen.«

»Inwiefern?«

»Indem ich eine Werttransportfirma aufgekauft habe. Und das ist gleichzeitig ein Angebot an dich und deine Kollegen.«

Mats verstand vorläufig nur Bahnhof. »Wie meinst du das?«

»Du wiederholst dich. Aber das ist ja kein Wunder. Ihr von der Polizei seid immer schon auf dem Schlauch gestanden. Nimm mir das nicht übel – aber wenn ihr nicht für Sicherheit garantieren könnt, dann muss das eben jemand mit Verantwortungsgefühl übernehmen, dann muss das die freie Wirtschaft tun. Also jemand wie ich.«

»Du meinst, du willst für mehr Sicherheit sorgen?«

»Du hast es erfasst. Jedenfalls im freien Geldverkehr. Ich werde meine neue Firma ausbauen, zur Wildbieler Werttransport GmbH, die größte in ganz Niederbayern. Und da brauche ich früher oder später Leute, auf die ich mich verlassen kann.«

»Sprichst du von uns … von Leo, Flo und mir?«

»Wenn ihr euch angesprochen fühlt – überlegt es euch. Sprich mit deinen Kollegen. Euer Revier wird sowieso über kurz oder lang aufgelöst. Oder willst du versetzt werden?«

»Natürlich nicht.«

»Siehst du. Außerdem zahle ich über Tarif. Aber das ist noch Zukunftsmusik. Genauso wie Punkt zwei. Mein großes Projekt …«

Er verkündete sein Vorhaben wie eine biblische Offenbarung und präsentierte Mats dazu ein paar Architektenentwürfe, die er aus der Schublade seines Schreibtischs zog und die für Mats' Geschmack ziemlich futuristisch aussahen.

»Ich will einen Indoor-Golfplatz aufmachen. Mittelfristig. Das wird eine architektonische und touristische Attraktion ersten Ranges. Wenn man als Geschäftsmann erfolgreich sein will, dann darf man nicht nur lokal und regional, nein, man muss auch global denken! Alle Welt wird sich darüber das Maul zerreißen. Der Indoor-Golfplatz ist mein nicht unerheblicher Beitrag für diese von der großen Politik vernachlässigte Region. Wird ein Riesenprojekt, kannst du dir ja vorstellen.«

Mats wusste im selben Moment, dass Wildbieler sich in seinen kühnsten Träumen bereits ausmalte, dass es auch für ihn dereinst einen Brunnen am Marktplatz geben würde. Reiterstatuen waren seit geraumer Zeit aus der Mode, das wäre natürlich noch imposanter gewesen, aber wenigstens eine überlebensgroße Statue von ihm mit einem entschlossenen Blick zum Rathaus hinüber, der jahrzehntelange Prosperität versprach, wäre seiner Unternehmerpersönlichkeit und seinem Amt angemessen. So dachte Wildbieler, der selbst ernannte High Performer mit dem ausgeprägten Selbstbewusstsein, das so weit ging, dass er sämtliche Oberhemden auf der Brusttasche mit seinen Initialen besticken ließ. Er fühlte sich schon als der zweite Held aus Thalbach nach Bürgermeister Wiegand aus dem Dreißigjährigen Krieg, Mats konnte es seinem Gesichtsausdruck ansehen.

Er hielt eine der Studien, die ihm sein Schwager in die Hand gedrückt hatte, vor die Augen und musste zugeben, dass der Entwurf gigantisch und eindrucksvoll geraten war. Böse Mäuler, von denen es genug in Thalbach gab, hätten auch sagen können: größenwahnsinnig. Mats stellte sich schon vor, wie eine Bürgerinitiative dem Projekt Widerstand leisten würde, das war vorauszusehen, so sicher wie das »Ego te absolvo« in der Kirche nach der Beichte.

Wildbieler nahm ihm die Zeichnung gleich wieder weg.

»Aber noch ist das alles in der Entwicklungsphase und nicht in trockenen Tüchern. Das muss erst mal finanziell gestemmt werden. Ich bin mit einigen Großinvestoren im Gespräch. Einer davon aus China. Und bis die Kuh vom Eis ist, kann ich keinerlei Störmanöver irgendwelcher Art gebrauchen, haben wir uns da verstanden? Du musst dir vorstellen: Investoren sind scheu wie Rehe auf einer Waldlichtung. Man darf sie um Himmels willen niemals aufschrecken. Sonst zeigen sie dir nur noch den Hintern und sind im Nu auf Nimmerwiedersehen verschwunden.«

»Ich verstehe«, sagte Mats.

»Na, wollen wir's hoffen«, erwiderte Wildbieler und fuhr mit einer rhetorischen Frage fort: »Wer will denn noch seinen sauer verdienten Urlaub in einer Gegend verbringen, in der man sich nachts nicht mehr auf die Straße trauen kann?«

»Niemand«, bestätigte Mats trotzdem.

»Eben«, brummte Wildbieler und schien für diesmal zufrieden zu sein mit dem, was Mats von sich gegeben hatte. Er setzte sich wieder vor seine Dokumentenmappe und wedelte mit einer Hand wie der Kaiser von China, wenn er einen Palasteunuchen hinausscheuchte, so kam es Mats vor.

Hauptsache, er war wieder draußen, ohne viel Federn gelassen zu haben, und als er die Tür hinter sich zugemacht hatte, war er erleichtert wie immer, wenn er seinen Schwager los war.

43

Benno brütete wie stets, wenn er nachdenken wollte, in der fünfundneunzig Grad heißen finnischen Sauna vor sich hin und sah den Schweißtropfen zu, die ihm von der Nase tropften.

Er hatte viel und gründlich gegrübelt. Nach dem Fiasko mit dem Geldautomaten konnte er nicht einfach so weitermachen. Das war er sich und seiner Ehre schuldig.

Die Konsequenz aus dieser Überlegung konnte nur sein, dass er die Angelegenheit ab sofort in die eigenen Hände nehmen musste. Ihm war da so eine Idee gekommen, und er hatte schon ein wenig herumtelefoniert …

Als er sich ausgiebig geduscht hatte – wie immer in der Reihenfolge kalt, lauwarm, eiskalt – und sich in seinen bevorzugten Ruheraum zurückziehen wollte, wartete auf einem Wasserbett schon Mats im Bademantel auf ihn.

Benno hatte ihn zwei lange Tage schmoren lassen, bevor er zum Telefon gegriffen und Mats mitgeteilt hatte, dass er sich mit ihm treffen wollte. Vierzehn Uhr, *same place*.

Jetzt nickte er Mats zu und machte es sich auf dem Wasserbett neben ihm bequem.

Mats ließ sich extra viel Zeit. Eine kleine Retourkutsche psychologischer Art. Wenn er wollte, dann konnte er das auch. Nämlich schweigen und warten, bis der andere aus der Reserve gelockt worden war und seine Hosen runterließ, bildlich gesprochen.

Alphamännchen gegen Alphamännchen.

Aber Benno war das egal. Er hatte alle Zeit dieser Welt. Mats wollte etwas von ihm, und er hatte etwas anzubieten. Mal sehen, wer länger durchhielt.

»Du hast was vorzuschlagen?«, fing Mats schließlich doch als Erster an.

»Ja, habe ich. Eine Sache, die uns allen endlich mal was einbringt.«

»Benno …«

Benno hob die Hand zum Zeichen, dass er noch nicht fertig war. »Kein Wort mehr über die Vergangenheit!«, sagte er.

»Okay. Versprochen.«

»Wir schauen jetzt nur noch nach vorne. In die Zukunft.«

»Und wie soll die deiner Meinung nach aussehen?«

»Rosig. Durchaus rosig, würde ich sagen. Aber nur unter einer Bedingung.«

»Und die wäre?«

»Ab sofort bin ich derjenige, der anschafft.«

Wieder wollte Mats etwas entgegnen, er holte schon Luft, doch wieder hob Benno die Hand und brachte ihn damit zum Schweigen.

»Ich verspreche dir, ich werde auch eure Interessen statistischer Natur dabei nicht aus den Augen verlieren, ganz im Gegenteil. Aber dieses Mal werde ich dafür sorgen, dass auch was für uns hängen bleibt.«

»Hört sich gut an.«

»Ist es auch. Unter Garantie.«

Mats setzte sich auf. »Also – dann schieß mal los. Was hast du uns vorzuschlagen?«, wollte er wissen.

»Ich muss da einiges vorausschicken«, brummte Benno. »Ich habe noch gewisse Kontakte aus meiner dunklen Vergangenheit ... Du verstehst, was ich meine?«

»Glasklar, Benno«, bestätigte Mats. »Aber wir wollen ja nicht mehr über die Vergangenheit reden, insbesondere die dunkle.«

»Stimmt. Die Sache ist die ...« Benno beugte sich zu Mats herüber und senkte die Stimme, obwohl sie im Wasserbettruheraum ganz unter sich waren. »Wir statten dem Autohaus deines Schwagers Wildbieler einen nächtlichen Besuch ab. Außerhalb der offiziellen Öffnungszeiten. Was dagegen?«

Mats sagte erst einmal kein Wort. Auf diesen verwegenen Gedanken war er noch nicht gekommen. Nicht im Entferntesten. Aber die Idee fühlte sich gar nicht so schlecht an. Beileibe nicht. Trotzdem blieb er misstrauisch, jedenfalls tat er so.

»Wie willst du das anstellen?«, fragte er.

»Ihr braucht euch eure Hände nicht mal schmutzig zu machen, das ist das Geniale daran. Wir – respektive meine Kontaktleute – greifen uns die Autos. Nur Neuwagen. Mit einem entsprechenden Autolader. Passen sechs Stück drauf. Die ganze Action dauert vielleicht dreißig Minuten, und weg sind sie. Du kannst mir glauben, das sind wirkliche Profis.«

Mats nickte, er glaubte ihm sogar. »Und wie – falls wir bei dem Deal dabei sind – willst du die Autos loswerden?«

»Das lass meine Sorge sein. Das besorgen meine Kontakte.«

Mats war immer noch nicht überzeugt, obwohl der grundsätzliche Vorschlag bei ihm offene Türen einrannte. Seinen Schwager beklauen – wirklich grandios. Dennoch war er skeptisch.

»Findest du das wirklich gut, Leute von außen in die Sache reinzuziehen? Also ich nicht.«

»Die lernen euch nicht kennen und ihr sie nicht.«

»Und wofür braucht ihr uns?«

»Vielleicht für ein gut getimtes Ablenkungsmanöver? Zum Beispiel ein kleiner Unfall, zu dem ihr gerufen werdet. Irgend so was. Da lasst euch gefälligst selber was einfallen. Hauptsache, ihr macht irgendwo anders ein bisschen Theater und lenkt davon ab, was inzwischen auf dem Neuwagenparkplatz deines Schwagers abgeht.«

In Mats' Kopf schwirrte es. Er brauchte eine Weile, bis er sich mit dem Gedanken anfreunden konnte. Aber je mehr er darüber nachdachte, desto verführerischer kam er ihm vor.

Er nickte schließlich und legte sich wieder hin. »Hört sich gut an. Wie kommen wir ins Spiel?«

»Zuerst bist nur du gefragt. Du musst nämlich ein Duplikat vom Generalschlüssel deines Schwagers machen. Und von dem zum Tresor in seinem Autohaus. Sobald du das erledigt hast, können wir loslegen.«

Er drückte Mats zwei Blechschachteln in die Hand, die er aus seiner Bademanteltasche holte. Jede der beiden hatte die Größe eines Zigarettenetuis.

Mats öffnete eine davon.

»Dort ist Wachs drin«, erklärte Benno. »In das drückst du die Schlüssel von beiden Seiten fest hinein. Das ist alles. Den Rest erledigen wir.«

Mats wog die beiden Schachteln ab. »Die Sache hat nur einen Haken: Wenn ihr das so abzieht, weiß mein Schwager sofort, dass ihr mit Nachschlüsseln gearbeitet habt.«

»Eben nicht«, sagte Benno, von sich selbst begeistert. »Das ist ja der Clou. Klar benutzen wir die Schlüssel, um ins Gebäude und an den Safe mit den Autoschlüsseln zu kommen. Aber wir werden es so aussehen lassen, als hätten wir alles mühsam aufgebohrt. Die osteuropäische Methode, verstehst du?«

»Ja, ich verstehe.«

»Kein Mensch wird darauf kommen, dass wir Nachschlüssel benutzt haben. Wildbieler nicht und erst recht nicht die Polizei.«

»Die werden todsicher Kripoleute aus München kommen lassen, das sind Spezialisten.«

»Na und? Meine Kontaktleute sind ebenfalls Spezialisten. Ist doch gut für eure Statistik.«

»Ja. Ja, das ist gut für die Statistik. Aber was ist mit der Kohle? Was bleibt da für uns hängen?«

»Wenn ich das mal kurz überschlage ... fünf Riesen pro Nase. Garantiert.«

»Ein Tropfen auf den heißen Stein ...«

»Aber ein Anfang.«

Mats überlegte und nickte dann. »Okay, wir sind dabei. Die Frage ist nur: Wie soll ich an die Schlüssel kommen?«

»Das ist dein Problem«, sagte Benno. »Irgendwie müsst ihr Bullen zum Gelingen von ›Stille Wasser, Phase drei‹ ja schließlich auch einen Beitrag leisten.«

Damit ließ er sich genussvoll auf sein Wasserbett fallen und schloss die Augen.

Mats hätte schwören können, dass er dabei grinste.

Er steckte die Blechschachteln in die Tasche seines Bademantels und schlappte in seinen Adiletten hinaus.

44

Alle zwei Wochen waren sie abends bei Wildbielers zum Essen eingeladen, Mats und Conny.

Seit er eine neue Flamme hatte, zeigte sich Wildbieler gerne als generöser Gastgeber. Er, der mit Müh und Not eine Maggisuppe in der Mikrowelle zustande brachte, hatte in »Biene« Maja die perfekte Ergänzung gefunden. Maja hatte neben ihren sonstigen Leidenschaften, die sie ihrem Lebensgefährten zu dessen Freude mit Vergnügen zur Verfügung stellte, nämlich auch noch eine weitere: Sie war eine begeisterte Köchin.

Und wenn sie keine Show für fremde Leute abziehen musste, weil das ja alles Familie war, konnte man mit ihr ganz gut klarkommen.

Sobald sie in der Küche zugange war, durfte ihr niemand dazwischenfunken. Diesmal hatte sie zu einem chinesisch-thailändischen Abend eingeladen, sich stilvoll dazu eine Art Kimono angezogen und sich von Monika sogar eine Geisha-Frisur machen lassen, mit schwarzen Essstäbchen in den hochtoupierten Haaren. Exotische Pling-Plong-Musik kam aus Lautsprechern, als Einstieg gab es warmen Reiswein und Krabbenchips.

Mats und Conny setzten sich an den dekorativ ganz nach dem Motto des Abends gedeckten Tisch, Räucherstäbchen rauchten vor sich hin, und Wildbieler hatte, bevor es losging, gleich eines klargestellt: Beim Essen und auch danach durfte nicht über Geschäftliches gesprochen werden. Darum hatte Maja ausdrücklich gebeten.

Das konnte Mats nur recht sein.

Sie prosteten sich mit dem Sake zu, und Maja erläuterte die Menüfolge, auf die sich Mats wirklich freute – er mochte Sommerrollen mit Garnelen, die man in Hoisin-Paste eintauchte, und danach Ente süßsauer mit Ananas, Reis und thailändischem Gemüse, dazu Yam-Gai-Salat mit Zwiebeln, Gurken, Chili und Koriander, scharf.

Sein Schwager entkorkte, ganz passend, wie er meinte, eine echt chinesische Weinflasche, die Maja extra besorgt hatte, der Wein nannte sich laut Etikett »The Great Wall«.

»Auf die bayerisch-chinesische Freundschaft«, sagte er, nachdem er jedem davon eingeschenkt hatte, und sie erhoben die Gläser.

Mats konnte wie Conny und Maja dem Rotwein beim besten Willen nichts abgewinnen, und auch Wildbieler verzog beim ersten Schluck das Gesicht.

»Wie Laternenpfahl ganz unten«, meinte er und starrte sein Glas in der Hand angewidert an. »Den soll Xi Jinping gefälligst selbst trinken.«

Mit diesen Worten goss er die Flasche demonstrativ in den Ausguss, um vier Weißbiergläser hervorzuholen und aus dem Kühlschrank ebenso viele Flaschen exquisites gekühltes Weißbier einer kleinen Privatbrauerei namens Besser-Bräu – »Nomen est omen!« – zu nehmen. Von der Brauerei besitze er Anteile, fügte er hinzu, einundfünfzig Prozent, wie er nicht ohne Stolz bemerkte, bevor ihm Maja über den Mund fuhr, weil er schließlich selbst ausdrücklich die Sprachregelung ausgegeben hatte, nicht über Geschäfte zu reden. Wildbieler entschuldigte sich auf der Stelle.

Typisch für ihn – wenn Maja ihm widersprach, gab er sofort klein bei.

Na, wer hat bei euch die Hosen an?, dachte Mats.

Wildbieler versprach, sich von jetzt ab an seine eigene Regel zu halten, und schloss den protzigen doppeltürigen Kühlschrank wieder, an dessen eine gläserne Tür man nur zu klopfen brauchte, dann ging innen das Licht an, und man konnte hineinsehen.

Alles in Wildbielers Villa war zwei Nummern größer und teurer, mindestens, als bei Otto Normalverbraucher. Was nicht unbedingt heißen musste, dass es auch entsprechend geschmackvoller war, aber eben entsprechend prunkvoller: die Einrichtung (alles in Lackweiß gehalten, Kleinmöbel aus Acryl), der Boden (Marmor und Edelholzparkett), die Küche (sie hatte die Ausmaße einer Restaurantküche), das Bad (mit Whirlpool), die Eingangshalle mit Säulen (aus gefaktem Marmor) und den nichtssagenden abstrakten Bildern an der Wand …

Die Aufzählung der Besonderheiten seines von Wildbieler selbst und einem sündteuren Architektenteam an seiner Seite entworfenen Eigenheims wäre telefonbuchgroß gewesen. Und damit ist nicht das Telefonbuch von Thalbach gemeint, dachte Mats. Kurz wunderte er sich – wie immer, wenn sie seinem Schwager einen Besuch abstatteten –, wie einträglich ein Autohaus sein musste, um sich ein repräsentatives Anwesen hollywoodschen Ausmaßes und Geschmacks leisten zu können.

Aber er prostete Maja und Wildbieler zu, trank sein kaltes Weißbier – es blieb nicht bei einem –, aß wie Conny und Maja mit Stäbchen, wie es sich gehörte, nur Wildbieler scherte aus und griff zu Messer und Gabel, weil er mit den Stäbchen einfach nicht zurechtkam. Alle lachten darüber, wie er sich anstellte, und er besaß sogar so viel Selbstironie, dass er mitlachte.

Alles in allem war es entgegen Mats' Erwartung ausnahmsweise ein ziemlich vergnüglicher Abend, der wie im Flug verging.

Nach etlichen Gläsern Weißbier wurde die Köchin ausführlich gelobt, zum Nachtisch gab es drei Sesambällchen mit Eiscremefüllung, Beeren und Schokoladensoße, obwohl alle schon pappsatt waren, aber da kannte Wildbieler keine Gnade – was seine Maja auf den Tisch stellte, das musste auch gegessen werden.

Mats löffelte seinen Teller pflichtschuldigst aus und stand dann auf, weil er sich kurz frisch machen wollte, wie er entschuldigend sagte.

Es war ein Kinderspiel, draußen im Flur in der Designer-Schlüsselschale den umfangreichen Schlüsselbund Wildbielers zu ergreifen und auf der Gästetoilette die Abdrücke in den Schachteln mit dem Wachs zu machen, obwohl sich Mats unsicher war, welche Schlüssel es waren. In aller Hast entschloss er sich, sicherheitshalber von vier Schlüsseln Abdrücke zu fabrizieren, da würden schon die richtigen dabei sein. Er hörte bereits Wildbieler »Wo bleibst du denn, Schwager?« rufen, betätigte die Spülung und legte den Schlüsselbund zurück in die Schüssel. Es klirrte ein wenig, er lauschte, aber es hatte wohl niemand gehört, bevor er wieder im Esszimmer auftauchte und sich auf seinen Stuhl setzte.

Dort gab es zum krönenden Abschluss noch für jeden ein doppeltes Stamperl Bärwurzschnaps, der zwar einheimisch war, aber trotzdem grauenhaft schmeckte. Wahrscheinlich auch ein Erzeugnis der Privatbrauerei Besser-Bräu.

Wildbieler bestand darauf, dass sie sich alle ihr Glas auf ex hinter die Binde kippten, und dem Gastgeber schlug man in seinem Haus nichts aus, also folgten sie seinem Beispiel. Außerdem hätte man den Bärwurzschnaps schluckweise sowieso nicht ertragen.

Kurz vor Mitternacht machten sich Mats und Conny wieder auf den Heimweg. Sie trudelten, beide ziemlich angeschlagen, zum Auto, Arm in Arm, ein Betrunkener führte eine Betrunkene.

Wir sind doch ein eingespieltes Team, dachte Mats in seinem benebelten Zustand. Obwohl Conny nicht die geringste Ahnung hatte von dem, was er so trieb, um ihre Existenz zu sichern. Oder überhaupt zu retten.

Aber den Bärwurzschnaps hätte er auslassen müssen, der hatte seinem ohnehin hohen Alkoholpegel noch die Krone aufgesetzt. Besser noch: Er hätte ihn heimlich im Topf der Bananenpflanze entsorgen sollen, die im Esszimmer stand. Aber die wäre wahrscheinlich jämmerlich davon eingegangen.

»Lass mich fahren«, murmelte Conny an seiner Schulter, obwohl sie auch schon bedenklich schwankte, als sie am Auto angekommen waren. »Gib mir den Schlüssel. Du hast zu viel getrunken.«

Behutsam, aber keinen Widerspruch duldend bugsierte Mats sie auf den Beifahrersitz, schnallte sie fest und meinte: »Heute ist Leo auf Streifenfahrt. Und ich bin der Revierdings … der Revierreiter …«

Er merkte, dass er nicht mehr so ganz artikulationssicher war. »Also der Chef«, kürzte er deshalb lieber ab. »Da kann überhaupt nichts passieren.«

Er machte die Beifahrertür zu, klemmte dabei sein Sakko ein, öffnete die Tür wieder und befreite sich, bevor er sie erneut schloss.

Endlich torkelte er zum Heck des Autos, überlegte es sich auf halbem Weg anders, kehrte um, ging vorne herum, setzte sich umständlich hinters Steuer und startete mit zu viel Gas.

Nur haarscharf verfehlte er den linken Pfosten der Einfahrt, aber dass er die erforderlichen Schlüsselabgüsse in der Tasche hatte, gab ihm ein sicheres Gefühl. Er hatte wohl noch alles im Griff. Nicht nur im übertragenen Sinn, sondern auch tatsächlich. Als er die beiden Blechschachteln in seiner Sakkotasche befühlte, geriet er auf die linke Straßenseite, wo er gerade noch einem entgegenkommenden Auto ausweichen konnte, das wild hupte und das Fernlicht aufblitzen ließ.

Mit Müh und Not fing er den schleudernden Wagen ab und fuhr weiter. Diesmal sicherheitshalber auf dem Mittelstreifen.

»Hoppla«, sagte er zu seiner Ehefrau und lachte, »das war knapp.«

Aber Conny an seiner Seite bekam das Gott sei Dank nicht mehr mit, sie war längst eingeschlafen.

45

Mats und Florian fuhren Streife im Outback von Thalbach. Es war weit nach Mitternacht, dementsprechend lange gähnte Florian auf dem Beifahrersitz.

Mats hielt am Straßenrand an. Außer Wäldern, Feldern, Wiesen und ein paar Scheunen gab es in der Gegend, in der sie jetzt waren, nichts.

»Ist es so weit?«, fragte Florian.

Mats warf einen Blick auf seine Uhr. »Ja«, antwortete er. »Leo müsste jetzt da sein.«

»Wo ist er?«, fragte Florian. »Der Hexenhof, meine ich.«

»Muss da vorne sein«, entgegnete Mats und zeigte in Richtung Nordwesten.

Dort waren nur der klare Sternenhimmel und der durch das Mondlicht matt erleuchtete Horizont zu sehen.

Florian rutschte unruhig auf seinem Sitz hin und her. »Was meinst du, ist Benno schon … Ich meine: Hat er schon zugeschlagen? Bei deinem Schwager?«

Mats sah wieder auf seine Uhr. Er versuchte zwar seinem Selbstverständnis nach, ein Stoiker zu sein, aber in dieser subtropischen Sommernacht war er ein mehr als nervöser Stoiker. Ein Widerspruch in sich, doch schließlich stand schon wieder mal viel auf dem Spiel: »Stille Wasser, Phase drei«.

»Er müsste gerade mit seinen Leuten beim Autohaus vorfahren«, meinte er.

»Dann wird's aber allmählich Zeit, dass Leo seinen Job macht.«

»Das meine ich auch«, fand Mats, griff nach seinem Walkie-Talkie und sprach ins Mikro, in diesem Augenblick der inneren Anspannung nicht unbedingt ganz nach Funkernorm: »Herrgott, Leo, wo bleibst du? *Over.*«

Leo war an vorderster Front in verbotener Mission unterwegs, weil diesmal er beim Schnick, Schnack, Schnuck verloren hatte.

Er hielt seinen alten Datsun-Pick-up vor einer windschiefen, halb offenen Scheune neben einem abbruchreifen Einödhof an, der im Volksmund »Hexenhof« genannt wurde, und meldete sich über sein Walkie-Talkie zurück.

»Jetzt mach dir mal nicht ins Hemd. Bin gerade am Zielobjekt eingetroffen. *Over.*«

Florian regte sich trotzdem auf.

»Sag ihm, er soll endlich loslegen! Auf was wartet er denn noch, Himmelherrgottkruzifix noch mal?«

»Auf was wartest du noch?«, wiederholte Mats in sein Funkgerät, den Fluch von Florian ließ er aus, aber in Gedanken sprach er ihn mit.

Es war wichtig, dass der ganze Ablauf der Geschichte, den sie sorgfältig geplant hatten, auf beiden Seiten gleichzeitig und wie am Schnürchen ablief. Jede Ungenauigkeit auf einem der zwei Spielfelder würde alles über den Haufen werfen.

Das eine Spielfeld war Wildbielers Autohaus, neben dem sich hinter Zäunen zwei fußballfeldgroße Abstellflächen für Neu- und Gebrauchtwagen befanden, im Gewerbegebiet von Thalbach, in dem nachts kein Mensch mehr unterwegs war.

Aber jetzt krochen Scheinwerfer heran.

Ein leerer Autotransporter näherte sich langsam dem Unternehmen, angeführt von einem Quad, auf dem Benno saß.

Er hob die Hand, sie hielten an und schalteten gleichzeitig Motor und Licht aus. Eine Weile blieben sie ruhig so sitzen, sahen sich um und lauschten. Nur das leise Ticken der abkühlenden Motoren war zu hören.

Benno stieg vom Quad. Er trug einen Overall und Handschuhe sowie auf dem Kopf eine Wollmütze, die er jetzt über das Gesicht zog, nur die Augen und der Mund waren frei.

»Packen wir's an«, sagte er und winkte. Drei schwarze Gestalten mit Tarnkappen auf dem Kopf stiegen aus dem Fahrerhaus des Transporters.

Das andere Spielfeld befand sich auf der entgegengesetzten Seite von Thalbach auf freiem Feld, weitab vom Schuss.

Mats und Florian saßen inzwischen wie auf Kohlen, weil außer dem nördlichen Sternenhimmel immer noch nichts zu sehen war. Leo hätte schon längst zuschlagen müssen, wie Florian zum x-ten Mal monierte, während er mit dem Fernglas den Horizont absuchte.

Mats' Walkie-Talkie knisterte, und Leo meldete sich endlich zurück.

»Der Countdown läuft«, sagte er durch. *»Over.«*

Florian nahm Mats das Funkgerät aus der Hand und bellte hinein: »Wird aber auch Zeit!«

»Muss zuerst das Terrain sondieren«, sprach Leo in sein Walkie-Talkie und steckte es weg.

Der Hof, vor dem er stand, war total heruntergekommen. Die Hausmauern trugen gerade mit Ach und Krach das Dach, das nur noch ein Gerippe aus Holzlatten war, notdürftig mit einer Handvoll Dachplatten bedeckt, die Fenster waren durchgehend zerbrochen oder ganz ohne Glas, die Eingangstür stand sperrangelweit offen.

Leo wusste, dass der verlassene Einödhof seit zwanzig Jahren als Ruine dahindämmerte, trotzdem schaltete er seine Taschenlampe ein und inspizierte das Erdgeschoss. Gänge und Zimmer waren vermüllt. In einem Raum hatten Matratzen noch als Lager für Feten von Jugendlichen gedient. Die Türen – soweit vorhanden – waren beschmiert und angekokelt. Die Wände waren über und über mit Graffitis bemalt. Ein Spruch an der Wand gefiel Leo: »Wildbieler ist ein Wildbiesler«, stand da.

Das musste er Mats erzählen. Nein, besser, er nahm es mit seinem Handy auf.

»Hallo …«, rief er vorsichtshalber laut, »ist da jemand?«

Aber außer ein paar Mäusen und Ungeziefer hauste mit Sicherheit niemand hier.

Nachdem er sich davon auch im Obergeschoss, zu dem eine lebensgefährlich ramponierte und ebenfalls zugemüllte Treppe hinaufführte, vergewissert hatte, ging Leo wieder ins Freie und zum Pick-up.

Dort holte er zwei Fünf-Liter-Plastikkanister von der Ladefläche und marschierte damit auf den Hof und auf die Scheune zu. Er stellte sie ab und leuchtete mit seiner Taschenlampe in die von der Wetterseite abgewandte offene Seite der Scheune hinein. Brennnesseln und ein verrosteter Heuwender, das war alles. Leo verteilte dort den flüssigen Inhalt eines Kanisters, den anderen leerte er, indem er damit eine Runde im Erdgeschoss des Bauernhauses drehte.

»Leo, wir warten. Die Uhr tickt. Was ist los?«, kam Mats' Stimme aus dem Funkgerät.

Leo antwortete nicht. Er stellte die leeren Kanister wieder auf die Ladefläche des Datsun, ging zurück, entzündete mit seinem Feuerzeug einen Lappen, den er vorher mit Benzin getränkt hatte, und schleuderte ihn in die offene Scheune.

Einen zweiten präparierten Lappen warf er in den Flur der Bauernhofruine.

Dann machte er ein paar Schritte zurück und wartete darauf, dass das Feuerwerk ausbrach.

Das Holz der Scheune war trocken wie Zunder, es hatte seit zwei Wochen bei Hochsommertemperaturen nicht mehr geregnet. Das aufflackernde Feuer am Boden, bläulich zuerst, breitete sich schnell züngelnd aus, und kurze Zeit später ging die ganze Scheune nach und nach in orangefarbene Flammen auf, die wütend fauchten und schließlich haushoch in den Nachthimmel schossen.

Im Haus flackerten die Flammen ebenfalls, hinter jeder Fensteröffnung leckten sie schon, sie fanden reichlich Nahrung im Müll und in den Matratzen.

Der reinste doppelte Feuerdrachen, staunte Leo. Er hatte Schwierigkeiten, sich von dem faszinierenden Anblick zu lösen. Im Grunde seines Herzens befürchtete er, dass er ein heimlicher Pyromane war. Weil er beim Schnick, Schnack, Schnuck mit Absicht dafür gesorgt hatte, dass er verlieren musste, als die Aufgaben verteilt wurden und er merkte, dass Mats und Florian nicht unbedingt den Brandstifter machen wollten.

Etwas so Großes anzuzünden und dann den Flammen zuzusehen, wie sie in kürzester Zeit alles wie rasend auffraßen – irgendwie versetzte ihm das einen Kick. Er wurde wie magisch davon angezogen und war zunächst unfähig, sich von dem Anblick der flambierten Scheune und des endlich lichterloh brennenden Hauses zu lösen.

Wie hypnotisiert.

War das seine zweite, seine dunkle Seite? Dass ihm allmählich die kriminellen Aktionen immer mehr Spaß zu bereiten schienen?

Beim Gedanken daran bekam er trotz der enormen Hitzeausstrahlung eine Gänsehaut.

Sein Funkgerät meldete sich und erlöste ihn von seiner Ganzkörperlähmung. »Leo, hörst du mich? Leo!«

Das war Mats.

Leo griff nach seinem Walkie-Talkie. Er hatte einen Kloß im Hals und brachte gerade noch ein »Ja?« heraus.

»Wo bist du? Verschwinde gefälligst! Wir haben schon Alarm ausgelöst.«

Leo blieb stumm und starrte nach wie vor wie paralysiert auf die brennenden Gebäude.

»Leo – bist du noch da?«

»Jaja«, antwortete er und schloss für einen kurzen Moment die Augen. »Bin schon so gut wie weg. *Over and out.*«

Schritt für Schritt ging er rückwärts, immer die Scheune und den Hexenhof im Blick, zum Datsun.

Dort schwang er sich hinter das Steuer und verschwand in nördlicher Richtung, weil Leo wusste, dass alles, was Sirene und Blaulicht hatte, aus dem Süden kommen würde.

46

Überall blitzte es.

Am Himmel, von einem unheimlichen, weil geräuschlosen Wetterleuchten am nördlichen Horizont, und rund um die qualmende Stelle, an der die Scheune und der Hexenhof niedergebrannt waren. Dort standen ein gutes Dutzend Fahrzeuge der verschiedenen freiwilligen Feuerwehren mit zuckenden Blaulichtern. Etliche Glutnester wurden noch bekämpft. Aus allen Richtungen waren die Löschzüge nach dem Feueralarm, den Mats ausgelöst hatte, eingetroffen.

Und das alles wegen einer nutzlosen Scheune und einer zerfallenen Hofruine am Ende der Welt? Mats war selbst überrascht davon, was hier für ein Aufwand getrieben worden und immer noch im Gange war. Aber durch die lang anhaltende Trockenheit bestand die Gefahr, dass die Brachwiesen und sogar der angrenzende Wald in Brand geraten konnten, und das musste auf jeden Fall verhindert werden.

Wie vorhergesehen waren sämtliche verfügbaren Einsatzkräfte von Polizei und Feuerwehr der Region durch den Scheunen- und Hofbrand gebunden, Bennos Plan war – zumindest in dieser Hinsicht – voll aufgegangen.

Mats und Florian hielten sich diesmal im Hintergrund und klatschten sich verstohlen ab, als sie dem Kreisbrandmeister zuhörten, der bei so einem Einsatz das Oberkommando hatte und dem Reporterteam von Passau TV gegenüber erste Vermutungen von sich gab.

Er tippte auf Brandstiftung, vermutlich ausgelöst durch feiernde Jugendliche. Das war natürlich hochspekulativ, aber man hatte unweit der Scheune Kippen, eine erloschene Feuerstelle, zerbrochene Bierflaschen und zerdrückte Whisky-Cola-Dosen gefunden. Außerdem war allgemein bekannt, dass sich hier im Niemandsland in lauen Sommernächten immer ein paar Jugendliche einfanden, die etwas zu feiern hatten. Besonders deshalb, weil der Hof auch noch im Ruf stand, eine unheimliche Vergangenheit zu haben, und aus diesem Grund den Namen »Hexenhof« verpasst bekommen hatte.

Nach Bandenkriminalität sah es also nicht aus, wonach die Reporterin von Passau TV fragte, die partout ihre Theorie bestätigt sehen wollte, wonach die Gegend um Thalbach von einer organisierten Bande terrorisiert wurde. Das machte sich eben besser in den lokalen Nachrichten, zumal es dem Kameramann noch gelungen war, ein paar eindrucksvolle Bilder der brennenden Scheune und der Reste des Einödhofs einzufangen, der tatsächlich früher das Haus eines Scharfrichters gewesen war – ein solcher galt als »unrein« und musste weit außerhalb der Ortschaften wohnen, wie die Reporterin erläuterte.

Angeblich sollte der Scharfrichter einige »Hexen« mittels Scheiterhaufen auf offenem Feld hingerichtet haben, deren Seelen bis heute im Hexenhof herumspukten. Sie hatte diese historische Legende vom Kreisbrandmeister, der gleichzeitig ehrenamtlicher Heimatpfleger war, erklärt bekommen und spekulierte nun darauf, dass die Gruselgeschichte ihrem Beitrag eine willkommene Würze verlieh, welche die Einschaltquote noch mehr nach oben treiben würde.

Mats und Florian jedenfalls verbuchten den Brand als zusätzlichen Pluspunkt in ihrer Statistik der kriminellen Vergehen im Landkreis Thalbach. Ein Bonuspunkt sozusagen.

Mats sah auf die Uhr und fragte sich gleichzeitig, wie weit Benno wohl schon mit dem Transporter inklusive sechs Neuwagen auf dem Weg nach Osten war, wo sie ihre Beute mit an Sicherheit grenzender Wahrscheinlichkeit losschlagen wollten. Bisher war noch kein Alarm vom Autohaus eingegangen. Umso besser. Es konnte nicht mehr lange dauern.

Er ließ seinen Blick über den östlichen Horizont schweifen, der sich allmählich rosa einfärbte.

Wieder mal eine Nacht um die Ohren geschlagen, dachte er und fragte sich, wie Conny schlafen konnte, wenn er nicht neben ihr lag. Er seufzte innerlich. Wann hatte er das letzte Mal Zeit gehabt, sich wirklich um sie zu kümmern? Beim Gedanken daran bekam er sofort ein rabenschwarzes Gewissen. Was war er für ein lausiger Ehemann!

Aber in der gegenwärtigen Drucksituation musste er eben Prioritäten setzen.

Rosige Zeiten, davon hatte ihm Benno vorgeschwärmt.

Wenigstens am Himmel sah es ganz so aus, als sei diese Prophezeiung Wirklichkeit geworden. Jedenfalls hatte Mats dem Polizeifunk, der sich ganz auf den brennenden Hof und die damit zusammenhängende Koordination der Einsatzkräfte fokussiert hatte, noch nichts Gegenteiliges entnommen. Er konnte nur hoffen, dass alles gut gegangen war.

Florian warf ihm schon die ganze Zeit über fragende Blicke zu, aber er konnte sie nur mit einem einigermaßen hilflosen Schulterzucken beantworten, weil er auch nicht wusste, was aus Benno und dessen Beutezug im Autohaus Wildbieler geworden war.

Sie hatten absolute Funkstille ab dem Zeitpunkt vereinbart, zu dem der Hof von Leo in Brand gesteckt worden war.

Erneut sah er auf seine Uhr, es war jetzt schon kurz nach fünf in der Früh. Irgendjemand musste doch inzwischen gemerkt haben, dass etwas Großes im Gewerbegebiet von Thalbach vor sich gegangen war!

»Weißt du was«, flüsterte er Florian in dem allgemeinen Gewimmel, das an der Brandstelle immer noch herrschte, ins Ohr, »wir setzen uns jetzt ab. Hier können wir sowieso nichts mehr tun.«

Florian nickte, er wusste, was Mats vorhatte. Während der noch ein paar Worte mit dem Kreisbrandmeister wechselte, nahm er selbst schon auf dem Fahrersitz ihres Streifenwagens Platz und fragte bei der Leitzentrale an. Aber außer dem Großbrand hatten sie nichts.

Florian gab durch, dass er mit seinem Kollegen nun wieder auf Streife war. Mats stieg ein, und sie fuhren los.

»Neuigkeiten?«, fragte Mats.

»Noch nichts.«

»Dann lass uns da mal hinfahren. Kann nicht schaden, wenn wir diejenigen sind, die den Einbruchdiebstahl in ein Autohaus melden.«

»Meinst du, das hat alles geklappt? Oder hat Benno Muffensausen bekommen und ist erst gar nicht angetreten?«

»Benno und Muffensausen? Glaub ich eher nicht. Unser Benno hat's faustdick hinter den Ohren.«

»Du traust ihm nicht?«

»Du vielleicht?«

»Er ist unser Freund.«

»Bist du dir da sicher? Das mit unserer Freundschaft ist lange her.«

»Stimmt schon. Manchmal denke ich, er ist der alte Benno von früher. Und manchmal denke ich, er hat sich gewaltig verändert.«

»Benno war im Knast. Vergiss das nicht. Das kann schon einen anderen Menschen aus dir machen.«

»Gut möglich. Weißt du was?«

»Was?«

»Ich glaube, er vertraut uns nicht. Hat irgendwas vor.«

»Was meinst du?«

»Ich weiß nicht ... dass er uns irgendwie über den Tisch zieht.«

»Wie sollte er das tun?«

»Keine Ahnung – indem er die Autos klaut und von der Bildfläche verschwindet, zum Beispiel. So was eben.«

»Nein, das glaube ich nicht. Er weiß ganz genau, dass wir seine Chance sind, doch noch den Jackpot zu knacken.«

»Und was soll das sein?«

»Weiß ich auch nicht. Mir wird schon was einfallen. Erst mal müssen wir Phase drei überstehen.«

»Wenn sie denn stattgefunden hat.«

Mats zeigte auf den Tacho. »Du fährst zu schnell. Mach mal halblang. Je länger es dauert, bis man den Schaden entdeckt, desto besser.«

47

Im Gewerbegebiet von Thalbach war schon einiges los. Es gab dort zwei große Speditionen, Lastwagengespanne fuhren auf die Straßen hinaus.

Die Supermärkte, der Baumarkt und die Autohäuser machten erst um acht Uhr auf.

Florian steuerte den Streifenwagen vorsichtig durch den zunehmenden Verkehr, bog an der Ampel ab und blieb vor dem Autohaus Wildbieler stehen, das ganz am Rand des Gewerbegebiets lag, hinter dem großen Abstellplatz für die Autos waren nur noch Felder.

Auf den ersten Blick war nichts zu erkennen.

Sie sahen sich an und nickten sich zu. Gleichzeitig stiegen sie aus und inspizierten das Gebäude. Erst wenn man genauer hinsah, konnte man erkennen, was da offensichtlich abgelaufen war: Das Schloss der Eingangstür war anscheinend aufgebohrt worden. Florian wollte schon hinein, aber Mats hielt ihn zurück.

»Warte«, sagte er, holte Latexhandschuhe aus seiner Tasche und zog sie an. Erst dann öffnete er die Tür vorsichtig und betrat die Eingangshalle des Autohauses, Florian folgte ihm, auch er jetzt mit Latexhandschuhen. In der Halle waren die üblichen Ausstellungsautos aufgestellt. Mats ging zur Wand hinter den Schreibtischen der Mitarbeiter, die dort tagsüber an ihren Computern saßen, telefonierten und Kundengespräche führten. Er wusste, hinter welcher Schranktür der Safe für die Schlüssel und Papiere der Wagen war, aber die Schranktür war schon offen. Das Türschloss sowie der Tresor dahinter, der ebenfalls offen stand, schienen angebohrt worden zu sein. Metallspäne lagen auf dem Boden.

Mats hob die Hand, um Florian zu stoppen.

»Hinterlass keine unnötigen Spuren«, meinte er. »Das ist ein Fall für die KTU.«

»Hier sieht's mir ganz nach einem gelungenen Einbruch aus«, sagte Florian und grinste breit. »Dein Schwager wird toben!«

»Scheint mir auch so«, erwiderte Mats und konnte sich ein Grinsen ebenfalls nicht verkneifen.

Neben dem Eingang zu den Toiletten war eine weitere Tür, die zu den Abstellplätzen für Neu- und Gebrauchtwagen hinaus ins Freie führte. Auch sie war angebohrt, und auch hier lagen Metallspäne auf dem Boden.

Vorsichtig stieß Mats die Tür auf, und sie standen im Freien. So weit das Auge reichte, waren Dutzende Autos perfekt aufgereiht. Aber es gab einige Lücken, und das große Tor, das auf eine Zufahrtsstraße führte, stand sperrangelweit offen.

»So wie es aussieht, haben Benno und seine Leute ganze Arbeit geleistet«, kommentierte Florian den Anblick.

»Ja, ich denke, es wird allmählich Zeit, die Leitzentrale zu informieren. Und dann«, Mats seufzte und atmete einmal tief durch, »muss ich wohl meinen Schwager anrufen.«

48

Mats und Florian schoben so lange Wache, bis die Kollegen von benachbarten Revieren eintrafen und endlich auch die Spezialisten vom LKA. Sie rückten mit ihrer kompletten Ausrüstung an, niemand durfte den Tatort betreten, bis sie mit der Spurensicherung fertig waren, was natürlich großes Chaos verursachte, weil sämtliche Angestellten und Kunden warten mussten. Das galt auch für die angrenzende Werkstatt und die Automechaniker.

Die Leute, die herumstanden und eifrig diskutierten, reagierten schon zunehmend aggressiv.

Dann hatte endlich Wildbieler seinen Auftritt.

Mats hatte seinen Schwager schon in einigen prekären Situationen in der Öffentlichkeit erlebt, in denen er immer souverän agierte, ganz derjenige, der den Überblick bewahrte, die richtigen Entscheidungen traf und sich scheinbar nicht aus der Ruhe bringen ließ, selbst wenn es nur Fassade war.

Aber eines musste man ihm lassen: Er war der geborene Politiker. Kritik perlte an ihm ab wie Wasser am Federkleid einer Ente, an Missständen waren immer die anderen schuld, und er allein stand seinem Selbstverständnis nach für Recht und Gerechtigkeit in jeder Beziehung, abseits von aller profanen Parteipolitik. Das war sein Credo, mit dem er hausieren ging, für das er mit seinem Namen bürgte und für das er all seine Kraft einsetzen wollte, koste es, was es wolle.

Mehr als einmal hatte er Mats beiseitegenommen, um ihm seine Philosophie zu erläutern: »Elementare Regel für einen Unternehmer, und das gilt selbstverständlich auch für jedes höhere Amt, zum Beispiel das des Bürgermeisters, ist es, immer einen Plan B in der Hinterhand zu haben. Vergiss das nie. Falls du den nicht hast und gegebenenfalls sofort umswitchen kannst, wenn dir mal der Wind von vorne direkt ins Gesicht bläst, dann bist du wirklich im Arsch.«

Ausnahmsweise hatte sich Mats das gemerkt – obwohl er normalerweise nichts von Wildbielers Allgemeinplätzen hielt.

Denn davon hatte sein Schwager eine ganze Menge auf Lager. Sein liebster Spruch war: »Bleib immer positiv! Der Einzige, der dich stoppen kann, bist du selbst!«

Mats hasste es abgrundtief, von seinem Schwager, dem Besserwisser, wie ein Schuljunge von oben herab behandelt zu werden und sich Allerweltsphrasen anzuhören, die man aus sogenannten Motivationsseminaren von Hochstaplern und Betrügern kannte, wo sie einem Reichtümer und Prestige versprachen, wenn man nur die richtige Persönlichkeit entwickelte, unbeirrt an sich glaubte – und für die sektenartigen Zusammenkünfte und Ratschläge genügend Geld abdrückte. Sich diesen Sermon von Wildbieler anzuhören gelang ihm nur seiner Frau zuliebe und weil sie seinem Schwager eine Menge Geld schuldeten.

Aber da war noch etwas: Im Grunde genommen war Mats konfliktscheu. Der konfliktscheue Stoiker par excellence. Lieber zu allem Ja und Amen sagen, als ständig Kontra zu geben oder sich in stundenlangen Diskussionen gegen seinen Schwager verbal zur Wehr zu setzen, der sowieso immer die schlagkräftigeren Argumente aus dem Ärmel schüttelte – weil er es zu etwas gebracht hatte, aus eigener Kraft, wie er ein ums andere Mal wiederkäute.

Wildbieler wollte einfach nicht zusehen, seiner Schwester zuliebe, wie Mats aus seinem zugegeben geringen Potenzial nicht mehr machte und als einfacher Polizeibeamter sein Leben vergeudete, wie der Bürgermeister nicht vergaß zu betonen, wenn sie unter sich waren.

Was er damit bezweckte, ihn immer zu bevormunden und kleinzumachen, war Mats schleierhaft. Er vermutete, dass Wildbieler, der außer seiner jüngeren Schwester keine Verwandten hatte, sich als eine Art Familienoberhaupt wie bei der Mafia sah, das sich verantwortlich für die Geschicke seines Clans fühlte, auch wenn der nur aus Conny, seiner Maja und Mats bestand.

Wegen seiner Frau hatte Mats immer alles hingenommen, was Wildbieler von sich gab. Aber im Grunde wartete er nur darauf, ihm die Demütigungen, Belehrungen und Bevormundungen heimzuzahlen. Eines Tages, und dieser Tag schien nun gekommen zu sein.

Doch als es so weit war und Wildbieler der Tatsache ins Auge blicken musste, dass sein Autohaus ungebetenen Besuch von einer Bande bekommen hatte, die auf Autodiebstahl spezialisiert war, wurde Mats von der Reaktion seines Schwagers mehr als überrascht. Statt auszuflippen, einen kinskimäßigen Tobsuchtsanfall zu bekommen und auf die Polizei loszugehen, die jetzt auch noch seine Kunden behinderte und anscheinend nicht in der Lage war, sein Eigentum hinreichend zu beschützen, wie es ihr eigentlicher Auftrag und im Grunde genommen ihre Daseinsberechtigung war, blieb Wildbieler cool und sachlich. Er erkundigte sich in aller Ruhe, wie der Raubzug wohl abgelaufen war, und hörte sich geduldig an, was der Chef der Spurensicherung, ein gewisser Kramer, dazu zu sagen hatte.

Kramer erläuterte, unter allem Vorbehalt, dass er Folgendes vermutete: Die Schlösser waren auf professionelle Weise aufgebohrt worden. Alles deutete auf eine hochgradig spezialisierte Bande mit exzellenten Kenntnissen der Sicherheitsvorrichtungen und der anschließenden Verwertung der Beute hin.

Was Kramer aber wunderte, war: Wie hatten die Einbrecher es geschafft, die Alarmanlage auszuschalten?

Er stand mit Wildbieler und Mats vor einem Sicherungskasten, über den sämtliche Leitungen liefen. Sie alle waren durchtrennt worden, mit einer Axt, die am Boden lag. Aber es hatte keinen Alarm gegeben, der bei einer gewaltsamen Unterbrechung unweigerlich ausgelöst worden wäre. Kramer wollte darüber noch mit einem Vertreter der für die Sicherheit zuständigen Firma reden, aber vorerst hatte er genügend damit zu tun, mit seinen Mitarbeitern sämtliche Spuren – und davon gab es reichlich – auf dem Gelände des Autohauses zu sichern, zu dokumentieren und zu untersuchen.

Die Fahndung nach dem vermuteten Autolader war noch von Mats eingeleitet worden. Aber die Hoffnung, ihn zu erwischen, bevor er außer Landes war, ging gegen null. Zu viel Zeit war seit dem Raubzug vergangen, und die Grenze zu Tschechien war keine halbe Stunde Fahrzeit entfernt.

Kramer hatte eine deckungsgleiche Vorgehensweise wie im Autohaus Wildbieler schon mehrfach erlebt, für ihn war das nichts Neues.

Auf Wildbielers Frage, ob die Autos jemals wieder aufgetaucht seien, schüttelte Kramer nur resigniert den Kopf: Sie waren im Nirwana des Nahen Ostens oder der Russischen Föderation für immer verschwunden. Selbst wenn ein Wagen GPS hatte, nutzte das nichts. Entweder schalteten die Täter es aus oder entfernten es fachmännisch. Technisch waren sie ihnen immer einen Schritt voraus.

Ein Fall für die Versicherung, die Wildbieler natürlich hatte.

Mats' Handy meldete sich. Es war sein Vorgesetzter, Kriminaldirektor Hamann aus Passau, mit dessen Anruf er schon gerechnet hatte. Naturgemäß wurde es ein längeres Gespräch, weil es nicht nur um den Brand des Hexenhofes ging, sondern auch um das aktuelle Geschehen im Autohaus Wildbieler.

Hamann löcherte Mats, er wollte alle Details wissen und vor allem, was Mats und seine Kollegen jetzt vorhatten, um diese krass zunehmende Kriminalität in Thalbach in den Griff zu bekommen. Der Kriminaldirektor versprach Mats, ihm alles zur Verfügung zu stellen, was man benötigte, um diese verheerenden Zustände aufzuklären, und wollte wissen, welche Maßnahmen Mats ergreifen würde, um die Sicherheit der Bevölkerung in Zukunft gewährleisten zu können.

»Landespolizeipräsident und Innenminister sitzen mir schon im Nacken«, jammerte Hamann. »Also tun Sie alles, was Sie können! Meinen Segen für bezahlte Überstunden haben Sie!«

Mats bedankte sich und legte auf.

War das jetzt schon ein Etappensieg oder sogar mehr auf dem angepeilten Weg, das Revier und damit ihre Existenz zu sichern?

Er verspürte ein gutes Gefühl, bisher alles richtig gemacht zu haben im Falschen. Aber in seinem tiefsten Inneren wusste er, dass er ein verdammt gefährliches Spiel in Gang gesetzt hatte. Von jetzt an gab es kein Zurück mehr.

Kurz schloss er die Augen und wiederholte sein Mantra: Er war ein Stoiker, und alles würde gut ausgehen!

Wenn nur das Damoklesschwert der von der Bank angedrohten Zwangsversteigerung nicht wäre.

Benno hatte versprochen, dass endlich Geld fließen würde. Inständig hoffte Mats, dass es bald so weit war. Sonst wäre alles umsonst gewesen …

Inzwischen waren schon mehrere Reporterteams eingetroffen, selbstredend war auch Passau TV mit von der Partie. Sie alle belagerten das mit Absperrbändern versehene Autohaus, ebenso wie zahlreiche Neugierige, die nichts Besseres zu tun hatten, als Maulaffen feilzuhalten und eifrig mit ihren Handys zu fotografieren, obwohl es eigentlich nichts zu sehen gab.

Der Chef der LKA-Truppe, der columbomäßig das ganze Gelände, sämtliche Schlösser und den wahrscheinlichen Abtransportweg der verschwundenen Limousinen einer gründlichen Inspektion unterzog, ohne ein Wort zu sagen, bat Mats und Wildbieler schließlich ins Chefbüro, weil er noch einige Fragen auf Lager hatte, bevor er alles wieder für den normalen Geschäftsbetrieb freigeben konnte. Er stellte sich als Kriminalhauptkommissar Jansen vor, hatte einen Stiftenkopf und einen Dreitagebart und kaute so heftig auf einem Kaugummi herum, dass Mats sich Sorgen um Jansens Zahnplomben machte.

»Ich höre gerade mit dem Rauchen auf«, entschuldigte der sich, warf den ausgequetschten Kaugummi in den Papierkorb, schob sich einen neuen in den Mund, schloss die Tür hinter Mats und Wildbieler und legte sein Smartphone, mit dem er die Aussagen aufzeichnen wollte, nachdem er dafür ihr Einverständnis eingeholt hatte, auf den Tisch.

Mats war dabei, weil er den Einbruch entdeckt hatte.

Er sollte genau berichten, was er gesehen hatte, als er mit seinem Kollegen Streife durch das Gewerbegebiet fuhr. Außerplanmäßig, wie er zu Protokoll gab, weil sie vom Polizeirevier Thalbach Überstunden schoben, um nach den gehäuft aufgetretenen kriminellen Vorfällen in letzter Zeit auf Nummer sicher zu gehen, was die erhöhte Wachsamkeit in ihrem Zuständigkeitsbereich betraf. Das war durchaus angebracht, weil in dieser Nacht auch noch ein Gebäude in Brand gesteckt worden war, um das sie sich hatten kümmern müssen.

Als Mats mit seiner Schilderung fertig war, kam Jansen zu den alles entscheidenden zwei Fragen, wie er kaugummikauend erklärte.

»Erstens«, sagte er, »warum ist der Alarm nicht ausgelöst worden?«

Wildbieler zuckte mit den Schultern. »Das dürfen Sie mich nicht fragen, das muss Ihnen der Experte der Sicherheitsfirma erläutern, der dafür verantwortlich ist. Da sind Sie bei mir an der falschen Adresse.«

»Okay«, sagte Jansen. »Dann sagen Sie mir jetzt mal, wie viele Autos da draußen geklaut worden sind. Sie haben das inzwischen sicher überprüft, nehme ich an.«

»Ja, das habe ich.«

Mats und Jansen sahen ihn gespannt an.

»Wie viele sind es?«, wiederholte Jansen noch einmal die Kardinalfrage.

»Fünfzehn«, entgegnete Wildbieler trocken.

»Fünfzehn?«, entfuhr es Mats, ohne dass er das eigentlich wollte.

»Fünfzehn«, wiederholte sein Schwager und nickte grimmig. »Alles in allem im Verkaufswert von mehr als sechshunderttausend Euro, über den Daumen gepeilt.«

Stille kehrte ein.

Mats dachte nach. Das war viel Geld. Fünf Riesen pro Nase hatte Benno versprochen. Die Rechnung musste dann ja wohl aufgehen. Endlich der lang ersehnte rosa Lichtstreifen am Horizont. Er war trotzdem bemüht, eine besorgte Miene zur Schau zu stellen. Dem Ernst der Lage angemessen, wie er fand.

»Das ist eine ganze Menge«, stellte Jansen schließlich lapidar fest und bearbeitete heftig seinen Kaugummi. »Da wird sich die Versicherung bestimmt freuen …«

»Darauf können Sie Gift nehmen«, bestätigte Wildbieler.

Mats musste sich wirklich zusammenreißen, um die Fassung zu bewahren. Wie sollten Benno und Konsorten in der Lage gewesen sein, mit einem einzigen Autotransporter fünfzehn Autos vom Gelände wegzubringen? Das war unmöglich. Dazu brauchte man mindestens zwei.

»Sind Sie wirklich sicher, dass es so viele sind?«, hakte Jansen noch einmal nach.

»Absolut. Es fehlen fünfzehn Schlüssel, die dazugehörigen Kraftfahrzeugbriefe und fünfzehn Autos. Alle in der Preisklasse von fünfunddreißig- bis fünfundvierzigtausend Euro.«

Mats sah seinen Schwager an, der ein Gesicht machte, das gleichzeitig Empörung und Fassungslosigkeit demonstrierte.

Oscarreif, wie Mats anerkennend konstatierte.

»Was glauben Sie, Herr Wildbieler«, fuhr Jansen fort, »warum haben diese … diese Spezialisten für Autodiebstahl ausgerechnet Ihr Autohaus ausgesucht?«

»Das fragen Sie mich? Woher soll ich das wissen? In letzter Zeit hat es hier in der Gegend eine auffällige Zunahme von Verbrechen jeglicher Art gegeben. Vielleicht sollten Sie von der Polizei sich Gedanken machen, warum das der Fall ist. Könnte es nicht sein, dass die polizeiliche Präsenz in unserer Gegend nicht so ist, wie sie sein sollte? Und irgendeiner dieser Clans das spitzgekriegt hat und uns deshalb heimsucht? Das herauszufinden ist nicht meine Aufgabe.«

»Nein, ist es nicht«, bestätigte Jansen und schaltete sein Smartphone wieder aus. »Das war's für mich. Vorläufig«, fügte er hinzu und nickte Wildbieler zu. »Sie können Ihren Laden wieder aufsperren. Wir melden uns, wenn wir was haben. Danke für Ihre Geduld und Kooperation.«

Damit verließ er das Chefbüro, Mats und sein Schwager blieben zurück.

»Was ist denn nur auf einmal los hier bei uns?«, stellte Wildbieler die Frage aller Fragen in den Raum. Er klang so, als würde er das eher philosophisch meinen. Aber das kaufte Mats ihm nicht ab. Irgendetwas war faul an der ganzen Angelegenheit.

Mats nahm seine Dienstmütze vom Stuhl, auf den er sie beim Hereinkommen gelegt hatte, und murmelte: »Entschuldige, aber ich muss jetzt nach Hause und mich kurz aufs Ohr legen. Mir reicht's für heute. Ich bin schon die ganze Nacht auf den Beinen.«

»Ja, mach nur«, sagte Wildbieler und klang irgendwie geistesabwesend. »Grüß mir meine Schwester«, fügte er noch hinzu und drehte sich mit seinem Schreibtischsessel herum, um durch das Panoramafenster nach draußen zu sehen, während Mats das Büro verließ.

49

Mats und Florian holten erst mal eine Mütze voll Schlaf nach, bevor sie wieder in ihrem Revier antraten.

Ihre Frauen nahmen Rücksicht, und nach ein paar Stunden Matratzenhorchdienst war wieder einmal eine Vollversammlung der drei Musketiere angesagt – »Alle für eines« war das eigentliche Motto, fand Mats –, im abhörsicheren Waschraum der Herrentoilette des Polizeireviers Thalbach.

»Fünfzehn Autos weg? Das kann nicht euer Ernst sein!«, sagte Leo konsterniert, der nach seinem Einsatz als Feuerteufel nach Hause gefahren war und die ganze restliche Nacht kein Auge zugetan hatte, so aufgewühlt war er.

Am Morgen war er in seine Uniform geschlüpft, um unausgeschlafen und ungeduscht seinen Dienst anzutreten.

Monika, die schon im Revier war, hatte eine empfindliche Nase und deshalb bei Leo einen leichten Brandgeruch wahrgenommen. Leo gingen allmählich die Ausreden aus, aber er gab vor, noch dienstlich am brennenden Hexenhaus gewesen zu sein.

Außer ihnen beiden war noch niemand im Revier, also umarmte er Monika, weil sie sich beklagte, dass Leo so wenig Zeit für sie hatte, jetzt, wo sie ihn brauchte.

»Es kommen auch wieder bessere Zeiten«, sagte er tröstend und drückte sie.

»Na, das kann ich nur hoffen«, murmelte sie an seiner Schulter. »Versprichst du mir das?«

»Hoch und heilig!«, versicherte er.

Dann klingelte das Telefon, gerade als er sie küssen wollte.

Monika nahm ab, verdrehte die Augen und reichte den Hörer weiter.

»Frau Breitwieser«, sagte sie. »Sie vermisst ihren Hund.«

Nach einem langen und einfühlsamen Gespräch mit der Breitwieserin stand Leo nun mit Mats und Florian im Waschraum der Herrentoilette und war, wie seine beiden Kollegen, von der Tatsache vollkommen von den Socken, dass Benno anscheinend statt sechs ganze fünfzehn Wagen vom Autohof Wildbielers hatte mitgehen lassen.

Angesichts dieser Zahl waren sie alle fassungslos. Keiner konnte das glauben, schon weil es logistisch ein Ding der Unmöglichkeit war. Aber Mats versicherte ihnen, dass sein Schwager das festgestellt und dem Kripomann aus München gegenüber geäußert hatte.

»Wie um Himmels willen hat Benno das bitte schön bewerkstelligen können?«, wollte Florian wissen.

»Das werden wir ihn wohl selbst fragen müssen«, stellte Mats fest.

»Hast du ihn schon angerufen?«, wollte Leo wissen.

»Nein. Wir haben absolute Funkstille vereinbart, bis er die Sache zu einem erfolgreichen Abschluss gebracht hat. Das ist die Abmachung. Er wird sich melden, nicht umgekehrt.«

»Aber das kann Tage dauern, bis Benno alles in trockenen Tüchern hat«, meinte Florian.

»So ist es. Also – denkt an Regel Nummer eins: Ruhe bewahren! Wir schieben Dienst nach Vorschrift und halten uns an das, was wir abgemacht haben. Okidoki?«

Mats sah seinen beiden Kollegen beschwörend in die Augen, bis ein zögerliches »Okidoki« zurückkam.

Aber es klang nicht sehr überzeugend.

50

Die nächste Zeit saßen Mats, Leo und Florian wie auf Kohlen.

Im Revier war der Teufel los.

Ein Anruf nach dem anderen kam herein, die Telefone hörten nicht auf zu klingeln.

Journalisten aller Medien, selbst von überregionalen Zeitungen und Sendern, überfluteten das Revier mit Anfragen. Sie alle wollten wissen, was denn da auf einmal los war im Landkreis Thalbach. Sogar aus dem Ausland erkundigten sich Reporter.

Mats verschanzte sich hinter der Floskel, dass er zu laufenden Ermittlungen nichts weiter sagen konnte, und verwies auf Kriminaldirektor Hamann in Passau, der selbst zweimal am Tag anrief, um sich nach den neuesten Erkenntnissen zu erkundigen, die es nicht gab.

Sogar von ihren Ehefrauen wurden Mats und Florian gelöchert, auch sie wollten wissen, warum da auf einmal eine regelrechte Woge an Kriminalität über ihr Revier hereingebrochen war. Sie mussten ihr dürftiges Repertoire an schauspielerischem Können aufbieten, das sie sich inzwischen notgedrungen zugelegt hatten, aber eine andere Erklärung als eine Häufung von Zufälligkeiten hatten sie auch nicht.

Leo war gottfroh, als seine Eltern ihn anriefen, um ihm mitzuteilen, dass sie nach ihrer Hurtigruten-Kreuzfahrt, von der sie begeistert erzählten, noch eine Weile bei den Verwandten im Sauerland, die mit ihnen zusammen die norwegischen Fjorde abgeklappert hatten, bleiben wollten. Sie machten sich Sorgen, wie er allein zurechtkam, weil die von seiner Mutter vorgekochten und eingefrorenen Gerichte in den Tupperware-Behältern sicher schon aufgebraucht waren. Aber ihre Hauptsorge war, dass sie auch schon davon gehört hatten, was in ihrer niederbayerischen Heimat auf einmal in krimineller Hinsicht los und dass Leo in seiner Eigenschaft als Polizist darin gezwungenermaßen involviert war.

Seine Mutter nötigte ihm das Versprechen ab, nur noch mit schusssicherer Weste seinem Dienst nachzukommen, selbst wenn es noch so heiß sei. Er versicherte ihr das und musste sein ganzes diplomatisches Geschick aufbieten, um sie glaubhaft davon zu überzeugen, dass sie sich über seine mögliche Gefährdung keine Gedanken machen sollten. Mats, Florian und er hätten alles im Griff, behauptete er. Und verhungern würde er auch nicht, im Notfall konnte er immer noch zu Enzo ins »Dodici Apostoli« gehen und Pasta oder Pizza essen.

Er wollte nach dem langen Gespräch schon auf ein Ende zusteuern, als seine Mutter ihr Herzensthema ansprach, mit dem Leo nicht gerechnet hatte. Wie sie ihm gestand, ahnten seine Eltern schon seit einer geraumen Weile, dass er und Monika … nun: eine Beziehung hatten, obwohl er immer alles dafür getan hatte, das vor ihnen zu verheimlichen. Was ihm anscheinend doch nicht ganz so gelungen war, wie er sich das vorgestellt hatte. Seine Mutter betonte mehrfach, wie sie und sein Vater sich freuen würden, wenn er sich endlich aufraffen könnte, sich auch offiziell zu Monika, die doch so ein nettes Mädchen sei, zu bekennen. Was sie damit meinte, war Leo klar. Das musste sie nicht einmal konkret ansprechen.

Er wusste, dass seine Mutter es schon vor ihrem geistigen Auge ablaufen sah wie in einem Film: festliche Hochzeit durch Pfarrer Schick in der Barockkirche St. Josef, die Gemeinde vollständig versammelt, der Kirchenchor mit Mats und Florian neben dem Altar, ein Ehrenspalier aus weiß gekleideten Brautjungfern, danach standesamtliche Trauung mit anschließendem Ständchen der Thalbacher Blaskapelle vor dem Rathaus, Feier mit allem Drum und Dran und einem Haufen geladener Gäste auf dem Tanzboden im »Schwarzen Adler«, Enkelkinder.

In dieser Reihenfolge.

Und vor allem: mit diesem Schlussakkord.

Das war der Traum seiner Eltern, insbesondere seiner Mutter.

Und sein Alptraum.

Er schaffte es in diesem Augenblick einfach nicht, ihr zu gestehen, dass er bald Vater wurde. Von Zwillingen.

Allein beim Gedanken, das seinen Eltern beichten zu müssen, bekam er schon einen Schweißausbruch. Irgendwann musste er mit der Wahrheit herausrücken.

Aber nicht jetzt.

Er hatte noch ein paar andere Baustellen an der Backe …

Vorletzte Nacht, als er bei Monika gewesen und sie neben ihm im Bett selig eingeschlafen war – die Schwangerschaft bereitete ihr bisher nicht die geringsten körperlichen Probleme, im Gegenteil, die Glückshormone taten ihr Übriges –, während er kein Auge zubekam, war er unvermittelt von einer Panikattacke gepackt worden. Weil er daran dachte, was er alles am Hals hatte, und prompt glaubte, keine Luft mehr zu bekommen.

Vielleicht hatten er, Mats und Florian sich zu viel zugemutet. Mit der ganzen Gemengelage, die sie angerichtet hatten, konnte kein Mensch fertigwerden. Er hatte das dumpfe Gefühl, dass sie allmählich den Überblick verloren hatten. Aber sie waren schon so weit gegangen, dass es kein Zurück mehr gab.

Sie spielten va banque, *all in*, alles oder nichts.

Und das in Thalbach, Niederbayern, und nicht in Las Vegas, Nevada.

Er wurde Vater, hatte Verantwortung. Den zukünftigen Kindern gegenüber. Der Frau gegenüber, die neben ihm gleichmäßig und ruhig atmete und ihm vertraute. Und auch seinen Eltern gegenüber, die immer alles für ihn getan hatten.

Leo konnte nur hoffen, dass Benno seine Versprechungen einhielt. Sonst waren sie alle am A… na ja: geliefert.

51

Als die Dreierbande nach zwei endlosen Tagen immer noch nichts von ihrem vierten Mann gehört hatte, wurde es Mats allmählich zu dumm. Er konnte Leos und Florians fragende Blicke nicht mehr ertragen, außerdem wollte er selbst von Benno endlich hören, wie erfolgreich und vor allem: wie ertragreich sein Raubzug denn nun wirklich gewesen war, schließlich stand für sie alle eine Menge auf dem Spiel. Nicht zuletzt wollten sie endlich zum ersten Mal auch etwas Zählbares in Händen halten.

Er beschloss, der Sache auf den Grund zu gehen, zog sich auf die Herrentoilette zurück und rief Benno unter dessen geheimer Handynummer an, bekam aber nur die Mailbox zu hören. Sollte er eine Nachricht hinterlassen?

»Ich bin's«, sprach er, »Mats. Ruf zurück. Es ist dringend.«

Er überlegte kurz. Doch dann konnte er sich nicht mehr zurückhalten.

»Herrgott, Benno – melde dich endlich!«, bellte er ins Handy, bevor er wieder auflegte.

Was sollte er tun? Er fluchte in Gedanken.

Ihm würde nichts anderes übrig bleiben, als ins »Arberblick« zu fahren, um nachzusehen, ob Benno nicht längst zurückgekehrt war, die Annehmlichkeiten dort genoss und sich einfach aus einer seiner Launen heraus nicht melden wollte.

Jedenfalls hoffte er, dass es so war. Wenn Benno sein Wort nicht hielt und stiften gegangen war, dann wusste Mats nicht, wie es weitergehen sollte. Für diesen Gau hatte er keinen Plan B, wie ihn sein Schwager für unabdingbar hielt. Womit er wohl ausnahmsweise recht hatte.

Mats verließ die Toilette wieder und nahm schon den Autoschlüssel vom Streifenwagen von seinem Schreibtisch, als ein seltsamer Fremder das Polizeirevier betrat.

Es war ein Mann im hellbraunen Sommeranzug, Leinen, lässig zerknittert, mit Cowboystiefeln, sportlich, elegant, mehrere

Ringe an den Fingern, Mitte dreißig, D'Artagnan-Bart, verwegener, zottelig gestylter Kurzhaarschnitt. Mit großer Gestik ging er auf Monika zu und redete auf sie ein, um nicht zu sagen: Er flirtete unverhohlen mit ihr.

Auch Leo war das gleich aufgefallen.

Monika lachte mehrmals laut auf, offensichtlich hatte der Charmeur witzige Bonmots auf Lager.

Leo verengte jedenfalls schon eifersüchtig die Augen und fragte Mats unauffällig: »Wer ist denn der Typ?«

Mats wusste es auch nicht, zuckte mit den Schultern und fühlte sich genötigt, der Sache auf den Grund zu gehen. Irgendwas war da nicht ganz koscher.

Kurz zögerte er noch, weil er eigentlich gerade vorgehabt hatte, Benno in seinem Golfhotel aufzusuchen. Schließlich hatte er mehr und mehr den nicht unbegründeten Verdacht, dass ihr gemeinsamer Freund und Kupferstecher schon längst wieder auf ihre Kosten im Vier-Sterne-superior-Resort residierte und unter Belastung von Leos Kreditkarte seine schwarze Seele baumeln ließ. Bei einer exquisiten Flasche Château Reibach, oder wie immer die teuerste Flasche Rotwein dort hieß. Zuzutrauen war ihm das durchaus, so wie er sich in letzter Zeit benommen hatte.

Aber den Besuch im »Arberblick« verschob Mats erst einmal auf später, der geschniegelte Gigolo bei Monika kam ihm irgendwie seltsam vor, nicht nur wegen seiner Aufmachung, er spürte instinktiv, dass der Mann etwas im Schilde führte. Vielleicht hatte es mit den verschwundenen fünfzehn Autos zu tun – auf sein Bauchgefühl konnte Mats sich normalerweise verlassen.

Also ging er entschlossen auf ihn zu und fragte: »Kann ich etwas für Sie tun?«

»Hey«, sagte der Strizzi mit dem D'Artagnan-Bart und zeigte theatralisch mit einem beringten Finger auf ihn. »Sie sind doch der Cop aus dem Fernsehen – hab ich recht, oder hab ich recht?«

»Ich weiß nicht, was Sie meinen«, erwiderte Mats schmallippig, obwohl er genau wusste, was gemeint war.

»Aber natürlich! Sie sind der Mann, der stets Rede und Antwort steht, wann immer die Fratze des Verbrechens sich in diesem stillen und abgelegenen Winkel weitab vom Weltgeschehen wieder einmal hat sehen lassen und sich als Inkarnation des Bösen manifestiert und unerwartet zuschlägt. Bitte verzeihen Sie meinen verbalen Ausflug in poetische Gefilde, aber in diesem speziellen Fall kann ich mich einfach nicht zurückhalten. Ganz im Vertrauen«, fügte er gespielt konspirativ hinzu, »ich bin ein großer Fan von Passau TV und habe jeden Ihrer Auftritte mit großer Faszination verfolgt. Sie sind der Kommissar, der auch für den aufsehenerregenden Diebstahl der fünfzehn Limousinen des Autohauses Wildbieler zuständig ist, nicht wahr?«

»Nun, erstens bin ich kein Kommissar, sondern Polizeihauptmeister, und zweitens haben die Kollegen aus München in dem Fall das Sagen.«

»Aber Sie sind sozusagen an der Front, wenn ich diesen kriegerischen Ausdruck ausnahmsweise gebrauchen darf. 'tschuldigung, ich habe mich noch gar nicht vorgestellt …«

Wie ein Zauberkünstler fischte er affektiert eine Visitenkarte aus seiner Tasche und streckte sie Mats zwischen Mittel- und Zeigefinger eingeklemmt entgegen, sodass man seine Ringe an den Fingern sehen konnte – er hatte tatsächlich an jedem Finger der rechten Hand einen. Außer am Daumen.

»Mein Name ist Salovic, Alexander Salovic«, fügte er hinzu.

Mats nahm die Visitenkarte entgegen und sah sich Alexander Salovic genauer an. Er hatte sich nicht getäuscht: Der Mann hatte wirklich mit einem Kajalstift umrandete Augen und einen Brillanten im Eckzahn, den er aufblitzen ließ.

Für einen Auftritt in Thalbach war das ganz schön exotisch.

Mats warf einen Blick auf die Visitenkarte.

»Ich komme aus München und bin von der Versicherung für das Autohaus Wildbieler«, erklärte Salovic, »Monachia Securitas, wenn Ihnen das was sagt, und ich hätte da die eine oder andere Frage an Sie alle.«

Das gab er so laut kund, dass es auch Florian und Leo im Hintergrund mitbekamen.

An Selbstbewusstsein mangelte es ihm wahrlich nicht.

»Aha«, entgegnete Mats, weil ihm nichts anderes einfiel, aber er ließ es auch entsprechend skeptisch klingen.

»Reine Routine«, fügte Salovic beschwichtigend hinzu. »Mein Arbeitgeber hat mich in diese doch recht abgelegene Gegend geschickt, um ein paar Ungereimtheiten aufzuklären, das verstehen Sie sicher. Übrigens ist meine Recherche mit dem Landespolizeipräsidenten abgesprochen. Mein oberster Chef kennt Ihren obersten Chef, sozusagen. Und die beiden haben mir in dieser Hinsicht Carte blanche gegeben. Wenn Sie wissen, was ich meine. Schließlich geht es um eine Menge Geld für die Monachia Securitas.«

»Ja, sicher«, entgegnete Mats, der sich von dem Auftritt Salovics ziemlich überrumpelt fühlte.

Er sah sich hilfesuchend nach Leo und Florian um und winkte sie heran.

Monika im Hintergrund zuckte demonstrativ mit den Schultern. Das sollte wohl heißen, dass sie auch nicht gewusst hatte, was dieser Salovic von ihnen wollte.

Er war offensichtlich der Typ Mann, der sich dann am wohlsten fühlte, wenn er alles im Griff hatte und alle nach seiner Pfeife tanzen lassen konnte, und genau das reizte er aus.

Salovic sah Leo, Florian und Mats der Reihe nach an wie ein Großinquisitor seine Delinquenten vor einer »peinlichen Befragung« auf der Streckbank. Seine scheinbar höfliche Attitüde konnte nicht darüber hinwegtäuschen, dass mit ihm nicht zu spaßen war.

»Dann darf ich davon ausgehen, dass Sie drei die Exekutivgewalt hier vor Ort verkörpern?«, fragte er.

Mats, Florian und Leo blickten sich verunsichert an. Mats hielt den Moment für gekommen, sich nicht gänzlich das Heft des Handelns aus der Hand nehmen zu lassen, und versuchte, wenigstens einigermaßen eine gewisse Autorität auszustrahlen, immerhin waren sie hier die Gesetzeshüter, und er hatte nicht vor, sich von diesem Salovic, offensichtlich einem Großmaul aus der Großstadt, in die Defensive drängen zu lassen.

»Wir haben hier eine Menge zu tun«, sagte er, »und ich würde es begrüßen, wenn Sie zur Sache kommen.«

»Jaja, natürlich. Dann gehen wir gleich in medias res. Ich möchte von Ihnen aus erster Hand wissen, warum Sie ausgerechnet an diesem Tag in aller Früh beim Autohaus Wildbieler vorbeigeschaut haben.«

»Reiner Zufall. Wir kamen von einem Einsatz zurück und –«

»Wir?«, unterbrach Salovic. »Sie alle drei?«

»Nein«, Mats zeigte auf Florian. »Mein Kollege und ich.«

»Aha. Was war das für ein Einsatz?«

»Ein unbewohnter Bauernhof und die danebenstehende Scheune waren in Flammen aufgegangen. Vermutlich Brandstiftung.«

»Und die Täter? Wurden sie gefasst?«

»Es war in einer abgelegenen Gegend. Kein Mensch weit und breit. Und keine Brandstifter.«

»Kommen wir noch mal auf die Rückkehr von diesem Einsatz zurück …«

Mats fing noch einmal von vorne an. »Wir fahren also danach noch sicherheitshalber durch Thalbach und das Gewerbegebiet –«

»Sicherheitshalber? Was heißt das?«

»Dass wir verstärkt Streife fahren. Zur Sicherheit. Auch nachts. Der Bevölkerung zuliebe. Und zur Abschreckung. Es geht darum, polizeiliche Präsenz zu zeigen. In letzter Zeit gab es leider einige größere Delikte bei uns in der Gegend, die für nicht wenig Aufsehen und eine gewisse Unruhe gesorgt haben.«

Salovic nickte. »Ich habe davon gehört. Und Sie gesehen. Im Fernsehen. Wie Sie das kommentiert haben. Die Vorfälle. Als da wären: ein Banküberfall. Kurz danach der Raub eines Geldautomaten, der bisher nicht wieder aufgetaucht ist. Und dann auch noch Brandstiftung. Habe ich das richtig memoriert?«

»Ja.«

»Das alles sind beileibe keine Kavaliersdelikte. Vermuten Sie da einen Zusammenhang?«

»Womit?«

»Mit dem Diebstahl von fünfzehn Autos.«

»Ich weiß es nicht. Bisher gibt es keine Hinweise auf einen Zusammenhang. Aber auszuschließen ist das nicht.«

»Diese Brandstiftung – könnte das nicht auch eine Art Ablenkungsmanöver gewesen sein?«

»Jetzt, wo Sie's sagen … Schon möglich. Darüber haben wir uns noch keine Gedanken gemacht. Aber ich glaube, eher nicht. Nein. Das waren vermutlich Jugendliche, die ein wenig über den Durst getrunken haben und im Übermut auf die hirnverbrannte Idee gekommen sind, den alten Hof abzufackeln …«

»Sagt wer?«

»Der Kreisbrandmeister von der Feuerwehr, ein Experte. Sie können ihn fragen.«

»Das werde ich. Verlassen Sie sich drauf. Weiter im Text. Sie kommen also am Autohaus vorbei, halten an und stellen fest: Da ist eingebrochen worden. War es so?«

»Ja, so war es.« Mats sah Florian auffordernd an, der dazu brav nickte.

»Sie haben aber nicht sofort Alarm geschlagen?«

»Nein. Wir sahen uns das Ganze erst mal näher an.«

»Warum?«

»Warum? Nun, wir hatten den Verdacht, dass da vielleicht noch jemand zugange war. Und dass wir diejenigen auf frischer Tat ertappen könnten.«

»Eventuell«, fügte Florian überflüssigerweise hinzu.

»Sie haben also angesichts der Einbruchsspuren Ihre Waffen gezogen, weil Sie annehmen mussten, die Einbrecher treiben sich noch im oder am Autohaus Wildbieler herum, und sind dann reingegangen, durch die aufgebrochene Tür, ohne Verstärkung anzufordern?«

Florian antwortete: »Na ja, erst mal wollten wir sehen, was da überhaupt los war. Die Waffen haben wir nicht gezogen, oder?« Er sah Mats an.

Mats schüttelte den Kopf. »Nein, ich glaube nicht.«

»Sie *glauben* nicht? Haben Sie oder haben Sie nicht?«

»Nein. Haben wir nicht.«

»Warum nicht? Wäre das nicht Vorschrift gewesen? Zu Ihrer eigenen Sicherheit? Und wäre das nicht Vorschrift gewesen, sofort Verstärkung anzufordern, bevor Sie reingehen?«

»Hören Sie«, sagte Mats, »wir sind schon die ganze Nacht unterwegs gewesen. Waren übermüdet und fertig. Kann schon sein, dass wir nicht unbedingt streng nach Lehrbuch vorgegangen sind. Als wir festgestellt haben, dass mehrere Schlösser und der Safe aufgebohrt worden sind, haben wir natürlich sofort Alarm geschlagen.«

Salovic rümpfte die Nase. »Natürlich. Wie lange hat das gedauert? Von der Erkenntnis ›Aha, hier ist eingebrochen worden‹ bis Sie Alarm geschlagen haben – zehn Minuten, zwanzig Minuten? Wie lange?«

Jetzt wurde es Mats zu bunt. »Hören Sie, Herr Salovic, wir sind hier nicht vor Gericht, und Sie sind nicht der Staatsanwalt. Sie können das alles im Protokoll nachlesen. Eine Kopie davon kann Ihnen unsere Sekretärin«, er zeigte auf Monika, »gerne aushändigen. Da steht alles drin, was Sie wissen wollen.«

Er machte Monika ein Zeichen, die den Drucker hochfahren ließ.

»Kommt sofort«, sagte sie.

»Danke, sehr freundlich.« Salovic lächelte in ihre Richtung, dann wandte er sich wieder an Mats. »Aber das, was mich interessiert, ist genau das, was *nicht* im offiziellen Protokoll steht. Warum Sie nicht die Waffen gezogen haben, als Sie rein sind. Woher haben Sie gewusst, dass die Leute, die diesen Job gemacht haben, schon längst über alle Berge waren?«

»Was heißt ›gewusst‹? Gewusst haben wir es nicht. Wir sind davon ausgegangen …«

»Instinkt«, warf Florian ein. »Reiner Instinkt.«

Salovic zog seine Stirn in Falten, das konnte er gut. »Man könnte auch ›Leichtsinn‹ dazu sagen, meinen Sie nicht auch? Unverantwortlicher Leichtsinn. Gewisse Kreise neigen dazu, sehr schnell Gewalt anzuwenden, wenn sie Gefahr laufen, dass man sie in flagranti erwischt. Gerne auch mit Schusswaffen.

Das ist jedenfalls meine Erfahrung. Nun denn – es ist ja Gott sei Dank nichts dergleichen passiert.«

»Nein, ist es nicht«, bestätigte Mats.

»Und warum nicht?«

»Nun, weil die Täter schon weg waren ...«

»Weil die Täter schon weg waren. Genau. Ich frage mich nur: Wie konnten Sie das wissen?«

»Instinkt«, wiederholte Florian, breitete seine Arme aus und zog die Augenbrauen hoch. »Wie ich schon sagte: Instinkt.«

Salovic nahm das zur Kenntnis. Er sah ein, dass er damit vorerst nicht weiterkam. Also legte er eine neue Platte auf. Er tippte mit dem perfekt manikürten Zeigefinger gegen seine Schläfe. »Aber wissen Sie, was mir einfach nicht in den Kopf will?«

»Nein.«

»Dann will ich es Ihnen sagen. Warum zum Beispiel der Alarm nicht ausgelöst wurde. Obwohl diese Herrschaften gewaltsam in das Autohaus eingedrungen sind.«

»Das fragen wir uns ebenfalls. Darf ich Sie in dem Zusammenhang an die Kriminaltechnik verweisen? Monika – suchst du bitte die Telefonnummern von Kramer und Kommissar Jansen heraus?«

»Nicht nötig. Die beiden Herren habe ich schon auf meiner To-do-Liste«, sagte Salovic. »Deren Meinung werde ich auch noch einholen. Aber zuerst wollte ich Sie sprechen. Schließlich waren Sie die Ersten am Tatort.«

Monika reichte ihm die Protokollseiten, die der Drucker inzwischen ausgespuckt und die sie noch sauber zusammengeheftet hatte. Für Leos Geschmack strahlte sie ihn dabei ein wenig zu sehr an.

»Die Firma dankt«, sagte Salovic, nahm das Protokoll entgegen und schenkte ihnen allen ein sacharinsüßes Lächeln, das den Brillanten am Eckzahn aufblitzen ließ.

»Das war's auch schon für heute. Danke für Ihre Kooperation. Wir sehen uns!«

Er ging zur Tür, drehte sich dort noch einmal um und kratzte sich an der Stirn. »Ach ja, beinahe hätte ich's vergessen ... eine

Frage noch ... Herr Wildbieler, der Besitzer des Autohauses – das ist Ihr Schwager, Herr Polizeihauptmeister Behringer? Ist das richtig?«

»Ja, das ist richtig.«

»Ich habe bereits mit ihm gesprochen. Er ist ganz schön sauer auf Sie. Also, nicht persönlich. Aber auf die Polizei im Allgemeinen. Kann man verstehen, bei dem Verlust. Vor allem, weil Sie nicht die geringste Spur von den Autos haben. Ist doch so?«

»Bisher haben wir nichts, nein.«

»Danke für das Gespräch und das Protokoll. Ich melde mich.«

Er zog eine Ray-Ban-Pilotensonnenbrille aus seiner Sakkotasche, setzte sie auf, warf noch einen provokativen Blick in die Runde und verschwand.

Mats, Leo, Florian und Monika sahen sich an und atmeten durch. Keiner sagte ein Wort.

Es war plötzlich mucksmäuschenstill im Büro des Reviers.

Bis Leo als Erster reagierte.

»Sagt mal – was war denn das?«

Mats reichte ihm wortlos die Visitenkarte, die er immer noch in der Hand hielt.

Leo warf einen Blick darauf. Dann sah er wieder hoch. »Alexander Salovic ... Insurance Investigator ... Versicherungsdetektiv ... Also wenn ihr mich fragt ... Auch wenn er nicht so aussieht ... Aber das ist ein ganz scharfer Hund.«

Mats und Florian sagten nichts, was auch eine Antwort war.

»Kannst du rauskriegen, wo er übernachtet?«, fragte Mats Monika schließlich.

»Weiß ich schon. Der feine Herr logiert im ›Schwarzen Adler‹. Er war gestern bei mir im Friseursalon und hat mich beim Haareschneiden nach dem besten Hotel in Thalbach gefragt und mir nebenbei erzählt, dass er für eine Weile geschäftlich hier zu tun hat. So ganz beiläufig hat er sich nach den Vorkommnissen in unserer Gegend erkundigt. Wollte mich zum Essen einladen, aber ich hab gesagt, dass ich schon verabredet bin.«

Leo wurde hellhörig. »Das hast du mir gar nicht erzählt!«

»Also bitte – das schien mir wirklich nicht der Rede wert zu sein.«

Aber Leo wollte es ganz genau wissen. »War er aufdringlich?«

»Kann ich nicht behaupten. Er war … charmant. Aber erstens ist er nicht mein Typ, und zweitens mag ich keine angeberischen Lackaffen. Jedenfalls hat er kein Wort davon gesagt, dass er von der Versicherung ist und sich hier herumtreibt, um Nachforschungen anzustellen. Fährt einen ziemlich auffälligen Wagen mit Münchner Nummer. Ein pinkes Saab-Cabrio. Aber du hast recht, Leo. Das ist ein hinterhältiger Bursche. Vor dem muss man sich in Acht nehmen.«

»Das kannst du laut sagen!«, knurrte Leo, der zur Tür gegangen war und Salovic nachsah, wie er in sein pinkes Cabrio stieg und davonkurvte, den linken Arm lässig aus dem heruntergelassenen Fenster in den Fahrtwind gestreckt.

52

»Das gefällt mir nicht. Das gefällt mir ganz und gar nicht«, maulte Leo zum wiederholten Mal vor sich hin, als er zusammen mit Mats zum Golfhotel fuhr. Florian hielt die Stellung im Revier.

»Meinst du vielleicht, mir gefällt das?«, erwiderte Mats. Bisher hatte er nur grimmig geschwiegen und war zu schnell gefahren, aber immerhin waren sie im Streifenwagen unterwegs, was ihnen sozusagen Immunität verschaffte. Außerdem hatte er, was eigentlich nicht notwendig war, das Blaulicht angeschaltet. Wenigstens die Sirene blieb aus.

Er überholte einen Traktor mit einem Anhänger voller Strohballen.

»Dieser Versicherungsfatzke hat uns also auf dem Kieker«, resümierte er. »Und wenn schon. Der hat doch nur geblufft. Er hat nichts Konkretes in der Hand.«

»Und wenn doch?«

»Was soll er denn auf der Pfanne haben?«

»Eine Verbindung zwischen dir und deinem Schwager zum Beispiel.«

»Was sagt das schon? Das beweist gar nichts.«

»Doch. Dass irgendwas faul ist an der ganzen Geschichte mit den geklauten Autos.«

Als das »Arberblick« in Sichtweite kam, schaltete Mats das Blaulicht ab und steuerte den Streifenwagen in die Auffahrt. Dort stellte er ihn direkt vor dem Eingang ab, wo sonst die Autos der Gäste zum Aus- und Einladen ihres Gepäcks hielten.

»Du willst hier stehen bleiben?«, fragte Leo.

»Warum nicht? Wir sind die Polizei, das vergisst du immer wieder. Wir dürfen das. Schließlich sind wir dienstlich hier«, wies Mats ihn zurecht.

Beide stiegen aus, setzten sich ihre Dienstmützen auf und gingen durch die sich automatisch öffnende Tür ins Foyer.

An der Rezeption wurden sie von derselben Dame in Landhaustracht mit Halstuch und Betonfrisur empfangen, die sie von ihren früheren Besuchen schon kannten. Da waren sie jedoch immer in Zivilkleidung gekommen.

»Grüß Gott, die Herren«, sagte sie freundlich.

Mats sah nach ihrem Namensschild, weil er sich nicht mehr erinnerte, wie sie hieß. Angelika Deissler.

»Heute dienstlich unterwegs?«, fragte sie. »Oder wollen Sie in den Wellnessbereich?«

»Nein, diesmal nicht«, sagte Mats mit einem freundlichen Lächeln.

Er musste eine überzeugende Performance hinlegen, dessen war er sich bewusst, aber sie waren nun schon so lange unter Vorspiegelung falscher Tatsachen unterwegs, dass es jetzt auch nicht mehr darauf ankam.

Deshalb lehnte er sich über den Tresen und senkte die Stimme so, dass nur sie es hören konnte. »Frau Deissler, es ist so … Wir haben hier in Ihrem Hotel einen Mann untergebracht, der für uns undercover tätig ist. Wir sind seit geraumer Zeit hinter einer Bande her, die für einige Verbrechen in unserer Gegend verantwortlich ist … Das muss natürlich unter uns bleiben. Verstehen Sie, was ich meine?«

»Nein, also nicht so ganz.« Ihre langen falschen Wimpern flatterten.

»Sie haben davon gehört, dass das Autohaus Wildbieler in Thalbach ausgeraubt worden ist?«

Leo, der dazu neigte, bei Lügen oder schamlosen Übertreibungen rot zu werden, wandte sich ab und gab vor, dem Schmuck in den Glasvitrinen im Foyer seine ganze Aufmerksamkeit zu widmen.

»Ja sicher. Wer hat das nicht …«, sagte die Rezeptionistin, die sich der heruntergedimmten Lautstärke anpasste.

»Dieser Mann, den wir aufsuchen wollen, hat wichtige Informationen für uns. Und wir für ihn.«

»Sie meinen sicher den Herrn Ehrmann?«

Mats nickte. »Aber das ist nicht sein richtiger Name, er ist sozusagen inkognito hier. Ist er da? Oder hat er schon ausgecheckt?«

Sie sah auf dem Bildschirm ihres Computers nach. »Nein. Er hat nicht ausgecheckt.«

»Hat er eine Nachricht hinterlassen?«

»Nein.«

»Ist er vielleicht im Wellnessbereich?«

Sie griff zum Telefon und fragte dort nach. Als sie wieder auflegte, schüttelte sie den Kopf.

»Leider auch nicht. Da ist momentan nur eine Frauengruppe.«

»Tja – was machen wir da …?«, überlegte Mats laut und blickte zu Leo, der wieder herankam. »Wir müssten ihm eine wichtige Nachricht zukommen lassen …«

»Die können Sie mir geben.«

»Nein, das geht nicht. Ich weiß«, beschwichtigte er sie, »Diskretion wird in Ihrem Hotel großgeschrieben. Aber die Sache ist ein wenig heikel … Wie soll ich sagen: Sie ist geheim. Topsecret.«

Eigentlich war es ihm zuwider, das Vokabular seines Schwagers zu benutzen. Aber in diesem Fall blieb ihm nichts anderes übrig.

»Wir führen hier in der Gegend eine verdeckte Observation durch, von der niemand etwas wissen darf. Das muss demnach strikt unter uns bleiben. Wenn also was durchsickert, dann wissen wir, wo die undichte Stelle ist – verstehen Sie?«

»Sie meinen mich?«, fragte sie und machte unwillkürlich einen Schritt zurück.

Mats hob beschwörend die Hände. »Keine Sorge! Ich gehe davon aus, dass ich mich auf Sie in dieser Hinsicht verlassen kann.«

»Das können Sie. Hundertprozentig.«

»Okay. Dafür sind wir Ihnen auch dankbar.«

Angelika Deissler schluckte, dann fragte sie leise: »Oder ist das … gefährlich? Für die anderen Hotelgäste? Weil dann bin ich nämlich verpflichtet, meinen Vorgesetzten zu informieren.«

»Um Gottes willen, nein!«

Mats merkte, dass er zu laut geworden war. Er schaltete wieder auf sotto voce um, und Leo wusste anscheinend schon nicht mehr, wohin er noch schauen sollte, so peinlich war ihm das, was Mats da von sich gab.

»Gefährlich für Sie oder das Hotel ist es natürlich nicht«, beruhigte Mats die Rezeptionistin. »Das kann ich Ihnen garantieren. Die Personen, die das betrifft, sind keine Gäste Ihres Hauses. Aber es darf auf gar keinen Fall weitergegeben werden, was da läuft, solange es läuft. Habe ich mich jetzt deutlich genug ausgedrückt?«

Angelika Deissler nickte zögernd.

»Was wir nun von Ihnen brauchen«, fuhr Mats fort, »ist absolut im Rahmen des gesetzlich Zulässigen.«

»Und was brauchen Sie?«

»Wir brauchen Zugang zum Zimmer von Benno Ehrmann, um ihm dort eine Nachricht zu hinterlassen. Das ist alles. Ich kann Ihnen nur so viel sagen: Es geht um Fragen der nationalen Sicherheit.«

Sie sah Mats an, sah seine Uniform, sah sein entschlossenes Gesicht, das Kompetenz und Aufrichtigkeit ausstrahlte, und stellte ihm ohne ein weiteres Wort eine Schlüsselkarte für Bennos Suite aus, die sie ihm über den Tresen zuschob.

»Danke«, sagte Mats und hielt ihr die Hand hin. Sie gab ihm die ihre, Mats drückte sie kurz und folgte dann Leo, der schon zum Aufzug vorausgegangen war.

Bennos Suite befand sich im obersten von fünf Stockwerken.

53

Als die Aufzugtür endlich zugegangen war und sie nach oben fuhren, schüttelte Leo nur noch den Kopf.

»›Es geht um Fragen der nationalen Sicherheit‹ – wie bist du nur auf diesen Schwachsinn gekommen?«

»Mir ist nichts Besseres eingefallen. Ich musste improvisieren. Hauptsache, wir gelangen in Bennos Suite.«

Er schwenkte die Schlüsselkarte vor Leo, der seine Dienstmütze abgenommen hatte und sich den Schweiß von der Stirn wischte.

»Weißt du eigentlich, was du da tust?«

»Herrgott, Leo – könntest du bitte einmal etwas Positives sagen? Nur ein einziges Mal! So was wie: ›Mats – das hast du toll gemacht‹?«

Leo verdrehte die Augen.

»Ich versuche jedenfalls nur, unseren Arsch und damit auch deinen zu retten!«, betonte Mats und tippte seinem Partner dazu mehrmals mit dem Zeigefinger gegen die Brust, was bei Leo das Fass endgültig zum Überlaufen brachte.

Unvermittelt packte er Mats am Kragen und drückte ihn gegen die gerahmte Speisekarte an der seitlichen Wand des Aufzugs.

»Wenn das alles hier in die Hose geht«, fauchte er ihm ins Gesicht, »dann bring ich dich um, Mats. Das verspreche ich dir!«

In dem Moment stoppte der Aufzug, und die Tür fuhr zurück.

Ein betagtes, aber offensichtlich betuchtes Ehepaar in nagelneuen teuren Golfklamotten stand da und sah indigniert zwei Polizisten in Uniform, die anscheinend eine handgreifliche Auseinandersetzung hatten, sich bei ihrem Anblick aber schnell voneinander lösten, als wäre nichts geschehen, sich abklopften, scheinheilig grüßten und den Aufzug schleunigst verließen.

Das Paar war dadurch so irritiert, dass es beinahe versäumt hätte, den Lift zu betreten. Im letzten Augenblick stellte der Mann geistesgegenwärtig seinen Fuß in die sich schließende Tür, sodass sie doch noch hineingehen konnten, bevor der Aufzug sich wieder in Bewegung setzte.

Mats und Leo schritten einen langen Flur entlang, bis sie vor der richtigen Zimmertür standen und Mats die Schlüsselkarte in den dafür vorgesehenen Schlitz steckte. Das grüne Zugangslicht leuchtete auf, und sie betraten die Suite.

Alles war aufgeräumt und sauber, das Bett gemacht, der Zimmerservice hatte beste Arbeit geleistet.

Leo warf einen Blick ins Bad. »Scheint wirklich nicht da zu sein. Sein Bademantel hängt hier. Wonach suchen wir eigentlich?«

»Nach allem, was uns hilft herauszubringen, wo Benno stecken könnte«, antwortete Mats, der sich schon am Kleiderschrank zu schaffen machte und durchsuchte, was er dort fand: Jacken, Hosen, Wäsche, Schuhe.

Leo sah sich am Schreibtisch um, dann zog er die Schubladen des Nachtkästchens heraus, aber sie waren bis auf die obligatorische Bibel leer.

Den Zimmersafe bekam Mats nicht auf.

Nachdem sie alle möglichen und unmöglichen Stellen durchstöbert hatten – Mats warf sogar einen Blick in die Minibar –, blickten sie sich an und hoben synchron die Schultern. Beide hatten sie nichts entdeckt, was irgendeinen Rückschluss auf Bennos Verbleib zuließ.

Frustriert wollten sie die Suite schon wieder verlassen, als Leo noch einmal stehen blieb.

»Warte, der Bademantel«, sagte er und betrat erneut das Bad, wo er in die Taschen des Bademantels griff, der an einem Haken neben der Tür hing – und wurde fündig.

Er hielt einen bunten Prospekt hoch und faltete ihn auseinander.

»Was ist das?«, fragte Mats.

Leo sah sich den Zettel an. »Genau die Kragenweite von Benno, da, wo er sich immer schon austoben wollte nach seiner mehrjährigen erzwungenen Abstinenz vom Leben«, meinte er. »Ich darf zitieren: ›Egal was du suchst – du findest es bei uns im Men's Paradise. Hier kannst du deine wildesten Phantasien ausleben. Tag und Nacht. Ohne Limit. Wir haben vierundzwanzig Stunden für dich geöffnet. Unsere Mädchen aus allen Himmelsrichtungen erwarten dich und erfüllen dir jeden auch noch so ausgefallenen Wunsch! Komm noch heute ins Men's Paradise! Das Paradies für 1001 Nächte ganz in deiner Nähe –‹«

Mats riss Leo den Flyer aus der Hand. »Gib her!«

Er sah auf den ersten Blick, worum es sich handelte. Die Fotos waren eindeutig. »Das ist Werbung für einen Puff!«, stellte er fest.

»Was du nicht sagst«, kommentierte Leo sarkastisch.

Mats drehte den Flyer um, auf der Rückseite war eine Landkarte mit Wegbeschreibung. »Der Laden ist in Tschechien. Keine vierzig Kilometer von hier …«

Sie tauschten einen Blick aus, und im selben Moment waren sie sich einig, was zu tun war.

54

Florian hatte Familienabend, den er nicht schon wieder absagen konnte, weil die übliche Babysitterin unabkömmlich war und seine Frau mit Monika bei Conny ihren Frauentreff hatte. So blieb Mats und Leo nichts anderes übrig, als zu zweit in der Nacht der einzigen Spur nachzugehen, die sie von Benno aufgespürt hatten. Während Florian alle Hände voll zu tun hatte, im Kinderzimmer einen erbitterten Streit zu schlichten, den seine drei Kids austrugen, indem sie sich gegenseitig mit Legosteinen bewarfen, fuhren sie im Datsun-Pick-up in Zivil nach Tschechien und parkten schließlich, keine fünfzehn Kilometer von der Grenze entfernt, am Stadtrand von Perlice vor dem »Men's Paradise«, wo sie ihren Observationsposten einnahmen und warteten.

Der Ort war, wie auch andere Städte in der Grenzregion, für sein Rotlichtviertel bekannt, wo man »all inclusive« so ziemlich alles bekam, was auf der anderen Seite reglementiert, verboten und/oder teuer war. Die Besucher kamen, den Nummernschildern der zahlreichen Autos nach, im Wesentlichen aus Deutschland.

Schon seit zwei Stunden – es war inzwischen weit nach Mitternacht – hatten sie ihren Beobachtungsposten bezogen. Die Leuchtreklame von »Men's Paradise« leuchtete im Rhythmus auf, der Parkplatz davor war rappelvoll, es war Wochenende, Musikfetzen waren zu hören, die abwechselnd nach Gangster-Rap und nach Bierzeltmusik zum Mitgrölen klangen, je nachdem, aus welcher Richtung sie kamen.

Ein zwielichtiger Lulatsch mit tief heruntergezogener Mütze hatte keine zehn Minuten nachdem sie angekommen waren, an ihr Autofenster geklopft und ihnen in gebrochenem Mischmasch aus Englisch, Deutsch und Tschechisch was zu rauchen und diverse Pillen präsentiert, Speed oder auch Viagra, wer wusste das schon, selbst Tattoos hatte er im Angebot, Pokerrunden und Roulette in verschwiegenen Hinterzimmern, außerdem seine zwei Cousinen, die für hundert Euro anscheinend zu allem bereit waren, auch ohne Kondom, so viel hatten sie verstanden.

Sie lehnten freundlich, aber bestimmt ab.

»Nette Gegend hier«, sagte Leo, als sie den aufdringlichen Typen endlich losgeworden waren. »Hier kriegst du alles, was dein Herz begehrt.«

»Genau das, was Benno gefällt«, bestätigte Mats.

Die beiden saßen in Leos Pick-up, tranken billiges Dosenpilsner und beratschlagten.

»Sollen wir nicht einfach in den Laden reingehen und uns nach ihm erkundigen?«, meinte Leo schließlich. »Wenn wir das nicht tun und er gar nicht hier ist, können wir warten, bis wir schwarz werden.«

»Er ist garantiert hier. Ich habe eine Antenne dafür.«

Mats schloss die Augen. Schließlich war er Stoiker, auch wenn es ihm manchmal nicht leichtfiel. So wie jetzt. In seiner Wut wäre er am liebsten in dieses verlogene Männerparadies gestürmt, hätte alles kurz und klein geschlagen, an die Decke geschossen und Benno gezwungen, aus seinem Rattenloch herauszukommen.

Aber er unterdrückte diesen verführerischen Impuls gewaltsam. Erstens hatte er seine Dienstwaffe nicht dabei, und zweitens waren sie nicht im Wilden Westen, sondern in Tschechien.

Im Wilden Osten.

Außerdem konnte er vor Leo nicht die Contenance verlieren. Sein Mantra musste helfen, er wiederholte es innerlich. *Keep calm and carry on! Keep calm and …*

»Weißt du, was ich glaube?«, fing Leo unvermittelt an.

»Nein«, sagte Mats und nahm noch einen letzten Schluck aus der Dose, die inzwischen schon lauwarm war. »Sag's mir.«

»Wenn Benno wirklich hier sein sollte, müssen wir ihn da rausholen. Der verlässt dieses edle Etablissement nämlich sonst erst, wenn er komplett pleite ist.«

»Meinst du?«

»Ich kenne ihn. Du kennst ihn. Alles bis zur Neige auskosten – das ist seine Devise. Er war immer schon so.«

»Du meinst: so extrem …«

»Ja. ›Extrem‹ ist der richtige Ausdruck. Erinnerst du dich an die Fete am Stausee? Nachts, im Hochsommer? Als wir seinen achtzehnten Geburtstag gefeiert haben?«

»Lange her.«
»Ja, lange her. Aber unvergessen.«
»Meinst du die Geschichte, wo er gewettet hatte, wer am längsten tauchen kann?«
»Ganz genau die meine ich. Er war sternhagelvoll.«
»Wir alle waren das.«
»Ich hab damals gewettet, dass ich länger tauchen kann als er«, sagte Leo.
Mats musste grinsen, als er daran dachte. »Du bist als Erster ins Wasser gesprungen.«
»Und er ist mir nach.«
»Ja. Aber er ist nicht mehr aufgetaucht.«
»Stimmt.«
»Du hast es irre lang ausgehalten. Aber als du endlich hochgekommen bist, war Benno immer noch nicht zu sehen.«
»Wir haben allmählich Panik geschoben und wie verrückt alles abgetaucht. Dabei war er schon längst ungesehen ans Ufer geschwommen und hat uns bei der Suche zugeschaut. Und dann, als wir alle schon geglaubt haben, er wäre ertrunken ...«
Mats nickte versonnen. »Ja, jetzt fällt's mir wieder ein. Wir waren alle im Wasser, und plötzlich hat einer angefangen zu lachen. Am Ufer. Benno.«
»Ja, Benno. Er hat gelacht und gelacht. Konnte sich gar nicht mehr einkriegen vor Lachen über uns Blödmänner. Das war Benno.«
»Was willst du mir damit sagen?«
»Benno war schon immer unberechenbar. Und er liebt schlechte Scherze auf anderer Leute Kosten. Das ist nun mal seine Natur.«
»Du meinst, er sitzt jetzt mit irgendeiner Irma la Douce oder Chantal in einem gemütlichen Separee bei einer völlig überteuerten Flasche Schampus und lacht sich scheckig über uns?«
»So wie ich ihn einschätze: mit Irma la Douce *und* Chantal ...«
Mats sah Leo nur an und sagte kein Wort mehr.
Leo hob fragend die Augenbrauen.
Mats zerknüllte entschlossen seine leere Pilsdose. »Okay –

wir gehen jetzt da rein und holen ihn raus. Und dann muss er uns sagen, was passiert ist. Selbst wenn wir die Wahrheit aus ihm herausprügeln müssen.«

»Endlich sind wir uns einig«, erwiderte Leo und stieg aus.

55

Sie marschierten entschlossen auf den Eingang des neonblinkenden Bordells zu, das von einem glatzköpfigen Türsteher bewacht wurde, der ohne Weiteres in einem Sandalenfilm einen Gladiator hätte verkörpern können – die Statur und das grimmige Aussehen hatte er jedenfalls.

Bevor sie den Zerberus jedoch erreichten, wankte ein Mann in weiblicher Begleitung heraus, der dem Türsteher generös einen Geldschein in die Brusttasche steckte und mit der Frau im Arm, die, so wie es aussah, ihn stützen musste statt umgekehrt, auf den nahen Taxistand zuging.

Dort warteten auch zu dieser späten Stunde noch ein halbes Dutzend Taxis.

Sie erkannten ihn sofort. Es war Benno.

»Benno!«, rief Mats ihm hinterher. »Benno Ehrmann!«

Benno blieb stehen und drehte sich mit der Frau am Arm um. Sie war einen Kopf größer als er, hatte wasserstoffblonde Haare, die verdächtig nach Perücke aussahen, trug Lackstiefel bis hoch zum Oberschenkel, ein schwarzes Lederröckchen, das ungefähr eine Handbreit lang war, und einen schwarzen Lackmantel. Mit der freien Hand schwenkte sie ein Täschchen, das wohl von Dolce & Gabbana sein sollte, aber höchstwahrscheinlich genauso falsch war wie ihre Haarpracht.

Benno schien nicht gerade erfreut zu sein, dass Mats und Leo ausgerechnet jetzt aufgetaucht waren, schließlich hatte er noch einiges vor heute Nacht. Er blinzelte, um ganz sicherzugehen, dass die beiden keine optische Täuschung waren.

»Was wollt ihr denn hier?«, fragte er, nicht unbedingt stand- und aussprachefest.

Offensichtlich war er nicht mehr ganz Herr seiner Sinne, so wie er sich an seiner Begleitung festhalten musste, aber immerhin erkannte er Leo und Mats noch.

»Wir müssen dich dringend sprechen, Benno«, sagte Mats.

»Ihr müsst mich sprechen? Tut mir leid, Freunde, aber das kommt mir total ungelegen. Ich habe jetzt keine Sprechstunde. Vielleicht ein andermal.«

Er machte mitsamt seiner Begleitung eine Kehrtwendung und steuerte wieder auf den Taxistand zu.

»Benno, entweder du kommst jetzt mit uns, oder …«, drohte Mats.

Erneut blieb Benno stehen und drehte sich um. »Oder was?«, sagte er.

»Oder wir zwingen dich dazu«, entgegnete Mats. Man konnte ihm ansehen, dass er es ernst meinte.

Benno löste sich von seiner Begleiterin und fing an, mit dem rechten Arm in ihre Richtung zu fuchteln.

»Das könnt ihr gerne probieren. Aber ich fürchte, dass mein Freund vom ›Men's Paradise‹ …« Er wies mit dem Finger in Richtung des Türstehers. »… etwas dagegen hätte. Ein Wink von mir genügt. Und mit Jaroslav würde ich mich an eurer Stelle nicht anlegen. Er ist nämlich tschechischer Meister im Kickboxen. Oder war es Krankenhausreif-Schlagen? Ich weiß es nicht mehr.«

»Benno – jetzt sei vernünftig! Du bist uns etwas schuldig. Nämlich eine Antwort und Geld. Oder legst du es wirklich darauf an, dass wir hier mehr Aufsehen erregen, als uns allen lieb sein kann? Dürfen wir dich daran erinnern, dass du auf Bewährung draußen bist?«

Benno überlegte. Lange. Man konnte ihm förmlich beim Denken zusehen.

Endlich fasste er einen Entschluss.

»Okay«, sagte er unerwartet. »Okay, ihr habt gewonnen. Ich bin sowieso so gut wie pleite.«

Er seufzte schwer und sah seine weibliche Begleitung an, die unsicher lächelte und sich eine Zigarette anzündete.

Schicksalsergeben zuckte er mit den Schultern. »Was soll's?«, sagte er. »Wenn's am schönsten ist, sollte man aufhören. Also – was wollt ihr hören?«

»Findest du es gut, wenn wir vor deiner … deiner Freundin darüber reden?«

Benno winkte ab. »Olga versteht sowieso kein Wort. Ich meine … außer den Worten, die sie für ihren Job braucht.«

Er kramte in seinen Taschen und brachte ein paar zerknüllte Geldscheine zum Vorschein, die er Olga in die Hand drückte. »Tut mir leid, Olga von der Wolga, aber ich habe noch eine dringende geschäftliche Verabredung mit den beiden Herren da. *Spasibo bolschoje* und *do swidanja.*«

Olga sah die Scheine an und war anscheinend ganz zufrieden mit Bennos Abschlagszahlung, auch wenn sie eine Schnute zog, küsste ihn auf beide Wangen, murmelte ihm etwas ins Ohr und ließ sich von ihm zum ersten Taxi in der Reihe schieben. Er hielt ihr noch galant die Autotür auf und half ihr beim Einsteigen, wobei er leicht ins Straucheln geriet, sich aber gerade am Türrahmen noch festhalten konnte.

Das Taxi fuhr los, Benno sah ihm kurz nach, wandte sich wieder Mats und Leo zu und zog demonstrativ seine leeren Hosentaschen nach außen.

»Nehmt ihr mich mit? In mein schönes, ruhiges Hotel? Ich muss zugeben, ich bin ziemlich abgebrannt. In jeder Beziehung. Die letzten Tage waren doch ein wenig anstrengend. Ich muss dringend allein ins Bett und mich ein wenig ausschlafen.«

»Wo ist unser Geld?«, fragte Leo und packte Benno am Revers. »Benno – sag mir, dass du unseren Anteil noch hast!«

»Euren Anteil? Ich weiß nicht, was ihr wollt«, erwiderte Benno. »Ich habe alles für Frauen, Champagner und Pokern ausgegeben. Den Rest hab ich verprasst.«

Mit diesen Worten klappte er zusammen und war nicht mehr ansprechbar. Leo konnte ihn gerade noch auffangen und halten.

Er und Mats schleppten ihn zum Datsun und bugsierten ihn mit Müh und Not hinein. Dann fuhren sie los.

56

Die Rückfahrt im Morgengrauen zu dritt auf der durchgehenden Sitzbank im Datsun-Pick-up gestaltete sich schweigsamer, als Mats und Leo es sich erhofft hatten. Denn kaum hatten sie Benno zwischen sich gezwängt, war er auch schon eingeschlafen und schnarchte komatös vor sich hin.

Weder Schütteln noch Rütteln vermochte ihn wach zu machen.

Leo fuhr, und Mats durchsuchte Bennos Taschen. Er brachte noch ein paar zerknüllte Hundert-Euro-Scheine zutage, einen Ausweis, ein Fläschchen mit Pillen unbekannter Herkunft und Wirkungsweise, zwei eingeschweißte Kondome, die Schlüsselkarte vom »Arberblick«, und das war's dann auch.

»Wo bringen wir ihn hin?«, fragte Mats, als der Datsun die Landesgrenze überquert hatte und sie wieder auf niederbayerischem Boden unterwegs waren.

»Im Hotel können wir uns so nicht sehen lassen. Mit einem angeblichen Undercoveragenten, der erst mal seinen Rausch – von was auch immer – ausschlafen muss«, antwortete Leo mit einem bösen Blick auf Benno, dessen Kopf immer wieder auf Mats' Schulter fiel, so oft er ihn auch wegdrückte. Er wirkte wirklich nicht so, als wäre er die nächsten paar Stunden vernehmungsfähig, geschweige denn überhaupt ansprechbar.

»Ich schlage vor, wir verfrachten ihn zu mir auf dem Hof«, sagte Leo. »Meine alten Herrschaften sind noch eine Weile weg, Gott sei's gepriesen! Dort kann ich ihn, sollte er jemals wieder aus seinem Dornröschenschlaf erwachen, einem speziellen Entgiftungs- und Rehabilitationsprogramm unterziehen und ihn einigermaßen auf Vordermann bringen, damit wir endlich aus ihm herauskriegen, was da bei deinem Schwager abgelaufen ist. Fünfzehn fabrikneue Autos geklaut und dann nur noch ein paar Hunderter in der Tasche, das kann doch alles nicht wahr sein!«

»Okay, du kümmerst dich um das, was von Benno übrig ist, und ich sehe zu, dass ich im Revier die Stellung halte.«

»Nimm dich bloß vor diesem Salovic in Acht, falls er wieder auftaucht. Und das wird er, darauf kannst du Gift nehmen!«

Schließlich bog der Datsun auf die Zufahrt von Leos elterlichem Hof ein, und zu zweit schafften sie es, Benno ins Gästezimmer zu schleppen, ihm seinen Anzug auszuziehen und ihn aufs Bett zu legen.

Dort schlief er wie ein Toter weiter.

Leo wollte sich um ihn kümmern – was hieß, dass er ihn keine Sekunde aus den Augen lassen durfte.

Während Mats mit dem Datsun weiter ins Revier fuhr, machte Leo es sich im Sessel beim Gästebett bequem, blätterte in der neuesten Ausgabe von »AutoMotorSport« und war nach zwei Minuten eingeschlafen.

57

Im Revier berichtete Mats Florian auf dem Herrenklo, was in der Zwischenzeit passiert war. Florian war viel zu müde vom vergangenen Spieleabend mit seinen drei Kindern, die er erst spät in der Nacht und mit einem Zeichentrickfilm auf dem Disney-Kanal dazu gebracht hatte, endlich einzuschlafen, um sich groß über die Geschehnisse in Tschechien aufzuregen.

Er wollte nur noch wissen, wie es jetzt weitergehen sollte. Aber darauf hatte Mats auch keine Antwort parat. Er selbst war ebenfalls von den Mühen der vergangenen Nacht gezeichnet und meinte nur, dass nun alles darauf ankäme, was Benno für eine Erklärung für den Diebstahl von fünfzehn Autos hatte.

Und für den angeblichen Totalverlust des daraus erzielten Gewinns.

Wenn er überhaupt so etwas wie eine Erklärung dafür auftischen konnte.

Mats machte sich gerade an einem der Waschbecken frisch, da wurde die Tür aufgerissen, und Salovic kam hereingetänzelt. Er hatte seine Ray-Ban auf und schien der einzig Ausgeschlafene im Herrenklo zu sein, in jeder Beziehung.

»Ah, die glorreichen Zwei sind wieder versammelt. Morgen, die Herren«, grüßte er munter. »Ihre Assistentin da draußen hat mir gesagt, dass ich Sie hier antreffen kann. Wo ist denn der Dritte aus Ihrer Mitte?«

Jetzt fängt er auch noch an, in Reimen zu sprechen!, echauffierte sich Mats innerlich, aber er trocknete sich erst sein Gesicht ab, bevor er antwortete. »Hat heute dienstfrei. Muss ein wenig Schlaf nachholen. Wie wir alle im Grunde genommen. Ganz im Gegensatz zu Ihnen, Herr Salovic. Sind Sie immer so früh schon auf den Beinen?«

Salovic nahm seine Sonnenbrille ab und schenkte ihm sein Haifischgrinsen. »Wenn's um sechsstellige Summen geht, bin ich Tag und Nacht auf Achse. Wie hat Napoleon gesagt: ›Vier Stunden schläft der Mann, fünf Stunden die Frau, und sechs Stunden ein Idiot.‹ Da bin ich mit dem Kaiser der Franzosen ganz d'accord.«

Er bleckte die Zähne und ließ seinen Brillanten blitzen.

Florian und Mats wussten, wer mit dieser Anspielung gemeint war.

Das wollte Florian aber nicht auf sich sitzen lassen. Salovics Getue zu früher Stunde ging ihm so richtig auf den Keks.

»War da nicht was mit Waterloo?«, fragte er, um Salovic und dessen selbstgefälliges Verhalten wenigstens ein bisschen zu konterkarieren. Aber der war anscheinend immun gegen verbale Sticheleien.

»Kleiner Diskurs in Geschichte?«, fragte er und kaute kurz am Bügel seiner Sonnenbrille. »Ja, ich gebe zu, Napoleon hat den Bogen zum Finale hin eindeutig überspannt. Was mir nicht passieren wird. Im Gegensatz zu seiner Endphase weiß ich, wann ich meine Kompanien ins Schlachtfeld führen muss und wann nicht. Wobei wir hier noch lange nicht in der Endphase sind, sondern immer noch am Anfang. Um im kriegerischen Bild zu bleiben: Momentan schieße ich mich gerade auf Ihren gemeinsamen Freund ein.«

»Wer soll das sein?«, fragte Mats.

»Sagt Ihnen beiden der Name Benno Ehrmann etwas?«

Mats und Florian sahen sich an.

»Wie kommen Sie auf den?«, wollte Florian wissen.

»Nun, ganz einfach. Sie alle drei kennen ihn von Jugend an. Sie haben ihn in München vom Gefängnis ›St. Adelheim‹ – wie die dortigen Insassen zu sagen pflegen – abgeholt, wo er eine mehrjährige Freiheitstrafe verbüßt hatte. Es gibt ein Video davon vom Außenbereich der JVA, der natürlich mit entsprechenden Kameras überwacht wird. Habe ich mir angesehen. Übrigens: schicker Mustang, den ihr abwesender Freund da hat.«

»Ja – und?«

»Tja, und jetzt soll dieser Benno Ehrmann angeblich einen Job bei Ihrem gemeinsamen Freund Leopold Hochreiter angetreten haben, von Ihnen Leo genannt, der heute keinen Dienst hat und sich mal so richtig ausschlafen muss. Ist es so?«

»Was zum Teufel hat das mit Ihren Ermittlungen zu tun?«, entfuhr es Mats, der wie Florian völlig überfahren wurde von dem, was Salovic soeben aus dem Hut gezaubert hatte.

»Das werde ich Ihnen gerne erklären. Ich habe die halbe Nacht damit verbracht – wie gesagt: vier Stunden Schlaf reichen mir völlig –, ein paar Telefonate zu führen und Internetrecherchen anzustellen. Was man heutzutage alles im Netz finden kann, wenn man weiß, welche Knöpfe man drücken muss – unglaublich! Nur so als Beispiel: Wie Sie ein Wettangeln im Thalbacher Stausee gewonnen haben. Sie, Ihre Kollegen und – Trommelwirbel! – Benno Ehrmann. Der Pokal, den Sie danach gemeinsam für YouTube in die Höhe gestemmt haben, hat bestimmt heute noch einen Ehrenplatz in Ihrem Zuhause, nicht wahr?«

Mats' und Florians Gesichtern war abzulesen, dass Salovic wieder einmal ins Schwarze getroffen hatte.

»Dachte ich mir«, sagte er genüsslich. »Auf die Spur von Ihrem Freund hat mich der Bewährungshelfer von besagtem Benno Ehrmann gebracht. Der im Übrigen erstaunt war, dass sich die Polizei von Thalbach so fürsorglich um einen vorbestraften Mann kümmert, der wegen mehrerer Delikte in Bezug auf Kfz-Diebstahl von sich reden gemacht hat. Das ist aktenkundig. Scheint eine Spezialität von ihm zu sein. Alte Regel in meinem Metier: Die Katze lässt das Mausen nicht. Kfz-Diebstahl, Autohaus Wildbieler, fünfzehn Autos abhandengekommen – da bin ich dann schon hellhörig geworden. Also, Benno Ehrmann: Wie ist Ihre jetzige Beziehung zu ihm?«

Florian verschränkte die Arme und lehnte sich ans Waschbecken, um zu beweisen, wie entspannt er war.

Mats kannte ihn gut genug, um festzustellen, dass die lässige Haltung bloß Show war. Aber solange sie funktionierte, sollte ihm das nur recht sein. Also überließ er ihm das Reden.

»Wir sind alte Freunde und betrachten es als unsere verdammte Pflicht und Schuldigkeit, Benno, der zugegeben ein paar Fehler in seinem Leben begangen hat, durch Rat und Tat auf die Beine zu helfen, damit er die Gelegenheit bekommt, wieder zu einem vollwertigen Mitglied unserer Gesellschaft werden zu können«, predigte Florian. »Jeder sollte eine zweite Chance im Leben bekommen, meinen Sie nicht auch?«

Wenn Leo das gehört und gesehen hätte, wäre er jetzt unter Garantie knallrot geworden, dachte Mats.

Salovic ließ einen leisen Pfiff vom Stapel. »Dass Sie beide Polizisten sind, ist mir bekannt. Dass Sie darüber hinaus auch noch bei der Heilsarmee sind – also, das ist mir neu.«

»Spotten Sie nur! Gerade wir von der Polizei wissen, wie schnell es einen auf die schiefe Bahn verschlagen kann, wenn man einmal im Leben falsch abgebogen ist, glauben Sie uns«, bekräftigte Mats.

»Das klingt ja alles schön und ehrenwert, meine Herren«, erwiderte Salovic ironisch. »Aber die Wahrheit ist: Da stimmt etwas nicht. Das passt alles nicht zusammen. Nehmen Sie mir es nicht übel, aber kaum taucht Ihr mehrfach einschlägig vorbestrafter Freund wieder hier vor Ort auf, häufen sich die Kriminalfälle in der Gegend überproportional. Ich sehe da einen gewissen Zusammenhang, der offensichtlich ist, aber schwer zu beweisen sein dürfte. Deshalb scheint es mir angebracht, dass ich mich mit ihm einmal unterhalte, ganz unverbindlich, versteht sich. Also – wo kann ich ihn antreffen?«

»Er hat ein einwandfreies Alibi für die Tatzeit«, sagte Florian. »Wenn es das ist, was Sie hören wollen.«

Von diesem Einwand war auch Mats überrascht. Jetzt war er selbst gespannt, wie Florian diese glatte Lüge plausibel erklären würde.

»Was soll das für ein Alibi sein?«, hakte Salovic misstrauisch nach.

Florian tischte seine Aussage auf, als wären daran nicht geringste Zweifel angebracht. »Leo … also Leopold Hochreiter, unser Kollege, hat die ganze Nacht, in der der Diebstahl im Autohaus Wildbieler stattfand, damit verbracht, mit Benno zusammen den Mustang zu reparieren. Leo hat eine große Autowerkstatt in seiner Scheune, müssen Sie wissen.«

»Tatsächlich?«

»Ja. Benno versteht etwas von Autos. Er hat in Stadelheim in der Autowerkstatt gearbeitet. Und Leo ist ebenfalls Experte, was das angeht.«

»Woher wollen Sie wissen, dass Hochreiter und Ehrmann die ganze Nacht zusammen waren?«

»Weil ich mit Leo telefoniert habe. In der fraglichen Nacht. Während unseres Einsatzes beim brennenden Hof. Mein Kollege Mats hat das mit angehört.«

»Stimmt das?«

»Aber natürlich«, bestätigte Mats unverzüglich.

»Na gut. Sie werden verstehen, dass ich die beiden trotzdem fragen muss, was sie dazu zu sagen haben und ob sie das bestätigen können.«

»Tun Sie, was Sie nicht lassen können … Eigentlich ist das

wohl überflüssig, schließlich haben Sie unsere Aussagen, aber bitte …«

Mats war erstaunt, dass Florian derart offensiv vorging, wo er doch genau wusste, dass das, was er da behauptete, hinten und vorne nicht stimmte und nicht mit Leo abgesprochen war. Aber es klang gut, was er sich da aus den Fingern gesaugt hatte.

Gut und überzeugend.

Dennoch ließ Salovic nicht locker. »Wo finde ich denn jetzt Ihren Freund Benno?«

»Er wohnt bei Leo auf dem Hof«, sagte Mats. »Ich befürchte nur, dass die beiden noch nicht so recht ansprechbar sein könnten …«

»Wieso das?«

»Na ja, sie haben, soviel ich weiß, gestern ein wenig gefeiert … Florian und ich konnten leider nicht mitmachen. Wir hatten Bereitschaft beziehungsweise heute früh Dienst, und das nehmen wir sehr ernst, vor allem in letzter Zeit.«

»Was war der Anlass?«

»Oh, Leo braucht manchmal keinen besonderen Anlass dafür. Diesmal war es jedoch ein freudiger. Er hat erfahren, dass er Vater von Zwillingen wird.«

»Ist das so? Ich gratuliere!«

»Aber pst!«, sagte Mats und legte den Finger auf seine Lippen. »Das ist noch völlig inoffiziell. Vielleicht wäre es besser, Sie würden das vorerst für sich behalten. Sie verstehen schon – in so einer kleinen Stadt wie der unseren macht eine derartige Nachricht schnell die Runde, und Leo möchte in der Hinsicht einstweilen den Deckel draufhalten.«

Mats warf einen auffordernden Blick zu Florian, der bestätigend nickte.

»Ja«, meinte er. »Die Beziehung von Leo zu der zukünftigen Mutter ist noch nicht so … so gefestigt, wie sie sein sollte.«

Dass Monika im angrenzenden Büro diese zukünftige Mutter war, erwähnte er lieber nicht.

Salovic schien die Begründung einigermaßen zufriedenzustellen.

Vorerst jedenfalls.

»Ich werde das selbstverständlich mit aller gebotenen Diskretion behandeln, keine Bange. Nichtsdestotrotz muss ich zusehen, dass ich mit meinen Ermittlungen vorankomme. Aber ich habe da sowieso noch eine lange Liste abzuarbeiten. Kreisbrandmeister, Kriminaltechnik, Überwachungskameras von den Grenzstellen und so weiter und so fort. Oder liegen bei Ihnen neue Erkenntnisse vor, die für mich von Relevanz sein könnten?«

Mats sah Florian fragend an.

»Bisher nicht, nein«, antwortete der.

»Halten Sie mich auf dem Laufenden?«

»Aber natürlich.«

»Großartig, ich hoffe, es bleibt dabei.«

Mats zeigte mit dem Finger auf Salovic. »Solange Sie uns ebenfalls an den Informationen teilhaben lassen, die Sie herausbekommen haben …«

»Genau«, pflichtete Florian ihm bei. »Eine Hand wäscht die andere – davon können wir doch ausgehen?«

»Unbedingt«, bestätigte Salovic. »Unbedingt.«

»Schließlich ziehen wir ja sozusagen alle an einem Strang«, bekräftigte Mats. »Die schnellstmögliche Aufklärung der Autogeschichte ist auch in unserem ureigensten Interesse.«

»Müsste sie sein, ja.«

»Wie sagt man heutzutage: Das ist doch eine Win-win-Situation für beide Seiten«, fügte Mats scheinheilig hinzu. »Dann sind wir uns also einig. Sie informieren uns, wenn Sie was Neues haben, wir informieren Sie.«

»So sei es. Dann will ich mich mal wieder auf die Socken machen«, meinte Salovic. »Die Adresse?«

»Von Leo? Die kriegen Sie von Monika.«

»Okay. Was ich Sie noch fragen wollte …«

»Ja?«

»Halten Sie sich jetzt immer nur noch hier für Ihre konspirativen Zusammenkünfte auf? In der Herrentoilette? Oder weil's da kühler ist?«

Mats und Florian warfen sich einen Blick zu, und Florian meinte mit einer engelsgleichen Unschuldsmiene: »Es ist einfach so: Hier können wir nicht abgehört werden …«

Kurzzeitig war es still, dann lachten alle drei über diesen harmlosen kleinen Scherz, und Mats hielt Salovic die Tür auf. »Bitte. Nach Ihnen …«

Salovic grüßte dankend mit zwei Fingern an der Stirn, setzte seine Ray-Ban wieder auf und ging voraus ins Büro.

»Monika«, sagte Mats, »bitte gib dem Herrn Salovic doch die Adresse von Leo.«

Monika war nur für einen kurzen Moment irritiert, notierte die Adresse auf einen Zettel und reichte ihn Salovic, der sich bedankte und diesmal ausnahmsweise das Revier endgültig verließ, ohne noch einmal innezuhalten und eine allerletzte Frage zu stellen.

Kaum war er draußen, als Mats schon sein Handy zückte und Leo anrief.

»Herrgott, Leo, komm schon«, murmelte er ungeduldig, »geh gefälligst ran!«

58

Der Klingelton seines Handys weckte Leo, der im bequemen Sessel neben dem Gästebett eingeschlafen war. Er brauchte eine ganze Weile, bis er richtig zu sich kam und ihm dämmerte, was er hier eigentlich machte und wie er dahin geraten war.

Er tastete nach dem Handy, und als er Mats' Namen auf dem Display sah, nahm er sofort ab.

»Ja?«

Er hörte konzentriert zu, weil Mats ihn förmlich mit Neuigkeiten über Salovic zuschüttete und ihn instruierte, was er sagen musste, wenn er jetzt gleich oder später Besuch vom Versicherungsdetektiv bekam. Um sicherzugehen, ob er auch alles kapiert hatte, sollte Leo es noch einmal wiederholen, was er auch tat. Das Wichtigste war: Er musste Benno auf Teufel komm raus eintrichtern, dass sie in der fraglichen Nacht des Autodiebstahls den Mustang repariert hatten, das war ihr gegenseitiges Alibi. Dann fragte Mats nach Bennos Zustand.

»Ich glaube, er wacht in diesem Augenblick aus dem Koma auf«, sagte Leo.

Denn Benno hatte gerade angefangen, sich zu bewegen und zu stöhnen.

Leo beendete das Telefonat, um sich um seinen Gast zu kümmern. Der jammerte etwas von »... mir ist schlecht ...«, und Leo begann wohl oder übel sofort mit dem Entgiftungsprogramm. Er schleppte Benno, der einen bemitleidenswerten Eindruck machte, ins angrenzende Bad, wo dieser erst einmal zehn Minuten kniend vor der Kloschüssel verbrachte, dann hievte er ihn unter die kalte Dusche, obwohl Benno heftig protestierte, aber erstens war er noch ganz und gar nicht bei Kräften und in der Lage, sich gegen den starken Leo zur Wehr zu setzen, und zweitens merkte er, dass es seinem dröhnenden Schädel guttat, wenn er ihn unter die Brause hielt.

Leo legte ihm ein Handtuch und ein paar Klamotten zurecht, spurtete vom ersten Stock hinunter in die Küche im Erdgeschoss, setzte einen Cocktail aus Maggisuppe, mehreren zerstoßenen Alka-Seltzer, einem Eidotter, einer Prise Salz und etwas Chilipulver an, rührte kräftig, gab noch großzügig ein paar Tropfen Tabasco dazu – alles in allem eine ziemlich rustikale Bouillon, die seiner Meinung nach Tote, insbesondere nach Alkohol- und Tablettenabusus, aufzuwecken vermochte. In seiner Bundeswehrzeit hatte er damit selbst schon einmal unliebsame, aber wirkungsvolle Bekanntschaft gemacht.

Als Benno aus dem Bad gestolpert kam, flößte er ihm eine große Tasse davon ein, was einiges an Überredungskunst kostete und zur Folge hatte, dass Benno keine zwei Minuten später gleich wieder im Bad verschwand, um noch einmal würgend die Porzellanschüssel zu umarmen.

Leo spionierte vorsichtshalber durch die halb geöffnete Badezimmertür, weil er befürchtete, dass Benno, der zwischen mehreren heftigen Krampfanfällen immer wieder fluchte und schimpfte, ob Leo ihn mit seinem Gesöff endgültig umbringen wollte, vielleicht besinnungslos auf den Boden fallen und ersticken könnte.

Endlich schien das Schlimmste überstanden zu sein, sodass ein leichenblasser Benno vom Bad zurück hinunter in die Küche geführt werden konnte, wo er sich auf die Eckbank unter dem Kruzifix an der Wand fallen ließ und um Kaffee bat.

»Aber bitte ohne das zusätzliche Zeug, dass du vorher zusammengemixt hast. Nur Kaffee, schwarz, viel Zucker, sonst nichts.«

Leo versorgte ihn damit, und nach ein paar Schlucken, die er diesmal im Magen behalten konnte, stemmte Benno sich mühsam hoch und blinzelte Leo an. »Verdammt, Leo, was ist passiert? Wie bin ich überhaupt hierhergekommen?«

Er sah sich um. »Und wo zum Teufel bin ich hier?«

»Viele Fragen auf einmal, Benno. Bevor ich sie dir beantworte, hörst du dir gefälligst an, was ich dir zu sagen habe.«

Benno zeigte auf Leo und fing an, sich aufzuregen. »Du ... Du hast mir gar nichts zu sagen! Du wolltest mich vergiften mit deiner Höllensuppe von vorhin! Ja, vergiften wolltest du mich!«

»Damit hast du gar nicht einmal so unrecht«, bestätigte Leo boshaft. »Allen Grund hätte ich dazu. Aber leider brauchen wir dich noch.«

Benno wollte eigentlich zu einer erneuten Schimpftirade ansetzen, doch plötzlich stöhnte er auf und krümmte sich vor Schmerz zusammen. Er tastete nach der Eckbank und legte sich wieder hin.

»Herrgott, Leo – was hast du nur getan?«, beklagte er sich und hielt sich den Bauch.

»Das frage ich dich, Benno!«

»Was?«

»Ja, mein Lieber, deinen Zustand hast du dir ganz allein zuzuschreiben. So ist das, wenn man allzu sehr über die Stränge schlägt. Kleine Sünden bestraft der Herr sofort!«, bemerkte Leo nicht ohne eine gewisse Schadenfreude.

»Also, was hast du mir zu sagen?«, ächzte Benno.

»Folgendes – und jetzt hör mir genau zu, wenn du nicht willst, dass wir alle auffliegen. Ein Typ von der Versicherung für Wildbielers Autohaus kann jeden Moment hier sein. Er ist ein scharfer Hund, und er weiß über dich bestens Bescheid.«

»Was heißt das?«, fuhr Benno hoch.

»Er weiß alles über deine Vorstrafen, woher auch immer, vermutlich von deinem Bewährungshelfer, und er weiß alles darüber, dass wir seit Ewigkeiten befreundet sind. Und er weiß, dass wir dich vom Knast abgeholt haben.«

»Was beweist das?«

»Nichts.«

»Also?«

»Also: Mats, Florian und ich, wir haben uns ein Alibi für dich ausgedacht. Wenn er kommt und dich danach fragt, sagst du, wir zwei, du und ich, haben in der Nacht, als die Autos geklaut worden sind, meinen Mustang repariert.«

»Deinen Mustang?«

»Ja. Geht das in deinen zugedröhnten Schädel? Du wohnst hier bei mir, und ich habe dir einen Job gegeben, verstehst du?«

»Ja, klar …«

»Und die nächtliche Reparatur am Mustang ist unser gegenseitiges Alibi.«

»Scheint mir plausibel zu sein.«

»Also kein Grund zur Aufregung, solange wir uns nicht auseinanderdividieren lassen.«

»Na klar. Gutes Alibi. Was ist dann das Problem? Was will der Typ überhaupt von mir?«

»Das Problem … Das Problem ist, und damit kommen wir zum entscheidenden Punkt des Ganzen: Er verdächtigt dich aufgrund deiner einschlägigen Vergangenheit, dass du daran beteiligt warst, fünfzehn Autos vom Autohaus Wildbieler geklaut zu haben.«

Jetzt schien Benno auf einen Schlag stocknüchtern zu sein.

»Was? Fünfzehn?«, fragte er mit weit aufgerissenen Augen. »Wie kommt er auf fünfzehn?«

»Das fragen wir dich«, entgegnete Leo nicht ohne Süffisanz. »Jetzt rück endlich mit der Wahrheit heraus – was ist da abgelaufen bei Wildbieler?«

»Herrgott, Leo, es lief wie am Schnürchen. Die Schlüsselabdrücke von Mats passten, wir sind rein und waren nach zwei Stunden fertig – inklusive der Spuren, die wir für euch Bullen hinterlassen haben, damit alles nach einem ordentlichen Einbruch aussieht. Du weißt schon – dass wir gewaltsam eingedrungen sind und so. Meine Kontaktleute sind schließlich Profis.«

»Jaja, das hast du schon oft genug gesagt«, winkte Leo ab. »Aber wie viele Autos habt ihr denn nun wirklich vom Hof gebracht?«

»Sechs. Sechs Stück. Mehr passten gar nicht auf den Lader. Wie kommt der auf fünfzehn?«

»Ich weiß es nicht. So viele Abgänge hat Wildbieler bei der Kripo aus München als Verlust angegeben.«

»Leo – du musst mir glauben! Es waren nur sechs.«

»Sagst du. Aber gut, lassen wir das vorerst einmal so stehen. Kommen wir jetzt zum Kern der ganzen Angelegenheit: Wo in Gottes Namen ist unser Anteil?«

Benno stöhnte und massierte sich die Stirn. »Ich dachte, ich hätte das hinreichend erklärt. Ich habe die Kohle nicht mehr! Vielmehr … Ich hatte sie. Wollte sie beim Pokern verdoppeln. Für euch!«

»Stopp, stopp, Benno, es reicht! Diesen Mist kannst du mir nicht verzapfen.«

Benno hob die Hände. »Okay, okay – ich hab vielleicht einen kleinen Fehler gemacht …«

Jetzt rastete Leo wirklich aus. »Einen kleinen Fehler? Wir haben unseren Hals riskiert und dir und deinen Kumpanen von woher auch immer die Beute auf dem Silbertablett serviert, und du … du nennst es einen kleinen Fehler, wenn du unser Geld verjubelst?«

Er packte Benno und zog ihn hoch zu sich, Nase an Nase.

Und einen Wimpernschlag davon entfernt, aus Benno Kleinholz zu machen.

»Moment, Leo, Moment ...«, jammerte der. »Ich kann das alles wieder ins Reine bringen ...«

Leo zögerte, dann ließ er Benno los. »Ich höre!«, sagte er und verschränkte die Arme. »Jetzt bin ich aber mal gespannt. Wenn du nicht wirklich etwas Erfolgversprechendes anzubieten hast, dann gnade dir Gott!«

»Du wirst sehen, ich habe da was ganz Tolles in petto, wirklich, Leo, versprochen ... Wo ist mein Anzug?«

»In der Waschmaschine. Was glaubst du?«

»Habt ihr ihn nicht vorher durchsucht? Wo ist das Zeug, das ich bei mir hatte?«

»Hier.« Leo zeigte auf die Anrichte, wo er alles, was sie bei Benno gefunden hatten, hingelegt hatte.

Benno stand auf und stürzte sich auf seine wenigen Habseligkeiten, die von seinem Ausflug nach Tschechien übrig geblieben waren, griff nach dem Döschen mit den Pillen und hielt es hoch.

»Gott sei Dank!«, sagte er erleichtert.

»Was ist das?«, fragte Leo.

»Das?« Benno schraubte das Döschen auf und leerte den Inhalt auf den Tisch. Ein gutes Dutzend Pillen fiel heraus und ein zu einer Kugel zerknülltes Stück Papier, das er mit zwei spitzen Fingern hochhielt wie ein Priester die Hostie bei der Konsekration. Er entfaltete die Papierkugel sorgfältig und wedelte mit dem zerknitterten Blatt vor Leos Gesicht herum. »Das ist unsere Eintrittskarte in Phase vier.«

»Was faselst du da?«

»Leo, das ist ein Computerausdruck. Von meinen Geschäftspartnern aus ...« Er winkte ab. »Das willst du gar nicht wissen. Dort steht, was wir demnächst für Autos in den Osten verscherbeln können. Zu Höchstpreisen. Was für Marken, wie viel PS, alles. Die Farben sind zweitrangig. Das ist ein fester Auftrag. Eine gezielte Bestellung, sozusagen. Garantiesumme: zehn Riesen für jedes einzelne Auto. Na, ist das was?«

Jetzt hat er endgültig den Verstand verloren!, dachte Leo und klopfte sich mit der flachen Hand gegen die Stirn, weil das alles sein geistiges Vorstellungsvermögen überstieg. »Bist du jetzt total plemplem geworden? Du willst das Autohaus noch mal ausrauben?«

Benno strahlte ihn vor lauter Begeisterung über diese Idee an. »Richtig. Zum zweiten Mal. Und weißt du, warum? Weil damit garantiert niemand rechnet! Das ist ja das Geniale an der ganzen Sache!«

In diesem Augenblick knirschte der Kies auf dem Platz vor dem Hof.

Das unverwechselbare Geräusch ließ Leo und Benno gleichzeitig herumfahren und aus dem Fenster sehen.

Ein pinkes Saab-Cabrio hielt an, der Motor wurde ausgeschaltet, ein sonnenbebrillter, verwegen aussehender Mann im modisch zerknitterten Leinenanzug stieg aus und sah sich witternd um.

Leo erinnerte er an einen Hund, der sich nach allen Richtungen absicherte, olfaktorisch und visuell, bevor er auf sein Ziel losging, um zuzuschnappen.

Salovics Ziel hieß in diesem Fall Benno und Leo.

59

Leo schossen beim Anblick des pinken Saab tausend Gedanken gleichzeitig durch den Kopf, als er zwischen Salovic draußen vor dem Hof und Benno in der elterlichen Küche hin- und herschaute wie ein Zuschauer beim Ballwechsel zweier Tennisspieler.

So miserabel und labil wie Bennos gegenwärtiger Zustand war, befürchtete er, dass Benno einem Fragedauerfeuer des ausgefuchsten Versicherungsdetektivs nicht lange standhalten würde. Das konnte gefährlich werden.

Er musste handeln, und zwar schnell.

Salovic stand immer noch neben seinem Auto und betätigte

nun die Hupe, anscheinend wartete er darauf, dass jemand irgendwo herauskam. Das Haus war groß und weitläufig und hatte mehrere Türen.

Leo sah das als seine Chance. Er packte Benno bei den Schultern, sah ihm eindringlich in die Augen und redete beschwörend auf ihn ein, wie das Pfarrer Schick zuweilen in der Kirche mit einem seiner Schäflein machte, das von etwas überzeugt werden musste, woran es nicht so recht glauben wollte.

»Pass auf, Benno, du musst mir jetzt vertrauen und tun, was ich dir sage!«

»Aber –«

»Kein Aber! Du gehst jetzt schleunigst rauf ins Gästezimmer und legst dich ins Bett. Ich werde versuchen, den Typen da draußen wieder loszuwerden. Stell dich schlafend. Wenn dieser Versicherungsheini dich sprechen will, bist du im Tiefschlaf, weil ich dir Schlaftabletten gegeben habe. Hast du verstanden?«

Benno war immer noch ziemlich durcheinander. Leo fing an, ihn zu schütteln, weil er hoffte, dass Benno so kapierte, was er tun musste.

Wieder ertönte von draußen die Hupe des Saab. Mehrfach.

Viel Zeit hatten sie nicht mehr.

»Ob du verstanden hast, Benno?«

»Ich soll so tun, als ob ich schlafe?«

»Ja. Ich werde versuchen, dich da rauszuhalten, capito?«

»Nein, ich –«

Leo schob Benno zum Flur hinaus und die Treppe zum ersten Stock hoch. »Verschwinde einfach. Ich regle das.«

Benno stapfte die Treppe zum Gästezimmer hinauf und drehte sich oben noch einmal zu Leo um.

»Husch, husch!«, zischte Leo und scheuchte ihn mit einer entsprechenden Handbewegung weg.

Er wartete, bis Benno endlich aus seinem Blickfeld verschwand, setzte eine neutrale Miene auf und öffnete die Haustür.

»Hi!«, sagte er und hob die Hand zum Gruß. »Sherlock Holmes II. höchstpersönlich. Was verschafft mir die Ehre?«

Salovic nahm die Sonnenbrille ab und ließ seinen Brillanten aufblitzen.

»Herr Leopold Hochreiter. Habe ich Sie bei etwas Wichtigem gestört?«

60

Benno war immer noch nicht annähernd in Normalform, aber doch so weit bei Verstand, dass er mitbekommen hatte, wie und warum er sich so verhalten sollte, wie ihm das Leo eingetrichtert hatte. Er flüchtete sich in sein Gästezimmer, machte die Tür hinter sich zu, eilte ans Fenster und zog vorsichtig den Vorhang ein Stück weit zur Seite, um heimlich einen Blick nach unten werfen zu können.

Dort stand Leo mit Salovic am Saab-Cabrio zusammen und unterhielt sich mit ihm.

Benno konnte zwar kein Wort hören, aber er sah, wie Leo auf Salovic einredete und nach oben in seine Richtung zeigte.

Er zuckte sofort zurück und wartete ein, zwei Atemzüge ab, bevor er es wagte, erneut aus dem Fenster zu spähen.

Zu seiner Erleichterung gingen die beiden nicht ins Haus, sondern setzten sich in Richtung Scheune in Bewegung.

Leo schob das Scheunentor auf, und die beiden schlenderten hinein. Anscheinend zeigte Leo Salovic seine Werkstatt und vor allem den Mustang, an dem sie angeblich zum Zeitpunkt des mehrfachen Autodiebstahls die ganze Nacht herumrepariert hatten.

Obwohl ihn immer noch Bauchkrämpfe plagten und ihm leicht übel war – so einen schlimmen Kater hatte er seit Jahrzehnten nicht mehr gehabt –, konnte Benno seinen Blick nicht von der Scheune lösen.

Es dauerte ewig, jedenfalls schien es ihm so, bis Leo und Salovic wieder herauskamen, offensichtlich in ein angeregtes Gespräch verwickelt. Sie gingen zum Saab, Salovic setzte seine

Sonnenbrille auf, gab Leo die Hand, stieg ein und fuhr mit einem Winken davon.

Leo wartete, bis das Cabrio in der Senke hinter dem Hof verschwunden war, dann drehte er sich um, blickte zu Benno hoch, von dem er wusste oder zumindest ahnte, dass er hinter dem Fenster stand, und bekreuzigte sich extra für ihn mit einer ausholenden Geste.

Benno atmete tief durch.

Er war zwar alles andere als religiös, aber er öffnete das Fenster und wiederholte Leos Geste als Zeichen dafür, dass er verstanden hatte und genauso erleichtert war.

Dieser Kelch war an ihnen beiden noch einmal vorübergegangen …

61

»Also gut, ich schlage hiermit vor: Lasst uns jetzt mal alle den Reset-Knopf drücken!«, warb Mats mit Nachdruck um Zustimmung. »Einverstanden? Dann bitte ich um Handzeichen!«

Zum ersten Mal nach den ganzen Ereignissen saß das Triumvirat Mats, Leo und Florian wieder einmal mit Benno in der Wasserbettabteilung des Wellnesscenters vom Golfhotel »Arberblick« zusammen.

Benno hatte darauf bestanden, in sein Vier-Sterne-superior-Refugium zurückzukehren, schließlich musste er nach seinen Eskapaden und der zwangsweisen Gewaltkur zu Kräften kommen, bevor sie die nächste Phase angingen.

Seit er wieder in seiner Suite residierte, glaubte Benno erneut felsenfest daran, dass sein Vorschlag für einen zweiten Coup im Autohaus Wildbieler auf wohlwollende bis begeisterte Reaktionen bei seinen drei alten Freunden treffen musste.

Damit hatte er sich getäuscht.

Und zwar gründlich.

Als sie sich am späten Morgen im Ruheraum versammelten, war draußen bestes Golfwetter, sodass kein Gast im »Arberblick« auf die Idee kam, den Sauna- und Wellnessbereich aufzusuchen. Sie wollten einiges besprechen, und das weitere Vorgehen sollte ebenfalls geplant werden. In ihren weißen Bademänteln hatten sie um zwei Wasserbetten herum einen Kreis gebildet.

Nach Mats' Aufforderung hoben sich zögerlich die Hände.

Nur Leos Hand blieb unten.

Alle Blicke waren auf ihn gerichtet.

»Was ist mit dir, Leo?«, fragte Mats.

»Ich bin dagegen.«

»Gegen was?«

»Dass wir das einfach so abhaken und weitermachen, als wäre nichts passiert.«

»Was willst du also?«

»Dass wir Bilanz ziehen, das will ich.«

»Okay. Du hast was zu kritisieren …«

»Allerdings. Aber wenn ich erst damit anfange, dann sitzen wir heute Abend immer noch da. Nein, ich will die Befürchtung aussprechen, dass wir geliefert sind.«

»Was?«, fuhr Florian hoch. »Ich dachte, du hast diesen Salovic vorerst ruhiggestellt.«

»Dachte ich auch«, sagte Leo. »Aber der raffinierte Kerl hat am Ende noch etwas von sich gegeben, das ich zuerst ignoriert habe. Bis mir heute Morgen klar geworden ist, was seine Worte bedeuten. Für uns bedeuten.«

»Jetzt mach's nicht so spannend. Was hat er gesagt?«, fragte Mats.

»Er hat gesagt, dass er noch alle Handygespräche in fraglicher Nacht im Umkreis von dreißig Kilometern um Thalbach überprüfen lässt. Und sich dann wieder meldet.«

Florian pfiff anerkennend. »Ein Hund ist er schon, dieser Salovic. Einer, der ums Verrecken nicht lockerlässt.«

»Ja und?«, sagte Benno. »Dazu braucht er erst eine Genehmigung von ganz oben. Lasst ihn doch machen. Außerdem ist das eine Heidenarbeit, da muss eine ganze Sonderkommission ran. Damit ist er wochenlang beschäftigt.«

»Alles korrekt«, schaltete sich Leo ein. »Aber der Teufel ist ein Eichhörnchen. Ihr wisst schon, was das bedeutet, wenn er doch was findet?«

»Kann's mir denken«, nickte Mats. »Sagst du's, Leo, oder soll ich?«

Leo sprach die Hiobsbotschaft aus. »Kurz gesagt: Wenn er nachweisen kann, dass ihr nicht mit mir in der fraglichen Nacht telefoniert habt, dann ist dein schönes Alibi im Eimer, Benno.«

Alle sahen Benno an.

»Dann stehst du mit einem Mal nicht nur mitten im Scheinwerferlicht vom Salovic«, orakelte Mats, »sondern auch die Kripo aus München wird dich gehörig in die Mangel nehmen. Die werden dir was anhängen, ob sie's beweisen können oder nicht.«

»Das ist so sicher wie das Amen in der Kirche«, bestätigte Leo. »Und ich bin auch dran, weil ich dir ein falsches Alibi gegeben habe. Wir alle werden umfallen wie die Dominosteine! Weil sie uns nachweisen können, dass wir durch die Bank gelogen haben.«

Benno blickte unsicher um sich. »Was wollt ihr jetzt von mir? Soll ich vielleicht hingehen und alles beichten? Und die Schuld auf mich nehmen? Also wenn ihr das glaubt, dann seid ihr so was von schief gewickelt! Verlasst euch darauf: Wenn ich dran bin, dann seid ihr auch geliefert! Das kann ich euch versprechen. Und ihr habt mehr zu verlieren als ich. Karriere, Ruf, Haus, Frau, Kinder …«

»Was denkst du, wie oft wir uns das schon durch den Kopf gehen haben lassen, Benno?«, entgegnete Leo, der sich seltsamerweise gar nicht aufregte.

Das fiel Benno auf, und er wunderte sich darüber. Er brauchte eine ganze Weile, bis der Groschen bei ihm fiel.

»Nein«, sagte er und schüttelte den Kopf. »Nein. Ich gehe auf gar keinen Fall in den Knast zurück. Weder freiwillig noch unfreiwillig! Das könnt ihr euch gleich abschminken. *No way!*«

»Das sagt ja keiner«, versuchte Mats, ihn zu beruhigen. »Aber mit der Gesamtsituation können wir nicht zufrieden sein. Wir müssen uns da etwas einfallen lassen …«

Sie alle schauten Benno wieder an, der sich allmählich an die Wand gedrückt fühlte, bildlich gesehen. In seiner aufkeimenden Panik entschied er sich für die Ultima Ratio und fuhr das schwerste Geschütz auf.

»Dann bleibt uns nur noch eins«, sagte er entschieden, »wir müssen Salovic nach Belize schicken.«

»Nach Belize schicken? Was meinst du damit? Ich weiß nicht mal, wo das liegt«, sagte Leo überflüssigerweise, in Geografie war er noch nie die hellste Kerze auf der Torte gewesen.

»Belize, Madagaskar, Timbuktu – das ist alles das Gleiche. Versteht ihr denn nicht?«, regte sich Benno auf.

»Wenn du damit irgendeinen Knastjargon meinst – den haben wir nicht so drauf«, versuchte Mats zu vermitteln.

»Ja, Benno«, forderte Florian ihn auf. »Kannst du nicht endlich mal Klartext reden?«

Benno seufzte laut, bevor er die nackte Wahrheit aussprach, die ihm in seiner Verzweiflung durch den Kopf schoss. Mit aller Entschlossenheit verkündete er: »Wir müssen Salovic aus dem Weg schaffen, Herrgott noch mal!«

»Aus dem Weg schaffen … Was soll das heißen?«, fragte Leo ungläubig.

»Das, was ich gerade laut und deutlich gesagt habe. Oder spreche ich vielleicht polynesisch?«

»Nein, aber das geht zu weit«, sagte Leo kategorisch. »Das ist nicht das, was wir wollten. Es gibt für alles eine Grenze. Und die ist definitiv mit deinem Vorschlag überschritten. Definitiv.«

»Mal ganz abgesehen davon, was das auslösen würde, wenn Salovic in … in Belize verschwindet!«, warf Florian ein. »Nicht auszudenken. Die Kripo in München würde das Unterste zuoberst kehren und jeden Stein dreimal umdrehen.«

»Leo hat recht«, entschied Mats. »Und Florian ebenfalls. Abstimmung! Wer ist gegen Bennos Antrag?«

Die Hände von Leo, Florian und Mats schossen in die Höhe.

»Tut mir leid – Antrag abgelehnt«, konstatierte Mats trocken.
»Okay, okay«, sagte Benno. »Vielleicht bin ich da eine Spur zu weit gegangen. Aber hat jemand einen anderen Vorschlag?«
»Ja«, sagte Mats. »Ja, wir haben da einen anderen Vorschlag …«
Benno sah seine ehemaligen Freunde und jetzigen Gesinnungsgenossen in kriminellen Angelegenheiten der Reihe nach an. Irgendwie beschlich ihn das unbestimmte Gefühl, dass sie eine Verschwörung gegen ihn angezettelt hatten.
»Nein«, sagte er, weil ihm urplötzlich schwante, was sie vorhatten.
Mats, Florian und Leo nickten.
»Doch«, sagten sie unisono.
Es hätte lustig geklungen, wäre die Lage nicht so angespannt gewesen.
Benno zeigte entgeistert auf sich. »Mich? Ihr wollt mich nach Belize schicken?«
»Sozusagen«, gab Mats zu. »Es bleibt uns keine andere Wahl.«
Benno fuhr hoch. »Seid ihr jetzt alle zusammen verrückt geworden?«
»Scht, Benno, ganz ruhig«, sagte Mats, »es ist nicht so, wie du denkst.«
Er wollte Benno am Ärmel wieder nach unten ziehen. Aber der stieß seine Hand empört zur Seite. »Wie ist es dann?«
»Es ist ein genialer Trick, mit dem wir dich von der Bildfläche verschwinden lassen.«
Leo und Florian nickten erneut synchron.
»Also … Wir haben ihn noch nicht, den genialen Trick«, ergänzte Florian. »Aber du kannst dir sicher sein – wir werden ihn schon ausbaldowern. Das sagt man doch so in deinen Kreisen, oder?«
Jetzt fiel es Benno wie Schuppen von den Augen, dass sich alle drei gegen ihn verbrüdert hatten.
Ihm wurde schlagartig klar, dass sich die Dreierbande vorher abgesprochen hatte. Langsam wurde ihm wirklich mulmig.

Die meinten das ernst!

Leo fixierte ihn mit den Augen und sagte: »Du verschwindest auf tragische Weise, zugegeben, aber es muss glaubhaft sein.«

Benno war aschfahl geworden, schlimmer noch als nach seiner exzessiven Alles-auf-einmal-Nachholtour durch die tschechischen Bordelle und Spielhöllen, wenn das überhaupt noch möglich war.

»Ihr wollt mich …« Er räusperte sich, konnte aber nicht weitersprechen, weil ihm vor hochsteigender Panik die Stimme versagte.

»Ja«, sagte Leo und grinste. »Ich wüsste nicht, was ich lieber täte.«

Benno schluckte.

Mats nahm Bennos Arm, diesmal ließ er sich willenlos herunterziehen und setzte sich wieder. Mats tätschelte seine Hand wie bei einem kleinen Kind.

»Es wird ein Fake. Der größte Fake, den es jemals in der Gegend gegeben hat. Du verschwindest, deine Leiche wird nie gefunden, ein tragischer Unfall, das Schicksal hat unbarmherzig zugeschlagen. Affe tot, Klappe zu. Gegen Tote wird nicht weiterermittelt. So will es das Gesetz.«

Florian fuhr nahtlos fort. »Verstehst du das denn nicht, Benno? Aus den Augen, aus dem Sinn! Salovic hat keinen Verdächtigen mehr, Salovic muss unverrichteter Dinge mitsamt seinem schicken Saab-Cabrio wieder zurück nach München, und die Sache mit den geklauten Autos wird erst mal ad acta gelegt. Die Verursacher sind nicht zu ermitteln. Aus die Maus. Und wir alle sind aus dem Schneider. Aber in Wirklichkeit …«

Er hob den Finger und machte eine dramatische Pause.

»In Wirklichkeit?«, fragte Benno mit einem dicken Kloß im Hals.

»… in Wirklichkeit wirst du als neuer, völlig unbescholtener Bürger und Mensch wiedergeboren!«

Dabei streckte Florian die Arme in seinem weißen Bademantel aus wie ein Erweckungsprediger.

Das sah eigentlich komisch aus, aber Benno konnte beim besten Willen nicht darüber lachen.

Empört stand er erneut auf und wich zurück. »Wiedergeboren? Ticke ich nicht mehr ganz richtig, oder bin ich hier in eine religiöse Sekte geraten? Evangelikale Wiedertäufer oder so was? Ihr seid doch alle nicht mehr ganz bei Trost …«

»Wir bieten dir ein völlig neues Leben! Ist das nichts?«, fragte Leo.

»Und wie … Wie wollt ihr das anstellen?«

»Erinnerst du dich an die Wette mit mir? Die Sommerfete am Stausee? Wer von uns beiden länger tauchen kann?«

»Ja. Ja, natürlich. Ihr seid auf mich reingefallen. Ihr alle!« Er zeigte reihum auf jeden. »Ich lache heute noch darüber.«

»Schön für dich. Aber jetzt sind wir an der Reihe. Diesmal werden alle anderen hereinfallen.«

»Wer sind ›alle anderen‹?«

»Die Polizei zum Beispiel. Und die Öffentlichkeit. Alle werden darauf hereinfallen. So, wie wir deinen Abgang von dieser schnöden Welt arrangieren werden.«

Benno wollte etwas entgegnen, aber angesichts dessen, was er da auf sich zukommen sah, blieb ihm erst einmal die Spucke weg.

»Wir besorgen dir einen neuen Pass«, fügte Mats an. »Eine neue Identität. Ein anderer Name, eine unbescholtene Vergangenheit. Es ist quasi wie eine Art Zeugenschutzprogramm. Du kannst irgendwo anders ganz von vorne anfangen. Herz, was willst du mehr?«

Benno überlegte. Wenn er da mitspielte – und was blieb ihm letztendlich anderes übrig? –, dann war es an der Zeit, Forderungen zu stellen.

»Was ich mehr will? Ist das nicht naheliegend? Ich brauche nicht nur ein neues Leben. Was ich vor allem brauche, ist materielle Sicherheit, das ist meine Conditio sine qua non! Gebt mir hundert Riesen, und die Sache ist gebongt.«

Mats, Florian und Leo sahen ihn verblüfft an.

»Für die Nichtlateiner unter euch: Das ist meine Bedingung,

wenn ich nach Belize gehen soll. Und die ist nicht verhandelbar, nur damit ihr's wisst!«

62

Die nächste einberufene Sitzung fand wegen berufsmäßiger Koordinationsschwierigkeiten wieder in der Herrentoilette des Reviers statt.

Aber diesmal ohne Benno.

»Du hast Benno eine Menge versprochen. Wie willst du das machen?«, fragte Leo.

»Mein Schwager«, seufzte Mats. »Wie jedermann weiß, ist er nicht nur Autohausbesitzer, sondern auch Bürgermeister dieser schönen Stadt.«

Mats hatte viel nachgedacht.

Über seinen Schwager und fünfzehn verschwundene Autos. Er glaubte Benno, dass sie nur sechs Wagen hatten mitgehen lassen. Was war mit den restlichen neun passiert?

Diese Überlegung hatte ihn zu einer Vermutung gebracht. Einer vagen.

Aber sie war seiner Meinung nach gar nicht so weit hergeholt, wenn man wusste, wie sein Schwager tickte.

Und das wusste er.

Diese Spekulation – denn nichts anderes war sie – konnte der ersehnte Silberstreif am Horizont sein.

Denn über Mats drohte immer noch das Damoklesschwert der Kreissparkasse Thalbach. Und es hing inzwischen an einem verdammt dünnen Haar.

Die Zwangsversteigerung seines Hauses erschien wieder vor seinem geistigen Auge. Ein Film in einer endlosen Wiederholungsschleife, der jede Nacht in seinem Kopf ablief, wenn er nicht schlafen konnte. Die Schande vor Ort, jeder in Thalbach würde es wissen. Sein Schwager hätte den endgültigen Beweis, dass seine Schwester den falschen Mann geheiratet hatte. Er und seine Frau würden auf der Straße landen, die Leute würden mit dem Finger auf sie zeigen, er sah einen feixenden Kreissparkassenleiter Fröhlich und eine weinende Conny …

Wieder und wieder malte er sich das Schreckensszenario aus. Diese Vision war inzwischen für ihn schon zur Zwangsvorstellung geworden, die sich zuverlässig gerade in den Momenten einstellte, wenn er nicht daran denken wollte.

Sie mussten endlich nicht nur die Verbrechensstatistik in Stadt- und Landkreis aufpolieren, sondern auch dafür sorgen, dass es bald, sehr bald bare Münze dafür gab.

Das alles ging ihm ständig durch den Kopf. Aber davon hatte er seinen zwei Kollegen nichts erzählt. Was er dagegen unternehmen wollte, um diese grauenvolle Horrorvorstellung gar nicht erst Wirklichkeit werden zu lassen, da hatte er einen vagen Plan. Es waren ungelegte Eier, die er erst in die Pfanne hauen wollte, wenn er mit seinen Vermutungen richtiglag.

Auf sie zu setzen war riskant.

Aber es blieb ihm nichts anderes übrig.

Schließlich spielten sie schon seit geraumer Zeit ein riskantes Spiel. Ab jetzt gab es kein Zurück mehr, nur noch Sekt oder Selters.

Oder wie man in Niederbayern sagte: Weißbier oder alkoholfrei.

Mats stellte seine Gedankengänge wieder zurück. Er musste Schritt für Schritt vorgehen, das eine ergab das andere. Stoisch eben.

Alles hing mit Wildbieler zusammen.

Mats musste seinen zwei Mitkombattanten seinen Plan erläutern. Es war der primäre Plan, auf den alles andere aufbaute. Den darauf basierenden sekundären Plan behielt er erst einmal für sich.

Zuerst mussten sie die Angelegenheit mit Benno klären und austüfteln.

Das war schwierig genug und erforderte eine Menge an Logistik. Wie sie ihn auf Nimmerwiedersehen verschwinden lassen konnten, ohne dass jemand Verdacht schöpfte.

Als sie das einigermaßen geklärt hatten, fing Mats an, sein weiteres Vorgehen zu erläutern.

»Ich besorge im Bürgermeisteramt einen neuen Pass für Benno. Ich weiß, wo sie die ganzen Ausweise weggesperrt haben. Neue und alte. Und für diesen Safe besorge ich mir die Schlüssel. So, wie ich das für das Autohaus getan habe.«

»Okay«, sagte Leo. »Nehmen wir einmal an, das klappt. Aber woher soll das Geld für Benno kommen? Hundert Riesen! Du weißt: Es ist eine Conditio sine qua non. Bisher haben wir nur draufbezahlt. Vor allem ich bin in der Hinsicht der Leidtragende!«

Mats und Florian verdrehten genervt die Augen – auf dieser Leier hatte Leo nun wirklich schon oft gespielt.

Er ärgerte sich entsprechend.

»Da braucht ihr gar nicht so blöd zu grinsen. Wenn Benno noch eine Woche im ›Arberblick‹ den Graf Koks von der Gasanstalt spielt, lande ich im Armenhaus!«

»Jaja, schon recht«, winkte Mats ab. »Nach A kommt B. Zuerst muss ich meinen Schwager wieder mal austricksen. Das ist schwierig genug …«

63

Derselbe Ort.

Villa Wildbieler.

Zur selben Stunde.

Zwanzig Uhr.

Nur war es zwei Wochen später, als die Behringers wieder bei den Wildbielers eingeladen waren.

Diesmal war ein amerikanischer Abend angesagt, wie Conny ihrem Ehemann vorab verriet, als sie sich gemeinsam im Bad zum Ausgehen zurechtmachten.

Mats maulte nicht mal wie sonst immer, wenn es um den Besuch bei seinem Schwager ging. Im Gegenteil – er war gottfroh, dass sich ihm wieder eine Chance bot, auf die er sehnlichst gehofft hatte. Seine Wachsschachteln für die Schlüsselabdrücke hatte er diesmal selbst im Hobbykeller präpariert, damit Conny nichts mitbekam. Leo als ausgebildeter Schlosser hatte das nötige Know-how, eine entsprechende Vorrichtung und Rohlinge, um daraus die Schlüssel herstellen zu können.

Früher hatte Mats immer gemeckert, weil er nichts öder und anstrengender fand, als einen Abend mit seinem Schwager und Maja zu verbringen und sich wieder und wieder anhören zu müssen, was er alles falsch machte. Dazu musste er gute Miene zum bösen Spiel vortäuschen, damit sich nicht zu allem Überfluss im Nachhinein auch noch eine Ehekrise anbahnte. Schließlich ließ Conny nichts auf ihren großen Bruder kommen, der sie immer – schon seit Kindergartenzeiten – beschützt und verteidigt hatte und sich selbst heute noch verpflichtet sah, sich als Familienoberhaupt aufzuführen, auch wenn Mats das lächerlich fand.

Aber die Hand, die einen füttert, beißt man bekanntlich nicht.

Daran hatte sich Mats bisher immer gehalten, auch wenn ihm das noch so schwerfiel.

Also ein amerikanischer Barbecue-Abend, an einem tropischen Sommertag, kein Gewitter war laut Wetter-App im Anmarsch, der Klimawandel hatte wieder einmal gehalten, was er versprach.

Was bedeutete, dass Wildbieler ganz in seinem Element war, und das hieß, dass er hinter der denkbar monströsesten Grillstation des Abendlandes auf seiner Terrasse im Mittelpunkt stand, eine Schürze um, auf der diesmal das umgewandelte Trump-Motto »Bavaria first!« prangte. Er briet Burger und Würstchen und Spareribs und Steaks in sämtlichen Variationen, die Menge hätte ausgereicht, um die ausgehungerte Fußballmannschaft des FC Thalbach nach dem sowieso nicht mehr entscheidenden – und verlorenen – letzten Spiel der Saison zu versorgen.

Und genau das war für Mats die Überraschung des Abends, als sie ankamen: Wildbieler als Großsponsor des örtlichen Fußballvereins hatte tatsächlich sämtliche Spieler und Spielerfrauen zum Grillabend eingeladen – ohne ihn davon zu informieren. Sie waren alle schon da, weil sie eine halbe Stunde früher aufgekreuzt waren. Ausnahmslos alle hatten dichtgehalten.

Mats war völlig perplex, weil er angenommen hatte, es würde wie immer traditionell ein Familienabend werden, seine Frau, ihr Bruder und Maja.

Conny lächelte, und da wusste er, dass auch sie eingeweiht gewesen war. Natürlich – die Frauen spielten ununterbrochen auf ihren Smartphones herum und kommunizierten ständig miteinander. Er war also wohl der Einzige, der nichts davon mitbekommen hatte. Selbst Leo und Florian hatten anscheinend Bescheid gewusst, so wie sie ihn beide angrinsten. Die Überraschung war ihnen jedenfalls geglückt.

Er beschloss, sich so gut es ging zu amüsieren, aber er durfte dabei nicht sein eigentliches Vorhaben aus den Augen verlieren. Also hieß es, vor allem beim Alkohol Maß zu halten. Ein bekennender Stoiker wie er musste wissen, wann man sich betrinken durfte und wann nicht.

Der Trubel war riesengroß, die Stimmung bereits bestens. Leo war selbstredend wieder der DJ, der dem amerikanischen Motto gemäß einen Hit nach dem anderen auflegte, ausschließlich aus den 1950er und 1960er Jahren, von »Needles And Pins« über »Blue Suede Shoes«, »Wake Up Little Susie« bis zu »Hound Dog«. Weil man damals nicht nur ihre Musik, sondern auch noch die Amis selbst lieb haben konnte, wie er launig über das Mikrofon mitteilte. Anscheinend hatte er auch schon die eine oder andere Halbe intus und folglich einen in der Krone, so wie er diesmal aufdrehte.

Alles war – wie sollte es anders sein? – von Maja aufs Trefflichste vorbereitet und ausgestattet worden. Sie liebte es einfach, ihre Einladungen dem jeweiligen Motto gemäß perfekt in Szene zu setzen, und auch Wildbieler war geradezu davon besessen.

Mats fragte sich, ob sie im Keller ihres Hollywood-Anwesens extra einen Lagerraum mit entsprechenden Utensilien hatten. Oder mehrere. Einen für Asien, einen für Frankreich, einen für die USA, für Indien, für Spanien, Italien und Griechenland. Und Bayern nicht zu vergessen. Nur auf England waren sie noch nie gekommen, aber Fish and Chips mochte sowieso keiner. Nicht mal Wildbieler.

Jede Menge Stars and Stripes in allen Größen waren geflaggt, über die ganze Terrasse flatterten Fahnengirlanden in Blau-Weiß-Rot wie bei der Gebrauchtwagenausstellung eines Autohändlers in Chicago, Illinois. Sogar eine mannshohe Freiheitsstatue aus Plastik hatten sie aufgetrieben. Sie kam Mats bekannt vor, bis ihm einfiel, wo sie ausgeliehen worden war – von Monikas Frisiersalon, dort stand sie normalerweise neben dem Eingang, wenn sie geöffnet hatte. Mit einem Fön in der erhobenen Hand anstatt der Fackel, die sie heute hochhielt.

Es gab nichts zu mäkeln, wie immer hatte das Gastgeberpaar alles bis ins kleinste Detail vorbereitet.

Weil diesmal Wildbieler der Chef im Ring beziehungsweise am Grill war, kümmerte sich Maja um stetigen Nachschub. Die Spielerfrauen hatten für Salate, Soßen und süßen Nachtisch gesorgt, die Männer für ein Fass Bier, das natürlich von Besser-Bräu stammte und selbstverständlich von Wildbieler in einer großen Zeremonie angezapft worden war. Mit drei wuchtigen Schlägen, wie auf dem Oktoberfest. Nur ein paar Spritzer gingen daneben. Darauf war er wirklich stolz und strahlte über seine tadellose Leistung wie ein Honigkuchenpferd. Florian übernahm die ehrenvolle Rolle des Schankkellners, als hätte er nie etwas anderes getan.

Es gab alles, was das Herz und der Magen begehrten, im Überfluss, dafür hatte Wildbieler gesorgt, weil er sich nichts nachsagen lassen wollte.

Maja servierte immer neue Cocktails, flirtete unverhohlen mit jedem, und die Stimmung war trotz des grottenschlechten sportlichen Abschneidens des FC Thalbach hervorragend.

Bis Wildbieler dem DJ, also Leo, nachdem lange genug geschlemmt, getrunken, getanzt und gequatscht worden war, das Zeichen gab, die Musik auszumachen, weil er zum Höhepunkt des Abends wieder einmal eine seiner gefürchteten Reden halten wollte. Leider hielt er sich für den begnadetsten Redner seit Cicero, und da er im Zweitberuf Politiker war, fielen seine Ansprachen für gewöhnlich lang und anstrengend aus.

Mats ahnte Schlimmes, weil es in diesem Vortrag wohl auch um seine Rolle als Trainer gehen würde, dabei hatte er sich nicht gerade mit Ruhm bekleckert, zugegeben, aber was hätte er auch anders machen können? Er hatte naturgemäß ausschließlich Spieler zur Verfügung, die Fußball als Freizeitgestaltung zelebrierten – wenn auch mit viel Einsatz und der aufrichtigen Freude und Leidenschaft, aber leider immer mit zu wenig Training, Talent und Durchsetzungsvermögen.

Als Mats bei dieser Gelegenheit die vergangene Saison im Schnelldurchgang geistig Revue passieren ließ, erfasste ihn kurzzeitig so etwas wie Wehmut. Was war das früher für eine Zeit gewesen, als er ohne diesen bleischweren Rucksack voller Sorgen, den er sich im Laufe der letzten paar Jahre unsichtbar umgeschnallt hatte, einfach nur gegen den Ball kicken und einen Gegner, der ihn mehr als einmal nassgemacht hatte, wie man als Fußballer zu sagen pflegte, mit einer Blutgrätsche über die Klinge springen lassen konnte!

Wenn Wildbieler jetzt den Moment für gekommen hielt, um seine Saisonabschlussansprache zu halten, war das gleichzeitig für Mats der richtige Zeitpunkt, um einerseits der Rede zu entgehen und andererseits zum eigentlichen Anlass seiner Anwesenheit zu kommen, nämlich der Suche nach dem Schlüssel für den Safe im Rathaus. Die Gelegenheit war günstig, und er musste sie nutzen, jetzt, wo alle mit ihren Tellern und Gläsern in der Hand allmählich zur Ruhe kamen, um den Worten ihres Sponsors zu lauschen, der schon von Leo das Mikrofon in die Hand gedrückt bekam.

Wieder einmal fiel Mats die frappante Ähnlichkeit zwischen den beiden auf. Aussehen, Statur – sie hätten Brüder sein können, nur dass Wildbieler eben eine Vollglatze hatte, die immer auf Hochglanz poliert, diesmal allerdings aus gegebenem Anlass mit einer Baseballkappe des FCT bedeckt war, während der zehn Jahre jüngere Leo sich zu seinen vollen brünetten Haarlocken seit Kurzem auch noch einen Vollbart wachsen ließ, den er erst wieder abnehmen wollte, wenn sie das erfolgreich erreicht hätten, was sie sich vorgenommen hatten. Jedenfalls hatte er das im Beisein von Mats und Florian hoch und heilig geschworen.

Jetzt, wo erwartungsvolle Stille eintrat, würde niemand auf Mats achten. Ausnahmsweise war er noch völlig nüchtern, als er sich den Weg durch die Menge ins Innere der Villa bahnte. Ansonsten gab er sich bei Wildbielers Einladungen möglichst schnell die Kante, um sich eine innere Stahltapete, wie er es nannte, anzulöten, wenn er wieder gezwungen war, sich dessen pseudopädagogische Monologe anzuhören. Aber diesmal hatte er andere Prioritäten.

Alle Gäste waren auf der Terrasse, wo Wildbieler anfing, die Vorzüge dieses seines – nun, »ruhmreichen« FC Thalbach könne man ja nicht unbedingt behaupten – Fußballclubs zu schildern. Wenigstens sei der FCT ein heimatverbundener Verein mit großer Leidenschaft, den er maßgeblich gefördert habe, auch wenn nicht alles so geraten sei, wie man sich das vorgestellt und gewünscht habe. Aber in der nächsten Saison werde man wieder in die Vollen gehen und angreifen! Denn allein der olympische Geist sei wichtig, dabei sein sei eben alles – und was dergleichen an üblichen Floskeln mehr von ihm in die Menge posaunt wurde.

Weil der FC Thalbach objektiv gesehen auf der Verliererseite war, sagte sich Wildbieler, der Politiker, dass es an der Zeit sei, auch irgendetwas Positives im Negativen zu finden und einen gewissen Optimismus zu verbreiten. Er werde daher sein finanzielles Engagement für den Verein aufstocken. Damit sollte alles besser werden, das versprach er.

In jeder Hinsicht.

Das kam natürlich gut an, Bravorufe und Beifall brandeten auf.

Mats hörte gar nicht richtig hin, als er in den Flur der Villa kam, ihm reichte der Geräuschpegel von draußen, wo schließlich von

Wildbieler der unvermeidbare vereinseigene Schlachtgesang angestimmt und von den Gästen begeistert aufgenommen wurde:

»Wir sind der FC Thalbach und geben niemals auf! Wir schießen viele Tore, das ist des Lebens Lauf. Hundertmal schon totgesagt, doch wir stehn immer wieder auf …«

Der Mann, der diese besonders originelle Hymne höchstpersönlich kreiert und eingeführt hatte, war eben auch in dichterischer und kompositorischer Hinsicht ein Hansdampf in allen Gassen.

Wer sonst als Wildbieler konnte das gewesen sein …

Mats schaute sich sicherheitshalber noch einmal um, bevor er endlich nach dem Schlüsselbund seines Schwagers in der Designerschale griff, sich damit auf der Gästetoilette einschloss und die Abdrücke der für sein Vorhaben nötigen Schlüssel in seinen mit Wachs ausgefüllten Blechschachteln machte. Es waren einige …

Danach betätigte er – nur für alle Fälle – die Spülung, kam aus der Toilette, sah sich um. Die Luft war dem Anschein nach immer noch rein, von draußen war Wildbieler zu hören, der irgendwie Mats' Namen erwähnt haben musste, denn auf einmal skandierte die aufgeheizte Menge: »Mats! Mats! Mats!«, und hinter Mats' Rücken sagte plötzlich eine weibliche Stimme: »Mats, du musst jetzt da raus!«

Mats riss es förmlich herum. Dummerweise hatte er immer noch den Schlüsselbund seines Schwagers in der Hand, den er, als er sich zu Maja umdrehte, deren Stimme es war, geistesgegenwärtig hinter seinem Rücken versteckte, in der verzweifelten Hoffnung, dass Maja entgangen war, was er da zu verbergen versuchte.

»Die rufen nach dir! Hörst du das nicht?«, sagte Maja, und wenn sie nicht ein Tablett mit vollen Cocktailgläsern in der Hand balanciert hätte, hätte sie ihn jetzt in Richtung Terrasse geschoben. Sie wartete darauf, dass er endlich vorausging.

Mats blieb nichts anderes übrig, als den überdimensionalen Schlüsselbund wie ein zweiter David Copperfield ungesehen in seiner Jackentasche verschwinden zu lassen, während gleichzeitig Maja mit ihren Drinks an ihm vorbei nach draußen eilte, wo die Menge immer noch nach ihm rief. Alle Augen richteten sich auf ihn, als er auf die Terrasse trat.

Mit dem schweren Schlüsselbund in der Sakkotasche nahm Mats den Beifall einer von Wildbieler aufgestachelten Menge entgegen und wusste nicht, warum sie ihn so frenetisch feierten.

Er nahm die Ovationen einigermaßen hilflos entgegen, indem er ein unsicheres Grinsen aufsetzte und die Hände in die Höhe hob, und wurde, von wem auch immer, neben Wildbieler geschoben, der seine Hand bedeutungsschwer auf Mats' Schulter legte und ins Mikrofon sprach: »Das ist der Mann, der aus dem FC Thalbach eine Mannschaft geformt hat, auch wenn sie nicht immer das gehalten hat, was wir uns von ihr versprochen haben. Aber – und das ist die Hauptsache – er hat sein Möglichstes getan, alles, was in seinen bescheidenen Kräften stand, und dafür gebührt ihm am Ende einer langen und anstrengenden Saison ein dreifaches hipp, hipp …«

»Hurra!«, schrie die Menge, die inzwischen Spaß daran fand, sich selbst zu feiern und einander hochzuschaukeln.

»Hipp, hipp …«

»Hurra!«

»Hipp, hipp …«

»Hurra!«

Mats verbeugte sich linkisch, und zu allem Überfluss drückte ihm jetzt sein Schwager auch noch das Mikro in die Hand und flüsterte: »Du musst noch ein paar nette Worte an deine Fans richten! Na los, mach schon!«

Mats wollte gerade loslegen, da nahm ihm Wildbieler das Mikro gleich wieder weg und sagte schnell: »Unser Spielertrainer – Mathias Behringer, Damen und Herren!«, bevor er Mats das Mikro erneut übergab.

Mats spürte das Gewicht des Schlüsselbunds in seiner Sakkotasche, das in diesem Augenblick ungefähr so schwer wog wie sein schlechtes Gewissen. Kurz konnte er sich ins Gedächtnis rufen, dass er Stoiker war, sah Conny, die in die Hände klatschte und »Mats! Mats!« rief, worauf einige der Umstehenden mitmachten, bis er die Hand hob. Während allmählich Stille einkehrte, räusperte er sich und wusste, dass er jetzt etwas Wichtiges oder zumindest etwas Witziges sagen musste, um die erwartungsvolle Menge zufriedenzustellen.

Er beschloss, die bereits hochgekochte Stimmung auf den Siedepunkt zu bringen, und steigerte sich bei seinem kurzen Statement in ein Crescendo bis zu einem stadionmäßigen Fortissimo hinein.

»Wir alle vom FC Thalbach haben unser Bestes gegeben und gekämpft bis zum Umfallen. Zum Deutschen Meister oder zum Pokalsieger hat es diesmal leider noch nicht ganz gereicht. Aber ich verspreche euch: Der FC Thalbach gibt niemals auf! In der nächsten Saison werden wir sie alle reihenweise aufmischen! Vor allem Niederkaltenkirchen!«

Das genügte, um seiner Rolle gerecht zu werden und die Menge zu begeistern.

Die jubelnde Reaktion war dementsprechend.

»Gut gemacht!«, lobte Wildbieler ausnahmsweise, nahm Mats das Mikrofon wieder weg, bevor dieser noch besser bei den Leuten ankam als er, und klopfte ihm auf den Rücken, ausgerechnet dort, wo ein Stück weiter unten der Schlüsselbund war.

Mats glaubte, ihn klirren zu hören, aber das war natürlich nur Einbildung.

Dann gab Wildbieler Leo ein Zeichen, der startete »See You Later Alligator« von Bill Haley, und die Feier nahm wieder ihren Lauf, weil alle hemmungslos mitgrölen konnten.

Die Apotheose des Abends war erreicht.

64

Danach ging es schnell zu Ende.

Bill Haley war der Rausschmeißer.

Kaum war das Echo der Gäste auf »… after a while, crocodile« verklungen, machte Leo die Musikanlage aus und das Licht an.

Es war wie bei einem Konzert nach der letzten Zugabe, alle verstanden, dass jetzt Schluss war.

Diejenigen, die zu betrunken waren, um noch beim Abräumen mitzuhelfen, wankten nach Hause oder zu ihren Autos. Cops waren sowieso keine unterwegs, sie waren ja alle auf der Party. Einige waren auch mit ihren Fahrrädern da. Diejenigen, die noch halbwegs fit waren, legten Hand an.

Bei so vielen Helfern ging das Aufräumen schnell vonstatten, auch Mats und Conny packten mit an.

Schließlich waren sie auf einmal die Letzten.

Conny half Maja noch in der Küche.

Mats nutzte die Gelegenheit, endlich den bleischweren Schlüsselbund seines Schwagers wieder dort hinzulegen, wo er hingehörte: in die Designerschale. Danach fühlte er sich wie befreit und beschloss, ein wenig von dem nachzuholen, was er den ganzen Abend hindurch vermieden hatte: etwas Alkoholisches zu trinken.

Er wollte eben in die Küche zu Conny und Maja, als er von draußen einen scharfen Pfiff hörte. Verwundert sah er sich um, als ihm ein erneuter Pfiff anzeigte, woher er kam.

Von der inzwischen fast dunklen Terrasse, nur an einem Biertisch flackerte noch eine Kerze, und dort saß Wildbieler, der eine Zigarre rauchte und ihn zu sich heranwinkte.

Mats folgte der überdeutlichen Aufforderung und ging auf die Terrasse hinaus.

»Komm, setz dich her zu mir«, forderte Wildbieler ihn auf.

»Ich wollte mir gerade noch was zu trinken holen«, meinte Mats, aber Wildbieler zeigte auf die Bank ihm gegenüber.

»Setz dich. Ich hab hier schon was für uns. Was ganz Besonderes, dem Anlass angemessen.«

Er zeigte auf eine kitschige und luxuriös aussehende Flasche, die mit zwei silbernen Händen verziert war, einen silbernen

Stöpsel hatte und auf einem Tablett mit mehreren Schnapsgläsern stand.

»Weißt du, was das ist?«, fragte Wildbieler. »Hab ich mir vorhin extra geholt. Als alle weg waren. Maja musste mir versprechen, die Flasche nicht anzufassen. Für ihre verrückten Cocktails wäre das reine Verschwendung. So was Edles muss man pur trinken. Wollte den Abend damit ausklingen lassen.«

Mats setzte sich seinem Schwager gegenüber und versuchte vergeblich, im flackernden Licht der Kerze zu lesen, was auf dem Etikett der Flasche stand.

»Was ist das?«, fragte er.

Wildbieler wedelte ungeduldig mit der Hand. »Schenk uns schon ein, dann sage ich's dir.«

Mats goss zwei Gläser voll, gab eines seinem Schwager und wollte anstoßen. Aber Wildbieler, der dem Inhalt aus der seltsamen Flasche offensichtlich schon ordentlich zugesprochen hatte, hob seine Hand mit der Zigarre und befahl: »Stopp, du Banause! Das ist ein ganz besonderer Tropfen. Den muss man mit Ehrfurcht und Respekt genießen! Die Flasche habe ich von einem chilenischen Geschäftsfreund geschenkt bekommen.«

Mats schnupperte an seinem Glas. Er konnte nichts anderes als hochprozentigen Alkoholgeruch feststellen, aber er hob den Daumen zum Zeichen der Anerkennung.

»Dieser Tequila«, dozierte Wildbieler, indem er sein Glas in die Höhe hielt, »ist der teuerste einheimische Schnaps in Mexiko. Nur damit du's weißt! Nennt sich ›Don Julio Real Extra Añejo‹ und kostet schlappe tausend Mücken die Flasche!«

Mats sah sein Glas erstaunt an. »Wie bitte?«

»Tatsache. Wird wahrscheinlich von mexikanischen Jungfrauen bei Vollmond nach einem aztekischen Ritual destilliert, keine Ahnung. Ist jedenfalls limitiert. Hab's im Internet nachgesehen. Eigentlich ein Sammlerstück für Aficionados. Weißt du, wer diesen Schnaps ab und zu gerne trinkt?«

»Wer außer dir, meinst du?«

Wildbieler lächelte selig und sah sein Schnapsglas geradezu liebevoll an. »Ja. Wer außer mir. Ich will's dir sagen. Die Big

Player im Drogengeschäft. Die Narcos. Immer wenn es etwas zu feiern gibt beim Kartell in Kolumbien oder Mexiko, stoßen sie damit an. Hat mir der Geschäftsfreund erzählt.«

Er seufzte geradezu sehnsuchtsvoll auf und zog heftig an seiner Zigarre.

Es war natürlich wie immer eine echte Cohiba aus Kuba. Stückpreis über fünfzig Euro.

Noblesse oblige.

Mats sah ihn an und vermutete im selben Augenblick, dass sein Schwager manchmal viel lieber Drogenboss in Sinaloa gewesen wäre. Dort hätte er sein Talent zum Geldverdienen so richtig zur Entfaltung bringen können. Besessen von seiner geradezu pathologischen Manie, sich einzubilden, kraft seiner Persönlichkeit über dem Gesetz zu stehen. Da wäre ihm endlich der Respekt zuteilgeworden, den ein Mann wie er einfordern konnte und zu verdienen glaubte. Wie er da saß und sich in seiner Selbstzufriedenheit suhlte, erinnerte er Mats an das Filmklischee eines patriarchalischen Möchtegernbosses der 'Ndrangheta in Kalabrien oder eines Schneekönigs in Bogotá. So wie Wildbieler es aus der »Narcos«-Serie auf Netflix kannte, die sich Mats ebenfalls gelegentlich reinzog.

Sein Schwager riss ihn wieder aus seinen Gedanken, indem er ihm den Rauch aus seiner Cohiba ins Gesicht blies und meinte: »Sag mir, mit wem sollte ich diese Kostbarkeit teilen, wenn nicht mit meinem Schwager? Maja steht nun mal nur auf ihre Cocktails …«

Mats roch noch einmal am Schnapsglas, Wildbieler ebenfalls.

»Schon klar«, sagte er, »passt jetzt nur marginal zu unserem amerikanischen Abend. Aber da wir alle wissen, wie groß die Latinogemeinde in den USA ist, können wir das noch einmal durchgehen lassen. Cheers – oder wie der Mexikaner sagt: Salud!«

Jetzt endlich stieß er mit Mats an, und beide kippten ihren Schnaps. Aber erst spürten sie dem scharfen Geschmack im Mund nach, bevor sie ihn schluckten.

Nach einer angemessenen Pause sagte Wildbieler: »Na – habe ich zu viel versprochen?«

»Nicht schlecht«, gab Mats zu. »Für fünfzig Euro pro Schluck …«

»Ja, wie sagt man bei uns in Bayern: Wer ko, der ko …« Damit schenkte er gleich nach. »Auf einem Bein kann man nicht stehen.«

»Ich sitze aber«, meinte Mats, der merkte, wie sich der Tequila warm im Solarplexus ausbreitete und ihm sofort zu Kopf stieg.

»Und ich habe einen sitzen«, gestand Wildbieler und lachte kollernd. »Aber so was von! Egal. Das habe ich mir wahrlich verdient. Prost, Schwager!«

Sie kippten noch einen, und Wildbieler schenkte erneut nach.

»Du hast was zu feiern?«, nahm Mats an. »Ich meine … außer unserer Fußballmannschaft …«

»Ja, habe ich.« Wildbieler grinste in sich hinein und paffte heftig an seiner Zigarre. »Ja, ich habe darüber hinaus noch etwas zu feiern.«

Er war offenbar darauf erpicht, dass Mats ihn danach fragen sollte. Also tat der ihm den Gefallen.

»Ist es etwas Großes?«, fing er vorsichtig tastend an, weil er grundsätzlich davon ausging, dass sich sein Schwager nicht mit Kinkerlitzchen abgab.

»Oh ja!«, schwärmte Wildbieler mit verklärtem Blick. Ob der von seinem emotionalen Höhenflug herrührte oder vom übermäßigen Tequilagenuss – das war nicht zu unterscheiden.

Unvermittelt beugte er sich zu Mats vor und fasste ihn am Arm. »Bist du mein Schwager, oder bist du ein Bulle? Jetzt, wo nur wir beide hier sitzen, ganz unter uns?«

»Beides, würde ich sagen.«

»Dann vergiss mal für diesen Augenblick den Polizisten. Das, was ich dir jetzt sage, ist nur für den Schwager bestimmt, hast du verstanden?«

»Ja, schon.«

»Kannst du das trennen? Polizist – Schwager. Schwager – Polizist …?«

»Das kann ich.«

»Warum?«

»Weil ich zwischen beruflichen und familiären Angelegenheiten unterscheiden kann.«

»Und was kommt bei dir an erster Stelle?«

Mats wusste, was für eine Antwort sein Schwager hören wollte. »Immer die Familie.«

»Immer?«

»Ja, immer.«

»Bravo, Mats, bravo. So gefällst du mir!«

Er tätschelte ihm die Wange, schenkte sich noch mal vom Tequila ein und trank, ohne anzustoßen.

»Weißt du …«, fing er an und gab Mats mit einem aufmunternden Kopfnicken zu verstehen, dass er gefälligst auch sein Schnapsglas leeren sollte, was Mats tat, weil er ahnte, dass sein Schwager etwas loswerden wollte, das für sein weiteres Vorhaben von eminent wichtiger Bedeutung war.

»Weißt du …«, wiederholte Wildbieler, jetzt schon mit schwerer Zunge, »… manchmal spült einem das Schicksal etwas vor die Füße, bei dem man zupacken muss, wenn man nicht als kompletter Vollidiot dastehen will – verstehst du, was ich meine?«

»Im Prinzip schon. Aber in deinem konkreten Fall noch nicht.«

»Dachte ich mir. Egal. Wenn du eine Chance bekommst, musst du zugreifen, mein Freund! Das ist die eherne Regel für Erfolg. Aber Erfolg ist für jemanden wie dich ja doch nur ein Fremdwort …«

»Sag das nicht. Falls die Gelegenheit günstig ist, bin ich durchaus gewillt zuzugreifen. Es ist nur … Bei mir scheinen die Chancen einfach nicht vorbeizukommen, damit ich endlich einmal zugreifen kann.«

»Ja, du bringst es auf den Punkt«, kommentierte Wildbieler nachdenklich. »Das ist der Unterschied zwischen uns. Du hast einfach im Gegensatz zu mir ein schlechtes Karma. Genau das ist es. Aber weißt du, woran das liegt?«

»Nein. Ich wünschte, ich wüsste es.«

»Weil du der geborene Pessimist bist. Bei dir ist das Glas immer halb leer und nicht halb voll. Apropos …«

Er hielt Mats sein Glas hin, und der schenkte nach. Lange betrachtete Wildbieler den Tequila, zog an seiner Zigarre und begann mit seinem inhaltsschweren Lieblingssatz, den Mats schon öfters zu hören bekommen hatte.

»Das, was ich dir jetzt sage …«, fing er an.

Die Pause, die nun folgte, kannte Mats auch schon.

»Das ist wie immer topsecret«, ergänzte er.

Wildbieler nickte bedeutungsvoll. »Genau, du sagst es! Doppelt topsecret. Du schwörst es bei allem, was dir heilig ist, dass das unter uns bleibt?«

»Bei allem, was mir heilig ist«, bestätigte Mats, dem vom Tausend-Euro-Tequila immer schwummriger wurde. Aber das machte ihm nichts aus, solange er Wildbielers Beichte entgegennehmen konnte und noch verstand, um was es ging.

War ihm überhaupt etwas heilig?

Nein – nicht, wenn seine Existenz auf dem Spiel stand.

»Ich habe sie alle über den Tisch gezogen«, machte Wildbieler endlich weiter und fuchtelte dazu mit der Zigarre in der Luft herum. »Komplett alle. Die Bullen, also euch, die siebengescheiten Kripoleute aus München, diese Banditen, die meinen Laden ausgeraubt haben, diesen Salovic – alle! Keiner von euch kann mir in der Beziehung das Wasser reichen … keiner von euch.«

Damit hielt er Mats wieder sein Glas hin, und der schenkte nach.

»Womit?«, fragte Mats. »Womit hast du sie über den Tisch gezogen?«

»Damit, dass ich behauptet habe, dass mir fünfzehn Autos gestohlen worden sind.«

Er legte eine dramatische Pause ein, bevor er weitersprach.

»Aber es waren in Wirklichkeit nur sechs.«

Auf dieses Geständnis hin kippte er seinen Schnaps in einem Zug.

»Sechs?«, wiederholte Mats scheinbar ungläubig. »Was ist dann mit den anderen neun Autos passiert?«

»Gar nichts. Sie stehen nach wie vor bei mir auf dem Parkplatz. Aber für die Versicherung, für die sind sie gestohlen worden.«

»Nein!«

»Aber ja! Der Reingewinn ist eine Viertelmillion! Mindestens. Steuerfrei!« Er lachte. »Und weißt du, was das Schöne daran ist?«

»Nein«, sagte Mats leise, um die Generalbeichte seines Schwagers nur ja nicht abreißen zu lassen.

»Das Geld wasche ich über das Golfhotel ›Arberblick‹, bei dem ich stiller Teilhaber bin. Und wenn es gewaschen ist, investiere ich es in mein neues Großprojekt, die Indoor-Golfanlage. Golf zu jeder Jahreszeit, das wird ein Riesending … Mal sehen, ob ich den Verlust von fünfzehn Autos noch von der Steuer absetzen kann. Mein Steuerberater wird das schon deichseln. Er ist mit dem Finanzminister verwandt …«

Er breitete die Arme aus. »Was will man mehr? Dieser Geldkreislauf tut allen gut. Mir und der Wirtschaft in unserer Gegend insgesamt. Euer Zwergenrevier hat jede Menge zu tun, unser Thalbach ist in aller Munde, das Fernsehen sendet rauf und runter. Das nenne ich eine echte Win-win-Situation. Und weißt du, was das Allerbeste ist?«

»Nein«, sagte Mats zögerlich, »aber du wirst es mir bestimmt gleich sagen.«

»Darauf kannst du einen lassen, Schwagerherz. Das Allerbeste ist, dass ich damit rechnen kann, innerhalb der nächsten zwei, drei Monate das Bundesverdienstkreuz zu bekommen. Meine Parteifreunde haben mich schon vorgeschlagen, dafür habe ich gesorgt!«

»Das ist ja … Aber das ist ja phantastisch!«

»Nicht wahr? Ich habe dir doch gesagt, dass der Anlass zum Feiern ein außerordentlicher ist. Denkst du vielleicht, eine solche Gelegenheit lässt sich ein Gustav Wildbieler entgehen? Siehst du – das ist eben die Chance, die du beim Schopf packen musst, wenn du sie vorbeikommen siehst. Und ich bin Manns genug, um das auch zu tun! Was sagst du jetzt?«

»Nichts. Ich bin sprachlos.«

»Das will ich doch hoffen. Und zwar in jeglicher Beziehung.«

Sie schwiegen eine Weile vor sich hin, jeder hing seinen Gedanken nach. Es waren sehr unterschiedliche Gedanken, aber sie drehten sich nur um eines: Geld.

Nach seinem manischen Ausbruch kam Wildbieler ins Grübeln. Er hatte sich von seiner eigenen Großartigkeit berauschen und hinreißen lassen. Das schien er plötzlich zu bereuen. »Vielleicht hätte ich dir das alles nicht erzählen sollen ...«

»Nein. Hättest du nicht. Hast du aber.«

Wildbielers Kopf schoss wieder auf Mats zu. Er kam ihm so nah, dass Mats seinen Zigarren-Schnaps-Atem riechen konnte.

»Und jetzt? Steckst du jetzt in einem Dilemma zwischen Verrat und Loyalität?«

Dass sein Schwager das Wort Loyalität noch einigermaßen korrekt aussprechen konnte, grenzte in seinem Zustand an ein Wunder.

Dass ihm das noch auffiel, grenzte auch bei Mats an ein Wunder, denn die durchschlagende Wirkung des Tequilas hatte bei ihm ebenfalls voll eingesetzt.

»Nein«, entgegnete er trotzdem eiskalt, auch wenn er fast nur noch lallen konnte. »Nein, kein Dilemma.«

»Also gut. Wir werden da was vereinbaren, soll dein Schaden nicht sein. Jedenfalls ... Nur damit das klar ist ... Das mit den Autos habe ich nie zu dir gesagt. Und wenn, dann war das ein Spaß unter Freunden. Solltest du behaupten, dass ich neun Autos unterschlagen habe, werde ich das strikt leugnen. Und wenn du das trotz allem ausplauderst, steht Aussage gegen Aussage, das geht schon noch in deinen Schädel, oder?«

»Wovon sprichst du? Ich hab's schon wieder vergessen.«

»Dann kann ich also davon ausgehen, mein lieber Schwager, dass du weiterhin Dienst nach Vorschrift machst und mein kleines Geheimnis für dich behältst? Damit es in der Familie bleibt?«

»Ich weiß nicht, was du meinst, ich hab eine Art ...«, Mats machte eine Drehbewegung mit der Hand an seiner Schläfe,

»… eine Art zeitweilige Gedächtnislücke, verstehst du? Ich bin sicher, wir haben nur über unsere Frauen gesprochen.«

»Unsere Frauen, ja …«, murmelte Wildbieler und lächelte. »Unsere Frauen …«

Und wie aufs Stichwort kamen sie schon auf die Terrasse, Conny und Maja.

Mats stand auf und merkte, wie wacklig er auf den Beinen war.

»Ich glaube«, sagte er zu seiner Frau, »diesmal musst wirklich du fahren.«

Conny sah die Schnapsflasche, wusste Bescheid, hakte Mats unter und winkte Maja und ihrem Bruder zu.

»War megatoll, eure Grillparty! Danke für alles und bis bald!«

Dann führte sie Mats ab, abgefüllt, wie er war. Mit dem Tequila und dem vernebelten Wissen, dass sein Plan Konturen annahm.

»Kommst du?«, fragte Maja ihren Lebensgefährten, der schwer in den Seilen hing, vor sich hin paffte und gedanklich von seiner »Narcos«-Hybris nicht so recht loskam.

»Gleich, Schätzchen«, antwortete er und goss sich noch einmal nach. »Geh schon mal voraus und wärm das Bett auf!«

Genau das hätte ein Don gesagt, dachte Wildbieler und lächelte in sich hinein. Er tauchte das Mundstück seiner Cohiba in den Tequila, nahm noch einen letzten ausführlichen Zug von der befeuchteten Zigarre, kippte den Schnaps und stellte sich vor, er wäre Don Julio Real Extra Añejo Escobar – oder wie immer der hieß – in seiner Protzvilla irgendwo im kolumbianischen Hinterland.

Aber Niederbayern war auch nicht schlecht.

War das nicht die Rolle, die er in Thalbach spielte? Der Patron, der alle Fäden in der Hand hatte und dem man nichts anhaben konnte? Der de jure und de facto unantastbar war?

Selten hatte er sich so überlegen gefühlt. Ihm war, als könnte er schweben oder zumindest übers Wasser gehen. Obwohl er gute hundertzehn Kilo Lebendgewicht auf die Waage brachte.

Ja, das war er – unantastbar.

Und die anderen konnten den Dreck für ihn wegräumen. Er brauchte gar nichts zu sagen, das taten sie schon aus reinem Respekt vor ihm.

Er warf seinen Zigarrenstummel in ein halb volles Glas Bier, das beim Abräumen vergessen worden war, hörte dem Zischen zu, erhob sich schwerfällig und wankte Maja nach, deren Silhouette gerade noch auf der Treppe zum Schlafzimmer zu sehen war.

Beim Gedanken ans Schlafzimmer beschleunigte Wildbieler seine Schritte und stolperte die Treppe zum Obergeschoss hoch, wo er Majas Parfümwolke noch riechen konnte. Wie bei allem, was sie machte, ging seine Lebensabschnittsgefährtin auch damit eher verschwenderisch um. Dieser Duft hatte ihn immer schon schier um den Verstand gebracht. Was war das gleich noch mal: Issey Miyake? Er wusste nicht einmal, wie man das aussprach. Jedenfalls etwas Sündteures, er hatte es seine Sekretärin für Maja besorgen lassen.

Er vergaß, dass er viel zu sehr dem hochprozentigen Tequila zugesprochen hatte, und stürmte geradezu die letzten Treppenstufen hoch.

65

Obwohl sich in Mats' Kopf alles drehte, war er noch hellwach, als er es mit Connys Hilfe endlich geschafft hatte, sich auszuziehen und ins Bett zu fallen. Zu viele Gedanken kreisten in seinem Schädel herum. Gedanken, die er in seinem jetzigen Zustand gar nicht mehr richtig fassen konnte.

Endlich legte sich Conny, nachdem sie sich im Bad noch abgeschminkt hatte, neben ihn.

Beide starrten sie an die Decke, obwohl Conny das Licht

ausgemacht hatte. Aber der Himmel war wolkenlos, der Mond war in dieser Nacht sehr erdnah und hell, sein fahles Licht schien durch die halb geschlossenen Jalousien herein.

»Schläfst du?«, fragte Conny nach einer Weile.

»Nein.«

»An was denkst du?«

Normalerweise die typische Frage einer Frau, mit der man nach Beendigung sämtlicher heterosexueller Interaktionen im Bett lag, schoss es Mats durch den Kopf. Nur dass er nach dem Genuss von Wildbielers Tequila so gut wie ausgeknockt war. Aber er beantwortete sie wahrheitsgemäß.

»An deinen Bruder. Dass er ein ausgemachter Glückspilz ist, dem alles in den Schoß fällt.«

»Das kannst du wohl sagen. War immer schon so.« Sie kicherte. »Als Kinder nannten wir ihn Gustav Gans. Er hasste es, wenn wir ihn damit aufzogen. Du weißt, wer damit gemeint ist?«

»Conny, du liegst neben einem Mann, der Comic-Experte ist. Gustav Gans ist der größte Glückspilz von Entenhausen. Alles, was er anfasst, wird zu Gold. Wie bei deinem Bruder. Aber wenn er Gustav ist, dann bin ich Donald, der ewige Pechvogel.«

Sie drehte sich zu ihm um und gab ihm einen Kuss. »Ich liebe dich trotzdem.«

Er seufzte und küsste sie zurück. »Dürfte dir bisweilen schwerfallen …«

»Manchmal … Vor allem, wenn du so eine Schnapsfahne hast.«

»Tut mir leid«, sagte er. »Dein Bruder hat mich ganz schön abgefüllt.«

Sie schwiegen.

Bis Conny auf einmal sagte: »Weißt du, was Maja mir unter dem Siegel der Verschwiegenheit erzählt hat? Vorhin. In der Küche, als wir zusammen aufgeräumt haben.«

»Was denn?«

»Mein Bruder hat jede Menge Schwarzgeld.«

»Kann ich mir vorstellen.«

»Und für dieses Schwarzgeld hat er ein großes Schließfach.«

Mats war auf einmal wieder ganz Ohr. »Hier in Thalbach? Bei Fröhlich auf der Kreissparkasse?«

»Nein, natürlich nicht. Wo denkst du hin? Da weiß es doch gleich jeder. Bei einer Bank in München.«

»Da schau her. Ja – dein Bruder hat nicht nur Glück, er ist auch ziemlich clever. Das muss ihm der Neid lassen.«

»Mhm. Aber jetzt kommt die Pointe: Er muss bald ein zweites Bankfach anmieten, weil das erste nicht mehr ausreicht.«

»Nicht dein Ernst! Du willst mich auf den Arm nehmen!«

»Nein, ganz und gar nicht.« Sie fing wieder an zu kichern. »Weißt du, was Gustav für ein Codewort hat?«, fragte sie. »Da kommst du nie drauf! Ist sozusagen die Eine-Million-Euro-Frage. Einmal darfst du raten …«

Mats wusste es auf Anhieb. Wie gesagt: Er kannte seinen Schwager nur all zu gut.

»Biene Maja«, sagte er.

»Du hast den Jackpot! Woher weißt du das?«

Mats zuckte mit den Schultern. »Geraten. Als Polizist solltest du ein wenig Ahnung von Psychologie haben. Und die auf deinen Bruder anzuwenden – das ist nicht weiter schwierig.«

»Wie meinst du das?«

»Dein Bruder hält sich für ziemlich durchtrieben. Dabei ist er so was von …«

Er zögerte. Eigentlich wollte er »durchschaubar« hinzufügen und dass sein Schwager besser einige Dinge für sich behalten sollte. Aber sagte er jetzt das Falsche, musste er mit mindestens drei Tagen Ehestreik rechnen.

Also beendete er seinen Satz mit: »… er ist eben … Gustav Gans.«

Und ich bin nicht Donald, der Pechvogel, fügte er in Gedanken hinzu. Nein, das wollte er nicht sein, dafür würde er sorgen. Er würde es Gustav Gans diesmal zeigen, was es hieß, bei einer Chance zuzugreifen, wenn sie tatsächlich vorbeikam.

»Ja«, seufzte Conny und kuschelte sich an ihren Ehemann. »Gustav Gans, das ist er.«

Aber Mats hörte das schon nicht mehr, weil er eingeschlafen war.

66

Mats befand sich im Tiefschlaf, als es Sturm klingelte.

Nicht nur einmal, sondern mehrfach.

Er sah auf seine Uhr. Es war kurz nach acht.

Mühsam quälte er sich hoch, hielt seinen dröhnenden Kopf, bis er endlich kapierte, dass das Klingeln nicht in seinem Schädel war, sondern von der Haustür kam, stand auf und eilte, nur mit der Unterhose bekleidet, nach unten, um zu sehen, wer da mit seinem Finger penetrant auf den Klingelknopf drückte.

Mit Schwung riss er die Haustür auf.

Ein aufgeräumter, um nicht zu sagen: impertinent gut gelaunter Kreissparkassenleiter Fröhlich grinste ihn unverschämt an und sagte: »Guten Morgen, Mats. Ich hoffe, ich störe nicht allzu sehr. Darf ich vorstellen: Das ist der Herr des Hauses, Mathias Behringer, und das sind Herr und Frau Weidlich.«

Er deutete dabei auf ein Ehepaar in den besten Jahren – er im Slim-fit-Anzug, sie im hellblauen Business-Hosenanzug, auf den ersten Blick konservativ und gut situiert –, das einigermaßen betreten dastand angesichts der Tatsache, dass Mats außer seinen mit Homer-Simpson-Comics verzierten Boxershorts nichts anhatte. Die albernen Shorts hatte ihm Conny zum Geburtstag geschenkt, er fand sie cool.

»Äh«, brachte er heraus, »hallo, Dominik ...«

Beinahe hätte er wieder »Dommi« gesagt, aber der Ernst der Lage war zu groß, um sich jetzt auch noch zusätzlichen Ärger einzuhandeln.

Er kratzte sich verlegen am Kopf und fragte: »Was machst du hier? Hatten wir ... Wir hatten doch keine Verabredung, oder?«

»Notgedrungen«, antwortete Fröhlich und versuchte, die zugegebenermaßen peinliche Situation zu retten, indem er einen stringenten geschäftsmäßigen Ton anschlug. »Dein Haus wird, wie ich dir bereits schriftlich und mündlich mitgeteilt habe, in Kürze versteigert. Ich bin hier mit Interessenten, die sich vorab schon mal ein Bild machen wollen. Tut mir leid, aber ich habe dich mehrfach vorgewarnt.«

»Ja schon, aber …«

»Bitte, Mats, lass uns das jetzt ohne große Fisimatenten über die Bühne bringen, die Herrschaften haben extra freigenommen und sind von weither angereist.«

»Aus Niederkaltenkirchen«, konkretisierte der Mann im Slim-fit-Anzug und mit Goldrandbrille und streckte Mats seine Hand hin, der wie ferngesteuert einschlug, er war noch immer nicht ganz wach. Er wusste nur, dass Niederkaltenkirchen keine fünfundzwanzig Kilometer weg war.

»Tut mir leid, dass wir Sie aus dem Bett gejagt haben«, entschuldigte sich Herr Weidlich. »Aber wir haben aus beruflichen Gründen nur jetzt ein kleines Zeitfenster, und Herr Fröhlich von der Kreissparkasse hat uns von Ihrem Haus geradezu in den höchsten Tönen vorgeschwärmt. Deshalb wollten wir die Gelegenheit ausnutzen …«

»Kein Problem«, erwiderte Mats automatisch, weil er als Stoiker mit jeder noch so heiklen Situation fertigzuwerden glaubte. Insbesondere mit der jetzigen.

Er schüttelte auch noch Frau Weidlich die Hand, wenn er schon mal dabei war, sagte: »Freut mich, Behringer«, auch wenn er es ganz und gar nicht so meinte, weil er beschlossen hatte, seinen nahezu bekleidungslosen Zustand zu überspielen und so zu tun, als wäre alles normal.

»Ja – können wir dann hereinkommen?«, fragte Fröhlich, und Mats schoss für einen kurzen Moment die Frage durch den Kopf, ob er »Dommi« für seine Impertinenz einen auf die Zwölf geben sollte.

Aber er sah ein, dass das auch keine Lösung gewesen wäre, und trat mit einer einladenden Geste beiseite.

»Bitte, nur keine falschen Hemmungen, sehen Sie sich um.«

Er wusste, was die Stunde geschlagen hatte und dass ihm

nichts anderes übrig blieb, als Fröhlichs perfides Spiel mitzuspielen. Jetzt war eh schon alles egal. Er würde das Kind trotzdem irgendwie schaukeln, da war er sich sicher.

»Versteh mich nicht falsch«, sagte Fröhlich leise zu ihm, während die Weidlichs bereits dabei waren, das Erdgeschoss zu besichtigen. »Ich wollte dich nicht überfallen, ich habe mehrfach gestern Abend und heute Morgen angerufen. Aber es ging immer nur der Anrufbeantworter an.«

»Das muss ich übersehen und überhört haben, wir haben gestern noch lange gefeiert. Bei meinem Schwager …«

»Verstehe.« Fröhlich bleckte wieder seine Zähne, wie er es immer tat, wenn er etwas gar nicht verstand. »Wusste nicht, dass dir in deiner prekären Lage noch zum Feiern zumute ist …«

»Du kennst doch meinen Schwager. Eine Einladung von ihm kann man nicht ablehnen. Er hat alle Spieler vom FC Thalbach eingeladen. Zu einer Saisonabschlussparty.«

Fröhlich reagierte beleidigt. »Und was ist mit mir? Schließlich ist die Kreissparkasse Thalbach ein wichtiger Sponsor für euch. Warum war ich nicht eingeladen? So viel Anstand kann man doch wohl noch erwarten, oder?«

»Ich weiß es nicht. Das musst du meinen Schwager fragen.«

»Das ist geradezu ein Affront«, empörte sich Fröhlich.

Mats zeigte auf das fremde Paar, das soeben die Küche unter die Lupe nahm.

»Und das? Was ist das?«

Fröhlich wand sich. »Mats, du musst das so sehen – das ist eine einmalige Chance. Die Weidlichs sind sehr solvent …«

»Kunden von dir?«

»Selbstverständlich. Seit über zehn Jahren. Und sie suchen so ein Haus wie eures. In dieser Größe und dieser Lage. Wenn sie entsprechend etwas bieten – vor der Zwangsversteigerung, verstehst du –, dann haben wir alle etwas davon, auch du und deine Frau.«

»Alle – du meinst eine Win-win-Situation?«

Im selben Moment wurde Mats erneut bewusst, dass er schon genauso bescheuert daherredete wie sein Schwager. Nur dass er nicht denselben ökonomischen Hintergrund hatte wie Gustav Gans alias Gustav Wildbieler. Außerdem hatte er das sowieso sarkastisch gemeint. Dabei war Fröhlich genau der Typ Bankmensch, der es gar nicht bemerkte, wenn man sich über ihn lustig machte. Das war immer schon so gewesen.

Fröhlich sah ihn befremdet an. »Ja, natürlich. Für alle. Für die Bank, für dich und für Conny. Du kannst mir dankbar sein, dass ich diese Besichtigung auf die Schnelle organisiert habe. Es ist nur zu deinem Vorteil, Mats. Wenn sie anbeißen und mehr bieten, als eine Zwangsversteigerung voraussichtlich bringt.«

Die Weidlichs waren inzwischen mit der Besichtigung des Erdgeschosses fertig, und Herr Weidlich fragte: »Dürfen wir uns oben auch umsehen?«

»Bitte«, sagte Mats, der sich ins Unvermeidliche gefügt hatte. »Tun Sie sich keinen Zwang an.«

Beinahe hätte er noch gesagt: »Fühlen Sie sich ganz wie zu Hause.«

Aber das ging dann doch zu weit.

Bis ihm einfiel, dass Conny noch im Schlafzimmer oder möglicherweise im Bad war. Aber das war jetzt auch schon egal, weil die Weidlichs bereits die Treppe hochgingen.

Conny wollte gerade unter die Dusche, als die Badezimmertür geöffnet wurde und ein Herr mit Goldrandbrille hereinschaute.

»Entschuldigung, lassen Sie sich durch mich nicht stören«, sagte er und sah sich trotzdem unverfroren um.

Conny war so überrumpelt, dass sie kein Wort herausbrachte und es gerade noch rechtzeitig schaffte, sich in ihr Badetuch zu wickeln.

»Schön haben Sie's hier«, sagte Goldbrille, und jetzt betrat auch noch eine Frau im Business-Hosenanzug das geräumige Bad und nickte Conny zu, die wie zur Salzsäule erstarrt war.

»Hi«, sagte sie schließlich, weil ihr nichts anderes einfiel.

»Hallo«, antwortete die Frau emotionslos und unterzog die Fliesen an der Wand einer genaueren Inspektion.

Mats hatte sich zwischenzeitlich wenigstens seinen Regenmantel von der Garderobe geholt und übergezogen, als das Ehepaar Weidlich wieder die Treppe vom Obergeschoss herunterkam. Ihre Gesichter waren betont neutral, als sie auf die Frage von Fröhlich, wie ihnen das Haus nun gefalle, nur sagten: »Danke für die Besichtigung. Wir werden uns das durch den Kopf gehen lassen.«

Fröhlich als versierter Verkäufer drang nicht weiter in sie. Er wusste, dass sie nicht den Preis in die Höhe treiben wollten, indem sie zugaben, dass sie wirklich Interesse am Haus der Behringers hatten.

Sie verabschiedeten sich alle drei, und Mats drückte, kaum waren sie hinausgegangen, hinter ihnen mit dem Rücken die Tür ins Schloss und atmete erleichtert auf.

Keine fünf Sekunden später kam Conny völlig verstört mit dem Badehandtuch um den Körper gewickelt und barfuß die Treppe herunter, fiel Mats um den Hals und fing hemmungslos an zu schluchzen.

»Wer war das?«, fragte sie. »Die sind einfach ins Badezimmer gekommen, als ich drin war. Einfach so!«

»Ich weiß, ich weiß. Das waren Interessenten für unser Haus.«

»Was ist damit?«

»Nichts«, versuchte Mats, sie zu trösten, »nichts von Bedeutung.«

»Fröhlich will unser Haus versteigern lassen? Weil wir mit den Hypothekenzahlungen im Rückstand sind?«

»So ist es. Aber ich werde es nicht so weit kommen lassen.«

Er hielt sie auf Armeslänge von sich und sah sie ernst an.

»Conny«, sagte er, »das wird nicht wieder vorkommen.«

»Wirklich? Versprichst du mir das?«

»Ja, das verspreche ich dir«, antwortete Mats und meinte es bitterernst.

»Und was willst du dagegen unternehmen?«

»Mir fällt schon was ein. Verlass dich drauf. Ich regle das.«

Er drückte sie fest an sich. Mit aller Überzeugungskraft, die er aufbringen konnte, sagte er: »Alles wird gut!«

So durfte das nicht weitergehen.

Er konnte vieles aushalten, aber nicht, dass sich seine Frau an seiner Schulter ausweinen musste.

Es wurde Zeit, dass er mit seinem Plan in die Puschen kam.

Und zwar so schnell wie möglich.

67

Er hatte sich für die Verfolgung seines Schwagers Florians unauffälligen Subaru ausgeliehen. Wie Mats von Conny erfahren hatte, die es wiederum von Maja wusste, fuhr Wildbieler jeden Ersten des Monats nach München, um dort angeblich Geschäftsfreunde zu treffen und seine Hausbank aufzusuchen.

Mats hielt genügend Abstand, Wildbieler saß in einem silberfarbenen Range Rover. Den wollte er zwar auf gar keinen Fall aus den Augen verlieren, aber er ließ immer zwei oder drei Autos zwischen sich und seinem Schwager, was nicht weiter schwer war, weil Wildbieler sich so ziemlich an die Straßenverkehrsordnung hielt und nicht unbedingt darauf aus war, irgendwelche Geschwindigkeitsrekorde zu brechen.

Als sie die Peripherie von München erreichten, wurde es für Mats diffiziler, sich nicht abhängen zu lassen, weil der Verkehr exponentiell zunahm, und in der Landeshauptstadt selbst ging es nur noch stoßweise voran.

Einige Male hätte er den Wagen seines Schwagers beinahe aus den Augen verloren, aber es gelang ihm immer wieder, ihn einzuholen.

Schließlich schien Wildbieler sein Ziel erreicht zu haben: eine gigantische Geldkathedrale aus Glas und Stahl in Schwabing-Nord. Die Bayerische Immobank. Er parkte, stieg mit einem Köfferchen aus und betrat den Eingang.

Mats stellte seinen Subaru ab, tarnte sich mit einer Baseballcap der New York Yankees und einer Sonnenbrille und beeilte sich, um Wildbieler nicht aus den Augen zu verlieren.

In der riesigen Eingangshalle konnte Mats genügend Abstand zu seinem Schwager halten. Außerdem war viel los, sodass er nicht weiter auffiel. Er tat so, als würde er an einem Schreibpult ein Formular ausfüllen, und sah zu, wie Wildbieler ein paar Worte mit einer Bankerin an einem Schalter wechselte. Sie kannten sich anscheinend, weil sie sich mit einem Lächeln und per Handschlag begrüßten. Die Bankerin begleitete seinen Schwager zu einem gläsernen Aufzug, mit dem sie gemeinsam nach unten verschwanden.

Mehr konnte Mats im Augenblick nicht in Erfahrung bringen. Wahrscheinlich lieferte Wildbieler wieder ein paar Scheinchen für sein Schließfach ab, vermutete er.

Kurz nahm er noch alles in Augenschein. Sein Plan, der bisher eher vager Natur war, gewann allmählich Konturen. Sicherheitshalber filmte er mit seinem Handy unauffällig in einem Rundschwenk die Schalterhalle ab, bevor er kehrtmachte und zurück zu seinem Auto auf dem Kundenparkplatz vor der Bank ging.

Einfach würde es nicht werden, aber was war schon einfach, wenn es darum ging, sich das Geld anderer Leute unter den Nagel zu reißen?

Insbesondere, wenn damit das Geld seines Schwagers gemeint war …

Jetzt galt es, in einem gemeinsamen Brainstorming zunächst einmal den spurlosen Abgang von Benno so plausibel wie möglich auszuklamüsern, was schon schwierig genug war. Seinen Observierungsausflug nach München wollte er vorerst für sich behalten. Ein Stoiker pflegte Schritt für Schritt vorzugehen, er durfte nicht vor lauter Übereifer noch ins Stolpern geraten.

Auf der Rückfahrt nach Thalbach hatte er genügend Zeit und Muße, um über alles gründlich nachzudenken.

68

Die nächste Vollversammlung der Viererbande fand wieder im Wasserbettruheraum der Wellnessanlage des Golfhotels »Arberblick« statt. Wie immer trugen die Herren der Vorstandssitzung weiße Bademäntel. Es gab nur einen Punkt auf der Agenda, und der betraf das Szenario des Ablebens eines ihrer Mitglieder, Benno Ehrmann.

Alle Augen waren auf Mats gerichtet, aus den Lautsprechern perlte leise Chill-out-Musik, niemand außer ihnen war anwesend, eigentlich hätte es eine unbeschwerte Atmosphäre sein können, wenn der einzige Tagesordnungspunkt nicht so ein ernster gewesen wäre. Die Fraktion »Stille Wasser« war an einer Stelle angelangt, wo es wirklich ans Eingemachte ging.

Mats wartete noch, bis die Fahrstuhlmusik von sanften Klangschalentönen abgelöst wurde, dann legte er los.

»Wie ihr wisst ...«, deklamierte er und ging in seinen Badelatschen und die Hände auf dem Rücken verschränkt auf und ab wie ein altgriechischer Philosoph auf der Wahrheitssuche, während Leo, Florian und Benno auf den Wasserbetten saßen und angespannt darauf warteten, wie Mats sich das Prozedere von Bennos offiziellem Ableben vorstellte.

»Also«, begann er noch mal. »Wie ihr wisst und wie wir das einstimmig festgestellt haben –«

»Mit einer Gegenstimme!«, wandte Benno ein.

»Zur Kenntnis genommen«, gab Mats zu. »Jedenfalls ... Ich habe mir Folgendes vorgestellt: Benno fährt des Nachts auf der Straße am Stausee entlang. Aus Gründen, die für immer rätselhaft bleiben werden, sei es Unachtsamkeit, sei es Betrunkenheit am Steuer, sei es eine Fehlfunktion seines Autos –«

»Bei meinen Autos gibt es keine Fehlfunktion!«, ging Leo aufgebracht dazwischen.

»Ja, Leo«, winkte Florian ab. »Ich erinnere nur an einen beinahe grandios gescheiterten Banküberfall mit einem Auto, das nicht anspringen wollte!«

Die Stimmung war angespannt. Aber bevor die beiden Streithähne sich noch gegenseitig an den Kragen gehen konnten, unterbrach Mats sie wie ein Ringrichter bei einem Boxkampf, indem er sich zwischen sie stellte und sagte: »Jetzt hört schon auf damit! Wir haben weiß Gott anderes zu tun, als uns gegenseitig Vorwürfe zu machen!«

Er wartete, bis sich die überbordenden Temperamente wieder beruhigt hatten, dann machte er weiter: »Also – das Auto mit Benno am Steuer stürzt in den Stausee und verschwindet in den Fluten –«

»Einspruch!«, funkte Benno dazwischen, doch Mats fuhr ungerührt fort. »Nicht stattgegeben. Du springst natürlich rechtzeitig ab.«

»Aber dafür brauchen wir einen Zeugen«, sagte Florian.

»Sehr richtig. Er sitzt vor mir«, erwiderte Mats und sah Florian an.

»Meinst du mich?«

»Ja, wen denn sonst? Du bist zufällig mit dem Dienstwagen am Stausee unterwegs, natürlich zusammen mit Leo, der in besagter Nacht dein Partner ist, vier Augen sehen mehr als zwei. Was sich zu eurem Entsetzen vor euch abspielt, ist, dass Benno die Kontrolle über sein Auto verliert und der Wagen samt Fahrer im Wasser untergeht. Du rufst die Feuerwehr und das Technische Hilfswerk, und wenn die schließlich alle eintreffen und das Wrack geborgen wird, bleibt Benno für immer verschwunden. Tragischerweise muss er beim Aufprall auf dem Wasser herausgeschleudert worden sein oder ist ertrunken beim Versuch, sich aus dem untergehenden Wagen zu retten. Jedenfalls wird Benno für immer in den unergründlichen Tiefen des Stausees verschwunden sein. Furchtbar, aber nicht zu ändern.«

»Ja, klingt wirklich furchtbar«, kommentierte Benno, der über seinen eigenen, wenn auch fiktiven Abgang von dieser Welt selbst ganz erschüttert und gerührt war, mit einem tiefen Seufzer. »Das Einzige, was also von mir übrig bleibt, sind fünf dürftige Zeilen im ›Thalbacher Tageblatt‹.«

»Na, das ist doch schon was. Kann nicht jeder von sich behaupten. Außerdem – du wirst es ja überleben«, meinte Leo humorlos.

»Und anschließend wiederauferstehen?«, vollendete Benno. »Schön und gut. Das ist das eine. Aber wo ist das andere?«

»Du meinst deine zweite Identität? Ich bin dabei, sie dir zu besorgen«, antwortete Mats.

»Davon gehe ich aus. Aber zum Leben braucht man …« Er machte die Geldgeste mit den Fingern.

»Ich weiß«, winkte Mats ab. »Ich arbeite daran.«

»Was heißt das? Bevor ich meine hundert Riesen nicht in der Hand halte, trete ich nicht ab, so viel kann ich euch sagen.«

»Jetzt hör endlich auf damit, ständig herumzumosern! Du bekommst deine Kohle wie abgemacht«, versicherte Mats.

»Aber wann, Mats, wann? Das ist doch die Frage. Übrigens – was ist eigentlich mit diesem Salovic?«

»Bisher hat er sich nicht mehr blicken lassen, hat wohl zu viel zu tun mit der Überprüfung dieser ganzen Handydaten. Aber über kurz oder lang hat er dich am Kanthaken. Da sind wir uns wohl alle einig. Also – die Zeit drängt. Ich bin selbst daran interessiert, die Angelegenheit so schnell wie möglich über die Bühne zu bringen. Mir sitzt nämlich auch noch die Bank im Nacken. Was wir brauchen, ist Geld. Viel Geld. Und das alles möglichst bald. Aber ein Mats Behringer hat auch dafür bereits eine Lösung.«

Dass er jetzt sogar schon in der dritten Person über sich selbst sprach, überraschte Mats ein wenig. Aber nur ein wenig. Immerhin war er derjenige, der die ganze Chose angeleiert und in Schwung und zum Laufen gebracht hatte. Da durfte man sich schon mal besonders ins Rampenlicht stellen, fand er.

»Da bin ich jetzt doch mal gespannt«, ätzte Leo, der heute anscheinend seinen defätistischen Tag hatte. »Was soll das für eine Lösung sein, Mats Behringer? Ein neuer Banküberfall? Oder, noch besser und riskanter – eine Lösegeldforderung für die Entführung der Gattin des Ministerpräsidenten? Dir fällt doch immer nur noch was Irrsinnigeres ein!«

»Gar keine schlechte Idee«, entgegnete Mats, »das mit der

Gattin des Ministerpräsidenten. Darauf bin ich noch gar nicht gekommen.«

Alle starrten ihn entsetzt an.

»Scherz!«, rief er nach einer lang gedehnten Pause aus, da er erst einmal die fassungslosen Gesichter genießen wollte.

Benno, Florian und Leo atmeten erleichtert auf. Inzwischen trauten sie ihm wohl alles zu.

»Nein«, machte er endlich weiter. »Es ist ganz einfach. Wir erleichtern den Bürgermeister von Thalbach, der gleichzeitig Autohausbesitzer und mein Schwager ist, um sein Schwarzgeld, von dem ich aus einer zuverlässigen Quelle weiß und das er gehortet und vor dem Finanzamt versteckt hat.«

Wieder genoss er die verblüfften Mienen seiner drei Freunde.

»Zufällig weiß ich des Weiteren …«, setzte er seinen Gedankengang fort, indem er vor ihnen stehen blieb und den Gürtel seines weißen Bademantels entschlossen enger zurrte, »… wo Gustav Wildbieler sein Schwarzgeld versteckt hat und wie wir da rankommen.«

Immer noch zeigten die anderen keine Reaktion, sie saßen nur da wie die Ölgötzen. So viel Aufmerksamkeit von ihnen, ohne dass ihn wieder einer unterbrach, hatte Mats noch nie bekommen. Er ließ sie eine ganze Weile in ihrer Sprachlosigkeit schmoren.

Bis er schließlich auf Leo zeigte. »Und du, Leo«, sagte er dabei, »du spielst in dieser Geschichte die Hauptrolle. Ob du willst oder nicht.«

»Ich?«

Selten hatte Mats Leo so verblüfft gesehen.

»Ja, du!«, stellte er noch einmal fest. »Genau du bist es, der Hauptakteur oder *leading actor*, wie wir in Hollywood zu sagen pflegen, wenn wir meinen Plan erfolgversprechend durchführen wollen.«

»Stopp! Moment mal, Moment mal!«

Leo war aufgestanden und hatte eine knallrote Gesichtsfarbe angenommen, was sein Alleinstellungsmerkmal war schon seit der Schulzeit, wenn ihn der Lehrer bei einer Lüge oder beim Abschreiben ertappt hatte und zur Rede stellte.

»Warum ausgerechnet ich?«, protestierte er.

»Darum«, sagte Mats, zog ein zusammengefaltetes DIN-A4-Blatt aus der Tasche seines Bademantels, entfaltete es sorgfältig und hielt das lebensgroße Foto von Wildbielers Kopf, das er extra für diesen Moment angefertigt hatte, direkt neben Leos Gesicht.

Die Ähnlichkeit war nicht zu übersehen. Nur dass Leo eben zehn Jahre jünger war, sich inzwischen einen Vollbart wachsen ließ und keine Glatze hatte, sondern volles, lockiges Haar.

Florian und Benno staunten.

Leo riss Mats das Blatt aus der Hand und starrte es ungläubig an.

69

»Da liegt was in der Luft«, prophezeite Conny ins Blaue hinein. »Mit unseren Männern. Etwas Unheilvolles.«

»Unzweifelhaft«, stimmte ihr Annalena zu.

»Wenn ich nur wüsste, was es ist«, sinnierte Maja. »Vielleicht ist es ja nur die Midlife-Crisis?«

»Blödsinn«, widersprach Conny. »Meinetwegen bei meinem Bruder. Aber unsere Männer sind alle noch keine vierzig.«

»Wer weiß, kann doch sein, dass sie früher einsetzt. Der Klimawandel und die Umweltverschmutzung und so …«

Conny verdrehte demonstrativ die Augen – manchmal konnte Maja wirklich unglaublich naiv sein – und wandte sich Monika zu.

»Du musst doch irgendetwas wissen«, meinte sie und sah Leos Lebensgefährtin dabei an. »Du steckst doch im Revier mittendrin.«

Die drei Freundinnen hatten ein Stelldichein bei Kaffee, Musik und selbst gebackenem Kuchen in Monikas Friseurgeschäft, Maja war diesmal auch mit von der Partie.

Monika schnitt und färbte nebenher Connys Haare, sie hatte

eine Kurzhaarfrisur, die regelmäßig mit der Schere nachgebessert werden musste, damit es gut aussah, darauf legte sie Wert.

Den Kuchen hatte Maja spendiert, das Radio war wie immer auf Bayern 1 eingestellt, 1970er- und 1980er-Oldies. Das war Monikas Lieblingssender, weil sie mit der neuesten Musik von diesen privaten Popsendern, in denen fünfzig Prozent des Programms mit Werbeclips zugemüllt wurde, nichts anfangen konnte. Insbesondere deutsche Schlager verursachten ihr Magenbeschwerden.

Maja hingegen stand darauf, aber sie war in der Minderheit. Helene Fischer war ihr absoluter Lieblingsstar. Sie war erst kürzlich auf dem in einem Gewittersturm beinahe untergegangenen, aber gigantomanischen Großevent gewesen, einem Konzert, das Helene Fischer, die deutsche Schlagerqueen, in München vor hundertdreißigtausend Zuschauern allen meteorologischen Widrigkeiten zum Trotz durchgezogen hatte, und ging mit ihrer Schwärmerei darüber den anderen drei gehörig auf die Nerven.

Aber nachdem sie das ertragen und die üblichen Banalitäten ausgetauscht hatten, kamen sie, wie stets in letzter Zeit, auf ihr Hauptgesprächsthema zurück. Dabei ging es nun mal um ihre Männer und deren zunehmend seltsames Verhalten, das ja schon eine ganze Weile zu beobachten war.

Annalena erzählte davon, dass ihr Florian sich immer dann, wenn er mal zu Hause war und einen Anruf auf seinem Smartphone bekam, überraschend schnell zurückzog und im Bad verschwand. Um dort zu telefonieren!

»Vielleicht hat er eine Affäre«, zog Conny sie auf.

Aber Annalena fand das nicht komisch, im Gegenteil, sie schien das ernst zu nehmen und gestand, dass sie Florians Anrufe und WhatsApp-Nachrichten selbstverständlich heimlich durchgesehen hatte. Nichts außer Gesprächen und Nachrichten dienstlicher Natur von Leo und Mats.

Conny gab ebenfalls zu, das Handy ihres Ehemannes, sobald er todmüde ins Bett gefallen war, überprüft zu haben. Auch sie hatte nichts Verdächtiges gefunden, außer einigen Gesprächen mit einem gewissen Benno, den kannte sie noch von früher, er war ein alter Schulfreund von Mats, Leo und Florian.

»Irgendwas brüten die doch aus«, meinte Conny und sah Monika wieder auffordernd an. »Was weißt du darüber? Du sitzt doch an der Quelle.«

Monika zuckte mit den Schultern. »Sie machen ihren Job, und notgedrungen haben sie in letzter Zeit eine Menge Ärger am Hals. Aber Leo ist so komisch geworden. Und er hat kaum noch Zeit für mich … Und stellt euch vor: Eine Verlobungsfeier will er auch nicht!«

Annalena, Conny und Maja merkten, dass Monika auf einmal erkennbar nahe am Wasser gebaut hatte. Schließlich war sie mit Zwillingen von ihm schwanger, und er hatte nichts Besseres zu tun, als ständig Ausreden zu erfinden, warum er abends noch wegmusste und warum er gegen eine offizielle Verlobung war. Und dann erzählte sie, dass ihre Männer im Revier verdächtig oft zu dritt auf die Toilette gingen, um dort Dinge zu besprechen, von denen sie anscheinend nichts mitbekommen durfte.

Sie schniefte und schnäuzte sich in ein Tempo, das Annalena ihr reichte.

Als sie sich wieder gefangen hatte, rückte sie sogar damit heraus, dass sie erfahren hatte, dass Leo, Mats und Florian sich mit diesem Benno, den sie nicht ganz koscher fand, im Golfhotel »Arberblick« trafen. In der Sauna, wie ihr die Rezeptionistin, die sie kannte, am Telefon gesagt hatte. Am helllichten Tag! Manchmal sogar während der Dienstzeit. Sie hatte Leo einmal darauf angesprochen, aber der hatte nur gemeint, dass sie in Sachen Autodiebstahl einer Spur nachgingen. Kein Wort glaubte sie davon.

»Wisst ihr was?«, sagte sie mit Bestimmtheit. »Unsere Männer lügen uns an!«

Dann begann sie wieder zu heulen.

»Entschuldigt bitte«, sagte sie. »Das sind die Hormone. Wenn ich erst mal anfange, dann kann ich nicht mehr aufhören.«

Die anderen trösteten sie, so gut sie konnten, aber dann gestand sogar Maja, dass ihr Gustav seit ein paar Wochen offenbar Geheimnisse vor ihr hatte. Er hatte nun mal seine Marotten, zugegeben, und er bestand grundsätzlich darauf, dass er seine Freiräume brauchte. Bisher hatte sie das nicht weiter gestört. Schließlich war er, seit sie ihn kennengelernt hatte, schon immer, was das Geschäftliche anging, ihr gegenüber nicht besonders mitteilsam gewesen. Auch das hatte sie nie weiter tangiert. Sie managte einen Club, er hieß »Top Spot«, der ihm gehörte und zu einem gut besuchten Treffpunkt für Jugendliche geworden war, da hatte sie genug zu tun. Aber in letzter Zeit … Auch sie hatte das deutliche Gefühl, dass ihr Gustav etwas mit sich herumtrug, das er vor ihr verschwieg. Normalerweise hatte sie ihre Mittel, um alles aus ihm herauszubekommen, was sie wollte.

»Ihr versteht schon, was ich meine«, sagte sie, »aber seit sie ihm das Autohaus ausgeräubert haben …«

»Ja?«, fragte Conny. »Was ist seitdem?«

»Ich weiß nicht, ich kann's nicht genau beschreiben. Er hat sich verändert, irgendwie. Er redet nur noch über größenwahnsinnige Projekte.«

»Wisst ihr was?«, sagte Monika. »Wisst ihr, was ich glaube?«

Annalena, Conny und Maja sahen sie fragend an.

»Unsere Männer sind in irgendeine krumme Sache verwickelt. Und wenn ihr mich fragt, müssen wir herausbringen, was das ist, bevor es ihnen über den Kopf wächst!«

Während noch alle darüber nachdachten, was das wohl sein konnte, wurde die Ladentür mit einem Glockenklingeln aufgerissen, und alle vier fuhren herum – Monika hatte wohl vergessen abzusperren.

Sie sahen aus wie die Personifikation des schlechten Gewissens selbst, auch wenn sie gar nichts verbrochen hatten, außer, einige Spekulationen über ihre Männer im Speziellen und die Stimmung in Thalbach im Allgemeinen anzustellen.

Aber so war eben die menschliche Natur.

Es musste doch einen von der Wissenschaft noch unentdeckten siebten Sinn geben, der seit der Steinzeit dafür zuständig war zu erspüren, wenn ein Säbelzahntiger nachts um das Lagerfeuer herumschlich, lange bevor man ihn sehen konnte.

Salovic mit seiner Ray-Ban-Sonnenbrille stand plötzlich mitten im Friseursalon, und theatralisch, wie er nun einmal war, breitete er die Arme aus, um sie zu begrüßen.

»Schönen guten Tag, Ladies! Ich will euch nicht bei eurem Kaffeekränzchen stören, aber hättet ihr vielleicht Zeit, mir ein paar Fragen über eure Männer zu beantworten? Nebenher könnte ich auch einen kleinen Haarschnitt vertragen …«

Dabei ließ er seinen Brillanten mit einem – wie er meinte: unwiderstehlichen – Lächeln aufblitzen.

70

»Nein! Auf gar keinen Fall! Das mache ich nicht mit. Und Monika schon gleich gar nicht. Die bringt mich um, wenn ich das zulasse!«

Leo war es, der da so heftig protestierte. Er saß auf einem Stuhl mitten in seiner riesigen Werkstattscheune und hatte ein Handtuch um die Schultern, wie bei einem Friseurbesuch zum Haareschneiden.

Mats, Florian und Benno standen im Kreis um ihn herum, und Mats zückte bereits einen professionellen elektrischen Rasierapparat mit einem Langhaarschneider.

Florian und Benno hielten das restliche Rasierzeug und einen Spiegel bereit wie Assistenten bei einer Operation. Leos Vollbart war bereits gründlich abrasiert worden. Den Feinschliff hatten sie beide mit Nassrasur und Rasierschaum erledigt.

Aber was seine Haare auf dem Kopf anging – da wehrte er sich auf einmal. Jetzt, wo es ernst werden sollte.

Mats schaltete den brummenden Rasierapparat wieder aus und sagte: »Leo, du musst dieses Opfer für uns alle bringen. Kannst du nicht einsehen, dass wir keine Alternative haben?

Um an das Schwarzgeld meines Schwagers heranzukommen, musst du an seine Stelle treten, so einfach ist das.«

»Warum ich? Ich habe überhaupt kein schauspielerisches Talent. Warum kann das nicht Benno machen?«

Mats schüttelte resigniert den Kopf. »Weil du der Einzige von uns bist, der meinem Schwager ähnlich sieht. Ziemlich ähnlich sogar, vom Gesicht her und von der Statur. Wenn wir jetzt ein paar kleine kosmetische Korrekturen vornehmen und du noch ein bisschen übst, seine Bewegungen und sein Verhalten – dann bist du sozusagen sein optischer Zwilling. Und nur so schaffen wir es, an sein Schließfach heranzukommen.«

»Kleine kosmetische Korrekturen? Ihr wollt mich kahl scheren! Monika wird einen Nervenzusammenbruch kriegen, wenn sie das sieht! Und das bei ihrem gegenwärtigen Zustand! Schließlich ist sie schwanger. Sie ist deswegen sowieso schon durch den Wind. Das kann ich nicht riskieren!«

»Jetzt hör mir mal zu«, mischte sich Florian ein. »Ich habe drei Kinder und somit drei Schwangerschaften durchgemacht. Okay – zur Welt gebracht hat sie meine Frau. Aber was ich damit sagen will: Frauen sind hart im Nehmen. Es ist ja nicht für immer. Das wächst doch alles wieder nach. Bis deine Zwillinge in den Kindergarten kommen, kannst du wieder aussehen wie Rasputin in seinen besten Zeiten!«

Mats pflichtete ihm bei. »Du kannst ja einen Hut tragen. Oder eine Mütze aufsetzen. Monika wird das supergeil finden, dass wir einen Walter White aus dir gemacht haben.«

»Aber warum, in Gottes Namen? Wie soll ich das begründen? Dass mir einfach so aus einer Bierlaune heraus nach einem Glatzkopf zumute war?«

»Nichts leichter als das. Erzähl ihr einfach von einer verrückten Wette, die du gegen uns verloren hast.«

»Was für eine Wette?«

»Zum Beispiel, dass du darauf gewettet hast, dass der FC Thalbach gegen Niederkaltenkirchen gewinnt. Das wird sie dir abnehmen.«

»Das glaubst du? Also ich glaube das nicht. Und sie auch

nicht. Sie wird in Ohnmacht fallen, wenn sie mich mit Vollglatze sieht.«

»Leo«, sagte Benno auf einmal so ruhig und einfühlsam wie möglich. »Willst du, dass alles, was wir hier veranstalten, gut ausgeht? Willst du, dass ich das Zeitliche segne und dass du mich für immer und ewig los bist? Willst du, dass wir alle zufrieden aus dieser beschissenen Nummer herauskommen und uns niemand je dabei erwischt? Dass wir den Bullen in München, diesem Salovic und der gesamten Welt eine lange Nase gedreht haben? Willst du glücklich sein bis an dein Lebensende und mit deiner zukünftigen Frau in Saus und Braus leben und deinen Zwillingen zusehen, wie sie groß werden und dank deiner finanziellen Unterstützung es im Gegensatz zu dir wirklich zu etwas bringen im Leben? Willst du das alles?«

Alle sahen Benno erstaunt an.

Eine so lange Rede hatte er nicht mehr gehalten seit seinem Schulreferat über das Liebesleben von Heinrich VIII., dessen Biografie er sich ausnahmsweise mit einem derartigen Engagement gewidmet hatte, dass alle, einschließlich des Geschichts- und Englischlehrers, schon geglaubt hatten, Benno könnte einmal Historiker an einer bedeutenden Universität werden.

Aber leider war das ein einmaliger Ausrutscher gewesen, weil der siebzehnjährige Benno vor der Klassenschönheit Hannelore angeben wollte, die sich mit ihm notgedrungen zusammengetan hatte, weil der Lehrer für die Studientage in den Leistungskursen Deutsch/Englisch/Geschichte über das englische Königshaus der Tudordynastie unbedingt die Teamarbeit fördern wollte und Benno Hannelore für das gemeinsam zu erarbeitende Referat zugelost worden war. Trotz seiner übereifrigen Bemühungen konnte er aber nicht bei ihr landen, sie hatte längst einen anderen.

Nämlich den Geschichtslehrer.

Alle wussten das, nur Benno nicht.

Als er es erfahren hatte, war er bis auf den Grund seines gequälten Herzens frustriert und vor lauter Liebeskummer gesellschaftsunfähig und renitent geworden. Fortan hatte er insgeheim beschlossen, einen anderen Weg als die ganzen Spießer an der Schule zu wählen, und war bewusst zum Außenseiter geworden.

Jetzt war er nach Jahren der Irrungen und Wirrungen in der Scheunenwerkstatt seines ehemaligen Klassenkameraden gelandet und versuchte, ihn davon zu überzeugen, dass eine vorübergehende Verwandlung in Gustav Wildbieler das Beste für sie alle war.

Er staunte über sich selbst.

Aber er schien bei Leo tatsächlich so etwas wie einen Nerv getroffen zu haben.

»In Gottes Namen, dann lasst es uns hinter uns bringen!«, sagte Leo schicksalsergeben und schloss die Augen vor dem, was auf ihn zukam.

Mats übernahm die Rolle des rigorosen Friseurs, er hatte das einmal in einem Film gesehen, »Full Metal Jacket« von Stanley Kubrick, da wurden den freiwilligen und unfreiwilligen Rekruten, bevor sie im Vietnamkrieg verheizt werden sollten, die Haare im Akkord so gnadenlos und unbarmherzig geschoren wie den Schafen in Australien einmal im Jahr die Wolle.

Er fing an und fuhr Bahn um Bahn das Haupt von Leo mit dem Langhaarschneider ab. Ab und zu zuckte Leo zusammen, weil es ziemlich ziepte, aber er hatte die Augen zusammengekniffen und machte keinen Mucks, während seine dichten hellbraunen Naturlocken bündelweise wie schwere Schneeflocken zu Boden schwebten.

Sogar dann nicht, als Benno und Florian sich mit Rasierschaum und Nassrasierer um die Nachbehandlung kümmerten, damit die Glatze auch perfekt glatt war wie eine Billardkugel. So wie bei Gustav Wildbieler eben.

»Du kannst die Augen wieder aufmachen«, sagte Mats, als sie endlich fertig waren. Er drückte ihm den Spiegel in die Hand, und Leo musste schwer schlucken, als er sich von allen Seiten betrachtete. Auf seine Haare hatte er sich immer etwas eingebildet. Und jetzt schaute ihn im Spiegel ein fremder Mann an.

»Oh Gott«, stöhnte er, nachdem er sich begutachtet hatte. »Auf was habe ich mich da bloß eingelassen? Ich kann mich nirgends mehr blicken lassen. Alle Leute werden mich fragen, ob ich eine Chemo hinter mir habe.«

»Denk immer daran: Du hast deine Haare für eine gute Sache geopfert. Dann ist es vielleicht leichter.«

Leo blickte seine Freunde reihum an, als hätte er sie, so wie sie um ihn herumstanden und sich ein Grinsen nur mit Müh und Not verkneifen konnten, alle auf der Stelle mit seiner Dienstwaffe, die er Gott sei Dank nicht bei sich hatte, erschießen können.

Aber er sagte nichts mehr, biss die Zähne zusammen und war bereit, sich in seine Rolle zu fügen.

Resigniert stand er auf und wischte sich noch die letzten Reste von der Rasierseife mit dem Handtuch vom Schädel.

»Was jetzt?«, wollte er wissen.

»Jetzt, wo wir schon dabei sind, machen wir auch aus Benno einen neuen Menschen«, antwortete Mats, »indem wir ihm einen neuen Pass besorgen.« Er hielt Leo auffordernd die rechte Hand hin. »Hast du die Schlüssel? Die nachgemachten Schlüssel für Standesamt und Tresor. Die brauchen wir nämlich dafür.«

71

Es war nach Mitternacht, als sie das durchführten, was Mats »eine neue Identität besorgen« nannte. In Thalbach waren bereits sämtliche Trottoirs sprichwörtlich hochgeklappt worden. Die Straßenlaternen leuchteten spärlich, am Himmel funkelten die Sterne. Irgendwo kläffte ein Hund.

Kein Mensch war mehr unterwegs, wenn man von einem betrunkenen Fahrradfahrer absah, der im Slalom ohne funktionierendes Licht die Hauptstraße entlanggewedelt kam, wozu er die gesamte Straßenbreite brauchte, und dazu »Layla« sang, immer die gleiche Strophe: »Die wunderschöne Layla, sie ist schöner, jünger, geiler, La-La-La-Layla …«, als er urplötzlich im Halbschatten der Straßenlaterne vor dem Rathaus einen Polizisten in Uniform erblickte.

Vor lauter Schreck machte er einen heftigen Schlenker und wäre um Haaresbreite gestürzt, aber im letzten Moment konnte er sein Rad geradezu artistisch noch abfangen, grüßte im Übermut militärisch und kam abermals beträchtlich ins Wackeln, weil er dazu eine Hand vom Lenker genommen hatte.

Erneut kratzte er eben noch so die Kurve und wunderte sich, dass der Wachtmeister in Uniform ihm nicht in den Weg trat und ihn kontrollieren wollte.

Der aber machte keine Anstalten, ihn aufzuhalten, sondern blieb einfach wie ein Zinnsoldat stehen und wartete nur darauf, dass der besoffene Spaßvogel sich endlich vom Acker machte, weil jetzt nicht der richtige Zeitpunkt war, um seinen Pflichten als Polizist nachzukommen.

Leo hatte andere Pflichten, weil er nämlich vor dem Rathaus Schmiere stand für seine Kollegen, die im Standesamt eingebrochen waren und dort ihren illegalen Aktivitäten nachgingen.

Endlich verschwand der Nachtvogel hinter der nächsten Ecke, nicht ohne wieder lauthals sein Liedgut zu schmettern, wenn er auch nur eine Strophe draufhatte, die anderen hatte er in seinem Suff wohl vergessen.

Leo atmete auf, eine ausufernde Auseinandersetzung mit einem renitenten Betrunkenen hätte ihm jetzt gerade noch gefehlt. Erleichtert nahm er die Dienstmütze ab und befühlte seine Glatze. Daran hatte er sich in der kurzen Zeit nicht gewöhnt. Er fragte sich, ob er sich überhaupt jemals daran gewöhnen würde, und tröstete sich damit, dass es ja nur übergangsweise war, bis die verdammte Zeit der Statistikverbesserung und der Verbrechensbegehung endlich wieder vorbei war. Nichts wünschte er sich sehnlicher, als dass es schon so weit gewesen wäre. Dass Mats jetzt das Tempo angezogen hatte, war ihm nur recht.

Der Dienstwagen, mit dem er den Rest der Viererbande kutschiert hatte, stand direkt vor dem Polizeirevier nebenan. Mats wollte nach getaner Arbeit im Standesamt noch eine zweite Fahrt unternehmen, um alles in einem Aufwasch zu erledigen, was er sich vorgenommen hatte. Was das war, wusste Leo nicht, aber er war wie die anderen einverstanden, dass sie in dieser Nacht gleich zwei Fliegen mit einer Klappe schlagen wollten.

Wieder blickte Leo auf seine Uhr. Wie lange brauchten sie denn noch da drinnen?

Es war eine tropische Nacht, mindestens die zehnte oder elfte hintereinander ohne das kleinste Gewitter, er hatte aufgehört, sie zu zählen.

Er schlenderte zur gegenüberliegenden Häuserzeile hinüber, um sich die Schaufenster des Optiker- und Hörgeräteladens anzusehen, aber hier wie auch in den anderen Geschäften brannte wegen der Stromsparmaßnahmen kein Licht mehr, sodass er nichts erkennen konnte. War das nicht schon der sechste oder siebte Optiker und Hörgeräteakustiker in Thalbach? Konnte gut sein – anscheinend war halb Thalbach blind oder taub oder beides. Andere kleinere Läden hatten längst für immer dichtgemacht oder Schilder in den Schaufenstern, auf denen »zu vermieten« stand.

Er drehte sich um und sah im Rathaus etwas aufblitzen. Dass Mats, Bruno und Florian mit Taschenlampen arbeiteten, war offensichtlich.

Erneut warf er einen Blick auf die Uhr.

Sie waren da drin doch nicht etwa auf unerwartete Schwierigkeiten gestoßen?

Aber Mats kannte sich sowohl im Rathaus als auch im Standesamt genauso gut aus wie im Revier, im »Dodici Apostoli« und in seiner Hosentasche, da war Leo sich sicher.

Trotzdem war er nervös.

Wie hatte Mats gesagt: Der Teufel ist ein Eichhörnchen.

Plötzlich blinkte ein Taschenlampenlicht dreimal am Fenster neben der Eingangstür des Rathauses auf. Das vereinbarte Zeichen. Leo erwiderte es mit seiner Taschenlampe, nachdem er die Straßen nach beiden Seiten abgecheckt hatte.

Die Tür ging auf, Benno, Florian und Mats kamen herausgeschlichen. Sie waren aus Tarngründen schwarz gekleidet, hatten Masken auf und Handschuhe an. Mats schloss die Tür sorgfältig mit seinem Schlüsselduplikat ab.

Dann spurteten sie zum Streifenwagen, hinter dessen Steuer Leo sich schon geklemmt hatte und startete.

72

»Alles paletti?«, fragte Leo, als sie alle im Wagen saßen und er losfahren konnte.

»Ja«, antwortete Florian und nahm wie die anderen zwei seine Maske ab.

Leo jagte den Dienstwagen die Hauptstraße entlang, die aus Thalbach hinausführte.

»Irgendwelche besonderen Vorkommnisse?«, wollte er wissen.

»Nein. Hat geklappt wie am Schnürchen«, berichtete Florian.

»Und ihr habt alles so hinbekommen, dass niemand merkt, dass da eingebrochen wurde?«

»Wie gesagt: alles paletti«, bestätigte Mats und zog die Handschuhe aus. »Ist alles so, als wären wir nie drin gewesen. Deine Nachschlüssel haben perfekt gepasst.«

Leo nickte zufrieden. »Hab ich auch nicht anders erwartet. Wann werden sie's merken?«

»Dass ein Pass fehlt? Sobald er abgeholt werden soll.«

»Und dann?«

»Bürokratische Schlamperei, natürlicher Schwund, was auch immer. Wird eben ein neuer beantragt. Ist alles schon vorgekommen.«

»Geklappt hat es«, sagte Benno, der neben Leo saß, das Innenlicht anmachte und etwas betrachtete. »Das schon. Aber ich bin alles andere als zufrieden.«

Mit einem Seitenblick erkannte Leo, dass es ein Pass war, mit dem Benno sich beschäftigte.

»Was hast du denn jetzt schon wieder auszusetzen?«, brummte er. »Du hast deinen Pass. Was willst du mehr?«

»Die Auswahl war nicht groß. Ich hätte lieber einen anständigen Namen gehabt. Was Adliges zum Beispiel wäre schön gewesen. Irgendwas mit ›von und zu‹.«

»Herrgott, Benno – jetzt halt aber mal die Klappe!«, schaltete sich Mats von hinten ein. »Was du brauchst, das hast du. Ungefähr dein Alter, ungefähr dein Aussehen, mehr kannst du nicht verlangen. Natürlich war die Auswahl nicht groß. Wir sind hier nicht im Kreisverwaltungsreferat in München. Hätte schlimmer kommen können.«

»Adolf Kässbohrer!«, las Benno mit Todesverachtung vor. »Was ist denn das für ein Name? Außerdem ist der Typ fast fünf Jahre älter als ich. Und um einiges hässlicher. Und dann auch noch Adolf, also wirklich! Schöne neue Identität!«

»Man muss manchmal Kompromisse eingehen im Leben«, meinte Florian. »Dann nennst du dich eben Dolf. Klingt doch ganz cool, oder, Leute?«

»Dolf Kässbohrer, na großartig«, grummelte Benno missmutig.

»Wo fahren wir eigentlich hin?«, fragte Leo und schaltete das Innenlicht wieder aus.

Mats nannte die Adresse. »Maiglöckchenweg 5.«

Im Neubauviertel im Süden, dort, wo ein gutes Dutzend große Villen in exklusiver Hanglage und mit Panoramablick in die Weiten der niederbayerischen Landschaft hingeklotzt worden waren, hatten alle Straßen blumige Namen bekommen. Das war die Idee des Bürgermeisters gewesen, der den Stadtrat davon überzeugt hatte, dass es mit den harmlosen Benennungen keine Komplikationen und Streitereien geben würde. Obwohl es auch einen Antrag einer großen Fraktion gab, die Namen von verdienten verstorbenen Bürgern der Stadt vorschlug, von denen aber einige nicht ganz hasenrein durch die braunen Zeiten von 1933 bis 1945 gekommen waren, auch wenn die meisten von ihnen in der Nachkriegszeit einen Persilschein erhalten hatten.

Wildbielers Vorschlag hatte durchaus diplomatische Hintergedanken. Zwei Straßennamen waren schon einmal Anlass für große Differenzen gewesen und hatten Thalbach in zwei Lager gespalten. Dem wollte Wildbieler von vornherein aus dem Weg gehen. Nicht weil er etwa konfliktscheu war, aber warum sollte man die Volksseele unnötig erneut hochkochen lassen, so wie vor drei Jahren, als ganz Thalbach in Aufruhr gewesen war? Damals hatte es sogar eine Demo samt Gegendemo gegeben, bei der mehrere Parteien sich beinahe die Köpfe eingeschlagen hätten. Um was war es gegangen?

Um den Hindenburgring und die Wernher-von-Braun-Straße. Beide waren durch die Vergangenheit ihrer Namensgeber kontaminiert gewesen, was aber erst vor ein paar Jahren problematisch geworden war, als eine anfangs kleine Gruppe Aktivisten gefordert hatte, sie umzubenennen.

Es gab hässliche Streitereien, bösartige Verleumdungen, endlose Diskussionen in Wirtshaushinterzimmern und schließlich sogar eine Bürgerbefragung, die in einer Kampfabstimmung im Stadtrat mündete, die die einigermaßen gedeihliche Zusammenarbeit der Parteien auf Dauer zu vergiften drohte und ein denkbar knappes Ergebnis brachte.

Seither hießen die Straßen Europaring und Rudolf-Diesel-Straße, was Thalbach wieder zu einer halbwegs friedlichen Gemeinde gemacht hatte.

»Maiglöckchenweg 5?«, wiederholte Leo erstaunt. »Aber wohnt dort nicht dein Schwager?«

»Was denkst du? Heute Nacht werden Nägel mit Köpfen gemacht. Stille Nacht, eilige Nacht, verstehst du?«

Leo nickte. Irgendwie hatte er das Gefühl, dass Mats umso euphorischer war, je größer das Risiko wurde.

Das Dumme war nur: Ihm ging es nicht anders. Der vermehrte Ausstoß von Adrenalin machte sich auch bei ihm bemerkbar. Es war fast wie eine Droge, nach der man süchtig werden konnte. Zum ersten Mal hatte er das festgestellt, als er den Hexenhof in Brand gesteckt hatte.

Nur allzu gut erinnerte er sich daran, was für ein wohliger Schauer ihm über den Rücken gelaufen war, als die Flammen hochschlugen und er sah, was er da mit zwei Kanistern Benzin für ein Feuerinferno verursacht hatte.

Aber genau das machte ihm Angst.

Er brauchte eben immer ein bisschen länger, bis bei ihm der Groschen fiel, sobald er die Konsequenzen seines Tuns sorgfältiger überdachte.

Schließlich wurde er in ein paar Monaten Vater von Zwillingen. Da wollte er nicht unbedingt in Bennos Fußstapfen treten und Gefallen daran finden, eine kriminelle Laufbahn einzuschlagen.

Genau das war der Grund, warum er plötzlich abbremste und anhielt.

»Was ist denn nun schon wieder los?«, fragte Mats.

»Maiglöckchenweg 5, das ist jetzt nicht dein Ernst!«, entgegnete Leo. »Oder willst du deinem Schwager um diese Zeit noch einen Höflichkeitsbesuch abstatten?«

»Nein, natürlich nicht. Wir werden da einbrechen.«

Leo machte den Motor aus und schüttelte den Kopf. »Mats, ehrlich, das … Also, das können wir nicht machen.«

»Leo, wir haben abgestimmt! Weißt du noch? Wir müssen an sein Schwarzgeld ran.«

»Und dazu müssen wir bei ihm einbrechen? Er hat das Geld doch nicht unter seinem Kopfkissen, sondern auf einer Bank in München!«

»Jetzt denk doch mal nach – um an sein Schließfach zu kommen, brauchen wir seinen Ausweis! Und sein Codewort und den Schlüssel. Das Codewort und den Schlüssel haben wir. Aber nicht seinen Ausweis! Kapierst du jetzt endlich?«

»Schon. Aber irgendwie geht mir das alles entschieden zu weit …«

»Willst du jetzt kurz vor dem Ziel den Schwanz einziehen?«

Dieser Vorwurf brachte Leos inneren Vulkan, der sowieso schon brodelte, endgültig zum Ausbruch. Er drehte sich um und fuchtelte mit dem Zeigefinger vor Mats und Benno herum.

»Komm mir nicht auf die Tour! Ich habe bisher bei allem mitgemacht, was du und Benno … was ihr zwei euch an hirnverbrannten Verrücktheiten ausgedacht habt. Aber ich will verdammt noch mal nicht im letzten Moment erwischt werden, wie ich in das Haus des Bürgermeisters einbreche! Was zu weit geht, geht zu weit! Ich werde Familienvater, Herrgott noch mal! Sollen mich meine zukünftige Frau und die Zwillinge einmal im Monat in Stadelheim besuchen kommen?«

Mats fasste Leo von hinten mit beiden Händen an den Schultern. »Ganz cool bleiben, Leo. Ganz cool bleiben! Du, Florian und Benno – ihr sitzt schön im Wagen und passt auf. Ich mache die Drecksarbeit. Weil nur ich weiß, wo Wildbieler seinen Ausweis hat.«

»Wo denn?«, fragte der nun doch wieder neugierig gewordene Leo.

»In seiner Brieftasche. Und die hat er im Normalfall auf dem Nachtkästchen in seinem Schlafzimmer.«

»Haarige Kiste«, meinte Benno skeptisch.

»Bitte sei so gut und erwähne das Wort ›Haare‹ nicht mehr in meiner Gegenwart«, sagte Leo.

Mats klopfte ihm begütigend auf die Schulter. »Du siehst also: kein Grund zur Beunruhigung. Du hast deinen großen Auftritt noch vor dir. Konzentriere dich lieber darauf. Und jetzt fahr wieder los, bevor es noch hell wird.«

Leo wollte den Wagen schon anlassen, aber dann fiel ihm noch etwas ein. »Was ist mit der Alarmanlage? Dein Schwager hat seine bescheidene Hütte doch bestimmt mit so etwas ausstatten lassen.«

»Hat er. Aber erstens muss ich keine Fensterscheibe einschlagen, um ins Haus zu kommen, weil ich einen Schlüssel habe, und zweitens weiß ich aus gut unterrichteten Kreisen, dass die Alarmanlage momentan abgeschaltet ist, weil sie nicht richtig funktioniert und es ständig Fehlalarm gab. Morgen soll der Servicemann kommen und den Schaden beheben. Also ist das die letzte Gelegenheit, um zuzuschlagen. Habe ich an alles gedacht oder nicht?«

Er sah Leo im Rückspiegel in die Augen, bis der schließlich nachgab, den Dienstwagen startete und losfuhr.

73

Als Mats sich mit der Taschenlampe in der Hand, in seiner schwarzen Kleidung und mit der Maske über dem Kopf vorsichtig Wildbielers Prachtvilla näherte, während der Rest der Bande im Dienstwagen auf Wachposten war, überlegte er, wie er jetzt vorgehen sollte. Er blieb so weit weg von den Bewegungsmeldern stehen, dass sie nicht angingen, er hatte sich das alles bei der letzten Party genauestens eingeprägt.

Ihm war bewusst, dass sein Vorhaben riskant war. Er musste ins Schlafzimmer, dabei hatte er keine Ahnung, wie fest der Schlaf von Gustav und Maja war oder ob einer der beiden oder alle zwei Schlaftabletten nahmen. Wenn einer von ihnen wach wurde, während er nach dem Personalausweis suchte, war er geliefert. Vielleicht hätte er doch seine Dienstwaffe mitnehmen sollen, um sie in so einem Fall, dem Worst Case, bedrohen und auf Abstand halten zu können. Aber sie hätten ihn todsicher an seiner Stimme erkannt. – Und was dann?

Nein, eine Waffe auf seinen Schwager und dessen Lebensgefährtin zu richten – das konnte er einfach nicht.

Also hieß es, so lautlos wie möglich ins Haus zu gelangen und wie ein schwarzes Gespenst in der Nacht das zu tun, was getan werden musste: irgendwie unbemerkt an Wildbielers Personalausweis zu kommen. Dabei war er sich nicht mal sicher, ob sein Schwager seine Brieftasche auch wirklich auf dem Nachtkästchen in seinem Schlafzimmer liegen hatte. Er hatte das nur im Brustton der Überzeugung vor seinen Kumpels gesagt, um die Truppe nicht zu beunruhigen. Ein guter Anführer tat alles, um die Moral hochzuhalten, auch wenn er selbst wusste, dass nicht alles Gold war, was seinen Worten nach glänzte.

Er holte einmal tief Luft und schlich, um zu vermeiden, dass womöglich doch ein Bewegungsmelder reagierte, an der Hecke entlang zum Kellereingang.

Der Schlüssel passte, es war der Generalschlüssel für das ganze Haus. So leise wie eine Katze auf Samtpfoten durchquerte Mats den Keller im Licht seiner Taschenlampe, bis er die Treppe zum Erdgeschoss erreichte. Er knipste das Licht aus und horchte.

Er hörte nur seinen eigenen Herzschlag, der geradezu in seinen Ohren dröhnte, jedenfalls bildete er sich das ein.

Im Erdgeschoss konnte er sich ohne Taschenlampe orientieren, das Mondlicht von außen war hell genug, um nicht etwa über irgendetwas zu stolpern.

Er blieb im Flur stehen und überlegte.

Wenn er ganz viel Glück hatte, war die Brieftasche seines Schwagers nicht auf dem Nachtkästchen im Schlafzimmer, sondern vielleicht neben den Schlüsseln in der Designerschale oder in der Innentasche eines der Sakkos, die an der Garderobe hingen.

Er schlich den Flur entlang zur Kommode. In der Schale lag nur der dicke Schlüsselbund, bei dem er sich jetzt schon einige Male für seine – ihre – Zwecke bedient hatte. Aber keine Brieftasche. Er durchsuchte die Jacken an der Garderobe.

Negativ.

Aber halt – beim Abtasten des letzten Sakkos spürte er etwas.

St. Nikolaus von Myra, dem Schutzheiligen der Diebe, sei Dank, dachte er erleichtert – er ertastete tatsächlich etwas, das sich nach Brieftasche anfühlte.

Sie war es! Er zog sie heraus, und im selben Augenblick hörte er es.

Ein Schrei.

Ein weiblicher Schrei, eher ein Kreischen.

Unverkennbar Maja.

»Nein!«, schrie sie. »Nein! Du machst mir Angst!«

Er erstarrte und spürte, wie sein Herz vor Schreck stolperte.

Das Gekreische ging weiter.

»Komm ja nicht näher! Ich rufe die Polizei! Wie bist du hier hereingekommen? Nein – bleib mir bloß vom Leib!«

Wieder ein spitzer Schrei.

»Was willst du von mir?«, rief Maja irgendwo im Obergeschoss.

Zu seiner Verblüffung vernahm Mats plötzlich eine tiefe Stimme – die seines Schwagers: »Was wohl? Dir werde ich's zeigen!«

»Nein, bitte nicht! Hilfe …«

War da ein Kichern von Maja zu vernehmen? Mats war sich nicht sicher. Er wusste nicht, was er jetzt tun sollte. Was war da oben bloß los? Eine Stunde vor Morgengrauen?

Verzweifelt sah er sich nach einem Versteck um, weil er befürchtete, dass jeden Moment im ganzen Haus die Lichter angehen würden.

Es blieb nur einer der schweren, bis auf den Boden reichenden Samtvorhänge im Wohnzimmer. So schnell wie möglich verbarg er sich hinter dem nächstgelegenen und hielt den Atem an. Dabei bemerkte er, dass er die Brieftasche seines Schwagers immer noch in der Hand hielt.

Vorsichtig äugte er hinter dem Vorhang hervor. Zu seiner Verwunderung war immer noch kein Licht angemacht worden. Auf einmal sah er Maja im fahlen Mondlicht in einem Negligé und barfuß die Treppe herunterstürmen.

»Hilfe«, schrie sie, »Hilfe! Ein Einbrecher …«

Nach dem ersten Schreck, weil er dachte, seine Anwesenheit wäre irgendwie entdeckt worden, kam ihm das seltsam schräg vor, nicht echt, wie gespielt, Maja war nicht wirklich in Panik. Wenn es tatsächlich so gewesen wäre, hätte er nicht gewusst, was er hätte machen sollen.

Eingreifen?

Maja stolperte im Zwielicht ins Wohnzimmer, hielt direkt auf ihn zu.

Aber bevor er noch eine Entscheidung treffen konnte, ließ sie sich auf den riesigen Flokati fallen und reckte die Arme hoch. »Ich ergebe mich. Du hast mich.«

Wildbieler kam langsamen Schrittes die Treppe herunter, er hatte einen teuren Morgenmantel an und sprach mit dunkler

Stimme. »Ich mache jetzt das, was ich immer mache, wenn ich in das Haus einer alleinstehenden Frau eindringe, die so sexy ist wie du! Und so wehrlos wie du!«

»Nein, bitte nicht!«, flehte Maja.

Mats war es, als wäre er in einer drittklassigen Varietéaufführung gelandet. Das, was die beiden da abspulten, war alles nur ein Spiel, das ihnen den richtigen Kick zu geben schien. Ein Spiel, das auf Einvernehmlichkeit beruhte und sie aufgeilte …

Endlich begriff er, dass das alles nur ein Fake war, um die Spannung hochzuhalten. Ein abgefahrenes Balzritual seines Schwagers und dessen Lebensgefährtin, das anscheinend den nötigen Schuss Pfeffer in ihr Sexleben brachte. Diese Facette von Gustav und Maja war ihm neu, und er wünschte sich in diesem Moment sehnlichst, sie wäre ihm auch weiterhin verborgen geblieben.

Nun, dachte er, was geht mich das an?

Jedem Tierchen sein Pläsierchen.

Aber er musste zusehen, dass er irgendwie unbemerkt aus seinem Versteck hinter dem Vorhang herauskam. Doch vorerst war das unmöglich, weil Wildbieler sich auf Maja stürzte, die auf dem Rücken lag, und ihre Arme festhielt.

»Jetzt habe ich dich!«, sagte er. »Jetzt bist du mir ausgeliefert!«

»Nein!«, schrie sie und versuchte, sich zu wehren. »Nein …«

»Oh doch!«, erwiderte er gnadenlos.

Mats konnte und wollte eigentlich nicht mehr hinsehen, weil Wildbieler sich jetzt auch noch den Morgenmantel abstreifte.

»Jetzt bist du dran, Schlampe«, sagte er und keuchte.

Ehe es ganz in medias res ging, nutzte Mats den Augenblick, in dem die beiden Protagonisten ausschließlich mit sich selbst beschäftigt waren, und schlich an der Wand entlang zum Flur hinaus, öffnete dort die Brieftasche, fand den Personalausweis, klemmte ihn sich zwischen die Zähne, steckte die Brieftasche in das Sakko zurück und begab sich Schritt für Schritt in Richtung Kellertreppe, während im Hintergrund Maja lustvoll kreischte und Gustav keuchend stöhnte.

Endlich erreichte er den Kellerausgang, sperrte die Tür wieder hinter sich ab und atmete in der frischen Luft erst einmal tief durch.

Heiliger Bimbam, dachte er, wenn Conny wüsste, was für ein Theater ihr Bruder und Biene Maja aufführen müssen, bis sie endlich zur Sache kommen!

Aber das ging ihn nichts an, bei seinem Schwager und dessen Extravaganzen war er schon lange über den Punkt hinaus, wo er sich noch über etwas gewundert hätte.

Hauptsache, er war unentdeckt und mit heiler Haut und dem Personalausweis von Gustav Wildbieler noch einmal davongekommen.

74

Als Mats zum Dienstwagen zurückkam, der in einiger Entfernung abgestellt worden war, fing es gerade an, im Osten rosa zu dämmern.

Er zog sich die Mütze mit den drei Löchern für Augen und Mund vom verschwitzten Kopf, dankte im Stillen dem heiligen Nikolaus von Myra und warf einen Blick in den Streifenwagen.

Er konnte es nicht fassen – während er Kopf und Kragen riskiert hatte, waren seine drei Kumpane tatsächlich alle eingeschlafen!

Er klopfte heftig mit seinem Ehering am Finger ans halb geöffnete Fahrerfenster und genoss den Anblick, den sie boten, als sie vor Schreck und schlechtem Gewissen zusammenzuckten und ihn schuldbewusst anblinzelten.

Er hielt den Plastikausweis seines Schwagers ins Fenster hinein und sagte: »Auf was wartet ihr? Auf geht's beim Schichtl!«

75

Der Tag der Entscheidung war gekommen.

Nach einer langen und ausführlichen Einweisung von Mats, der mit seinem Schwager und dessen Eigenheiten natürlich am besten vertraut war, war es für Leo so weit: Mats kutschierte den Doppelgänger von Gustav Wildbieler mit Florians Subaru über die Autobahn Richtung München.

Die ersten fünfzig Kilometer über schwiegen beide.

Am Abend vorher und in der Nacht waren sie wie bei der Generalprobe im Theater alles noch einmal so durchgegangen, wie es sich Mats' Meinung nach in der Bayerischen Immobank in München abspielen sollte. Mats inszenierte ein regelrechtes Rollenspiel mit Bankschalter und wahrscheinlichen Dialogen, Florian musste den Banker darstellen, und Mats war neben Benno sozusagen der Souffleur, der Regieanweisungen gab, Antworten von Leo sowie dessen Haltung und Benehmen korrigierte und so lange an ihm herumkrittelte und ihn bestimmte Situationen endlos wiederholen ließ, bis dieser das sprichwörtliche Handtuch warf und sich mit einem »Es reicht! Ich kann nicht mehr! Ich bin schon so weit, dass ich nicht mehr weiß, ob ich Gustav Wildbieler oder Leopold Hochreiter bin …« erschöpft auf einen Stuhl fallen ließ.

Mats sah ein, dass er Leo lange genug gequält hatte. Ob das ausreichte, um bei der Premiere als Gustav Wildbieler durchzugehen, würde sich erst bei seinem Auftritt in der Bank erweisen.

»Und was, wenn sie mir meine Rolle nicht abnehmen?«, fragte der geräderte Leo, weil er in Gedanken selbst das Szenario bis zum Ende durchspielte. Lampenfieber hatte er schon jetzt.

»So weit darf es erst gar nicht kommen«, stellte Mats gnadenlos fest. »Dafür gibt es keinen Plan B. Es muss einfach funktionieren.«

Wie ein guter Regisseur oder Fußballtrainer versuchte er am Ende alles, um Leos Selbstvertrauen auf das höchstmögliche Level zu hieven.

»Du gehst morgen da rein und zeigst der Bank, dass du Gustav Wildbieler bist! Der einzig wahre!«

»Wisst ihr was«, antwortete Leo und sah sie alle an, »ihr geht mir so was von auf die Eier!«

Das war der Stand der Dinge in der Nacht vor der Fahrt nach München gewesen. Sie hatten Leo allein zurückgelassen, Benno war in seine Juniorsuite ins »Arberblick« gefahren, Florian zu Frau und Kindern und Mats zu Conny.

Mats und Florian waren von ihren Frauen für die nächtlichen Überstunden, mit denen sie ihre ständige Abwesenheit von zu Hause begründeten, hinreichend bemitleidet worden, und Benno hatte sich noch mit einer Flasche vom teuersten Rotwein des Hauses auf Leos Kosten in sein Kingsize-Bett gelegt, um über seine glänzende Zukunft als Dolf Kässbohrer nachzudenken, die mit dem nächsten Tag nach erfolgreichem Fischzug beginnen sollte.

Je näher der Subaru der bayerischen Landeshauptstadt kam, desto nervöser wurde Leo. Er hatte sich extra mit Wrigley's-Menthol-und-Eukalyptus-Kaugummis eingedeckt, die einzige Sorte, die er mochte, das ganze Auto roch danach, aber auch das half nicht viel, um das rapide zunehmende Lampenfieber vor seinem großen Auftritt herunterzudimmen.

Benno hatte sich noch, bevor sie sich nach München aufmachten, um die kosmetische Angleichung von Leos Äußerem gekümmert – Augenbrauen, Gesichtsfarbe, Glatze. Er hatte ein Händchen dafür. Jedenfalls gab er sich Mühe, auch für ihn stand viel auf dem Spiel. Da der originale Gustav Wildbieler bestimmt zwanzig Kilo mehr auf die Waage brachte als Leo, hatten sie das Defizit mit einem Kissen ausgeglichen, das Leo unter seinem Hemd tragen musste. Seine Proteste hatten sie niedergebügelt und ihn mit einem künstlichen Bauch ausgestattet, der mit Paketklebeband befestigt worden war. Schließlich sollte für seinen entscheidenden Auftritt alles perfekt sein.

Mats steuerte auf den Parkplatz vor der Bayerischen Immobank zu, als Leo sagte: »Pass auf, Mats. Sag jetzt bitte kein Wort mehr. Ich bin, so gut es geht, auf alles vorbereitet. Und wenn du auch nur einen Ton von dir gibst, egal ob du mir Hals- und Beinbruch wünschst oder sonst was, ich bin glatt in der Verfassung und gehe dir an die Gurgel. Ich habe alles dabei, was ich brauche, ich sehe aus wie dein Schwager, habe meinen Ausweis, den Schließfachschlüssel, weiß das Codewort, weiß, wie ich mich zu benehmen habe, und ich ziehe das jetzt durch.«

Er wollte aussteigen und öffnete schon die Autotür, blieb aber noch einen Moment sitzen.

»Ach ja, eins noch: Falls sie mich doch drankriegen – meine Zwillinge sollen Theresa und Magdalena heißen, wenn es Mädchen sind.«

»Und wenn es Jungs sind? Oder ein Junge und ein Mädchen?«

Leo seufzte schwer. »Dann soll Monika das entscheiden.«

Mats nickte und hielt Leo die Faust hin. »Geht in Ordnung«, sagte er feierlich.

Leo drückte seine Faust gegen die von Mats, der lange dagegenhielt.

Dann stieg Leo aus, griff sich das Köfferchen vom Rücksitz, das sie extra noch besorgt hatten, und marschierte auf den Eingang der Bank zu, ohne sich noch einmal umzudrehen.

»Hals- und Beinbruch«, flüsterte Mats.

Er suchte einen freien Parkplatz, aber es gab keinen.

Also stellte er den Subaru in der Halteverbotszone ab und harrte der Dinge, hielt es dann aber doch nicht aus und verließ den Wagen, um wenigstens mit anzusehen, ob Leo schon in der Schalterhalle wieder klein beigab. Er zog sich seine Baseballcap über, setzte die Sonnenbrille auf und betrat die Bank.

Leo ging ohne zu zögern auf einen Schalter zu und hatte seinen Auftritt.

76

Er hatte sein schmierigstes Lächeln aufgesetzt, als er an den nächsten freien Bankschalter trat, hinter dem eine junge Angestellte mit Pferdeschwanz und Piercing in der Nase etwas in ihren Computer eingab. Leo reichte ihr seinen Ausweis und sagte so selbstsicher, wie er nur konnte: »Grüß Gott. Ich möchte an mein Schließfach. Gustav Wildbieler mein Name.«

Die Bankerin prüfte seinen Ausweis, sah Leo an, tippte etwas in ihren Computer und reichte den Ausweis zurück.

»Selbstverständlich, Herr Wildbieler. Wenn Sie mir bitte das vereinbarte Codewort noch mitteilen würden …«

»Biene Maja«, sagte Leo.

Nach einem kurzen Blick auf ihren Bildschirm nickte sie bestätigend.

»In Ordnung, wenn Sie mir bitte folgen …«

Mats sah von seinem Beobachtungsposten zu, wie Leo mit der Bankerin zum Aufzug ging, wo sie noch locker zu plaudern schienen, um dann, als die Glastür sich öffnete, ins Untergeschoss zu entschwinden.

Bis hierher hatte anscheinend alles geklappt.

Jetzt war er überflüssig und machte sich wieder auf den Weg nach draußen.

Auf der Fahrt im Aufzug nach unten fragte Leo, um die peinliche Stille zu überbrücken, ganz Gustav Wildbieler: »Na – wie laufen die Geschäfte?«

»Wir können nicht klagen, Herr Wildbieler. Und selbst?«

Sie lächelte ihn an. Ihr Nasenpiercing irritierte Leo, aber er blieb in seiner Rolle.

»Dito«, antwortete Leo, »dito«, und wippte dazu auf seinen Fußballen, ganz so, wie das sein Doppelgänger wohl auch getan hätte.

Sie gingen einen Gang entlang bis zu einer Tür, die mit einer Videokamera überwacht wurde, wie Leo feststellte. Er achtete darauf, dass sein Gesicht abgewandt war, und wartete mit dem Rücken zur Kamera, bis die Bankerin die Tür aufgesperrt hatte.

Sie betraten den hell erleuchteten Schließfachraum von der Größe eines Squashcourts, in der Mitte stand ein großer Tisch mit zwei Stühlen, an drei Seitenwänden befanden sich Schließfächer in drei Größen.

»Schließfach 306, richtig?«, fragte die Bankerin, und Leo antwortete: »Richtig.«

Während sie mit ihrem Schlüssel die Nummer 306 aufsperrte, fragte sie: »Sie haben Ihren Schlüssel?«

Leo zückte den Schlüssel, den er selbst nach Mats' Wachsabdruck gefertigt hatte, und entriegelte das zweite Schloss. Die Türklappe sprang auf.

»Dann lasse ich Sie jetzt allein«, sagte sie. »Wenn Sie fertig sind, drücken Sie einfach auf den roten Knopf, dann bin ich wieder für Sie da.«

»Danke«, erwiderte er und wartete, bis sie hinausgegangen war und die Tür hinter sich geschlossen hatte.

Nummer 306 war eines der großen Schließfächer, das war schon mal vielversprechend. Er holte tief Luft und zog die Metallkassette langsam am Griff heraus. Sie war schwer und überraschend lang. Er schwenkte sie auf den Tisch, und bevor er die Klappe öffnete, die wie ein Deckel oben angebracht war, legte er sein Köfferchen, das er mitgebracht hatte, ebenfalls auf den Tisch und ließ den Deckel aufschnappen. Der einzige Inhalt war eine zusammengefaltete Sporttasche, die er auseinanderzog, dann zippte er den Reißverschluss auf.

Jetzt war der große Moment da.

Er zögerte noch. Schließlich hätte er sich nicht gewundert, wenn ihm beim Öffnen der Kassette ein Springteufel ins Gesicht gesprungen wäre, aber als er den Deckel hob, geschah nichts dergleichen.

Was er hingegen zu sehen bekam, waren sauber geordnete Geldscheinbündel, die fast die ganze Kassette ausfüllten.

Er musste in seinen Knöchel beißen, um zu verhindern, dass er laut aufschrie. Das, was er da vor sich sah, war ein Vermögen.

Er fing gar nicht erst an zu zählen, sondern nahm Geldbündel um Geldbündel heraus und stapelte sie in seine Sporttasche.

Als er damit fertig war, kamen noch ein paar kleinere Goldbarren zum Vorschein, die er in sein Köfferchen legte.

Einen Überblick über die Summen, die er dabei bewegte, hatte er nicht, aber der Schweiß stand ihm auf Stirn und Glatze. Er schätzte grob, dass es sich alles in allem um mindestens eine Million handelte. Ohne die Goldbarren.

77

Mats hatte sich, den Ausgang der Immobank im Blick, mit Baseballcap und Sonnenbrille auf dem Rand eines bepflanzten Betonkübels niedergelassen und versuchte, gelassen zu wirken, auch wenn er in Wirklichkeit Blut und Wasser schwitzte.

Er stellte sich vor, wie ein Schwarm SEK-Männer, ausgerüstet wie die Klonkrieger aus »Star Wars«, den Raum mit den Schließfächern stürmte, Leo mit erhobenen Händen bis zu den Knöcheln im Schwarzgeld dastand und sagte: »Ja, ich gestehe alles. Meine Kumpels Flo, Mats und Benno sind genauso an der Sache beteiligt. Die sind an allem schuld, die haben mir das eingebrockt!«

Er versuchte, diese Zwangsvorstellung aus dem Kopf zu bekommen, aber es gelang ihm nicht.

Jesus – was in Gottes Namen hatte er da alles angezettelt!

Wenn seine Frau jemals davon erfahren würde – gar nicht auszudenken! Der Gedanke daran senkte sich wie eine schwarze Wolke über ihn. Falls diese Geschichte hier schiefging, dann war er für alle Zeiten erledigt.

In Thalbach konnte er sich nicht mehr blicken lassen. Aber das war dann sowieso obsolet.

Weil er nämlich den Rest seiner Tage hinter Gittern in St. Adelheim verbringen musste.

Er nahm seine Sonnenbrille ab und verbarg das Gesicht in den Händen.

Innerlich versuchte er verzweifelt, wieder Zuversicht bei seinem Mantra zu finden: *Keep cool and carry on! Keep cool and carry on …*

Ruhig einatmen, ruhig ausatmen.

Ein, aus, ein, aus …

78

Im Raum mit den Schließfächern warf Leo noch einen letzten Blick in die leere Kassette, und da stach ihn der Hafer.

Er zog seine Geldbörse heraus, entnahm ihr einen Fünf-Euro-Schein, faltete ihn geschickt zu einem Origami-Schmetterling zusammen, das konnte er, weil Monika ihm das beigebracht hatte, und gab ihn in die Kassette.

Als Zeichen gewissermaßen, dass Wildbieler an jemanden geraten war, der noch ein wenig gerissener war als er selbst.

Dann machte er den Deckel zu und schob die Kassette wieder zurück ins Schließfach, klappte die Tür zu, sperrte ab, packte die schwere Sporttasche und das Köfferchen und drückte auf den roten Knopf.

»Fertig«, sagte er zur Bankerin, die ihm die Tür öffnete.

»Alles zu Ihrer Zufriedenheit?«, fragte sie höflich.

»Könnte nicht besser sein«, antwortete er und zeigte auf die Videokamera. »Das wird doch nicht etwa aufgezeichnet?«, fragte er.

»Nein, natürlich nicht, wo denken Sie hin? Die ist nur zur Überwachung da. Wir respektieren und garantieren die Anonymität unserer Kundinnen und Kunden. Das ist unser oberstes Gebot. Dafür bürgen wir mit unserem Namen.«

»Das will ich auch hoffen«, sagte Leo.

Er verkniff sich ein Grinsen, das sich erst auf seinem Gesicht ausbreitete, als er mit der schweren Sporttasche und dem Köfferchen in den Händen den Aufzug wieder verlassen hatte, sich noch einmal bei der Bankerin bedankte und dem Ausgang zustrebte. Während er die Schalterhalle durchquerte, musste er sich schwer zusammenreißen, dass er nicht zu rennen anfing.

79

Als Mats wieder hochblickte, sah er zu seinem Entsetzen, dass ein uniformierter Polizist seinen im Halteverbot abgestellten Subaru umrundete und anscheinend dabei war, einen Strafzettel auszustellen.

Ohne groß zu überlegen, setzte er sich die Sonnenbrille wieder auf und ging geradewegs auf den Kollegen zu. Denn wenn jetzt Leo herauskam und in seiner Euphorie oder in seiner Frustration – je nachdem, ob er im Schließfach von Wildbieler etwas vorgefunden hatte oder auch nicht – etwas Unbedachtes von sich gab, konnten sie im letzten Moment noch auffliegen. Mats traute Leo alles zu, im Guten wie im Schlechten.

Während er auf den Polizisten zusteuerte, linste er auf den Ausgang der Bank, Leo war noch nicht zu sehen.

Wo in Gottes Namen blieb er nur so lange? Hatten sie ihn in den Katakomben der Bank festgehalten und warteten dort auf die Polizei?

Alles war denkbar, er merkte, wie seine mit aller Kraft zusammengehaltene Selbstsicherheit und sein künstlicher Stoizismus allmählich zu zerbröckeln drohten. Wie war das möglich, so kurz vor dem Ziel? Woher diese plötzliche Panik?

Weil der Teufel bekanntlich ein Eichhörnchen war.

Und ausgerechnet jetzt schlich dieser uniformierte Kollege um sein Auto herum und drohte, ihren letzten, entscheidenden Coup platzen zu lassen.

Wie viele Gangsterfilme hatte er schon gesehen, in denen eine große Nummer an einer banalen Kleinigkeit gescheitert war?

Aber das hier war die Realität.

Er musste sich noch einmal zusammenreißen, einmal noch

den großen Zampano spielen, bis die Kugel im Roulettekessel auf die Zero gefallen war, auf die sie alles gesetzt hatten.

Seine Zukunft und die Zukunft seiner Freunde, Benno ausnahmsweise eingeschlossen.

»Grüß Gott. Habe ich etwas falsch gemacht?«, fragte er mit seiner besten Unschuldsmiene.

Der Polizist sah von seinem Handy hoch, mit dem er gerade das Nummernschild des Subaru fotografierte.

»Kann man so sagen, wenn das Ihr Auto ist«, meinte er.

»Ja, das ist meines.«

»Sehen Sie das Schild da vorne?« Er zeigte darauf. »Sie stehen im absoluten Halteverbot.«

Mats gab sich überrascht. »Tut mir leid, das muss ich glatt übersehen haben. Ich fahre sofort weg. Aber wissen Sie, meine fußkranke Tante musste mal eben kurz auf die Bank, und ich habe keinen Parkplatz gefunden. Können Sie nicht – ausnahmsweise – ein Auge zudrücken?«

Der Polizist sah Mats an, als hätte er ihm gerade einen unanständigen Antrag gemacht.

»Was meinen Sie damit?«, wollte er wissen und hatte dabei eine amtliche Miene aufgesetzt, die eines unmissverständlich ausdrückte: Er wartete nur darauf, Mats etwas sagen zu hören, das er als unangebracht, vielleicht sogar als Drohung oder Bestechungsversuch auffassen konnte. Er war genau der Typ Bulle, der auf Konfrontationskurs aus war, wenn man ihm dumm kam. Mats war schließlich aus derselben Branche und kannte seine Pappenheimer.

»Na ja, ich stehe hier erst seit vielleicht drei oder vier Minuten …«, behauptete er.

»Mindestens dreizehn, ich hab's dokumentiert. Im Übrigen – kann ich mal Ihren Führerschein sehen?«

»Aber natürlich«, sagte Mats, der aus eigener Erfahrung wusste, dass es nicht viel brachte, einen uniformierten Gesetzeshüter auf die sprichwörtliche Palme zu bringen. Zumal er alles dafür tun musste, um eine Auseinandersetzung zu vermeiden.

Als er in seiner Geldbörse umständlich nach dem Führerschein suchte, erblickte er in seinem Augenwinkel, dass eben in diesem Moment Leo aus der Bank kam – mit einer schweren Sporttasche in der rechten und seinem Köfferchen in der linken Hand.

Er konnte nur hoffen, dass Leo jetzt clever reagierte und nicht auf die Idee kam, sich dazuzugesellen und sich einmischen zu wollen.

Deshalb ließ er den Führerschein fallen.

»Hoppala«, sagte er und bückte sich danach.

Durch die Beine des Polizisten sah er, dass Leo Lunte gerochen hatte. Im wirklich allerletzten Moment machte er eine Kehrtwendung und marschierte mit Koffer und Sporttasche in der Gegenrichtung davon.

Mats gab seinen Führerschein dem Cop, der einen Blick darauf warf und sich von jetzt auf gleich in einen jovialen Kollegen verwandelte, als er offensichtlich erkannte, wen er da vor sich hatte.

»Mathias Behringer? *Der* Mathias Behringer?«

»So hat mich meine Mutter genannt«, stimmte Mats zu.

»Hey, das ist aber jetzt eine Überraschung! Wir sind Kollegen, Mats – kennst du mich nicht mehr? Ich bin Georg Huber aus Wurmannsquick! Der Huber Schorsch.«

»Aber natürlich!«, rief Mats. »Dachte ich es mir doch! Von irgendwoher kennen wir uns …«

Mats hatte zwar nicht die geringste Ahnung, wann und wo sie sich begegnet waren, aber ihm blieb nichts anderes übrig, als so zu tun und in seinem Gedächtnis zu kramen, während Leo an der nahen Bushaltestelle stehen geblieben war und beobachtete, was da zwischen Mats und dem Polizisten vor sich ging.

»Na, komm her, du alte Wurschthaut! Hab dich in deinem Aufzug erst gar nicht erkannt! Lass dich umarmen.«

Schorsch Huber drückte den perplexen Mats an seine Brust und klopfte ihm nach Männerart auf die Schulter. Mats wusste eigentlich gar nicht, wie ihm geschah, aber er machte gute Miene zum bösen Spiel und winkte Leo mit einer Hand heimlich weg, damit der auch kapierte, dass er sich einstweilen fernhalten sollte.

»Was machst du hier in München?«, fragte der Huber Schorsch. »Haben sie dich auch hierher versetzt?«

»Nein«, sagte Mats, »Gott sei Dank nicht. Ich bin nur auf Besuch hier. Ich kümmere mich ab und zu um meine gehbehinderte Tante.«

Da er schon einmal geflunkert hatte, musste er auch bei seiner Lügengeschichte bleiben.

»Die Erbtante, was?«, lachte Schorsch.

»Ja, könnte man so sagen«, grinste Mats zurück und gab sich alle Mühe, um entspannt zu wirken und dazu noch erfreut, einen alten Kollegen nach langer Zeit wiederzusehen.

»Weißt du noch – der Lehrgang in Regensburg?«, fing Schorsch an. »Wann war das? Vor drei oder vier Jahren?«

So langsam erinnerte sich Mats wieder. »Ja, sicher, der Lehrgang! Wie war doch gleich das Thema? ›Verhalten in ungewöhnlichen Situationen‹ oder so ähnlich.«

»Ganz genau. Wir zwei haben so eine Situation vor den ganzen Kollegen durchspielen müssen. Du warst der Renitente, und ich musste mit dir fertigwerden!«

»Jetzt, wo du's sagst …«, fiel es Mats wieder ein. »Ich habe improvisiert und mich gewehrt. Und dich dabei aus Versehen k. o. geschlagen.«

Schorsch Huber massierte sein Kinn. »Ich spüre den Schlag heute noch«, sagte er.

»Jetzt komm … Ich habe mich tausendmal entschuldigt dafür!«

Schorsch lachte und streckte die Arme aus. »War ein Spaß! Ich habe dir vergeben.«

»Gott sei Dank. Sonst könnte ich heute Nacht nicht schlafen.«

Schorsch sah sich um. »Wo bleibt eigentlich deine Tante?«

»Sie hat in der Bank ein Schließfach. Dort hat sie ihren wertvollen Schmuck. Den schaut sie einmal im Jahr an und legt ihn dann wieder zurück. Das braucht seine Zeit. Mit dem Alter wird man eben ein bisschen eigen.«

Schorsch klopfte Mats erneut kameradschaftlich auf die Schulter. »Habe ich doch recht gehabt mit der Erbtante, oder?«

Mats zuckte mit den Schultern. »Ich habe nur noch die eine.«

Schorschs Handy klingelte. Er nahm das Gespräch an, und Mats sah sich um. Nicht nach seiner alten Tante, sondern nach Leo, der immer noch wie bestellt und nicht abgeholt an der Bushaltestelle stand. Tasche und Köfferchen hatte er auf dem Boden deponiert und machte eine fast schon verzweifelte Geste – was trieb Mats da so lange mit diesem Cop?

Schorsch beendete sein Telefonat. »'tschuldige, Mats. Ich habe leider einen dringenden Einsatz. War schön, dich mal wiedergesehen zu haben, aber ich muss los. Du kennst das ja – Dienst ist Dienst!«

»Was ist mit meinem Strafzettel?«, fragte Mats.

»Geht aufs Haus«, antwortete Schorsch, der schon auf dem Weg zu seinem Streifenwagen war. »Man sieht sich!«, rief er noch. »Schönen Gruß an deine Tante!«, stieg in seinen Streifenwagen und brauste mit Blaulicht davon.

Für einen kurzen Moment schloss Mats die Augen, die ganze Anspannung fiel von ihm ab wie ein Stein. Ein riesengroßer. Das war gerade noch mal gut gegangen.

Aber der Moment der Erleichterung dauerte nicht lange, weil auf einmal weit und breit kein Leo mehr zu sehen war, obwohl sich Mats auf die Betonumrandung des Blumenkübels stellte und in alle Richtungen spähte.

Das konnte doch nicht wahr sein!

»Suchst du vielleicht mich?«, fragte jemand hinter ihm.

Er drehte sich um und sah Leo, der strahlte wie ein kleiner Junge bei der Bescherung am Heiligen Abend. Allerdings ein glatzköpfiger Junge, aber das tat seiner sichtlichen Begeisterung, die ihm aus sämtlichen Knopflöchern kam, keinen Abbruch.

»Und?«, fragte Mats trotzdem.

»Was wollte der Polizist von dir?«

»Wir waren vor Jahren zusammen auf einem Lehrgang. Wollte meine alte, gehbehinderte Tante kennenlernen, für die ich falsch geparkt habe, weil sie so schlecht zu Fuß ist.«

Leo nickte verständnisvoll. »Verstehe. Aber bevor wir uns hier verplaudern: Geht der Kofferraum von diesem vorsintflutlichen Vehikel, das du Auto nennst, eigentlich noch auf, oder willst du so lange dastehen, bis unser uniformierter Kollege wieder zurückkommt?«

Mats sah Leo an, und er wusste, dass es gut war.

Er sprang vom Betonkübel herunter und öffnete den Kofferraumdeckel des Subaru.

Leo warf die Sporttasche und das Köfferchen hinein und schlug ihn wieder zu, während Mats schon den Motor startete und gleichzeitig die Beifahrertür von innen aufmachte. Leo schwang sich auf den Sitz, zog die Tür zu, klickte den Sicherheitsgurt ein und sagte: »Jetzt gib schon Gummi. Aber fahr um Gottes willen vorsichtig. Wir haben kostbare Fracht an Bord …«

80

Mats sperrte die Tür zum Polizeirevier sorgfältig ab.

Monika hatte heute ihren freien Tag, das passte gut, waren doch alle von der Fraktion »Stille Wasser« nach der Benachrichtigung durch Leo noch während der Rückfahrt nach Thalbach rechtzeitig eingetroffen, um Bilanz zu ziehen und die Beute zu begutachten, die zuerst einmal bestaunt und verteilt werden sollte.

Die Stimmung war naturgemäß ausgelassen, um nicht zu sagen: geradezu euphorisch.

Zur Feier des Tages hatte Benno vom Golfhotel noch zwei Pullen exklusiven Champagner – Bollinger R.D. Extra Brut – mitgebracht, der Anlass war mehr als angemessen, wie er fand. Ausnahmsweise hatte nicht einmal Leo etwas dagegen, auch wenn das auf seine Rechnung ging.

Florian hatte die Jalousien heruntergelassen, obwohl es draußen noch hell war, und Mats hatte sogar an der Tür ein Schild angebracht, auf dem stand:

»Revier geschlossen wg. Inventur. Im Notfall rufen Sie 112!«

So etwas hatte es in ihrem Zwergenrevier noch nie gegeben, es war ein absolutes Novum, sozusagen ein Präzedenzfall und wieder mal nicht unbedingt den polizeilichen Richtlinien entsprechend, aber diesmal wollten sie absolut sichergehen, auf keinen Fall gestört zu werden. Auch nicht von ihren Frauen, denen sie verklickert hatten, dass sie eine letzte große Videokonferenz mit wichtigen Chefs aus Passau und München abzuhalten hatten.

Alles war also bereit für den großen Moment.

Benno und Florian hatten schon zwei Tische zusammengeschoben, und Leo hatte mit elegantem Schwung die schwere Sporttasche daraufgestellt und daneben das Köfferchen.

Florian kam mit großen Kaffeetassen aus der Teeküche, für den Champagner.

»Tut mir leid«, sagte er zerknirscht. »Aber was anderes haben wir nicht.«

»Na ja, nach Champagnergelagen sieht euer Laden wirklich nicht gerade aus«, kritisierte Benno, der notorische Nörgler. »Aber auf den Inhalt kommt es schließlich an, nicht auf die Verpackung.«

Er wartete mit dem Öffnen der ersten Flasche, bis alle um die zwei zusammengeschobenen Tische standen und endlich erwartungsvolle Ruhe eingekehrt war.

»Was soll ich sagen?«, begann er. »Was lange währt, wird endlich gut. Das sollte als Rede ausreichen.«

Alle klatschten verhalten, und Benno entkorkte geschickt den Champagner, ließ stilgerecht den Korken knallen und schenkte den Schampus in die Kaffeetassen.

Sie stießen an.

»Auf wen sollen wir trinken?«, fragte Benno.

»Vielleicht auf Mats' Schwager«, meinte Leo. »Ich frage mich, was er macht, wenn er feststellt, dass sein Schließfach ausgeräumt worden ist.«

»Was soll er denn schon groß machen?«, antwortete Mats. »Er wird kurz durchdrehen und dann die Bank zur Verantwortung ziehen und sie eventuell verklagen.«

»Und wenn er Anzeige erstattet?«, fragte Leo.

»Das wird er ganz bestimmt tunlichst unterlassen. Sie werden ihn sonst nämlich fragen, was er denn in seinem Schließfach hatte. Schwarzgeld? Glaubst du wirklich, das wird er zugeben? Wäre mit der verrosteten Gabel ins Knie gestochen, wenn du mich fragst.«

»Und wenn er dich verdächtigt?«

»Warum sollte er? Die von der Bank werden sagen, dass er selbst das Schließfach geleert hat. Und wenn du ihm die nächste Zeit aus dem Weg gehst, bis deine Haare wieder nachgewachsen sind ... Ihm wird nichts anderes übrig bleiben, als den Verlust abzuschreiben und die Bank zu wechseln. Ich schlage deshalb vor, wir trinken auf uns.«

»Ja, auf uns!«, stimmten Leo und Florian zu.

Sie hielten die Tassen noch einmal hoch, und dann nahm jeder einen Schluck.

In dem Moment klingelte das Telefon.

»Ich dachte, du hast die Leitung auf ein anderes Revier umgelegt«, sagte Mats und sah Florian dabei an.

»Ich dachte, du hast das getan«, widersprach Florian.

»Wenn das jetzt der Chef aus Passau ist ...«, unkte Leo.

Kurz entschlossen nahm Mats ab. »Polizeirevier Thalbach, Behringer?«

Alle starrten ihn an.

»Frau Breitwieser ...«, sagte er und verdrehte die Augen. »Das ist jetzt ein ganz schlechter Zeitpunkt, Frau Breitwieser ... Wir haben gerade eine Videokonferenz mit unseren Vorgesetzten, da geht es um richtige Verbrechen ... Ja, natürlich ist es auch ein Verbrechen, einen Hund zu entführen ... Ach so, er ist wieder aufgetaucht, na umso besser ... Ja, wir werden diesbezüglich in Zukunft die Augen offen halten ... Selbstverständlich ... Versprochen, Frau Breitwieser. Schönen Gruß an Willi. Ja, Wiederhören.«

Er legte auf und stöhnte. Die Breitwieserin war eine echte Landplage. Aber hier in Thalbach war er wohl auch für Landplagen zuständig. Er wünschte sich, dass das seine einzige Sorge wäre, aber der gegenwärtige Status quo erforderte nun einmal seine gesamte Aufmerksamkeit.

»Wo waren wir stehen geblieben?«, fragte er.

»Beim Verteilen der Beute«, warf Benno ein, der es kaum noch aushalten konnte.

Leo zeigte auf Mats. »Mats, du hast das alles erst möglich gemacht, und deshalb finde ich, dir steht es zu.«

Mats nickte dankbar, nahm noch einen Schluck aus seiner Kaffeetasse, auf der sein Motto »Keep cool and carry on!« stand, und machte es spannend, bis er den Reißverschluss der Sporttasche langsam und genüsslich aufzog und der Inhalt zutage trat.

Sie konnten sich alle nicht zurückhalten und wollten nach den Geldscheinen greifen, sie einfach nur anfassen.

Aber Mats hielt sie davon ab. »Nein, das wird erst mal schön abgezählt. Mit eurem Geld könnt ihr dann machen, was ihr wollt.«

»Jetzt sei doch nicht so!«, bettelte Benno. »Keiner von uns hat jemals so viel Kohle auf einem Haufen gesehen! Wir wollen doch nur ein bisschen Spaß haben …«

Mats gab nach. »Also gut. Bitte, die Herren …«

Was dann kam, war das pure Chaos.

Hemmungslos griffen gierige Hände in die Tasche, holten Bündel heraus, Benno verstreute eines in der Luft und sah zu, wie die Scheine durch das Revier wirbelten – wie nach der katastrophalen Farbexplosion im Geldautomaten, nur dass sie diesmal unbefleckt blieben.

Es ging zu wie in einem Tollhaus, sie verloren ihre letzten Hemmungen, stopften sich gegenseitig die Scheine in die Taschen, klemmten sie sich hinter die Ohren, zerknüllten sie und bewarfen sich gegenseitig damit.

Nur Mats hielt sich heraus. Er sah zu und freute sich mehr nach innen.

Weil er schon einen Schritt weiterdachte.

Nachdem sie sich genügend ausgetobt hatten, stieß er einen schrillen Pfiff aus, der sie alle innehalten ließ.

»Hört auf«, sagte er. »Ordnet das Geld nach Stückelungen und zählt es. Wir wollen heute noch damit zu Potte kommen. Unsere Frauen warten, wir sollten ihre Geduld nicht überstrapazieren.«

Sie sahen ein, dass er recht hatte, und fingen emsig an, die Geldscheine zu ordnen und aufzustapeln. Florian setzte sich mit einem Taschenrechner hin und tippte ein, was ihm angegeben wurde.

Als sie endlich fertig waren, sahen sie ihn fragend an.

»Alles in allem sind das 980.010 Euro. Die vier Goldbarren nicht mitgerechnet. Das macht, wenn wir das durch vier teilen, 245.002,50 Euro pro Nase.« Er sah hoch. »Eigentlich haben wir Benno nur hundert Riesen zugesagt. Schließlich haben *wir* bei dieser letzten Sache das ganze Risiko getragen. Um es konkret zu sagen: Mats und Leo waren das.«

»Stimmt genau!«, sagte Leo.

Sie schauten Benno an.

Der streckte empört die Arme aus. »Wollt ihr mich jetzt ausbooten? Ich stecke von Anfang an in der Nummer mit drin.«

»Und was ist mit dem Erlös aus den geklauten Autos?«, wandte Leo ein. »Den du einfach so versaubeutelt hast?«

Diesmal lief Bennos Kopf rot an.

»Stopp!«, sagte Mats. »Hört auf! Es stimmt, Benno hat Fehler gemacht. Aber das ist Schnee von gestern. Wir haben ihn rekrutiert unter der Voraussetzung, dass wir alles gerecht teilen. Wir werden uns jetzt nicht wegen Kleinigkeiten im letzten Moment noch in die Wolle kriegen. Ich stimme dafür, dass er wie wir alle seinen Anteil bekommt.«

Er hob seine Hand und sah sie auffordernd an. Zögerlich hob Florian als Zweiter seine Rechte und blickte auf Leo.

Der kämpfte noch mit sich, gab schließlich nach und nickte. »Okay, von mir aus.«

»Gut«, sagte Mats. »Dann hätten wir das auch geklärt.«

Benno atmete auf, begann schon, vier entsprechende Geldtürme aufzustellen und fügte jedem von ihnen noch einen Goldbarren dazu.

Als er fertig war und jeder mit Stolz sein Bündel betrachtete, sagte Mats: »Hört mal her, das ist wichtig. Natürlich kann jeder mit seinem Anteil machen, was er will. Aber wir dürfen jetzt auf gar keinen Fall den Kardinalfehler begehen, dass wir auf einmal mit dem Geld nur so um uns schmeißen. Ich schlage deshalb vor, wir deponieren das ganze Geld vorläufig hier im Gewehrschrank unseres Reviers. Da hat jeder von uns einen Schlüssel, und keiner kann die anderen übers Ohr hauen.«

»Das könnt ihr gerne tun«, meinte Benno. »Aber ich mache mit meinem Anteil, was ich will!«

Mats seufzte. »Stattgegeben. Du verschwindest ja auch damit. Wir anderen bleiben hier.«

Benno hatte eine große Plastiktüte dabei und stopfte schon mal seinen Anteil hinein.

Plötzlich klingelte das Telefon erneut.

Diesmal kam es allen noch wesentlich schriller vor als das letzte Mal.

»Frau Breitwieser?«, vermutete Florian.

Mats sah auf das Display. »Nein. Unterdrückte Nummer.«

»Halt. Lass es klingeln!«, warnte Leo noch, aber Mats hatte schon abgenommen und auf Lautsprecher gedrückt, damit alle mithören konnten.

»Ja? Polizeirevier Thalbach, Behringer?«, sagte Mats.

»Hallihallo, Herr Behringer! Hier Salovic. Wie ich höre, sind Sie noch in Ihrem kleinen, aber wenig feinen Revier.«

»Herr Salovic …«

Mats legte zum Zeichen, dass sie alle ruhig sein sollten, den Zeigefinger auf die Lippen.

Die anderen waren sowieso auf einen Schlag mucksmäuschenstill geworden und hörten angespannt zu.

»Gibt's denn was Neues in Ihren Ermittlungen?«, fragte Mats.

»Und ob! Ich wollte Sie nur an unsere Abmachung erinnern, bevor ich davon berichte. Ist ein Sonderservice für Sie. Schließlich hatten wir uns gegenseitig in die Hand versprochen, uns immer über neue Entwicklungen auf dem Laufenden zu halten. Ist es nicht so?«

»Aber ja doch.«

»Und? Was gibt es bei Ihnen? Quid pro quo!«

»Leider nicht viel. Wir ertrinken in Protokollen und Zeugenaussagen, die uns nicht weiterbringen, und aus Tschechien und Polen haben wir auch noch nichts über die verschwundenen Autos gehört. Also im Osten nichts Neues. Auf so was wie einen Durchbruch warten wir noch.«

»Sie werden lachen, aber ich habe ihn schon. Den Durchbruch.«

»Und der wäre?«

»Ich wollte Sie nur vorwarnen: Morgen wird ein Haftbefehl für einen gewissen Benno Ehrmann ausgestellt. Ich konnte anhand der Handydaten feststellen, dass sein Alibi nachgewiesenermaßen falsch ist.«

»Ist es das?«

»Allerdings. Sie wissen nicht zufällig, wo sein gegenwärtiger Aufenthaltsort sein könnte? Ich habe mich ein wenig umgehört. Er soll inzwischen in einem Golfhotel namens ›Arberblick‹ wohnen, übrigens recht komfortabel dort, wie mir die Website im Internet gezeigt hat. Hat sich wohl verbessert. Vom einfachen Bauernhof bei Ihrem Freund Leopold zum Vier-Sternesuperior-Resort. Und da frage ich mich und Sie: Wie kann er sich das leisten? Und des Weiteren: Wie verträgt sich das mit den Angaben dem zuständigen Bewährungshelfer gegenüber, dass er bei Ihrem Freund und Kollegen Leopold Hochreiter als Arbeitskraft angestellt ist? Dort ist er seit geraumer Zeit nicht mehr gesehen worden … Hallo, Herr Behringer – sind Sie noch dran?«

»Wir … Also, ich weiß es auch nicht«, stotterte Mats. »Er ist … Er ist verschwunden. Hat mir Leo gesagt. Spurlos.«

»Na, wenn ihn das nicht zusätzlich verdächtig macht … Lange Rede, kurzer Sinn: Wir werden ihn aufspüren und ihm einige Fragen stellen müssen. Sie könnten uns da durchaus behilflich sein. Der zuständige Staatsanwalt würde Ihnen gegebenenfalls ganz sicher ein paar Bonuspunkte gutschreiben, wenn Sie Ehrmann ausfindig machen und ihn der Staatsgewalt zuführen. Sie verstehen, was ich meine?«

»Durchaus, Herr Salovic, durchaus. Wir tun alles, was wir tun müssen und darüber hinaus.«

»Schön für Sie. Und für die Aufklärung eines schweren Verbrechens. Das will ich hoffen und die Staatsanwaltschaft ebenfalls. Auch wenn Sie sich bisher nicht gerade mit Ruhm bekleckert haben.«

»Wir sind hier im Revier nur zu dritt und schieben schon seit Wochen Tag- und Nachtschichten. Wir haben nach zwei Wochen schon mehr Überstunden als im ganzen letzten Jahr.«

»Sie haben mein Mitgefühl. Das haben mir Ihre vernachlässigten Frauen bedauerlicherweise auch erzählt. Ich komme gerade von ihrem Frauentreff. Sie backen wirklich erstklassigen Kuchen, mein Kompliment. Vor allem der Zwetschgendatschi! Also, wäre nicht schlecht, wenn Sie in besagter Sache erfolgreich wären. Für Ihre Statistik in puncto Verbrechensbekämpfung im Stadt- und Landkreis Thalbach. Und für sich selbst – um zweifelsfrei zu beweisen, dass Sie mit der Sache nichts zu tun haben. Schönen Abend noch.«

Damit hatte er aufgelegt.

Die Stille danach war so total, dass alle vor Schreck zusammenzuckten, als Benno der Goldbarren aus der Hand rutschte und auf den Boden knallte.

Es klang wie ein Schuss.

»Ihr wisst, was das bedeutet«, sagte Mats, und alle sahen Benno an.

»Ich muss heute noch nach Belize!«, sagte er und schluckte.

»So ist es«, antwortete Mats für sie alle drei. »Uns bleibt keine andere Wahl.«

81

Die Viererbande stand am großen und vor allem tiefen Stausee, an der Stelle, wo Benno vor langer Zeit, an seinem achtzehnten Geburtstag, alle damit gefoppt hatte, dass er den Ertrunkenen gespielt und sich schier totgelacht hatte, als er vom sicheren Ufer aus zusah, wie sie verzweifelt nach ihm suchten.

Sie gingen noch einmal die Geschichte durch, die sie inszenieren und ihren Vorgesetzten und der Öffentlichkeit präsentieren wollten.

Florian musste dafür nolens volens seinen Subaru opfern, dessen aktuellen Marktwert Leo auf höchstens fünfhundert Euro schätzte und von dem sie behaupten wollten, dass Benno ihn sich unter den Nagel gerissen hatte.

Der Streifenwagen beleuchtete die Szenerie am nächtlichen Stausee, alles war bereit für Bennos finalen Abgang, sie hatten den Funkverkehr abgehört, niemand war zu dieser späten Stunde in der abgelegenen Gegend noch unterwegs, zumal der Wetterbericht schwere Unwetter vorhergesagt hatte.

Mats erläuterte zum allerletzten Mal die Vorgehensweise und wurde dabei, ohne es zu wollen, noch einmal richtig pathetisch. Das passte zum Donnergrollen und der aufziehenden Wolkenwand, die sich bedrohlich schwarz vor ihnen auftürmte.

»Benno fährt mit voller Absicht, weil er keinen anderen Ausweg mehr sieht angesichts dessen, was er angerichtet hat, und weil er weiß, dass er für eine mehrjährige Haftstrafe in den Knast wandern wird, über die Böschung an der tiefsten Stelle in den Stausee. Seine Leiche wird nie gefunden. Er verschwindet aus der Welt, als wäre er nie da gewesen …«

»Schöne Grabrede«, sagte Benno. »Also dann – auf was warten wir noch? Lasst uns Benno Ehrmann endlich begraben. Es lebe Dolf Kässbohrer!«

Irgendwie wirkte er fast ein wenig überdreht. Aber wer wollte es ihm verdenken?

Alles war so präpariert, dass eigentlich nichts schiefgehen konnte. Der Subaru stand am Abgrund, die Seitenfenster waren heruntergekurbelt, damit das Wasser schneller eindringen konnte. Das Unwetter, das in diesem Moment losbrach, würde sowieso alle Spuren auslöschen, es fing bereits an, wie aus Kübeln zu schütten.

Die Plastiktüte mit Bennos Anteil lag in Leos Datsun-Pick-up. Damit würde Mats Benno zu Leos Bauernhof bringen, dort würde er Leos Quad besteigen und auf Nimmerwiedersehen verschwinden, während Leo und Florian die Feuerwehr und das THW alarmierten, weil sie angeblich zufällig Zeugen des Unfalls geworden waren. Das würde noch einmal ein Riesentohuwabohu geben, aber das waren sie inzwischen ja gewohnt, das würden sie auch noch überstehen.

So war es ausgemacht.

Ein Abschied für immer.

Sie umarmten Benno der Reihe nach.

Mats war als Erster dran und drückte ihn fest an sich.

Dann machte er Platz für die anderen, trat beiseite und starrte nachdenklich auf den schwarzen See hinaus, der vom Wind aufgewühlt war. Der Regen prasselte ihm ins Gesicht, aber er spürte es kaum.

Nach Bennos Verschwinden würden alle ihr Leben so fortführen, wie sie und ihre Frauen es sich immer vorgestellt hatten.

Nämlich ohne Geldsorgen.

Wildbieler würde seinen Verlust früher oder später verschmerzen, nachdem er gegen die Immobank und deren Sicherheitsvorkehrungen ohne Erfolg geklagt hätte, und sich fragen, wer ihm sein Schwarzgeld abgenommen hatte – und vor allem: wie.

Aber so wie Mats seinen Schwager kannte, würde der sich nicht allzu lange um das Wie kümmern, das überließ er seinen Anwälten. Gustav Wildbieler alias Gustav Gans würde neue Wege finden, um Geld zu generieren, auf die eine oder andere Art.

Eher die andere, am Fiskus vorbei. Die Kohle, die er verloren hatte, holte er in kürzester Zeit wieder herein, davon war Mats fest überzeugt.

Vielleicht war er das aber auch nur, um sein schlechtes Gewissen zu beruhigen.

Doch dann besann er sich wieder darauf, dass es schließlich keinen Armen getroffen hatte.

Genug sentimentales Zeug räsoniert, dachte Mats, lasst uns zur Tat schreiten.

»Bereit?«, fragte er.

»Bereit«, antworteten sie wie aus einem Mund.

Alle hatten sie keinen trockenen Faden mehr am Leib, die nassen Haare waren an den Schädel geklatscht, außer bei Leo, der eine triefende Mütze aufhatte, aber keiner beklagte sich.

Mats, Florian und Leo schoben den Subaru auf den Abgrund zu.

Das heißt, sie wollten ihn schieben, aber er ließ sich nicht vom Fleck bewegen, obwohl sich auch noch Benno dagegenstemmte.

»Herrgott«, fluchte er, »irgendeiner von euch muss die Handbremse angezogen haben!«

Er schwang sich auf den Beifahrersitz und löste sie. In dem Moment geriet das Auto von selbst ins Rollen. Mats, Florian und Leo hatten schon losgelassen, nur Benno saß immer noch im Wagen.

Sie winkten und schrien. »Spring raus, Benno!«

Benno wollte das auch.

Aber dummerweise hatte sich sein Jackenärmel irgendwie an der Handbremse verheddert.

In hohem Bogen sauste der Subaru samt Benno in den Stausee.

Mats, Leo und Florian sahen in Schockstarre zu, wie der Wagen sang- und klanglos in den schwarzen Fluten verschwand.

In fliegender Hast zog Mats Jacke und Schuhe aus.

»Was machst du da?«, schrie Leo.

»Nach was sieht es aus?«, brüllte Mats zurück. »Ich hole Benno da raus!«

Kopfüber sprang er ins Wasser und tauchte.

Bange Sekunden verstrichen, Leo und Florian starrten gebannt ins aufgewühlte Wasser, das Unwetter hatte wurde immer heftiger, es blitzte und donnerte, und der Wind peitschte ihnen den Regen ins Gesicht.

Endlich tauchte Mats wieder auf und japste nach Luft.

»Ich kann ihn nicht finden …«, schrie er und tauchte dann erneut.

Leo schüttelte verzweifelt den Kopf.

»Es ist sinnlos«, sagte er zu Florian. »Wir haben Benno wirklich verloren. Lass uns zusehen, dass wir wenigstens Mats wieder herausziehen.«

82

Als sie Mats endlich aus dem Wasser geholt hatten, gab es nicht mehr viel zu sagen. Der Anruf bei der Feuerwehr hatte sich erübrigt, jede Hilfe kam zu spät. So, wie sie aussahen und sich fühlten, nach dem großen Triumph in tiefste Niedergeschlagenheit zurückgefallen, konnten sie unmöglich bei ihren Familien antreten.

Leo schlug vor, dass sie sich im Revier treffen sollten, um über ihr weiteres Vorgehen zu beratschlagen.

Vorher wollte er mit Florian bei sich im Bauernhof vorbeifahren, um für alle trockene Klamotten mitzubringen.

Mats war einverstanden.

Der Trauerkonvoi, bestehend aus dem Streifenwagen mit Leo und Florian und dem Datsun-Pick-up mit Mats am Steuer und Bennos Anteil in der Plastiktüte auf dem Sitz daneben setzte sich in Bewegung und verschwand in Richtung Thalbach, genauso wie die Gewitterfront, die mit ihnen zog, während sie sich weiter austobte.

83

In Thalbach parkte Mats den Datsun vor dem nächtlichen Revier.

Das Gewitter war zur Höchstform aufgelaufen, ständig blitzte und donnerte es, Hagelkörner prasselten auf das Autodach. Er packte die Plastiktüte und suchte in seinen Taschen nach dem Schlüssel für den Eingang. Man konnte kaum die Hand vor Augen sehen, und so fiel ihm gar nicht auf, dass ein weiterer Wagen vor dem Revier parkte.

In seinem Kopf brodelte es, der Schock über den ertrunkenen Benno ließ ihn am ganzen Körper zittern, außerdem war er zu Tode erschöpft von seinen vergeblichen Tauchgängen und insgesamt mit seinem Latein am Ende.

Endlich hatte er den Schlüssel gefunden, hetzte durch Regen und Hagel zum Eingang und wollte aufsperren, aber zu seinem Erstaunen war die Tür offen. Dabei erinnerte er sich genau daran, dass er sich vor der Abfahrt zum Stausee noch extra versichert hatte, die Tür auch wirklich abgesperrt zu haben.

Das Nächste, was ihm merkwürdig vorkam, war, dass das Licht im Revier brannte. Sie mussten vergessen haben, es auszumachen.

Mit einem mulmigen Gefühl ging er hinein.

Sein Herz schlug bis zum Hals, als seine Augen auf den Gewehrschrank fielen. Dessen Tür stand sperrangelweit offen.

Und die Sporttasche war verschwunden.

Wie konnte das sein?

Seine Gedanken rasten, in wilder Panik trat er näher und blickte sich um, aber die Tasche mit ihrem Anteil war nirgendwo.

»Suchst du was?«, fragte eine weibliche Stimme, die ihn zusammenzucken ließ.

Sie kam aus dem hinteren Teil des Büros, aus dem Bereich ihrer Halbtagssekretärin.

Dort saß Monika vor ihrem Computer und sah ihn mit verschränkten Armen an.

»Was machst du hier? Um diese Zeit?«, fragte er konsterniert.

»Dasselbe könnte ich dich fragen«, entgegnete sie stattdessen. »Außerdem – wie siehst du überhaupt aus?«

»Das ist eine lange Geschichte«, stöhnte Mats und ließ sich so, wie er war, auf einem Stuhl nieder, wo sich schnell eine Pfütze zu seinen Füßen bildete. Die Plastiktüte mit Bennos Anteil ließ er einfach neben sich fallen.

»Wo ist die Tasche?«, fragte er.

»Welche Tasche?«

»Na, die Tasche, die im Gewehrschrank verstaut war. So eine große Sporttasche.«

»Ich habe nicht die geringste Ahnung, wovon du sprichst. Findest du nicht, dass du mir eine Erklärung schuldig bist? Oder besser gesagt: dass ihr drei uns, euren Frauen, eine Erklärung schuldig seid?«

»Wofür?«, fragte er schwach, obwohl er wusste, was sie meinte.

Monika stand auf und baute sich vor ihm auf. »Für all das hier! Für deinen Zustand! Dafür, was ihr in letzter Zeit so getrieben habt. Das ist nicht spurlos an uns Frauen vorbeigegangen, auch wenn ihr euch das vielleicht eingebildet habt. Du, Leo und Flo – ihr habt uns seit Wochen schamlos belogen! Verdammt noch mal, Mats, wir denken, ihr seid uns eine ganze Menge an Erklärungen schuldig!«

Mats hielt sich den Kopf. »Herrgott, Monika – jetzt ist nicht der richtige Moment für irgendwelche Erklärungen«, stöhnte er.

»Oh, ich finde schon«, widersprach sie. »Wann, wenn nicht jetzt?«

Mats hob die Hände, als wollte er sich ergeben. »Okay, Monika, ich verstehe, dass ihr ein Recht habt zu erfahren, was die letzten Wochen bei uns abgegangen ist.«

Monika stand mit verschränkten Armen und entschlossenem Gesicht vor ihm. »Allerdings. Da liegst du vollkommen richtig. Dann leg mal los!«

»Schön und gut, kann ich nachvollziehen. Aber zuallererst: Sag mir bitte, wo diese verdammte Tasche ist! Eine große Sporttasche. Sie war im Gewehrschrank. Wo zum Teufel ist sie?«

»Der Gewehrschrank ist, wie du siehst, offen. Und wenn sie da drin war, dann ist sie jetzt weg.«

Verzweifelt kämpfte Mats sich hoch und machte einen Schritt auf Monika zu. »Weg? Wie weg? Monika, was weißt du darüber? Wieso bist du überhaupt hier?«

»Um ehrlich zu sein: Wir drei, Annalena, Conny und ich, wir haben beschlossen, dass es so einfach nicht mehr weitergehen kann. Also wollte ich im Revier nachschauen, was da denn eigentlich los ist. Was ihr so treibt. Deshalb bin ich vor einer Stunde noch einmal hergefahren. Und weißt du, was ich da gesehen habe?«

»Was? Was hast du gesehen? Bitte lass dir doch in Gottes Namen nicht jedes Wort einzeln aus der Nase ziehen!«

»Ich habe gerade noch gesehen, wie ein Mann mit einer großen Tasche aus unserem Revier kam.«

»Ein Mann? Was für ein Mann?«

»Er stieg mit der Tasche in sein Auto und fuhr vor meinen Augen weg. Ich weiß nicht, ob er mich noch gesehen hat, jedenfalls hat er Vollgas gegeben und raste davon.«

»Wer, Monika, wer war das?«

»Der Mann mit dem pinken Saab-Cabrio.«

»Salovic? Alexander Salovic?«

»Genau der. Ich habe ihm noch nachgeschaut, bin ausgestiegen und ins Revier. Die Tür war offen. Ich habe mich gefragt, wie er da reingekommen ist. Anscheinend hatte er einen Schlüssel ...«

Plötzlich, als hätte jemand einen Schalter umgelegt, machte es »Klick!« in Mats' Kopf.

»Benno«, sagte er, und auf einmal war ihm alles klar. »Benno. Er hatte die Schlüssel von Benno!«

»Wie auch immer ... Ich sah den offenen Gewehrschrank, ihr seid nicht dagewesen, ich zählte eins und eins zusammen und habe mich an meinen Computer gesetzt. Und seinen Namen eingegeben. Im Zentralregister der Versicherer. Bei keiner Versicherung gibt es einen Alexander Salovic. Dafür aber im Vorstrafenregister.«

Sie winkte mit einem Computerausdruck. »Betrug, versuchter Betrug in Tateinheit mit Unterschlagung, mehrfacher Titel- und Amtsmissbrauch, Scheckfälschung, versuchter Anlagebetrug, Einbruch, Autodiebstahl – alles in allem kommen gute drei Jahre gesiebte Luft zusammen, die Herr Salovic bereits abgesessen hat. Zuletzt im selben Gefängnis, in dem auch ein gewisser Benno Ehrmann Insasse war, nämlich Stadelheim … Verstehst du jetzt?«

Mats wurde leichenblass, wenn das bei seinem gegenwärtigen desolaten Zustand überhaupt noch möglich war. Da konnte ihm selbst sein Mantra »Keep cool and carry on« nicht mehr weiterhelfen.

Die Tür zum Revier wurde aufgerissen, Leo und Florian stürmten herein und blieben wie angewurzelt stehen, als sie Mats erblickten, der sich ihnen zuwandte.

»Benno hat uns hereingelegt«, sagte er mit Grabesstimme. »Unser Geld ist weg. Benno und Salovic haben von Anfang an zusammengearbeitet. Sie haben uns zum Narren gehalten. Derselbe Trick wie damals … Und wir sind wieder darauf hereingefallen …«

»Was sagst du da?«, fragte Florian. »Was ist hier überhaupt los?«

Mats schüttelte nur den Kopf, weil er es einfach nicht fassen konnte. Er fühlte sich schrecklich, klatschnass, wie er war, die Haare standen wirr in alle Richtungen ab, als hätte er gerade in eine Steckdose gefasst.

»Derselbe Trick!«, wiederholte er. »Ihr wisst doch! Die blöde Wette am Stausee? Als Benno ins Wasser gesprungen und dabei scheinbar ertrunken ist? Er hat den gleichen Trick noch mal gemacht. Und Salovic hat währenddessen unsere Kohle abgestaubt.« Er hob die Plastiktüte, die er neben sich abgestellt hatte, in die Höhe. »Das Einzige, was wir haben, ist Bennos Anteil!«

84

Ein paar Tage später

»Weezie's Ocean Front Hotel« in Belize, Mittelamerika.

Die Herren Dolf Kässbohrer und Alexander Salovic schaukeln lässig in Bermudashorts in Hängematten unter Palmen am Karibischen Meer, schlürfen exotische Cocktails und lassen den Herrgott einen guten Mann sein.

Mit Genuss imaginieren sie die Gesichter der drei ehemaligen Freunde, wie sie wohl dumm aus der Wäsche schauten, als sie merkten, dass sie gelinkt worden waren ...

Und erst die Aktion mit dem im Stausee versunkenen Auto!

Im Subaru hatte Salovic eine Taucherausrüstung versteckt, mit deren Hilfe Benno es so lange unter Wasser ausgehalten hatte, bis er sicher sein konnte, dass Mats, Leo und Florian weggefahren waren. Dann war er aufgetaucht und wurde von Salovic abgeholt.

Die beiden können sich die Geschichte gar nicht oft genug erzählen ...

85

Ein paar Monate später

Das alte Reviergebäude in Thalbach ist saniert worden. Es ist fortan die Zentrale der »Wildbieler Werttransport GmbH«, wie es ein nagelneues Schild über dem Eingang verkündet, das vom Inhaber Gustav Wildbieler persönlich in einer feierlichen Zeremonie enthüllt wird.

Pfarrer Schick spricht ein paar salbungsvolle Segensworte und schwingt den Weihwasserpinsel, assistiert von zwei Messdienerinnen.

Eine Blaskapelle spielt die Bayernhymne, und Wildbieler

hält eine Ansprache, in der die Wörter »Eigenverantwortung«, »Sicherheit«, »Verbrechensbekämpfung« und »ich« gehäuft vorkommen.

Er ist umringt von zahlreichen Thalbacher Bürgerinnen und Bürgern, die ihm aufmerksam zuhören und eifrig klatschen.

Dann stellt Wildbieler die Männer vor, die in Zukunft in seiner Werttransportfirma für den Geldtransport zuständig sind: Mats, Florian und Leo. Sie tragen entsprechende silbergraue Uniformen mit einem großen Doppel-W auf der Brust und winken wie Astronauten, die zur nächsten Mondmission aufbrechen, grüßend in die Zuschauermenge.

Darunter sind natürlich auch die Frauen – Annalena, Conny, Monika und Maja – und die Kinder der neuen Security-Mitarbeiter.

Passau TV filmt, wie sich die drei Ex-Polizisten mit Küsschen von ihren Liebsten verabschieden, um zur Premierentour aufzubrechen.

Die Reporterin fragt Monika, wie denn ihre süßen Zwillinge heißen.

»Theresa und Magdalena«, sagt sie strahlend vor Glück, und der Kameramann, der die zwei in ihrem Zwillingskinderwagen ins Visier nimmt, hat tatsächlich den Eindruck, dass die beiden Mädchen in ihren rosafarbenen Stramplern quietschvergnügt sind und ihn telegen anlächeln.

Das macht sich super in unserem Beitrag für die Lokalnachrichten, denkt die begeisterte Reporterin und überlegt kurz, ob sie noch die ältere Dame aufnehmen lassen soll, die ihren Dackel präsentiert, den sie auf dem Arm trägt.

»Mein Hund heißt Willi!«, sagt die Dame stolz und hält ihn in die Kamera.

Babys und ein Hund – das ist einschaltquotenmäßig nicht zu toppen.

Anschließend lässt sie den Kameramann noch auf die drei Männer in Uniform schwenken, die ihren ersten Arbeitstag beginnen, in ihr gepanzertes Transportfahrzeug mit der Aufschrift »Wildbieler Werttransport GmbH« steigen und eine Extrarunde um den Brunnen mit dem Thalbacher Bürgermeister aus dem Jahr 1638 drehen, bevor sie endgültig davonfahren.

86

Monika, Annalena, Maja und Conny feiern anschließend mit einem kleinen Sektempfang und bei bester Stimmung im neu eröffneten, todschicken Coiffeur- und Nagelstudio »Bel Hair« …

Im Hintergrund läuft ABBA, »The Winner Takes It All«.

87

Eine schier endlose Landstraße am Rand der bayerischen Welt. Sie führt vom Nirgendwo ins Irgendwo.

Der Werttransporter mit dem großen Doppel-W auf dem Heck surrt mit exakt der vorgeschriebenen Höchstgeschwindigkeit dahin.

Im Führerhaus des Wagens sagt Mats: »Ich habe da eine Idee …«

»Was für eine?«, fragt Leo, der am Steuer sitzt.

»Eine Idee, wie wir was deichseln können …«

Leo lenkt den Werttransporter an die Seite und stoppt abrupt.

»Warum hältst du?«, will Mats wissen.

»Lass mich, bevor wir weiterfahren, eines klarstellen«, sagt Leo. »Ich bin da mit Florian einer Meinung. Oder, Flo?«

»Absolut«, stimmt Florian zu.

»Ich weiß gar nicht, was du willst«, stellt sich Mats dumm. »Es ist nur so eine Idee. Allerdings wäre es eine todsichere Sache …«

Leo hält Mats seinen drohenden Zeigefinger direkt vor die Nase. »Vergiss es! Auf der Stelle. Nie wieder will ich von einer ›todsicheren Sache‹ hören«, sagt er. »Hast du mich verstanden?«

»Ein Nicken genügt uns«, fügt Florian hinzu und lächelt dazu süßsauer.

Beide machen nicht den Eindruck, als würden sie spaßen.

Mats, der zwischen Leo und Florian eingeklemmt sitzt, zögert, aber dann fügt er sich und nickt schließlich widerwillig.

Der Transporter fährt wieder los auf der Landstraße, die im Unendlichen zu verschwinden scheint.

Dort, wo im Osten hinter dem fernen Waldrand am dunstigen Horizont die tschechische Grenze zu ahnen ist und die Orte seltsame Namen haben wie Katzwalchen, Guglöd, Gschieß oder Himmelreich.

Walter Christian Kärger
DAS FLÜSTERN DER FISCHE
Broschur, 400 Seiten
ISBN 978-3-95451-083-2

»Walter Christian Kärger hat einen sprachlich ansprechenden, gut durchdachten und sehr spannenden Krimi geschrieben, der von der ersten bis zur letzten Seite in Atem hält.« Das schöne Allgäu

Walter Christian Kärger
TUNICHTGUT UND TUNICHTBÖSE
Broschur, 384 Seiten
ISBN 978-3-95451-527-1

»... so ist ›Tunichtgut und Tunichtböse‹ bis zur letzten Seite ein gelungener, sprachlich ansprechender und aktionsreicher Krimi, den man ungern aus der Hand legt.« Esslinger Zeitung

www.emons-verlag.de

Walter Christian Kärger
DER TOTE AUS DEM SEE
Broschur, 448 Seiten
ISBN 978-3-7408-0795-5

Ein Toter mordet am Bodensee, kurze Zeit später werden die Kinder einer Adelsfamilie im Schwarzwald entführt. Es gibt keine Lösegeldforderung, aber umso mehr Druck von oben. Hauptkommissar Max Madlener und seine Kollegin Harriet Holtby stehen vor einem scheinbar unlösbaren Rätsel – bis ein mysteriöses Wappen eine heiße Spur liefert.

Walter Christian Kärger
SEE OHNE WIEDERKEHR
Broschur, 416 Seiten
ISBN 978-3-7408-1552-3

Während Kommissar Madlener nach dem folgenschweren Ausgang des letzten Falls in eine Auszeit geschickt wird, steht seine Kollegin Harriet vor einem Dilemma: Bei den Ermittlungen in einem herausfordernden Mordfall erkennt sie in zwei Tatverdächtigen ihre Peiniger wieder, die sie vor Jahren überfallen und beinahe umgebracht haben. Ein traumatisches Erlebnis, von dem außer ihr niemand weiß. Die Entscheidung liegt nun in ihrer Hand: Soll sie Rache nehmen oder nach Recht und Gesetz handeln?